SAMANTHA JOYCE

Among the Stars

Liebe wie im Film

GOLDMANN
Lesen erleben

SAMANTHA JOYCE

Among the STARS

Liebe wie im Film

ROMAN

ÜBERSETZT
VON NICOLE HÖLSKEN

GOLDMANN

Die amerikanische Originalausgabe erschien 2016 unter dem Titel
»Flirting with Fame«
bei Pocket Star, a division of Simon & Schuster, New York

Dieses Buch ist auch als E-Book erhältlich.

FSC
www.fsc.org
MIX
Papier aus verantwortungsvollen Quellen
FSC® C083411

Verlagsgruppe Random House FSC® N001967

1. Auflage
Deutsche Erstveröffentlichung Juni 2017

Umschlaggestaltung: UNO Werbeagentur, München
Umschlagmotiv: Alamy Stock Foto/Jürgen Fälchle
FinePic®, München
Redaktion: Cathrin Wirtz
MR · Herstellung: kw
Satz: Buch-Werkstatt GmbH, Bad Aibling
Druck und Bindung: CPI books GmbH, Leck
Printed in Germany
ISBN: 978-3-442-48623-6
www.goldmann-verlag.de

Für alle, die sich jemals unwohl
in der eigenen Haut gefühlt haben.

Kapitel 1

Selbst wenn die Queen vorgehabt hätte, in Fernbrookes einzigem Theater bei einem Jazzkonzert mit einem Einhorn aufzutreten – wäre es wahrscheinlich leichter gewesen, an diesem Abend einen Parkplatz zu finden.

Ich rannte die Main Street runter und wäre fast über meine eigenen Füße gestolpert, während ich Jin schrieb, dass ich bald da sein würde. Der Einfachheit halber verschwieg ich, dass ich eben noch schweißüberströmt geschlagene zwanzig Minuten in der Einfahrt gesessen und mir in heller Panik vorgestellt hatte, hier entweder eine hysterisch kreischende Menschenmenge oder ein leeres Gebäude vorzufinden. Meine Haut hatte am ganzen Körper gekribbelt, und ich hatte Mühe gehabt, das Auto zu starten. Ich hatte ein paarmal tief Luft geholt. Doch drücken konnte ich mich beim besten Willen nicht, denn im Zweifelsfall wäre Jin aufgetaucht und hätte mich dann kurzerhand trotzdem hierhergeschleift.

Auf dem Display leuchtete Jins Antwort auf – ein paar Beschimpfungen in Großbuchstaben, und ich warf einen Blick auf die Uhr.

11:55.

Verdammt. Nur noch fünf Minuten.

Ich lief schneller und schob mein Handy in meine Jeanstasche. An meinem Nacken bildeten sich Schweißperlen, die mir dann den Rücken hinunterliefen, während ich mich durch die stickige Augustluft kämpfte. Nach einem Schlenker um die langsam, aber sicher verfallene Stadtbibliothek blieb ich ruckartig stehen.

Sicher Hunderte von Menschen warteten vor den verschlossenen Läden der Minimall – die Schlange reichte sogar bis um die Ecke. Ihr Anfang war noch nicht einmal zu sehen! Instinktiv tastete ich nach der Narbe, die von meiner Schläfe bis hinunter zu meinem Kinn verlief, und beäugte die Menge. Viele trugen gehörnte Helme oder Pelzumhänge. Ein Junge mit einem Bierbecher mit Schaumkrone in der Hand entdeckte mich und grinste.

Verdammt. Es war unmöglich. Ich schaffte das einfach nicht! Also wirbelte ich herum und rannte in die entgegengesetzte Richtung davon. Schon vibrierte mein Handy wieder an meinem Bein. Ich wusste, wer es war, noch bevor ich aufs Display sah.

JIN: Wo willst du denn hin? Komm sofort zurück. Ich bin ganz in deiner Nähe. Du kriegst das hin, Elise.

Ich holte wieder tief Luft und machte die Augen zu, schloss die Welt aus. Ich dachte an Dag und fragte mich, was er in dieser Situation getan hätte. Das war einfach. Er hätte sich seiner Angst gestellt und sich in die Schlange eingereiht, hätte vielleicht sogar ein paar Leute angerempelt und sich lautstark vorgedrängelt. Allerdings war er ein erfundener Wikingerheld, der ausschließlich meiner total überspannten Fantasie entsprungen war.

Ich zog eine Locke meines schmuddelig blonden Haars über die Narbe, drehte mich wieder um und entdeckte Jins vertrauten, dunklen Schopf ganz vorn – etwa hundert Menschen vor mir. Mit seinen auffallend leuchtend violetten Haarspitzen war er nicht zu übersehen. Ich konzentrierte mich also ausschließlich auf die wippenden lila Haarbüschel und erreichte ihn genau in dem Augenblick, als die Schlange sich wieder in Bewegung setzte. Jin lächelte mich an, als ich schließlich vor ihm stand.

Bin froh, dass du da bist, bedeutete er mir in Gebärdensprache.

Jin hatte eine Menge Zeit und Mühe investiert, um die Gebärdensprache während der Highschool-Zeit zu erlernen, und das hatte sich bewährt. Mittlerweile fiel es mir leicht, seine etwas steifen Körperbewegungen zu verstehen, und ich bestand nicht mehr darauf, dass er sprach, damit ich ihm die Worte von den Lippen ablesen konnte. Mit Lippenlesen kam ich sehr gut klar, aber trotzdem war es manchmal auch toll, wenn sich jemand auf Gebärdensprache verstand. Beim Lippenlesen konnte buchstäblich einiges dazwischenkommen – wie zu viele Schatten, nicht genug Beleuchtung oder zu viel Bart.

Keine Ahnung, warum wir hier sind, bedeutete ich Jin. *Ich habe zu Hause doch schon zwanzig Exemplare.*

Weil du unter Leute musst. Wie sollst du sonst ohne mich auf dem College überleben?

Am liebsten hätte ich entnervt die Augen verdreht. Es war kein Wunder, dass er bald auf die angesehene Juilliard School gehen würde, um dort Theater zu studieren – Jin und Drama passten nämlich zusammen wie Schokolade und Erdnussbutter.

Ich schreibe, gestikulierte ich. *Was soll ich mit Menschen, solange ich meinen Laptop habe?*

Du bist ein hoffnungsloser Fall.

Ich zuckte die Achseln und zeigte auf die Schlange, die langsam weiter vorrückte. Schrittweise schoben wir uns an den dunklen Läden vorbei und auf die hell erleuchtete Buchhandlung namens *Bookworm* zu. Ich musste unwillkürlich lächeln, als ich den grünen Wurm entdeckte, der sich durch die »o's« über der Tür schlängelte. Schon als Kleinkind war ich oft in diesem Laden gewesen, hatte meine Mom angebettelt, mir jedes einzelne Bilderbuch im Regal zu kaufen. Der *Bookworm* war wie mein zweites Zuhause.

Als wir es endlich bis nach drinnen geschafft hatten, stockte mir der Atem. Der Geruch nach neuen Büchern, Teenagerschweiß und Klimaanlage war überwältigend. Im hellen Licht der Neonröhren musste ich blinzeln und straffte die Schultern. Der normalerweise so ruhige Laden war jetzt rammelvoll: Eine Unmenge von Leuten hasteten zwischen den Regalen umher oder eilte zur Kasse. Es war so eng, dass ich kaum Luft bekam, und ich warf einen sehnsüchtigen Blick Richtung Ausgang.

Der Bookworm war anlässlich der Neuerscheinung des Buches echt aufs Ganze gegangen: Große, von der Decke hängende oder an den Enden der Bücherregale angebrachte Plakate verkündeten *Viking Moon 3: Stock und Stein*, und Nachbildungen der Schiffe flankierten den Eingang zum Jugendbuch-Bereich. Sie hatten sogar Schauspieler engagiert, die Thora und Dag spielten, und das Paar stand zu beiden Seiten der Boote, begrüßte Kunden und posierte für Fotos.

Ich blickte zu Boden: Eine Welle von Stolz durchflutete mich, die meine Nerven einen Augenblick lang beruhigte. Keiner hier wusste es – aber all diese Leute waren meinetwegen hier.

Jin zupfte mich am Ärmel, damit ich ihn ansah. Der Laden war so voll, dass kein Platz für Gebärdensprache war, also sagte er: »Das ist der Wahnsinn!«

Ich riss die Augen auf und schüttelte ungläubig den Kopf. »Verrückt.«

Er zog mich zu einem Regal hinüber, aus dem so schnell jede Menge Exemplare von *Stock und Stein* verschwanden, dass man kaum mitkam. Jin schnappte sich eines der letzten Bücher und hielt es triumphierend in die Höhe.

»Egal wie viele davon noch rauskommen, ich kann immer noch nicht glauben, dass du sie geschrieben hast«, sagte er. Mein Herz setzte einen Schlag lang aus. Ich packte seinen Arm und sah mich nervös um, und dann wieder zu Jin. Der grinste breit. »Keine Sorge, du Psycho. Ich hab nur geflüstert.«

»Danke«, murmelte ich.

»Obwohl«, sagte er, »wenn *ich* mit sechzehn eine Bestsellerserie geschrieben hätte, würde ich es ganz sicher überall rumerzählen.«

Nein danke, gestikulierte ich. *Ich hatte schon vor drei Jahren keine Lust, irgendwem davon zu erzählen, und das ist heute nicht anders.*

»Also haben auch jahrelange Tantiemenzahlungen und weltweite Anerkennung nichts geändert?«

»Nein.« Ich befühlte wieder meine Narbe. »Absolut nichts.«

»Wie ich schon sagte. Hoffnungsloser Fall.«

Er schob mich sanft durch die Menge, damit wir uns an der Kasse anstellen konnten. Ich nahm ihm das Buch aus der Hand und ließ die Finger über das Cover gleiten, bewunderte den kunstvollen Einband. Der Grafiker hatte ein perfektes Abbild von Thora geschaffen – ihr rotes Haar umloderte sie wie Feuer, sie hielt ihr Schwert fest in der Hand und warf Dag ein sinnliches Lächeln zu, einem muskulösen Schrank von einem Mann mit nackter Brust. Auf dem Kopf trug er den traditionellen, behörnten Wikingerhelm und ein Fell um seine Taille. Beim reinen Anblick des Verlangens in seinem Blick überzog sich mein Gesicht mit einer heißen Röte und rief in deutlich weiter unten gelegenen Körperregionen ein leichtes Kribbeln hervor.

Ich fuhr über die Schrift am unteren Rand des Einbandes. Dort stand mein Künstlername in erhabenen Lettern: Aubrey Lynch. Ich drehte das Buch um und warf einen Blick auf die Autorenbiografie auf der Rückseite.

Aubrey Lynch lebt in Fernbrooke, Ohio. Wenn sie nicht schreibt, fährt sie Wasserski und liebt Wandern. Sie ist die Bestsellerautorin der Viking Moon-Serie, die in Kürze verfilmt wird.

Ich runzelte die Stirn. Der erste Teil stimmte. Ich lebte tatsächlich in meiner Heimatstadt Fernbrooke, wo ich bestimmt auch sterben würde – ich hatte nie den Drang verspürt, dem Ruf der Großstadt zu folgen. Aber alles andere … na ja, auf Wasserski war ich in Wirklichkeit noch nie so richtig scharf gewesen. Und auf der einzigen Wanderung meines Lebens hatte ich mich dermaßen hoffnungslos verirrt, dass ich schon befürchtet hatte, nach dem Genuss giftiger Beeren irgendwo in den Wäldern zu krepieren. Aber Gott sei Dank gab es ja Handys und Jin.

Jemand berührte meine Schulter. Jin zog die dunklen Augenbrauen missbilligend zusammen und tippte auf die Autorenbiografie.

»Ich verstehe ja total, warum du ein Pseudonym und eine falsche Biografie benutzt«, sagte er. »Aber ich werde nie verstehen, warum du auch ein gefaketes Foto reingesetzt hast.«

Er hatte ja recht. Über dieser lächerlichen Biografie, die im Großen und Ganzen erstunken und erlogen war, prangte auch noch das Bild eines bildschönen Mädchens, das ungefähr in meinem Alter war. Sie hatte langes, dunkles Haar und durchdringende grüne Augen. Sie hatte keinerlei Narben, und der Blick, mit dem sie in die Kamera sah, war alles andere als unsicher. Im Grunde war sie all das, was ich nicht war.

Als mein Verlag mir vor drei Jahren vor der Publikation des ersten Bandes mitgeteilt hatte, dass man ein Autorenfoto für die Werbung und die Rückseite des Buches brauchte, hatte mein Magen mehr Kapriolen geschlagen als beim Megatempo auf der Achterbahn. Ich hatte immer dafür gesorgt, dass es keine Fotos von mir gab. Die Methode, immer genau zum richtigen Zeitpunkt nach unten zu schauen oder mich in letzter Sekunde noch abrupt zu bewegen, sodass das Bild unscharf wurde, hatte ich geradezu perfektioniert. Entsprechend war es gar nicht möglich gewesen, meinem Verleger ein Foto von mir zu schicken. Mein Instagram-Feed war voller Selfies von anderen Leuten – mit einem gelegentlichen Haustier oder irgendeinem Teller mit Essen, das bewies, dass sie nicht vollkommen narzisstisch waren. Aber von mir selbst besaß ich kein einziges brauchbares Foto.

Nachdem mein Verleger nicht lockergelassen und mir dann einen festen Abgabetermin für das Foto genannt hatte, tat ich, was jedes andere unsichere Mädchen auch getan hätte – ich schickte ihm ein Bild von jemand anderem. Ich kannte das Mädchen auf dem Foto nicht. Ich wusste nicht mal, wie sie hieß. Aber sie sah genauso aus, wie ich es mir für mich selbst gewünscht hätte, und das Selbstvertrauen in ihren Augen würde ich niemals haben. Und jetzt liebten die Fans sie. Es gab Fansites, die sich mit ihrem Haar beschäftigten, mit ihren Augen, ihrer perfekt geformten

Nase. Als die Bücher groß rauskamen, verschaffte sie mir glücklicherweise die Anonymität, die ich brauchte. Ich gehörte einfach nicht ins Rampenlicht – sie offenbar schon. Ich zuckte die Achseln und gab Jin das Buch zurück, während wir weiter in der Schlange vorrückten.

Keine Ahnung, gestikulierte ich. *Wollte eben keine Aufmerksamkeit.*

»Wo hast du denn dieses Foto überhaupt her?«

»Google.«

Jin schüttelte den Kopf, und schließlich waren wir endlich dran. Er schlenderte zur Kasse, und ich trat zur Seite. Mein ganzer Körper entspannte sich, sobald ich mich einen Augenblick lang aus der Menge entfernt hatte, und ich ließ meinen Blick über die zahllosen Teenager schweifen. Viele schlugen das Buch sofort auf, und ihr Blick flog wie wild über die Seiten, während sie blätterten.

»Ich habe gehört, eine der Hauptfiguren stirbt«, sagte ein Mädchen, deren rothaarige Perücke schief auf ihrer Stirn saß. Sich wie Thora zu verkleiden war bei den Fans in diesem Laden offenbar total angesagt. »Hoffentlich nicht Dag«, sagte ihre Freundin. »Ich würde es Aubrey Lynch nie verzeihen, wenn sie ihn killt.«

Der gefakete Rotschopf nickte und presste das Buch an ihre Brust. »Er ist so heiß. Ich frage mich, wer ihn in der Fernsehserie spielen wird.«

»Ich habe gehört, dass sie Gavin Hartley unter Vertrag genommen haben«, antwortete ihre Freundin.

Ich erstarrte. Das hatte *mir* noch keiner gesagt. Ich saß schon eine Weile wie auf heißen Kohlen und wartete auf eine Nachricht von meiner Agentin mit neuen Informationen zur Besetzung. Es war schon irre genug, dass sie einen Pilotfilm von *meinem* Buch drehen wollten – aber dass sie dann ausgerechnet Gavin Hartley die Hauptrolle geben würden, der zu allem Überfluss schon seit ewigen Zeiten mein absoluter Lieblingsschauspieler war, machte mich total fassungslos. Zwar hatte ich ihn meiner Agentin als Idealbesetzung für Dag selbst vorgeschlagen, als ich von der geplanten Fernsehserie erfahren hatte – aber seitdem hatte ich nichts mehr gehört.

Jin kehrte zu mir zurück, ein Lächeln auf dem Gesicht und eine gelbe Tasche über der Schulter. Er sah an mir vorbei und blieb plötzlich stehen. Seine Augen weiteten sich. Im gleichen Augenblick spürte ich, wie sich die Energie im Raum veränderte. Alle drehten sich um und starrten in meine Richtung. Dann stürzten sie auf mich zu.

Mein Herz hämmerte so wild, dass mir fast die Brust zersprang. O nein. O neinneinnein. Irgendwie hatten sie herausgefunden, wer ich war.

Ich hielt mir den Arm vors Gesicht, als sie näher kamen – doch dann stürmten sie geradewegs und so ungestüm an mir vorbei, dass ich fast das Gleichgewicht verlor.

Jin packte mein Handgelenk, um mich zu stützen, und neigte den Kopf, als fragte er sich, was er jetzt tun sollte. Dann drehte er mich um, damit ich sehen konnte, was los war.

Ich japste nach Luft und wäre fast umgekippt.

»Unglaublich«, flüsterte ich. »Das kann doch nicht sein.«

Aber so oft ich auch die Augen zukniff und blinzelte, um diese Vision zu vertreiben, sie wollte einfach nicht verschwinden. Das Mädchen von der Rückseite meiner Bücher stand direkt hinter mir.

Kapitel 2

***Wie ist das** möglich?*, bedeutete ich ihm. *Wo kommt die plötzlich her?*

Er schüttelte ratlos den Kopf. »Keine Ahnung.«

Sie war in Wirklichkeit sogar noch schöner als auf ihrem Bild. Irgenwann innerhalb der letzten Jahre seit ich ihr Foto geklaut hatte, hatte sie sich die Haare abgeschnitten – sie trug jetzt einen scharf angeschnittenen Bob mit dunklen Stirnfransen, die ihre smaragdgrünen Augen aus ihrem perfekt symmetrischen Gesicht besonders hervorstechen ließen. Sie war groß und schlank, und ihr weißer Rock mit der pinkfarbenen Bluse brachte ihre Kurven voll zur Geltung, ohne zu viel zu enthüllen. Unwillkürlich zog ich mein eigenes T-Shirt über meine kaum vorhandenen Hüften.

Als hätte sie ihn herbeigezaubert, zog sie einen silbernen Edding hervor und begann, sämtliche Exemplare von *Viking Moon* zu signieren, die ihr entgegengehalten wurden. Jin starrte sie mit offenem Mund an, und seine Augen verengten sich.

Signiert die etwa deine Bücher?

Ich nickte und nahm ihm die Tasche von der Schulter. Dann langte ich nach dem Buch darin und schlängelte mich durch die Menge, bis ich schließlich vor der »Autorin« stand. Sie schenkte mir ein Lächeln, mit dem man einen ganzen Palast hätte ausleuchten können, und griff nach Jins Ausgabe von *Stock und Stein*.

»Möchtest du, dass ich es signiere?«, fragte sie.

Ohne eine Antwort abzuwarten, nahm sie mir das Buch aus der Hand, öffnete die Titelseite, kritzelte dann etwas hinein und gab es mir zurück.

Die Menschen hinter mir drängelten nach vorn, aber ich war wie gelähmt. Meine Füße klebten fest, als hätte jemand den Boden des Bookworm mit Schlamm statt mit Beton ausgelegt.

Mein gefaketes Ich runzelte die Stirn. »Stimmt was nicht? Kann ich irgendwas für dich tun?«

Meine Zunge war plötzlich so trocken wie Schmirgelpapier. Ihre Lippen waren von einem perfekten Rubinrot, und das, obwohl sie nicht die Spur von Liploss trug. Wie konnten Lippen eines Menschens nur *eine solche* Farbe haben?

Jemand zupfte mich am T-Shirt und begann, mich von ihr wegzuziehen. Ich sah noch, dass ein Ausdruck der Erleichterung über das Gesicht der falschen Aubrey huschte, und dann stand ich auch schon vor Jin, seine dunklen Züge voller Sorge.

»Warum hast du das gemacht?«, fragte er.

Statt zu antworten, öffnete ich das Buch auf der Titelseite und überflog die hübsch geschriebenen Worte unter meinem Titel und meinem Künstlernamen.

Danke, dass du ein Fan bist! Verfolge deine Träume weiter! Alles Liebe, Aubrey Lynch.

»Was zum Teufel?«, sagte ich. »Das ist doch völliger Schwachsinn. Was haben denn Wikinger mit den eigenen Träumen zu tun …«

Jin nahm mich beim Arm und führte mich aus dem Laden, was ein Glück war – denn meine Beine fühlten sich so an, als wäre ich von der Taille abwärts gelähmt. Sie wabbelten wie Götterspeise, und ich stützte mich auf meinen Freund, während er sich mit mir durch die Menge schob.

Draußen, außerhalb des klimatisierten Zufluchtsorts namens Buchhandlung, traf uns die Hitze wie ein Schlag. Meine Kleider klebten sofort an meinem Körper, als wir an den Leuten vorbeigingen, die dort immer noch anstanden. Sie sprachen aufgeregt miteinander, wie ihre sich rasch bewegenden Lippen verrieten.

»Hast du gehört? Aubrey Lynch ist da drinnen!«

»Was? Unmöglich!«

»Doch, sie signiert die Bücher!«

»O mein *GOOOOTTT!* Ich muss sie einfach sehen! Sie ist meine Heldin!« Mit einem flauen Gefühl im Bauch wandte ich mich ab. Bei der Vorstellung, dass jemand anders meine Bücher signierte, drehte sich mir jetzt der Magen um.

Am Auto angekommen legte Jin mir eine Hand unters Kinn und schob meinen Kopf hoch. *Was wirst du jetzt tun?*, gestikulierte er.

Ich ließ das Buch wieder in die Tasche gleiten und zuckte die Achseln. Nichts, denke ich. Ich kann nichts tun.

Aber das sind deine Bücher, und sie heimst den ganzen Ruhm ein.

Ich bin dafür verantwortlich, dass ihr Bild auf der Rückseite zu sehen ist, bedeutete ich ihm. *Ist alles meine Schuld. Außerdem, wen kümmert's? Ich kann weiterschreiben und sie vergessen. Ich bin immerhin diejenige, die die Tantiemen einheimst.*

Jin runzelte die Stirn und schien mir noch irgendetwas sagen zu wollen. Doch dann überlegte er es sich anders, und nachdem er mich einen Augenblick lang gemustert hatte, streckte er die Hand aus, um mir eine Haarsträhne hinters Ohr zu streichen. Ich holte sie wieder hervor, um die Narbe zu verbergen, und er seufzte so tief, dass sein Körper förmlich in sich zusammensank.

Er sah sich auf der Straße um. Zu dieser Tageszeit lag die Innenstadt von Fernbrooke sogar trotz der Mitternacht-Buchvorstellung ziemlich verlassen da – ein verschlafenes Nest mit ebensolchen Einwohnern. Mein Atem ging jetzt wieder langsamer und ruhiger. Wir waren endlich wieder allein.

»Du hast also mit der ganzen Geschichte kein Problem?«, vergewisserte sich Jin.

»Was bleibt mir anderes übrig?«

Er rieb sich den Nacken. »Du kannst einen echt auf die Palme bringen, weißt du das?«

»Aber du liebst mich doch trotzdem.«

»Natürlich.« Er verzog die schmalen Lippen zu einem kleinen Grinsen. »Wenn auch nicht ganz so sehr, wie ich Gavin Hartley liebe. Das ist mal ein *echt* göttlicher Mann, einfach zum Abknutschen. Stimmt es, dass er Dag spielen wird?«

Allein beim Gedanken an den unglaublich gutaussehenden Filmstar – der auch noch eine Figur spielen sollte, die ich erschaffen hatte – lief mir ein Schauer über den Rücken. Ich schaute weg, damit Jin im Licht der Straßenlaternen nicht sah, dass ich rot wurde.

»Keine Ahnung«, antwortete ich. »Mir erzählt ja keiner was.«

»Stell dir doch mal vor, du könntest ihn kennenlernen!«, rief Jin. »Ich würde ja sterben an deiner Stelle.«

»Dazu wird es nicht kommen«, sagte ich. »Er erwartet dann schließlich dieses fantastisch aussehende Mädchen, das wir dahinten in der Buchhandlung zurückgelassen haben.«

Jins Miene verdüsterte sich. »Stimmt. Und wie willst du das auf Dauer durchziehen, El?«

»Kein Problem. Sie drehen in Hollywood. Ich habe meiner Agentin gesagt, dass ich in der Uni sein muss und keine Zeit zum Reisen habe. Dafür hat sie Verständnis. Aber sie haben mir immerhin das erste Drehbuch zum Abnicken gegeben.«

Jins Augen leuchteten auf. »Echt jetzt? Ein richtiges Hollywood-Drehbuch? Das will ich sehen!«

Ich klopfte auf die Tasche an seiner Schulter. »Du hast doch jetzt schon genug Lesestoff.«

»Hast du wirklich in diesem Band jemanden umgebracht?«

»Lies nach, dann weißt du's.«

»Witzig.«

Ich grinste und schloss meinen Wagen auf. Dann umarmten wir uns, und ich kniff die Augen zu und atmete den vertrauten Geruch seines Eau de Cologne ein. Er duftete wie frische Wäsche an einem Sommertag. Wenn es eins gab, auf das ich mich verlassen konnte, dann darauf, dass Jin gut aussah und gut roch – sogar um ein Uhr morgens während einer erbarmungslosen Hitzewelle.

Irgendwann lösten wir uns aus der Umarmung, und ich setzte mich hinters Lenkrad und schloss die Tür.

Auf der Heimfahrt wanderten meine Gedanken zurück zu dem Mädchen im Buchladen, und die Sorgen nagten wie mit scharfen Zähnen an mir. Hatte ich einen Fehler gemacht, als ich das Bild einer Fremden auf meine Bücher hatte drucken lassen? Um die Wahrheit zu sagen, ich war wirklich nie davon ausgegangen, dass es Konsequenzen haben würde. Damals hatte ich das mit dem Foto für eine gute Idee gehalten.

Ich versuchte, meine Nervosität abzuschütteln, als ich in meine ruhige Straße einbog. Es gab jetzt Wichtigeres, an das ich denken musste. Wie zum Beispiel daran, dass ich nächste Woche um diese Zeit mit Tausenden von Fremden auf dem Campus einer Universität sein würde. Ich würde mit jemandem zusammenwohnen, den ich noch nie vorher gesehen hatte. Allein bei dem Gedanken hätte ich mich auf der Stelle übergeben können. Das Mädchen, das vorgab, ich zu sein, würde also erst mal warten müssen.

Kapitel 3

Ein paar Tage später lag ich auf Jins schwarzem Sofa und blickte mich in dem vertrauten Zimmer um. Das Schlafzimmer meines besten Freundes sah aus, als hätte der gesamte Broadway sich hier verewigt. Vor zwei Jahren hatten wir den ganzen Sommer damit verbracht, die Wände im Samt-Rot der Bühnenvorhänge zu streichen und die Lichtschalter und Türrahmen mit Goldglitter zu bestäuben. Jin hatte sogar den Spiegel mit diesen nackten Glühbirnen verziert, die man sonst in Garderoben fand.

Gerahmte Poster und Programmzettel für Musicals mit Titeln wie *Wicked – die Hexen von Oz* oder *Frühlings Erwachen* wetteiferten hier mit Fotos von Jin, der am hiesigen Theater in den Produktionen von *Sweeney Todd, Miss Saigon* und *Bye, Bye Birdie* auf der Bühne gestanden hatte.

Obwohl ich die Musik natürlich nicht hören konnte, hatte ich mir jede Show meines Freundes angesehen. Jin hatte mir im Vorfeld immer genug über die Geschichte erzählt, damit ich der Handlung folgen konnte, und mein Lippenlesen besorgte den Rest. Wenn sie nicht mit beunruhigender Geschwindigkeit auf der Bühne herumtanzten und – wirbelten, konnte man die Worte der Schauspieler problemlos ausmachen. Vor allem, weil sie jede Bewegung und jedes Wort überbetonten – Jin behauptete, das sei wesentlich, um auch den letzten Zuschauer in der hintersten Reihe zu erreichen. Ich verkniff mir den Hinweis, dass unser Theater nur höchstens zehn Sitzreihen hatte und dass die Leute ganz hinten wahrscheinlich null Probleme damit hatten.

Von sämtlichen seiner Vorstellungen war *Bye, Bye, Birdie* mein Lieblingsstück. Jin spielte Birdie, einen Rockstar im Elvis-Style, der vor seiner Einberufung in eine kleine Stadt kommt, um im Fernsehen die glückliche Gewinnerin einer Quizshow zu küssen. Schien mir eine super Sache zu sein, als normales Kleinstadtmädchen den berühmten Mann seiner Träume knutschen zu dürfen. Na ja, wenn man davon absah, dass Millionen von Fernsehzuschauern einem dabei zusahen. Bei dieser Vorstellung krampfte sich mein Magen vor Unbehagen zusammen.

Jin war einfach fantastisch gewesen – er tanzte und stolzierte auf der Bühne herum, als wäre er eins mit dem Holz, dem Samt und den Scheinwerfern. Jeden Abend hatte er tosenden Beifall bekommen, und angesichts seiner Begabung hatte es mich auch nicht überrascht, dass er jeden Studienplatz bekommen hatte, auf den er sich beworben hatte.

Das machte es allerdings nicht weniger ätzend, wenn der einzige Freund, den man auf der Welt hat, seine Klamotten packt und nach New York zieht.

Wir hatten uns beide nach der Highschool ein freies Jahr gegönnt. Jin hatte seine Zeit damit verbracht, »Erfahrungen« zu sammeln – was so viel hieß wie tagsüber im Café mit dem Kaffee herumzujonglieren und abends im unbelüfteten Keller unter der Kirche mit Laienspielgruppen zu proben. Meine Eltern hatten mir die einjährige Pause vor dem College erlaubt, damit ich das neueste *Viking Moon*-Buch beenden konnte, aber nur unter der Voraussetzung, dass ich mich dieses Jahr am hiesigen College einschrieb. Damals schien es mir ein fantastischer Plan zu sein, aber jetzt, da es tatsächlich so weit war, war ich alles andere als bereit für diesen neuen Lebensabschnitt.

Jin saß im Schneidersitz auf dem Teppichboden und leerte den Inhalt einer Schublade in einen Karton. Er hatte ausnahmsweise mal das Bühnenoutfit gegen eine dunkle Hose und ein weißes T-Shirt getauscht, auf dem in funkelnden silbernen Lettern die Aufschrift »Schauspieler tun es aufs Stichwort« prangte.

Ich rollte mich auf die Seite, um ihn besser im Blick zu haben. »Heilige Scheiße, Jin, ich glaub, du hast mehr Klamotten als ich.«

»Das ist ja auch nicht schwer, schließlich hast du ungefähr sieben Outfits, die alle gleich aussehen und die du abwechselnd anziehst.«

»Hey, es sind mindestens zehn.«

»Na klar. Ja, wenn du die Sweatshirts mitrechnest, die du im Sommer gar nicht anziehst.«

Ich warf ihm eins der Kissen an den Kopf, doch es prallte einfach ab, ohne dass sein perfekt frisiertes Haar auch nur im Geringsten an Form einbüßte.

»Na, na, na«, scherzte er. »Da musst du doch nicht gleich gewalttätig werden.« Er hob das Kissen auf und schleuderte es zurück. Ich kicherte und duckte mich. Das Kissen flog an meinem Kopf vorbei, landete auf seinem Nachttisch und riss dabei das Foto darauf mit sich zu Boden.

»O verdammt, Jin. Tut mir so leid.« Ich kroch über das Bett und griff nach dem Silberrahmen.

Gott sei Dank war es mit der Bildseite nach oben gefallen, so dass das Glas nicht zersplittert war. Unvermittelt breitete sich ein furchtbarer Schmerz in meiner Brust und meinem Magen aus, als ich das Mädchen auf dem Bild betrachtete. Rasch stellte ich den Rahmen wieder an seinen Platz und drehte ihn um, damit das Foto zum Schrank zeigte und ich es nicht sehen musste.

»Alles okay«, sagte ich zu Jin. »Sie ist okay.«

Er schluckte. Seine Hand schwebte noch immer reglos in der Luft, und ein Paar violette Socken baumelten daran. »Nur dass wir beide wissen, dass sie alles andere als okay ist.«

»Ja, ich weiß.« Unwillkürlich ließ ich eine Hand zu meinem T-Shirt wandern, wo die Wölbungen der Narben auf meiner Haut sich wie Falten unter dem Stoff in meine Fingerkuppen drückten.

Einen Augenblick lang sahen mein Freund und ich einander an und wussten nicht, was wir sagen sollten. Verdammt.

Irgendwie waren wir in das »Darüber wollen wir nie wieder reden«-Territorium geraten. Nur weil wir nie darüber gesprochen hatten, was dem Mädchen auf dem Bild zugestoßen war, war Jin mein Freund geblieben.

Jin wandte die dunklen Augen ab und drehte sich zur Tür. Ich atmete scharf aus, als ich seine Mom entdeckte, die mit einem Stapel zusammengefalteter Boxershorts im Türrahmen stand.

»Du willst doch nicht etwa ohne Unterhosen zur Uni gehen, oder?«, fragte sie und legte den Stapel auf die Kommode. »Die hab ich im Waschkeller gefunden.«

Es war immer wieder seltsam, Mrs Tam neben ihrem Sohn stehen zu sehen. Irgendwie sahen sie gleich aus – und doch vollkommen unterschiedlich. Hätte Jin gestanden, hätte er sie um einiges überragt. Er hatte ihre dunklen, igeligen Haare geerbt, auch wenn in ihren mittlerweile ein paar graue Strähnen zu finden waren. Beide hatten tiefliegende Augen und Wangenknochen so scharf, dass man ein Messer daran hätte wetzen können. Und sie ähnelten beide dem Mädchen auf dem Bild neben dem Bett.

Nervös zupfte ich an meinem T-Shirt-Kragen. Obwohl ich das Bild umgedreht hatte, spürte ich ein Kribbeln im Rücken, als würde sie mich immer noch beobachten.

»Na ja, eigentlich hab ich das durchaus in Erwägung gezogen«, sagte Jin. Dann bedeutete er mir: *Immerhin habe ich nicht vor, sie allzu häufig zu brauchen.*

Du bist unverbesserlich, gestikulierte ich zurück. *Ich kann einfach nicht glauben, dass du so was vor deiner Mutter sagst.*

Sie kann keine Gebärdensprache. Außerdem kennt sie mich. Dann sagte er: »Stimmt's, Mom? Dich kann nichts überraschen, was ich sage.«

Ach wirklich?, bedeutete ich ihm. Dann sah ich seine Mutter an. »Mrs Tam, soll ich Ihnen übersetzen, was Ihr Sohn gerade zu mir gesagt hat?«

Die zierliche Frau machte einen Schritt nach vorn und zerzauste ihrem Sohn die Haare. Seine seit Neustem blau gefärbten Haarspitzen glitten durch ihre Finger, leuchtendes Indigo an ihrer rissigen Haut.

»Schon gut, Liebes. Ich kann es mir schon vorstellen. Aber er ist trotzdem ein guter Junge.« Jin streckte mir die Zunge heraus wie ein Zweijähriger, der seinen Kopf durchgesetzt hat, und ich verdrehte die Augen. »Hauptsache, ihm passiert nichts, und er bekommt einen netten Jungen ab, der ihn glücklich macht. Den Rest will ich sowieso nicht wissen.«

Ich warf mich rücklings aufs Bett, als sie das Zimmer verließ. »Also bin ich jetzt bald total allein«, stöhnte ich Richtung Decke.

Die Matratze bewegte sich, und Jin kuschelte sich an mich. Ich drehte mich zu ihm und sah ihm in die Augen.

»Du bist niemals allein, El«, sagte er. »Das weißt du doch.«

Ich drehte mich auf die Seite und legte den Kopf auf meinen Arm. »Doch, bin ich wohl. Du gehst nach New York, und ich muss an dieser dämlichen Fernbrooke Uni anfangen. Ganz allein.«

»Ich hab dich eine Million Mal gefragt, ob du nicht mitkommen willst.«

Ich schauderte. »Ich in New York? Nein danke. Allein diese Menschenmassen, die sich da durch die Straßen wälzen …«

»Selber schuld. Soweit ich das von hier aus beurteilen kann, ist es eine fantastische Stadt. Außerdem sind da einige der weltbesten Bühnen.«

Jins Blick war plötzlich abwesend, wie immer, wenn er sich vorstellte, dass er am Broadway auftrat oder einen Tony Award gewann. Sein Gesichtsausdruck hielt mich davon ab, ihn zu bitten, bei mir in Fernbrooke zu bleiben. Mein gesamtes Nervenkostüm zitterte allerdings bei dem Gedanken, dass mein einziger Freund bald in weiter Ferne leben würde.

»Vielleicht kann ich meine Eltern ja dazu überreden, dass ich mir noch ein Jahr frei nehmen kann«, sagte ich. »Vielleicht gewähren sie mir ja noch ein letztes Jahr zum Schreiben. Ich meine, ich habe eine Deadline für das letzte W.M.-Buch. Ist doch verständlich, dass ich das erstmal fertig machen muss.«

Jin strich mir wieder eine lockige Haarsträhne aus dem Gesicht. »El, ich hab dich schrecklich lieb, aber jetzt wird's echt Zeit, dass du dir selbst einen Tritt in den Hintern gibst. Das College wird dir guttun. Die Freiheit herauszufinden, wer du bist und was du mit deinem Leben anfangen willst … ich glaube, genau das brauchst du jetzt.«

»Du hörst dich an wie mein Dad.«

»Weil dein Dad und ich das Beste für dich wollen.«

Ich stütze mich auf einen Ellbogen. »Ich bitte doch nur um noch ein einziges Jahr Aufschub. Ich sage nicht, dass ich nie hingehe. Die W.M.-Serie ist dann fertig. Ich muss mir dann keine Sorgen darum machen, wie ich sie beenden soll, während ich auf dem College bin …«

»El, du hast schon ein freies Jahr gehabt. Wenn du anfängst, bist du altersmäßig praktisch jetzt schon eine von den Alten.«

»Neunzehn ist nicht alt. Viele Leute gehen noch viel später aufs College. Es gibt unzählige Filme im Fernsehen über Frauen, die mit vierzig noch aufs College gehen.«

»Du wartest definitiv nicht, bis du vierzig bist.« Er setzte sich auf und zog mich ebenfalls hoch, sodass wir einander am Fußende des Bettes gegenübersaßen.

Außerdem musst du neue Freunde finden, vielleicht sogar ein paar heiße Typen kennenlernen, gestikulierte er. *Ich ertrage den Gedanken einfach nicht, dass du allein in deinem Zimmer sitzt, während ich in NYC Party mache. Es kann nicht sein, dass ich dein einziger Freund bin. Das ist einfach nur traurig.*

Ich weiß. Aber ich habe Schiss. Erinnerst du dich ans letzte Jahr auf der Highschool?

Das war mehr als ätzend gewesen, um ehrlich zu sein.

Vielmehr war es ein absoluter Alptraum. Ich hatte versucht, mein letztes Jahr auf der regulären Highschool zu absolvieren statt an der Schule für Behinderte und Hörgeschädigte. In meiner ersten Woche hatte ich nach dem Sportunterricht gewartet, bis alle die Umkleide verlassen hatten, um mich umzuziehen – aber kaum hatte ich mich ausgezogen, kam eine weitere Gruppe von Mädchen herein. Ich sah sie erst, als es schon zu spät war. Sie warfen einen kurzen Blick auf meinen vernarbten Oberkörper und flippten sofort total aus, hielten sich die Augen zu, als sei ich Medusa oder so etwas.

Ich hatte versucht, ihre angewiderten Blicke zu ertragen, aber nach ein paar Wochen hatte ich meine Mutter angefleht, mich zu Hause bleiben zu lassen. Trotz der Proteste meines Vaters hatte sie zugestimmt und ihren Job gekündigt, um mich daheim zu unterrichten.

Das machen Kids nun mal, meinte Jin jetzt. *Sie ärgern sich.*

»Du warst nicht dabei«, sagte ich, und meine Kehle fühlte sich bei der Erinnerung daran ganz rau an. »Es war im Grunde wie bei Carrie, nur ohne die Damenbinden und den telekinetischen Amoklauf danach.«

»Okay, jetzt dramatisierst du aber, und wir wissen, dass das eigentlich meine Domäne ist.«

Jin umfasste meine Oberarme. »Außerdem waren sie einfach nur eifersüchtig. Du bist nach zwei Jahren Abwesenheit wieder in der Schule aufgetaucht, und verdammt, du warst eine hübsche junge Frau geworden. Du mit deinem Wahnsinns-Goldhaar, das andere nur aus der Tube so hinkriegen.« Er berührte mein Kinn, hob meinen Kopf, so dass ich ihm in die Augen sehen musste. »Und deine Augen sind so groß und blau, dass du in Wirklichkeit in einen Disney-Film gehörst, in dem du am Fenster sitzt und den Chipmunks etwas vorsingst.«

»Jin, hör auf.« Ich wand mich, versuchte mich seinem forschenden Blick zu entziehen, aber er hielt mich fest.

»Nein, hör mir zu. Du hast dazu auch noch einen absolut hinreißenden Schmollmund. Die meisten Jungs würden wahrscheinlich einen Mord begehen, um ihn küssen zu dürfen. Und deine Figur ist einfach der Hammer. Du könntest vielleicht hier und da ein bisschen was zulegen, aber man kann trotzdem damit arbeiten. Ich meine, wenn ich auf Mädels stehen würde, hätte ich dich definitiv auf dem Schirm.« Er wackelte mit den Augenbrauen und kicherte.

»Du wirst jemanden kennenlernen, der dich genauso sieht wie ich. Fantastisch in jeder Hinsicht, wenn auch ein bisschen kratzbürstig, wenn man es dir sagt. Und das College ist der ideale Ort, um so einen Typen zu treffen.«

»Aber was ist, wenn sie mich auslachen.«

»Das werden sie nicht. Wenn die Filme der Achtziger mir eins beigebracht haben, dann, dass die meisten sich wahrscheinlich nur um ihre Noten kümmern, oder darum, auf die angesagteste Party zu gehen – und dass sie deswegen auf niemanden achten als auf sich selbst. Du wirst auf lächerlich kleinem Raum mit einem Menschen zusammen wohnen, den du wahrscheinlich irgendwann hassen wirst. Du wirst dir in gigantischen Hörsälen wie ein Zwerg vorkommen, und du wirst von Fastfood und Kaffee leben. Und irgendwann gibt es so eine Bierparty, die vollkommen aus dem Ruder läuft, oder eine geheime Gesellschaft, die dich zu rekrutieren versucht und dich dazu bringen will, seltsame Stunts vor allen Leuten zu machen.«

»Aus deinem Mund klingt das ja alles wundervoll.«

Er hüpfte auf und ab, bis das Bett vibrierte. »Es *wird* wundervoll. Alles. Außerdem hast du doch ein Seminar bei diesem Autor, den du so magst, stimmt's?«

»Duncan Creed.«

»Genau, der. Das wird dir gefallen.«

Ich kaute auf meiner Unterlippe herum. »Wahrscheinlich …«

»Das wird die beste Zeit deines Lebens, versprochen. Du weißt, ich würde dich nie zu etwas drängen, das dir wehtut. Du hast echt genug durchgemacht. Aber jetzt ist es Zeit, mal zu leben, El. Zeit, sich nicht mehr zu verstecken, sondern der Welt dein großartiges Ich zu zeigen.«

Ich warf ihm die Arme um den Hals und vergrub mein Gesicht an seiner Brust, atmete den Duft seines frisch gewaschenen Shirts ein. Er erwiderte meine Umarmung, dann küsste er mich auf die Stirn. Ich löste mich von ihm, um zu gestikulieren. *Ich hab dich lieb, ich werde dich vermissen.*

Er grinste und erwiderte: *Ich hab dich auch lieb.* Er ballte die Hand zur Faust und zog sie von seiner Nase weg. *Du Vollidiot.*

Ich stieß ihn so heftig, dass er fast zu Boden gefallen wäre.

»Gutes Mädchen«, sagte er laut, stand auf und zog seine dunkle Jeans über die Hüften hoch. »Wehr dich, wenn einer dich beleidigt. Und jetzt, wo ich fertig damit bin, dir meine unendliche Weisheit zu vermitteln, kannst du mir zum Dank beim Packen helfen. Ich muss bald los, wenn ich noch vor morgen in New York ankommen will.«

»Fein, o weiser und von sich eingenommener Guru.« Ich hüpfte vom Bett und verbeugte mich. »Hab Dank, dass du dir Zeit für uns niederes Volk genommen hast. Wo soll ich anfangen?«

»Du kannst den Inhalt der restlichen Schubladen hier in die Kiste schmeißen. Ich kümmere mich um den Schrank.«

»Weißt du«, sagte ich und kniete mich auf den Boden. »Das brauchst du eigentlich gar nicht alles. Man kommt wirklich mit nur etwa sieben Outfits aus, die man abwechselnd anzieht.«

Er warf mir einen Ball aus regenbogenfarbenen Socken an den Kopf.

***

Zwei Stunden später stand ich am Ende von Jins Auffahrt und sah seinen Rücklichtern hinterher, bis sie verschwunden waren. Als sein gelber Käfer außer Sichtweite war, wischte ich mir über die Augen und stieg in mein Auto. Dann legte ich den Kopf aufs Steuer und ließ den Tränen freien Lauf, die ich beim Packen die ganze Zeit zurückgehalten hatte.

Ich versuchte das Ziehen in meinem Bauch zu ignorieren, das jedes Mal zu spüren war, wenn ich an Montag dachte – meinem ersten Tag auf dem College. Jin hatte mich zumindest so weit überzeugt, dass ich der Sache eine Chance geben wollte. Aber mir war trotzdem nach wie vor übel. Ich startete den Motor und fuhr ziellos durch die Stadt auf der Suche nach irgendetwas, das die Angst und das Unwohlsein vielleicht zum Verschwinden bringen würde.

Fernbrooke war klein genug, dass man die ganze Stadt innerhalb weniger Minuten durchqueren konnte. Es war eine hübsche Gegend: Im Westen erstreckte sich grünes Flachland, im Osten der Wald. Hinter den Bäumen lag ein kristallklarer, glitzernder See. Das Wasser blinzelte mir mit seinen funkelnden Augen zwischen den Baumstämmen zu und winkte mich herüber an seine kühlen Ufer.

Also fuhr ich an den Straßenrand in der Nähe des Honeycomb Lake und warf einen forschenden Blick durch die Bäume. Als ich aus dem klimatisierten Auto stieg, wurde mir klar, dass der Sommer gerade seine Abschiedsparty gab. Die schwüle Luft umwaberte mich, klebte an meinem Gesicht und hing in meinem Haar. Ich zog mir das T-Shirt vom Bauch weg und zog eine Grimasse, als der Schweiß den Stoff gleich wieder an meine Haut saugte.

Dann wanderte ich durch den Wald, ließ die Bäume hinter mir und gelangte schließlich ans Wasser. Ich sah mich um, um sicherzugehen, dass ich allein war, streifte meine Sandalen ab, warf meine Tasche daneben und tauchte in den See. Das Wasser war kühl, aber nicht kalt. Es nahm mich in seine langen, sanften Arme und verschluckte mich unter seiner Oberfläche.

Ich öffnete die Augen und starrte in die Dunkelheit. Unter Wasser zu sein war der einzige Ort, an dem es genauso still war wie in meiner eigenen Welt und der einzige Ort, an dem ich mir gleichwertig vorkam. Ich blieb in meiner schwebenden Position, bis meine Lunge brannte, dann stieß ich mit kräftigen Stößen wieder an die Oberfläche.

Ich sog die Luft tief ein, drehte mich auf den Rücken und ließ mich weiter auf den See hinaustreiben. Mit steten Zügen schwamm ich rückwärts, ließ mich mit geschlossenen Augen treiben, bis mir die Sonne die Haut verbrannte, und durchpflügte dann weiter das Wasser.

Als ich mich irgendwann umblickte, merkte ich, dass ich viel weiter hinausgeschwommen war, als ich ursprünglich vorgehabt hatte. Meine Schuhe und meine Tasche waren nicht mehr zu sehen, und ich näherte mich einer Baumgruppe auf einem Stückchen Land, das ich schon lang nicht mehr gesehen hatte.

Sheridan Island.

Das Herz pochte wild in meiner Brust, während ich im Wasser auf der Stelle paddelte und die Insel inmitten des Sees betrachtete. Sogar jetzt noch, Jahre später, war es, als wäre ich erst vor Kurzem dort gewesen. Ich konnte immer noch Annies Lachen hören. Dann den lauten Knall. Die letzten Geräusche, die ich je hören würde, bevor ich in eine Welt von betäubender Stille und hässlicher Narben gestoßen worden war.

»Danke, dass du Sheridan Island besucht hast, Kleine. Viel Spaß mit deinen Geschenken. Und vergiss nicht, uns deinen Freunden weiterzuempfehlen!«

Schaudernd wandte ich mich zum entgegengesetzten Ufer um und schwamm mit kräftigen Zügen in Richtung meiner Tasche und Klamotten. Die schrecklichen Erinnerungen ließ ich zusammen mit den verfaulenden Bäumen der Insel hinter mir.

Als ich schließlich aus dem Wasser stieg, war die Luft immer noch schwer, und auf meiner feuchten Haut bildete sich eine Gänsehaut. Ich schlüpfte in meine Schuhe und kramte in meiner Tasche nach meinem Handy, um auf die Uhr zu sehen. Ein Blinken signalisierte, dass ich eine neue E-Mail von meiner Agentin hatte.

Steph war meine Agentin, seit ich ihr als Fünfzehnjährige das erste *Viking Moon*-Buch geschickt hatte. Obwohl wir uns im Laufe der Jahre oft geschrieben und miteinander gechattet hatten, hatten wir uns nie persönlich kennengelernt. Sie wusste, dass ich noch minderjährig war – meine Schecks wurden immerhin auf meine Eltern ausgestellt –, aber selbst sie hatte keine Ahnung, dass ich absolut nicht wie das Mädchen auf dem Rückumschlag meiner Bücher aussah. Ich runzelte die Stirn und berührte das Display, um die Nachricht zu lesen.

Ich weiß, dass du dringend auf Nachricht von mir wartest, aber ich wollte abwarten, bis alles in trockenen Tüchern ist. Ich habe tolle Neuigkeiten, Elise! Sie haben endlich die Rollen für die Viking Moon-Serie besetzt! Gavin Hartley ist für die Rolle des Dag unter Vertrag, und Leila Clarke übernimmt die Rolle der Thora! Ist das nicht megaaufregend? Ich kann kaum glauben, dass wir so tolle Schauspieler für uns gewinnen konnten! Ich meine, die sind ja jetzt schon DER HAMMER!

Ich wandte kurz den Blick von meinem Handy ab und atmete tief ein. Gavin würde also tatsächlich mein Dag sein. Eine meiner bisher komplett abwegig scheinenden Fantasien wurde also wahr. Ich schlang einen Arm um meine Taille und las weiter:

Und damit nicht genug. Sie gehen echt alle aufs Ganze, wenn es darum geht, dass sich die Serie so dicht an die Buchvorlage hält wie möglich. Die Produzenten haben sogar angerufen und mich gebeten, dich als Beraterin ans Set zu holen – aber ich habe ihnen gesagt, dass du wegen deiner Collegeverpflichtungen Fernbrooke nicht verlassen kannst. Also haben sie deine Stadt ausgecheckt und finden offenbar, dass es sich um die perfekte Kulisse für deine Wikinger handelt! Sie sind total begeistert, denn das bedeutet, dass du vor Ort sein kannst, wenn du gerade keine Seminare hast. Und dass die Filmerei im Mittelwesten um einiges billiger ist als eine entsprechende Location in L.A., ist natürlich auch ein Vorteil, der nicht zu verachten ist … Ist das nicht aufregend? Du wirst Gavin Hartley kennenlernen! Sie fangen in einem Monat mit den Dreharbeiten an. Ich geb dir Bescheid, sobald ich Näheres weiß. Gratuliere, Elise! Geh feiern!

Mir fiel das Handy aus der Hand und auf den Fuß, und der Schmerz schoss hoch in mein Schienbein – aber ich nahm ihn kaum wahr.

Ein einziges Wort erklang immer und immer wieder in meinem Kopf, wie ein Mantra: Fuck.

Kapitel 4

Wer immer der Fernbrooke University ihren Namen gegeben hatte, hatte offensichtlich nicht an die Studenten gedacht, die im Laufe der Jahre mit den Schulinitialen auf der Brust über den Campus laufen würden.

F.U.

Ich presste die Lippen aufeinander, um mir das Lachen zu verkneifen. So ein Shirt musste ich unbedingt Jin kaufen. Er würde es wahrscheinlich gar nicht mehr ausziehen.

Meine Mutter berührte mich am Ellbogen. Ihre Lippen waren zu einem dünnen Strich zusammengepresst.

Alles okay?, gestikulierte sie.

Ich nickte und blickte auf das Blatt in meiner Hand: Der Campus-Karte zufolge befand sich mein Wohnheim direkt vor uns. Ich griff nach meinem Koffer. Überall zwischen den asphaltierten Wegen und den Baumgruppen eilten Studenten umher. Wir ließen den Parkplatz hinter mir, und ich musste meine Füße sozusagen überreden, mich immer weiter vom kleiner werdenden Auto wegzubewegen.

Wir gingen auf ein riesiges steinernes Gebäude zu, und vor den Holztüren, hinter denen sich mein zukünftiges Zuhause für die kommenden neun Monate verbarg, hielt ich vor Aufregung den Atem an. Meine Kehle war ganz trocken, und mein Herz raste wie verrückt.

Meine Mom zog die Türen auf, ging einen Schritt weiter und winkte dann meinen Vater und mich hinein. Ein kühler Luftzug aus der Halle zerzauste ihr blondes Haar. Ich wischte mir die Schweißperlen von der Stirn und stieß die Luft wieder aus. Wenigstens gab es hier eine Klimaanlage.

Ich spähte an meiner Mutter vorbei in die Halle und krauste die Nase. Die Eingangshalle roch nach Schweiß und Moder. Staubpartikel tanzten in den Lichtkegeln, die durch die Fenster hineindrangen, und stoben auseinander, wenn die Studenten mit ihren Kisten und Möbeln hindurchhasteten.

Irgendetwas stieß mich so unvermittelt an, dass ich meinen Koffer fallen ließ und gegen die Wand taumelte. Zwei Hände packten meine Schultern, und mein Vater stützte mich.

Hast du dir wehgetan?, bedeutete er mir.

Alles in Ordnung.

Er drehte sich um und sagte etwas zu dem Jungen, der mich gerade mit seinem Sitzsack angerempelt hatte. Offenbar war mein Vater nicht besonders freundlich, denn der Junge machte eine Geste, die unter den Hörenden das Gleiche bedeutet wie unter den Gehörlosen. Mein Vater wollte ihm hinterherlaufen, aber ich griff nach seiner Hand und schüttelte den Kopf.

»Schon gut«, murmelte ich. »Es war meine Schuld. Ich hab nicht aufgepasst.«

Mein Vater strich mir übers Haar und küsste mich auf die Stirn. Mir wurde ganz heiß, als ein paar Studenten stehenblieben und uns anstarrten. Ein Mädchen mit einem pinkfarbenen Kissen grinste spöttisch und hielt sich die Hand vor den Mund. Ich löste mich von meinem Vater und nahm meinen Koffer wieder hoch.

Als wir uns die vier Stockwerke hochgekämpft hatten – über alte Treppen, die unter unseren Füßen nachgaben –, war ich trotz der Klimaanlage in Schweiß gebadet. Ich zog mir das Haar über die Narbe, als wir an der Tür mit der Nummer 406 anlangten, und holte noch einmal tief Luft.

Der Raum hatte gefühlt die Größe meines Kleiderschranks. Und da ich nicht allzu viel für Klamotten übrig habe, ist der noch nicht mal besonders groß. Er war spärlich möbliert, mit nur einer Kommode und zwei Betten, die von je einem hölzernen Schreibtisch getrennt waren, und das Ganze schrie förmlich nach Farbe oder persönlichen Gegenständen. Er tat mir beinahe leid.

Mein Vater griff nach meinem zweiten Koffer und hievte ihn zusammen mit dem, den er ohnehin schon in der Hand hatte, auf das linke Bett. Dann standen meine Eltern da und sahen mich an. Die Augen meiner Mom wurden feucht, und sie betupfte sie mit einem Papiertaschentuch. Ich trat unruhig von einem Fuß auf den anderen und sah auf die Uhr auf dem Schreibtisch.

Alles in Ordnung?, fragte meine Mutter schließlich.

Na klar.

Du kannst jederzeit nach Hause kommen. Wir wohnen ja nur zwanzig Minuten von hier …

Es wird schon werden, signalisierte mein Vater meiner Mutter. Dann fügte er hinzu: »Du musst sie erwachsen werden lassen, Louise. Das ist für sie ein wichtiger Schritt im Leben. Sie ist jetzt kein Kind mehr.«

»Ich weiß«, antwortete meine Mutter. »Aber sie ist nicht wie die anderen, Rick.«

»Ich kann Lippen lesen, das wisst ihr«, sagte ich. Sie tauschten einen Blick und sahen zu Boden. »Ihr müsst euch keine Sorgen um mich machen. Ich kann mich um mich selbst kümmern.«

Nach ein paar weiteren Minuten, in denen ich ihnen versprach anzurufen, wenn ich etwas brauchte, egal zu welcher Tages- oder Nachtzeit, verließen meine Eltern endlich das Zimmer, und ich schloss die Tür hinter ihnen, gleichzeitig erleichtert und verängstigter, als ich jemals in ihrer Gegenwart zugegeben hätte. Ich presste meine Stirn gegen das Holz und holte erneut mehrmals tief Luft. Langsam wurde ich ruhiger und musterte die Betten. Ich wusste nicht, welche Seite meine Zimmergenossin haben wollte, also entschied ich mich dafür, bei dem linken zu bleiben. Ich hoffte, dass es ihr egal war, wappnete mich aber für den Fall, doch noch das Bett tauschen zu müssen. Ich wollte nicht am ersten Tag schon einen Streit anzetteln.

Da ich keine Geschwister hatte, hatte ich mir natürlich bis zu diesem Tag auch mit niemandem das Zimmer teilen müssen – deshalb fragte ich mich umso mehr, ob wir überhaupt miteinander klarkommen würden. Aber letztlich kam es mir nur auf eines an: dass sie mich in Ruhe lassen würde, damit ich schreiben konnte, denn der Abgabetermin für den vierten und letzten Band der *Viking Moon*-Serie stand bereits fest. Mit dem Schreiben einerseits und der Uni andererseits würde ich alle Hände voll zu tun haben – und ich hatte deshalb explizit darauf hingewiesen, dass ich mir eine zurückhaltende Zimmergenossin wünschte. Auch wenn mir klar war, dass derlei Wünsche nicht immer berücksichtigt werden konnten. Was sie wohl für ein Mensch war? Nachdenklich öffnete ich die Tür zu unserem winzigen Schrank und begann auszupacken, und währenddessen wanderte mein Blick unwillkürlich andauernd zu dem anderen leeren Bett hinüber.

Als ich fertig war, setzte ich mich auf das frisch überzogene Bett und lehnte mich mit dem Rücken gegen mein Lieblingskissen. Ich balancierte meinen Laptop auf den Knien und öffnete ein neues Dokument, um das letzte *Viking Moon*-Buch zu planen. In diesem Augenblick erzitterte der Boden, und meine Zimmergenossin stürmte hinein.

Ich blickte auf. Eine rundliche Brünette stand auf den Fersen wippend vor dem Fußende meines Bettes. Ihre Haare umwaberten ihr Gesicht wie eine braune Rauchwolke, und sie gab einen Wortschwall von sich. Ich versuchte, von ihren Lippen abzulesen, aber ihr Mund bewegte sich so schnell, dass ich nur die Worte »beste« und »aufgeregt« ausmachen konnte.

Plötzlich hörte sie auf zu reden, zog die Augenbrauen hoch und sah mich erwartungsvoll an.

»Ääh … hi?«, sagte ich vorsichtig. »Ich bin Elise Jameson.«

Sie kam noch näher, und instinktiv drückte ich mich mit dem Rücken gegen das Kissen. Sie blieb völlig unbeeindruckt und streckte mir ihre blasse Hand entgegen. Wieder bewegten sich ihre Lippen zu rasch, sodass ich nicht mehr als ein oder zwei Worte ausmachen konnte.

Ich griff nach ihrer Hand, um ihren Redefluss zu stoppen. »Tut mir leid, aber könntest du langsamer reden? Ich kann deine Lippen nicht lesen, wenn du so schnell sprichst.«

Ihre haselnussbraunen Augen weiteten sich. »O mein Gott! Tut mir so leid! Ich hab's vergessen! Die Schule hat mir mitgeteilt, dass meine Zimmernachbarin taub ist. Aber sie haben auch gesagt, dass sie wirklich super im Lippenlesen ist.«

»Das bin ich auch.« Ich grinste. »Aber nur, wenn diese Lippen sich nicht mit Lichtgeschwindigkeit bewegen.«

»Nochmal sorry.« Ihr Gesicht nahm einen leuchtend pinkfarbenen Farbton an, wodurch die wenigen Sommersprossen auf ihrer Nase noch deutlicher hervortraten. »Ich bin ein ziemliches Plappermaul. Wahrscheinlich bist du froh, wenn du mich nicht die ganze Zeit quasseln hörst, was?«

Ich runzelte die Stirn und antwortete nicht. Jetzt wurde sie puterrot.

»Stimmt. Du würdest wahrscheinlich lieber überhaupt mal etwas hören können. Blöd, Reggie.« Sie schlug sich gegen die Schläfe. »Oh, ja, ich bin übrigens Regina Campbell. Aber alle nennen mich Reggie.«

»Nett dich kennenzulernen, Reggie«, antwortete ich. »Und mach dir keinen Kopf. Sachen wie das hier passieren mir dauernd. Ich hab mich dran gewöhnt.«

»Wenn du mich fragst, sprichst du aber ziemlich gut«, sagte sie. »Ich hätte nie gemerkt, dass du nicht hören kannst.«

»Ich bin nicht von Geburt an taub gewesen«, sagte ich. »Vor ein paar Jahren hatte ich einen Unfall. Aber ich kann mich immer noch daran erinnern, wie man spricht.«

»Oh.« Ihr Blick verdüsterte sich, und ihre mitleidige Miene versetzte mir einen Stich in die Magengrube. »Wie ätzend. Hast du daher auch deine Narbe?«

Sie deutete auf die Seite meines Gesichts, und ich tastete nach den Haarsträhnen, die diesen Makel normalerweise überdeckten.

Mist. Ich hatte mein Haar beim Packen zu einem Pferdeschwanz zusammengebunden.

Ich zog das Haargummi heraus und lockerte meine Locken.

»Ja«, sagte ich. »Aber ich rede nicht gern darüber.«

»Klar. Verstehe ich.« Reggie warf mir einen letzten Blick zu, dann ging sie zu ihrem Bett hinüber und ließ einen lila Koffer aufschnappen, der über und über mit Herzen verziert war. Sie hatte so viel eingepackt, dass T-Shirts und BHs heraussprangen wie die Springteufel.

»Ups.« Reggie griff nach dem fuchsienfarbenen BH, der in meinem Schoß gelandet war. »Ich hasse diese Packerei. Ich hab alles reingeschmissen und einfach aufs Beste gehofft.«

Sie schnitt eine Grimasse und zog eine Jeans hervor, die an irgendetwas festzuhängen schien. Als sie die Hose schließlich befreit hatte, stolperte sie rückwärts, und der Koffer plumpste vom Bett, sodass sich nun der gesamte Inhalt über den nackten Holzboden ergoss.

»Komm, ich helf dir.« Ich kniete mich hin, sammelte Sweatshirts und Schals ein und warf sie zurück in den Koffer. Dann fühlte ich mit der Hand den Boden unterm Bett entlang, um zu sehen, ob irgendetwas daruntergerutscht war. Meine Finger berührten ein dickes Buch, und ich grinste. Meine Zimmernachbarin las also offenbar gern. Wenigstens hatten wir etwas gemeinsam.

Ich holte das Buch unter dem Bett hervor und legte es in meinen Schoß. Unwillkürlich schrie ich leise auf, als ich das vertraute Cover und den Titel des Buches sah, das ich in Händen hielt.

Viking Moon.

Kapitel 5

Ich zwang mich zu einem neutralen Gesichtsausdruck und blickte auf, erleichtert zu merken, dass Reggie den Laut nicht gehört zu haben schien. Sie saß mit gesenktem Kopf da, konzentrierte sich anscheinend darauf, einen Seemannsknoten aus getupften Socken zu entwirren.

Ich starrte weiter auf Dag und Thora, die sich auf dem Cover umarmten, und überlegte, wie ich mich jetzt am besten verhalten sollte. Vielleicht hatte sie das Buch ja noch nicht einmal gelesen. Nein, die Eselsohren und das abgegriffene Cover waren ein deutliches Indiz. Sie hatte sogar einige Passagen in Pink und Gelb markiert. Ich stand vom Boden auf und hockte mich auf die Bettkante. Beim Durchblättern sah ich, dass einige ihrer Lieblingspassagen auch zu den meinen gehörten.

Dann wedelte eine Hand vor meinem Gesicht hin und her, um mich von meinen Wikingerhelden abzulenken. »Das ist mein absolutes Lieblingsbuch«, sagte Reggie. »Hast du es gelesen?«

Ich schluckte. Ihr zu sagen, dass ich ein Fan war, würde zu endlosen abendlichen Diskussionen über das Buch führen, was es umso schwieriger machen würde, mein Geheimnis zu bewahren. Ich schaute auf meine Nägel hinunter und konzentrierte mich auf die grässliche Farbe. Auf dem Nagellackfläschchen wurde beharrlich behauptet, dass es sich um »Zartrosé« handelte, aber auf meinen Nägeln sah es aus wie »Quietsch-Bonbonrosa«.

Reggie stellte sich auf die Zehenspitzen und wartete auf meine Antwort.

Ich schüttelte den Kopf und gab ihr das Buch zurück. »Nein.«

So. Das sollte der Sache ein Ende setzen.

Reggie umfasste mein Handgelenk so fest, so dass ihre Nägel sich in meine Haut bohrten. »O mein Gott! Das *musst* du einfach lesen! Es ist eine Serie. Du musst alle Bände lesen. Die werden dir gefallen!«

Sie kramte weiter in ihrem Koffer und warf ein paar Sachen über die Schulter. Ich duckte mich, als ein Buch an mir vorbeisauste. Es prallte an der beigefarbenen Wand ab und hinterließ einen grauen Fleck.

Noch mehr Buch-Wurfgeschosse flogen in meine Richtung, und irgendwie gelang es mir, eines davon zu fangen. Es war der zweite *Viking Moon*-Band, *Klippen am Meer*.

Reggie schaute mich eindringlich an, als hätte sie mir gerade ein Abendessen serviert, für das sie sich total abgerackert hatte, und nun darauf brannte, dass ich endlich davon probierte. Ich drehte das Buch um und tat, als würde ich die kurze Zusammenfassung auf der Rückseite durchlesen, die ich schon vor gefühlten Jahrhunderten auswendig gelernt hatte. Als ich schließlich wieder aufsah, starrte meine Zimmergenossin mich immer noch an.

»Und?«, fragte sie.

»Es, äh … ist bestimmt toll«, murmelte ich. Ich deutete auf die Bücher, die auf meinem Bett lagen. »Ich weiß nur nicht, ob ich Zeit habe, die alle zu lesen, wenn ich so viel Seminare und Lernstoff habe.«

»Oh, das musst du aber«, sagte Reggie, nahm mir das

Buch aus der Hand und legte ein anderes hinein. »Aber fang mit dem hier an.«

»Klar. Mal sehen, was sich machen lässt.«

»Klasse!«

Ich konnte es zwar nicht hören, aber so wie sie vor mir auf und ab hüpfte, nahm ich an, dass ihre Stimme die Dezibelzahl einer Hundepfeife erreicht hatte.

Meine Wangen waren ganz heiß, als mir aufging, dass Reggie der erste richtige Fan war, mit dem ich mich jemals auf ein persönliches Gespräch eingelassen hatte. Meine Verlegerin hatte in den vergangenen Jahren immer mal wieder versucht, mir Autogrammstunden aufs Auge zu drücken, aber da ich wusste, dass alle Welt mich für eine Kandidatin aus *America's Next Top Model* hielt, hatte ich immer Ausreden erfunden, um das zu umgehen. Außer mit Jin und meinen Eltern hatte ich nie mit jemandem über meine Bücher reden müssen. Ich hatte mich immer davor drücken können. Bei Reggie würde das nicht ganz so einfach sein.

Reggie zerrte die letzten T-Shirts aus dem Koffer und warf sie in die leere Schublade, die ich für sie in der Kommode freigelassen hatte.

»Hast du schon was gegessen?«, fragte sie, als sie den leeren Koffer unter ihr Bett schob. »Ich bin am Verhungern. Ich glaub, ich schau mal nach, was es hier so in der Cafeteria gibt. Willst du mitkommen?«

Ich stellte mir das Gedränge der Erstsemester vor, die sich um die Tische scharten oder mit ihren Tabletts anstanden, um sich etwas zu essen zu holen, und schüttelte den Kopf.

»Nein danke«, sagte ich. »Ich hab keinen Hunger.«

Reggie runzelte die Stirn. »Wirklich? Na gut. Aber ich bring dir was mit.«

»Okay«, antwortete ich, nickte und schenkte ihr ein dankbares Lächeln. »Danke.«

Sie verschwand, und ich seufzte erleichtert, als die Tür sich hinter ihr schloss. Dann zog ich meinen Laptop unter dem Kissen hervor, legte ihn wieder auf meinen Schoß und öffnete ihn. Ich scrollte mich durch den ersten Entwurf, den ich für den Handlungsverlauf des nächsten Buches gemacht hatte, und öffnete dann ein neues Dokument.

Der Cursor hieß mich, wie immer, mit seinem Blinken willkommen, und ich erwiderte seinen Gruß lächelnd. Das hier war immer gleichzeitig der beängstigendste und aufregendste Teil beim Schreiben. Eine leere Seite lag vor mir, die ich bald mit Worten füllen würde. Mit meinen Worten. Worten, die mich und meine Leser aus der wirklichen Welt entführen und an einen Ort bringen würden, an dem wir gemeinsam lachen, schreien und weinen konnten. Ich musste nur den richtigen Anfang finden.

Ich runzelte die Stirn und tippte Kapitel eins. Jetzt sah das Blatt nicht mehr ganz so leer aus. Nun musste ich nur noch den Rest dieses verdammten Buches schreiben.

Unter meinem Bein vibrierte etwas, und ich zuckte so heftig zusammen, dass mein Laptop fast auf den Boden gefallen wäre. Ich stellte ihn auf einen von Reggies *Viking Moon*-Bänden auf dem Bett und zog mein Handy unter mir hervor.

Ich lächelte, als ich eine Nachricht von Jin entdeckte, und ich wischte über das Display.

JIN: *Hey, Ellie-Bellie! Wie geht's dir, meine Schöne? Wie behandelt man dich auf dem College?*

Ich schnaubte das Handy an und tippte die Antwort.

ICH: *Das College ist bis jetzt ganz okay. Erster Tag halt. Mitbewohnerin ist ein Riesen-WM-Fan. (Ich fügte ein Emo-*

ticon mit aufgerissenen Augen hinzu.) Das wird ein laaaanges Jahr. Und ich hab dir schon tausendmal gesagt, dass du mich nicht so nennen sollst.

JIN: *Ich darf dich nicht meine Schöne nennen?*

ICH: *Nicht das, nein. Ellie-Bellie. Ich musste extra auf Jellybeans verzichten, damit die Leute mich nicht mehr so nennen. Und das ist deine Schuld.*

JIN: *Ich find's süß, aber egal. Also, erzähl mir mehr von dieser Mitbewohnerin. Hast du ihr erzählt, wer du bist?*

ICH: *Spinnst du? Wahrscheinlich würde sie mich dann gefesselt in ihren Schrank einsperren oder so was. Ohne Scheiß. Sie fährt etwas zu sehr auf die Bücher ab. Aber sie heißt Reggie und scheint ansonsten nett zu sein. Wie ist NYC?*

JIN: *Fantastisch. Ich finde immer noch, dass du herkommen solltest. Die Leute, die Lichter, die MÄNNER. O Gott, die Männer.*

Ich lachte und bedachte mein Display mit einem spöttischen Blick.

ICH: *Ja, klingt genau nach dem richtigen Ort für mich. Da bleib ich doch lieber hier im guten alten Fernbrooke, okay?*

JIN: *Zu dumm. Du verpasst was im Leben. Und in der Liebe. Ich finde, eigentlich solltest du mal nach L.A. fliegen und dir zumindest mal anschauen, wie sie eine Folge von WM drehen. Wäre gut für dich. Und dann ist da ja noch Gavin Hartley.*

Mein Display füllte sich mit Herzen und Kussemoticons. Ich dachte an die letzte Nachricht von meiner Agentin und musste schlucken.

ICH: *Sie haben anscheinend ihre Meinung geändert. Sie wollen jetzt in Fernbrooke drehen. Sie wollen in meiner Nähe sein, damit ich beratend vor Ort sein kann. Und scheinbar sieht unsere Stadt alt genug aus.*

JIN: *WAS? Das ist ja der Wahnsinn! Ich komme auf jeden Fall nach Hause und gehe mit dir ans Set. Beschlossene Sache.*

Ich befeuchtete meine Lippen und warf einen Blick auf die Bücher auf meinem Bett. Eines lag auf dem Cover, so dass ich die vollen Lippen und das perfekte Lächeln des Mädchens sehen konnte, das vorgab, ich zu sein.

ICH: *Ja. Da gibt es nur ein einziges Problem.*

JIN: *Was kann denn daran ein Problem sein?*

ICH: *Sie halten mich für eine super aussehende Brünette, weißt du noch?*

JIN: *Fuck.*

ICH: *Seh ich auch so.*

JIN: *Und was willst du jetzt machen, El?*

Ich holte tief Luft. Genau das hatte ich mich schon die ganze Woche über gefragt, als ich beim Packen in meinem Schlafzimmer zu Hause in meinem Zimmer hin und her getigert war.

ICH: *Keine Ahnung. Irgendwelche Ideen?*

JIN: *Mach reinen Tisch. Erzähl deiner Agentin, was Sache ist.*

ICH: *Auf keinen Fall.*

JIN: *Okay … na gut. Dann wirst du sie wohl finden müssen. Wir wissen ja schon, dass sie kein Problem damit zu haben scheint, so zu tun, als sei sie du. Mach sie ausfindig und frag sie, ob sie an deiner Stelle ans Set gehen will.*

Ich lehnte mich auf dem Bett zurück und musste seine Worte erst mal verdauen. Das Kissen drückte sich in mein Kreuz, und ich schob es nach oben. Er hatte recht.

Ich musste mein Alter Ego finden.

Das Problem war nur: Wie sollte ich jemanden finden, dessen Namen ich nicht einmal kannte?

Kapitel 6

Als mein Dad darauf bestanden hatte, dass ich aufs College ging, um zu lernen, wie man ein einigermaßen normaler Erwachsener wird, gab es ein Argument, das mich schließlich nachgeben ließ: das Seminar in Amerikanischer Literatur an der Fernbrooke Universität. Der Dozent war Duncan Creed, ein Autor, den ich bewunderte, seit ich alt genug gewesen war, um mir seine Bücher vom Regal meiner Mom zu stibitzen. Er schrieb Fantasy-Romane, die in anderen Welten spielten und voller Worte waren, die ich nicht aussprechen durfte, und voller Szenen, die ich damals nicht lesen sollte. Aber ich verschlang sie trotzdem – spät in der Nacht unter der Bettdecke im Licht meines Handys. Er hatte seit Jahren kein Buch mehr geschrieben, aber ich klammerte mich stets an die Hoffnung, dass er bald wieder etwas veröffentlichen würde. Allerdings war die Tatsache, dass er nun ein paar College-Kids in Literatur unterrichtete, nicht gerade ermutigend.

Am Montagmorgen war ich schon früh im Hörsaal, sah mich in dem leeren Raum um und überlegte, wohin ich mich am besten setzen sollte. Ich wusste, dass es logisch gewesen wäre, mir einen Platz in der vorderen Mitte zu sichern. Von dort aus konnte ich die Lippen des Professors gut sehen und sichergehen, dass ich nichts verpasste. Aber das würde mich auch Fragen und Diskussionen aussetzen. Studenten, die in der vordersten Reihe saßen, wurden immer von allen wahrgenommen. Ich ignorierte die Stimme, die mir sagte, dass ich einen Vogel hatte, und ging stattdessen ganz nach hinten. Ich wählte einen Stuhl in der äußersten Ecke, von wo aus ich Duncan Creed sehen konnte, aber nicht mit ihm würde reden müssen – und auch mit sonst niemandem.

Der Raum war wie ein Theater aufgebaut – mit Plastikstühlen, an deren Seite Tischklappen angebracht waren. Ich quetschte mich unter den Klapptisch und zog eine Grimasse, als ich den unbequemen, harten Plastikstuhl am Hintern spürte. Wie gut, dass mich dieses Seminar zumindest interessierte.

Während die Studenten sich auf die übrigen Stühle verteilten, holte ich meinen Laptop und mein Handy hervor, öffnete meine Diktierapp und richtete das Mikrofon auf den vorderen Teil des Zimmers aus.

Meine Eltern und das College hatten vorgeschlagen, jemanden für mich zu engagieren, der alles in Gebärdensprache für mich übersetzen sollte, aber allein bei dem Gedanken daran, dass jemand nur für mich da vorn stand, hätte ich mich am liebsten ein für alle Mal in einem Loch vergraben. Ich schlug also vor, es lieber mit Lippenlesen zu versuchen, aber ich wusste nicht genau, wie ich das anstellen sollte, wenn ich mir gleichzeitig Notizen machen musste. Und da fand ich die Diktierapp, die ich kostenlos auf mein Handy heruntergeladen hatte. Sie nahm Stimmen auf und verwandelte sie sofort in Schriftsprache – und die Notizen konnte ich dann als E-Mail oder Word-Dokumente abspeichern. Klar, es gab keine Interpunktion, und die Rechtschreibung ließ auch zu wünschen übrig, und manchmal wurden Sachen auch falsch wiedergegeben, aber es war um einiges besser, als zu offensichtlich »das taube Mädchen im Seminar« zu sein.

Ich drückte auf den Power-Knopf meines Laptops und wartete darauf, dass er hochfuhr. Mein Blick wanderte im Raum herum und blieb schließlich am Pult hängen. Scharf atmete ich ein, und meine Wangen wurden heiß.

Dort vorne stand Duncan Creed und zog ein paar Papiere aus seiner ledernen Aktentasche. Er sah genau aus wie auf dem Foto auf der Rückseite seiner Bücher, mit sandfarbenem Haar und dunkler Brille. Er war bestimmt mehr als doppelt so alt wie ich, aber die einzigen verräterischen Anzeichen für sein Alter waren die grauen Tupfen in seinen Koteletten und seinem Dreitagebart.

Ich ertappte mich dabei, wie ich mich tiefer in meinen Stuhl sinken ließ, als er mir plötzlich in die Augen sah. Er lächelte, und mein Herz setzte einen Schlag lang aus. Ich umklammerte den Klapptisch, um nicht auf der Stelle vom Stuhl aufzuspringen und aus dem Hörsaal zu flüchten, mich vom College abzumelden und ins Kloster zu gehen, um ein Leben in Einsamkeit zu führen.

Stattdessen riss ich mich von seinem Blick los und starrte stattdessen auf meinen Bildschirmhintergrund. Es war ein Bild von Gavin Hartley, verschwitzt und mit nacktem Oberkörper, deshalb war es nur wenig hilfreich. Ich rutschte unruhig auf dem Stuhl hin und her, und ich spürte, wie mir eine Schweißperle den Nacken hinunterlief. Mir war bis dahin gar nicht aufgefallen, wie heiß es hier war. Mit einem Mausklick öffnete ich ein neues Dokument in Word.

So, besser. Jetzt konnte ich wieder durchatmen.

Jemand berührte meine Schulter, und ich zuckte zusammen. Ich stieß mit dem Knie gegen den Schreibtisch, schrie auf und drehte mich nach dem Verursacher um.

Ein Cowboy. Da stand doch tatsächlich ein waschechter Cowboy vor mir. Mit einem Riesenhut, Stiefeln und allem Drum und Dran.

Er tippte sich an seinen Hut, und ich fragte mich, ob vielleicht alles, was passiert war, seit der Junge mich tags zuvor mit seinem Sitzsack angerempelt hatte, ein Produkt meiner Fantasie war: ein *Viking Moon*-Fan als Mitbewohnerin, mein Literaturheld, der mich anlächelte, und jetzt ein Cowboy, der sich in einem Seminar in Amerikanischer Literatur an den Hut tippte. Deutete alles auf ein sitzsackinduziertes Hirntrauma hin.

»Tach auch«, sagte die Halluzination. Er war groß und schlank, die Beine meterlang, und seine Knie stießen an den Stuhl in der Reihe vor uns. Mit meinen knapp eins sechzig musste *ich* mir wenigstens nie Gedanken über meine Beinfreiheit machen.

Die Länge seiner Beine passte zur Breite seiner Brust. Er sah aus wie ein Typ, der jede Menge Zeit auf einer Farm verbringt und die Heuballen mit einer solchen Leichtigkeit wirft, als bestünden sie aus Papiertaschentüchern. Seine muskulösen und sonnengebräunten Arme bewiesen, dass seine Haut die Sonne genauso begierig aufnahm, wie meine Haut sie abstieß. Er sprach weiter, und ich konzentrierte mich auf seine Lippen. Ich konnte nur annehmen, dass er einen ausgeprägten Südstaaten-Akzent hatte. »Tut mir echt mächtig leid. Ich wollte dir keine Angst einjagen, Ma'am.«

Ma'am. Er hatte mich Ma'am genannt. Ich brauchte anscheinend so schnell wie möglich ein Krankenhaus.

Ich runzelte die Stirn und starrte ihn an, zwang mein halbwegs komatöses Selbst zum Aufwachen. Als nichts geschah und er nur meinen Blick erwiderte, war ich endlich in der Lage zu sprechen. »Hm, schon gut. Kann ich was für dich tun?«

»Ich bin Clint«, antwortete er. Er tippte sich nochmal an den Hut. »Clint Harrison.«

Unwillkürlich zuckten meine Mundwinkel. »Elise. Nett, dich kennenzulernen.«

Ich wandte mich wieder meinem Laptop zu und spürte, wie die Reihe der miteinander verbundenen Stühle sich bewegte, als Clint zu mir aufrückte – vorher war Gott sei Dank noch ein Platz zwischen uns frei gewesen – und sich neben mich setzte. Mein Rücken wurde so steif wie ein Lineal, und die Luft im Klassenzimmer schien dünn zu werden.

»Was kann ich für dich tun?«, wiederholte ich mit zusammengebissenen Zähnen.

Er schien nicht mitzukriegen, dass ich nicht gerade erfreut über seine Nähe war, als mir das rausrutschte. Er schenkte mir ein Lächeln so breit wie Texas und deutete auf meine Tasche. »Du hast nicht zufällig einen Stift für mich übrig, oder? In meinem ist echt keine Tinte mehr.«

Er schüttelte den Stift, und wir sahen zu, wie er ihm aus der Hand rutschte, quer durch den Raum flog und ein Mädchen auf der gegenüberliegenden Seite an der Wange traf. Sie fasste sich ins Gesicht und sah zu uns herüber. Schnell wandte ich den Blick wieder meinem Laptop zu. Ich hielt den Atem an, als ich spürte, wie Clints Körper neben mir erstarrte. Ich wartete ein paar Sekunden, bevor ich aufzublicken wagte. Das Mädchen hatte den Blick jetzt wieder ihrem Computerbildschirm zugewandt, aber ihre Schultern waren so angespannt, dass sie vermutlich keinen zweiten Flugstift tolerieren würde.

Ohne Vorwarnung rutschte mir ein Kichern heraus.

Clints Schulter bebte neben meiner, und er wischte sich eine Träne aus seinen eindrucksvoll klaren blauen Augen.

»Ups«, sagte er, als er sich wieder gefangen hatte. »Ich schätze, jetzt brauche ich also *wirklich* einen Stift.«

»Warte. Du meinst, du hast vorhin in Wirklichkeit noch keinen gebraucht?«

»Nein.« Er wurde rot und lächelte schief. »Ich wollte einfach nur mit dem hübschen Mädchen in der Ecke reden.«

»Oh.«

Ich suchte nach einer etwas zusammenhängenderen Antwort als nur diesem einen Wort, aber mein Kopf war wie leergefegt.

Ich wandte mich wieder meinem Computer zu, und Clinton stieß meine Schulter an. »Also … hast du jetzt einen Stift?«

»Oh. Klar.«

Ich griff nach meiner Tasche. Der Lederriemen rutschte mir durch die feuchten Hände, und die Tasche landete auf dem Boden, sodass der Inhalt sich sowohl über meine Füße wie auch die des Cowboys ergoss.

»Verdammt.« Ich beugte mich vor, um alles aufzusammeln, und war dankbar, dass Clint jetzt hoffentlich nicht sehen konnte, wie ich rot wurde.

Nun erstarrte ich, als ich einen Tampon neben seinen Stiefeln liegen sah. Ich hielt den Atem an und überlegte krampfhaft, wie ich ihn wieder in die Tasche stopfen konnte, ohne dass Clint es registrierte.

Ich tastete mit den Händen über den kalten Boden und verlagerte mein Gewicht, bis mein Hintern fast schon über meinem Stuhl schwebte. Meine Finger berührten seine Stiefelspitze. Mit einer flinken Bewegung wollte ich mir das peinliche Ding schnappen, aber Clint war schneller. Die leuchtend pinkfarbene kleine Packung verschwand in seiner Hand, und ich sah mit weit aufgerissenen Augen zu, wie er sie musterte.

Ohne ein Wort sprang ich wieder auf, schnappte ihm den Tampon aus der Hand und warf ihn in meine Tasche. Dann wandte ich mich meinen restlichen Utensilien auf dem Boden zu und vermied dabei um jeden Preis seinen Blick. Wenn er jetzt irgendetwas sagte, dann wollte ich das lieber nicht sehen.

Kurz darauf hatte ich alle meine Sachen vom Boden aufgesammelt und tauchte mit einer schmutzigen Hand wieder auf. Ich schob alles in meine Tasche und blickte genervt auf meine Handfläche, bevor ich sie an meiner Jeans abwischte. Ich gab Clint einen Stift und war sicher, dass mein Gesicht röter war als das eines vorpubertären Mädchens im Aufklärungsunterricht.

»Danke«, sagte Clint, als ich schließlich den Mut fand, ihn wieder anzusehen. »Und was ist das?«

Ich stöhnte. Er hielt Reggies ersten *Viking Moon*-Band hoch.

»Ein Buch.« Ich riss es ihm aus der Hand und verstaute es ebenfalls in der Tasche. »Wenn du das nicht weißt, ist Amerikanische Literatur vielleicht nicht das richtige Fach für dich.«

Mein Stuhl vibrierte von seinem Lachen. »Ich meinte, wovon handelt es?«

»Du hast noch nie von der *Viking Moon*-Serie gehört?«

Er schüttelte den Kopf, und ich lehnte mich in meinem Stuhl zurück. Mein Atem ging jetzt wieder annähernd normal.

»Das ist eine Serie von Romanen für Teenager. Über Wikinger.«

»Wikinger? Und was machen die so?«

Clint lehnte sich ebenfalls zurück, ließ mich aber keine Sekunde aus den Augen. Ich blickte nach vorn. Duncan Creed unterhielt sich mit einer selbstbewusst wirkenden Blondine. Ihr Kopf wippte auf und ab, und ihre Hand lag auf seinem Handgelenk. Er schüttelte sie ab, rieb sich den Nacken, aber sie rückte trotzdem näher an ihn heran.

Ich sah Clint wieder an und seufzte. »Es geht um zwei Wikingerfamilien, die einander bekämpfen. Und ein Junge und ein Mädchen aus den beiden Familien, die sich ineinander verlieben. Wie bei Romeo und Julia. Aber eben mit Wikingern, weißt du.«

Clint krauste die Nase, als hätte ich ihm gerade eine Tüte mit faulem Kohl auf den Schoß gelegt. »Keine Cowboys, Pferde oder Duelle im Morgengrauen?«

»Na ja, sind halt Normannen, die so um 800 gelebt haben, also nein.«

»Und es gibt Leute, die diesen Scheiß lesen?«

Ich verschränkte die Arme über der Brust und schnaubte: »Ja, tun sie.«

Ich wandte meine Aufmerksamkeit wieder Duncan Creed zu. Er brachte die Blondine zu ihrem Stuhl zurück, eine Hand auf ihrem Rücken. Ihr Mund bewegte sich unaufhörlich, sogar noch, als er wieder an seinem Pult angekommen war.

Clint zog einen Packen liniertes Papier aus seiner Tasche. Als er ihn auseinanderfaltete, konnte ich erkennen, dass die Blätter mit einer unordentlichen Handschrift bedeckt waren. Er blätterte die zerknitterten Seiten durch, bis er ein leeres Blatt fand, und glättete es mit der Handfläche.

Ich überblickte das Meer aus Laptops um uns herum,

dann sah ich ihn wieder an. »Du machst dir handschriftliche Notizen?«

»Jep.« Er nickte. »Keiner hat heutzutage mehr Sinn für das geschriebene Wort. Alles läuft nur über Computer und Maschinen. Ich finde, Handgeschriebenes hat eine gewisse Schönheit.«

Er kritzelte das Datum auf den oberen Seitenrand, und ich hielt den Atem an, um ein erneutes Kichern zu unterdrücken. *Schönheit.* An seiner Handschrift allerdings war absolut nichts Schönes dran.

Ich machte den Mund auf, um ihm zu antworten, bemerkte aber in diesem Augenblick, wie die Stimmung im Raum sich änderte und alle nach vorn blickten. Ich tat es den anderen gleich und richtete meinen Blick ebenfalls Richtung Pult. Duncan Creed hatte bereits mit der Vorlesung begonnen. Ich drückte den »Aufnahme«-Knopf meiner App, bevor ich mich wieder meinem Computer zuwandte. Nachdem ich mich davon überzeugt hatte, dass der Cowboy dem Vortrag folgte, schloss ich das leere Word-Dokument und klickte mich durch die Bilder von Gavin Hartley im Internet.

Bei einem Schnappschuss aus seinem letzten Film hielt ich inne. Er hatte einen Feuerwehrmann gespielt, und seine Hose saß tief auf seinen Hüften, nur festgehalten von roten Hosenträgern. Auf der Schulter trug er eine Axt, genau so wie in meiner Vorstellung Dag eine tragen würde. Er hatte ein jungenhaftes Gesicht – immerhin war er ja auch erst einundzwanzig –, tiefblaue Augen und Wangen wie aus fein gemeißeltem Marmor.

Offenbar war er häufiger im Fitnessstudio als ich – ich ging nur sporadisch hin, und auch nur so oft, um überhaupt weiterhin Mitglied bleiben zu können. Seine definierten Brustmuskeln jedenfalls gingen in einen definierten Bauch über. Der Schweiß, der auf seinem Oberkörper glänzte, betonte jede einzelne Kurve, auch das V, das rechts und links von seinen Hüften erkennbar war und sich unterhalb des Hosenbundes fortsetzte.

Ich fächelte mir mit Reggies Buch Luft zu und überkreuzte die Beine. Während ich mich durch alle möglichen Fotos des Filmstars klickte, kaute ich auf meiner Unterlippe herum.

In einem Monat würde ich Gelegenheit haben, dem Mann meiner Träume zu begegnen – buchstäblich. Allerdings erwartete er jemand vollkommen anderen. Und ich hatte keine Ahnung, wie ich mich bis dahin in sie verwandeln sollte.

Ein Monat war nicht annähernd genug Zeit dafür.

Kapitel 7

Nach dem Seminar schlang ich mir die Tasche über die Schulter und schlüpfte an Clint vorbei, der immer noch dabei war, sich den Stoff zu notieren. Ich ging langsam die Hörsaaltreppe hinunter in Richtung Pult, entschlossen, eine erneute Sitzsack-Episode um jeden Preis zu vermeiden.

Ich griff in meine Tasche, holte ein Buch heraus und biss mir auf die Lippe. Das war eine blöde Idee. Das war wirklich das Dämlichste, was ich tun konnte. Tatsächlich sollte ich lieber sofort verschwinden.

Ich drehte mich um, um die Treppe wieder hinaufzulaufen, als mir schon wieder jemand auf die Schulter tippte. Ich drehte mich um, und mir blieb der Mund in einer wahrscheinlich unglaublich unattraktiven Weise offen stehen.

»Ist das meins?«, fragte Duncan Creed.

»Ähm?«

»Das Buch. Ist das meins?« Er nahm mir den Roman aus der Hand. Es war *Raubtiergebiss*, eines meiner Lieblingsbücher und gleichzeitig das letzte, das er geschrieben hatte.

Ich befeuchtete meine Lippen. »Äh. Ja. Ich hatte gehofft, dass Sie es signieren? Ich meine, wenn das okay für Sie ist, Mr Creed.«

»Duncan, bitte.« Er lächelte wieder. »Und natürlich werde ich es signieren. Wie heißt du? Ich verspreche, dass ich am Ende des Semesters alle Namen kenne.«

»Elise«, antwortete ich. »Elise Jameson.«

Das Lächeln erstarb auf seinem Gesicht. Er sprach plötzlich langsamer. Wie unangenehm! »O Elise. Meine Güte. Du wurdest mir angekündigt. Warum hast du denn da ganz hinten gesessen? Du solltest dir doch lieber ganz vorn einen Platz suchen.«

Na toll. Er hielt mich für irgendsoeine Idiotin, die besondere Aufmerksamkeit in Anspruch nahm.

»Na ja«, sagte ich und räusperte mich. »Wenn man nicht hören kann, spielt es keine Rolle, wie nah man am Pult sitzt. Außerdem kann ich auch von dahinten ganz gut Lippen lesen, und ich habe eine App, die alles für mich aufnimmt und in Schrift umwandelt. Geht also alles, keine Sorge.«

Er blickte auf sein Buch hinunter, nickte und öffnete es. Er sagte etwas, aber ich hatte keine Ahnung, was, denn er beugte sich so tief hinunter, dass ich seine Lippen nicht sehen konnte.

Ich trat unruhig von einem Fuß auf den anderen, während er schrieb. Seine Handschrift war ordentlich und klar, mit kleinen Schnörkeln, aber die Buchstaben waren deutlich genug ausgeprägt, um sie dennoch maskulin wirken zu lassen. Genau die Art von Handschrift, die ich von ihm erwartet hätte.

Er richtete sich auf und schob die Brille hoch, bevor er mir das Buch zurückgab.

»Danke«, sagte ich und hoffte, dass er nichts Wichtiges gesagt hatte, während er ins Buch gekritzelt hatte. Wie die Antworten der Abschlussprüfung oder so etwas.

»Gern geschehen, Elise.« Er stand da und starrte mich an, als erwartete er noch eine Antwort von mir.

Ich wippte auf und ab und durchforschte das Hirn nach einem brillanten Kommentar, um ihm zu beweisen, dass ich mehr war als nur ein verrückter Fan. Ihm irgendwie zu vermitteln, dass seine Wahnsinns-Geschichten mich aus der Schwärze herausgerissen hatten, in die ich nach meinem Unfall gefallen war, und die mich damit auf die Seiten der Welten geworfen hatten, die er geschaffen hatte. Er hatte mir vor Augen geführt, dass Schreiben ein Ausweg und eine Möglichkeit war, wieder gesund zu werden. Er hatte mein Leben verändert.

Ich sah auf die Uhr an der Wand. Oooo verdammt … Eine ganze Minute war vergangen, und ich hatte immer noch nichts gesagt. Du bist echt die Weltmeisterin im Peinlichsein, Elise.

Duncan zog die Augenbrauen so sehr nach oben, dass sie seine Brille überragten.

»Na ja … bis dann«, sagte ich und stürzte aus dem Zimmer, ohne mich noch einmal umzusehen.

Eine kräftige Hand zog mich zur Seite, als ich hinaus auf den Flur hastete, und ich hatte plötzlich die Brust des Cowboys vor der Nase.

»Sorry, wenn ich dich erschreckt habe, Schätzchen.« Er hielt einen Stift hoch. »Wollte dir nur deinen Stift wiedergeben.«

»Oh.« Ich holte langsam Luft und versuchte, mein Herz wieder in einen einigermaßen normalen Rhythmus zu zwingen. »Danke.«

Ich schob den Stift und Duncans Buch in meine Tasche zurück und wollte weitergehen, doch Clint blieb an meiner Seite. Ich sah ihn fragend an. »Was denn noch?«

Er rieb sich den Nacken, und seine Augen wanderten den Flur entlang, bevor er mich schließlich wieder ansah.

»Ich habe mitbekommen, wie du eben mit dem Professor geredet hast. Bist du wirklich taub?«

Ich nickte. »Ja. Warum?«

»Wow.« Er schob sich den Hut in den Nacken. »Ich hatte keine Ahnung. Tut mir leid. Warum hast du nicht schon früher was gesagt?«

»Das gehört nicht unbedingt zu den Dingen, die ich den Leuten erzähle, wenn ich sie zum ersten Mal treffe. Wie du gemerkt hast, bin ich ganz gut im Lippenlesen. Ich komme also normalerweise klar, ohne das Thema anzuschneiden.«

Ich stieß die Tür auf und blinzelte, als das Sonnenlicht hereinfiel. Auf dem Hof draußen eilten die Studenten von einem Gebäude zum anderen, und es war ein ziemliches Gewusel. Ich holte tief Luft und trat ins Freie. Und ich fragte mich, ob ich mich je dran gewöhnen würde, direkt in eine Menschenmenge zu gehen, statt vor ihr zu flüchten.

Ich zog die zerknitterte Karte aus meiner Tasche und legte eine Hand über meine Augen, um sie von der Sonne abzuschirmen. Mit einem Blick auf die krude Zeichnung versuchte ich, ein Gebäude vom anderen zu unterscheiden.

Wieder wedelte jemand mit der Hand vor meinem Gesicht herum, und seufzend sah ich zu Clint auf.

»Wohin willst du?«, fragte er.

Die Sonne knallte auf uns herab, und mein Kopf fühlte sich an, als würde mein Haar jeden Augenblick in Flammen aufgehen. Ich starrte seinen riesigen Hut an und war tatsächlich ein bisschen neidisch.

»Victoria A Building«, antwortete ich. »Als Nächstes habe ich Geschichte.«

Das Licht spiegelte sich im Blau seiner Augen, und er blinzelte, bevor er seinen Hut weiter ins Gesicht zog. »Das ist ganz in der Nähe meines Wohnheims. Ich zeig dir den Weg, wenn du willst. Ist nicht weit.«

»Danke.« Ich schob die Karte in die Gesäßtasche meiner Jeans, ohne sie wieder zusammenzufalten. »Also, wo kommst du her, Clint? Anscheinend nicht von hier. Gibt nicht viele mit Südstaatenakzent in Fernbrooke.«

»Woher weißt *du* denn, dass ich einen Akzent habe?«

Ich zuckte die Achseln und zog mir das Haar über die Schultern, um meine Wangen zu verbergen. In meinem Nacken sammelte sich Schweiß, und ich wischte ihn weg. »Ich glaub, ich hab einfach nur geraten. Der Hut. Die Stiefel. Die Art, wie du die Worte formst.«

Er bog rechts ab, und ich folgte ihm vorbei an einem beigefarbenen Gebäude. Studenten lagen lässig mit geöffneten Laptops auf den Treppenstufen davor, einige hatten Zigaretten im Mund. Ein Junge mit Kapuzenshirt, der sicher einging vor lauter Hitze, zog einen silbernen Flachmann aus der Tasche und nahm einen Schluck. Als er das verbotene Teil wieder in die Tasche gleiten ließ, entdeckte er mich und zwinkerte mir zu. Mein Blick wanderte wieder zu Clint.

»… nicht wirklich ein Cowboy«, sagte er gerade.

»Was?« Ich blieb mitten auf dem Weg stehen, und jemand prallte gegen meinen Rücken. Ich murmelte eine Entschuldigung, aber das hielt den betreffenden Jungen nicht davon ab, mir eine Obszönität ins Gesicht zu schleudern. Clint sah ihm hinterher, als wollte er ihm etwas Entsprechendes sagen, aber ich packte sein Handgelenk, um ihn zurückzuhalten.

»War echt meine Schuld«, sagte ich. »Das ist meistens

so. Anmut ist nicht gerade meine Stärke. Also was war das gerade – du bist kein Cowboy?«

Cint sah dem Jungen, der mich beschimpft hatte, immer noch nach, wie er um die Ecke verschwand. Dann drehte er sich wieder zu mir um und zuckte die Achseln. »Ich mag Cowboys. Und ich wollte immer einer sein. Aber eigentlich komme ich aus Chicago. Uncowboyhafter geht gar nicht.«

Ich lachte, und wir gingen weiter, umrundeten ein weiteres Gebäude und liefen auf eine Baumgruppe zu. »Warum gehst du denn dann zur Fernbrooke? Ihr habt da draußen doch auch tolle Unis.«

»Aber da gibt's keinen Duncan Creed«, sagte er.

»Ich dachte, du magst keine Bücher ohne Cowboys.«

»Bei ihm mache ich eine Ausnahme.« Er bog scharf ab, und wir ließen den herrlichen Schatten hinter uns. Schließlich hielt er am Eingang eines braunen Gebäudes an und deutete auf ein Schild auf dem Rasen davor. »Das ist das Victoria Building A.«

»Danke«, sagte ich und ging die Treppe hoch. »War sehr nett von dir, mir den Weg zu zeigen. Wir sehen uns nächste Woche in Amerikanischer Literatur?«

Seine Augen leuchteten im Schatten seiner Hutkrempe. »Das kommt mir aber echt lang vor. Wollen wir uns nicht vorher schon mal treffen? Du kannst mir ja mal erklären, warum ich bei deinen Wikingerbüchern falschliege.«

Ich machte den Mund auf und schloss ihn wieder, sah ihn forschend an. Wollte er mit mir ausgehen, oder was? Wie um alles in der Welt war das möglich? Ich hörte schon Jins Stimme in meinem Kopf, die darauf bestand, dass ich mich auf den heißen Cowboy stürzte. Aber ich hatte kein Date mehr gehabt, seit ich versucht hatte, auf die normale Highschool zu gehen, und das war eine Katastrophe gewesen.

Ich wich einen Schritt zurück und verzog das Gesicht, als der Türknauf sich in meine Wirbelsäule bohrte. »Ich … äh … ich … vielleicht?«

So bringst du es sicher zu was im Leben, Elise. Dieser tolle – wenn auch seltsame – Typ fragt dich doch tatsächlich, ob du mit ihm ausgehen willst, und dir fällt nichts weiter ein als ein »Vielleicht«. Jin bekam gerade einen Tobsuchtsanfall in meinem Kopf.

»Vielleicht.« Clint holte tief Luft, und seine Brust weitete sich. »Na ja, vorläufig reicht mir das. Ich krieg schon noch hin, dass du ja sagst.«

Er zwinkerte mir zu und ging die Treppe hinunter.

Ich öffnete rasch die Tür und floh nach drinnen, und dort lehnte ich mich erst mal gegen die Wand und schloss die Augen. Und nicht zum ersten Mal fragte ich mich, ob mein wahres Ich irgendwo bewusstlos im Krankenhaus lag. Das Leben war mit einem Mal echt schräg.

Kapitel 8

Ich verbrachte die restliche Woche damit, mich auf dem Campus zurechtzufinden, ohne weitere Freundschaften mit irgendwelchen Cowboys zu schließen oder die Aufmerksamkeit eines anderen Dozenten auf mich zu ziehen. Wenn ich nicht in den Seminaren saß und Reggie unterwegs war, arbeitete ich an einem ersten Entwurf des neuen *Viking Moon*-Bandes. Ich quälte mich mit zusammengebissenen Zähnen durch jeden einzelnen Satz und kämpfte mit den Figuren, die ich sonst eigentlich immer ganz gut im Griff gehabt hatte.

Die anderen Bücher waren mir so leicht von der Hand gegangen, als hätten meine Finger sie wie von selbst geschrieben, ohne dass von mir irgendein Input kam. Aber jetzt war plötzlich alles viel schwerer. Ich schrieb das meiner mangelnden Bereitschaft zu, mich von den Figuren zu verabschieden, die so lange ein wichtiger Teil meines Lebens gewesen waren. Es kam mir vor, als würde ich bald meine besten Freunde beerdigen, und ein dumpfer Schmerz begleitete jedes einzelne getippte Wort.

Am Samstagabend kauerte ich über meinem Laptop und biss mir auf die Unterlippe, während ich mir darüber klar zu werden versuchte, was genau an der Szene falsch war, die ich überarbeitete. Dag kämpfte wie üblich gegen Thoras Brüder. Im letzten Buch – dem Buch, das der Grund gewesen war, dass alle in der Buchhandlung Schlange gestanden hatten – hatte er Thoras älteren Bruder Elof von einer Klippe heruntergestoßen. Das hatte Thora das Herz gebrochen, und ihre übrigen Brüder dürsteten nach blutiger Rache. Es war das perfekte Szenario für das nun folgende Finale, und der Rest hätte wirklich ein schriftstellerischer Spaziergang sein sollen. Aber das war es einfach nicht.

Ich zuckte zusammen, als mal wieder eine Hand vor meinem Gesicht auf und ab wedelte, und klappte den Laptop zu. Reggie sah zu mir herunter. Mit gerunzelter Stirn betrachtete sie den nun geschlossenen Computer.

»Was machst du da?«, fragte sie.

»Nichts«, sagte ich. »Nur ein Aufsatz für Amerikanische Literatur. Was ist los?«

»Ein paar Leute aus meinem Englisch-Kurs haben erwähnt, dass es heute Abend einen Open Mike für Gedichte im Campus-Café gibt. Ich dachte, du hast vielleicht Lust, mit mir hinzugehen.«

Schlechte Gedichte. Menschenmassen. Lieber wäre ich barfuß auf der Sonne herumgeturnt.

»Hm, das ist nicht so meins, aber danke.«

Reggie zog mir den Computer vom Schoß und warf ihn aufs Bett. Sie nahm meine Hand und zog mich hoch.

»Nein«, sagte sie. »Du hast jetzt schon lange genug vor deinem Computer gesessen. Wir sind hier auf dem College, Elise. Das hier soll die beste Zeit unseres Lebens sein, in der wir ausgehen, uns amüsieren und Sachen machen, die wir am nächsten Tag bereuen, über die wir unseren Enkeln aber eines Tages Geschichten erzählen können, um zu beweisen, wie cool wir waren. Was machst du hier, wenn du nicht bereit bist, neue Sachen auszuprobieren?«

Ich verkniff mir einen Seufzer und ließ Reggies Rede unkommentiert. Ein Punkt für sie. Im Geiste sah ich meine Eltern und Jin vor mir, die mir sagten, dass es Zeit war, mein Zimmer zu verlassen und endlich ein Mitglied der menschlichen Gemeinschaft zu werden. Außerdem: Wie viele Leute gingen an einem Samstagabend überhaupt zu Gedichtlesungen? Wahrscheinlich würden wir sogar die einzigen dort sein.

»Schon gut, schon gut«, sagte ich also. »Ich komme mit.« Ich musterte ihren grünen Bauernrock und die weiße Bluse. »Sollte ich mich lieber umziehen? Was trägt man denn zu so einer Lesenacht?«

Reggie machte einen Schritt zurück und betrachtete mein schwarzes Sweatshirt und die schwarze Jeans, als wäre ich ein Gemälde in einer Galerie. »Also, ich finde dein Outfit perfekt. Du passt da super rein. Komm.«

Tagsüber wollte der Sommer sich noch nicht ganz verabschieden, obwohl es bereits September war, aber die Abende gehörten bereits dem Herbst. Ich schloss die Augen und atmete die kühle Luft ein, bevor ich Reggie den Weg von unserem Wohnheim hinunter folgte. Der leicht modrige Geruch gefallenen Laubs umwehte uns.

»Weißt du denn überhaupt, wo es ist?«, fragte ich.

Sie runzelte die Stirn, als sie sich umsah. »Glaub schon. Ein Mädchen aus dem Englischkurs hat gesagt, es sei in der Nähe der Literatur-Gebäude.«

Sie ließ meine Hand los und stopfte ihre Hände in ihre Rocktaschen. Wir gingen eine Weile weiter, ohne zu sprechen, konzentrierten uns auf die Gebäude und versuchten, uns zu orientieren.

Anscheinend waren am Samstagabend alle auf dem

Campus ausgeflogen, wahrscheinlich auf diversen Partys oder zu Besuch bei Verwandten.

Plötzlich ging mir auf, dass ich mir seit Semesterbeginn noch nicht allzu viel Zeit genommen hatte, etwas über meine Mitbewohnerin zu erfahren. »Also, sagte ich deswegen, »woher kommst du eigentlich, Reggie?«

Reggie bog an einer Weggabelung nach links ab, und ich ging ihr hinterher. Die Laternen beleuchteten alle paar Schritte ihr Gesicht, dann verschwand es wieder im Schatten. Sie ging zielstrebig voran, sah sich nie so um, als hätte sie sich verirrt, und hielt auch nie inne. Ich kam nicht umhin, jemanden wie sie zu bewundern, die in jeder Hinsicht so viel Selbstvertrauen zu besitzen schien.

»Aus einem Vorort von Fernbrooke«, sagte sie. »Ich kenne diese Stadt schon mein Leben lang. Und du?«

»Ich bin auch von hier«, sagte ich. »Hier geboren und aufgewachsen.«

»Ganz schön lahm, was?«, meinte sie achselzuckend. »Ich meine, sieh uns doch an. Wir gehen an einem Samstagabend zu einer Gedichtlesung. Würden wir in einer großen Stadt wohnen, würden wir in Clubs oder ins Konzert gehen oder so was.«

Ich lachte leise. »Clubs und Konzerte sind nicht wirklich mein Ding.«

»O mein Gott.« Ihr Gesicht war tiefrot, als wir aus der Dunkelheit traten und das Licht einer Laterne ihre Wangen beleuchtete. »Tut mir so leid. Ich habe einfach nicht dran gedacht …«

Ich hielt abwehrend die Hand hoch, um zu verhindern, dass sie sich wie ein Vollidiot vorkam. »Eigentlich sind die vielen Menschen das Problem. Ich könnte immer noch auf Konzerte gehen, wenn ich wollte. Wenn die Musik laut genug ist, kann ich die Vibrationen in meinem Körper spüren. Außerdem erinnere ich mich immer noch an die Lieder meiner früheren Lieblingsbands. Mitsingen ist also kein Problem – obwohl mein Gesang sicher zu wünschen übrig lässt. Ich habe mich nach dem Unfall sogar gezwungen, auf ein paar Konzerte zu gehen. Da bin ich dem Gefühl am nächsten gekommen, mein Gehör wiederzuhaben.«

»Ich vergesse manchmal«, sagte Reggie, »dass du taub bist. Ich meine, du sprichst wirklich so gut, und ich habe noch nie erlebt, dass du Zeichensprache verwendest oder so was.«

»Aber die kann ich«, antwortete ich. »Ich habe sie kurz nach dem Unfall gelernt. Meine ersten Highschool-Jahre habe ich in einer Gehörlosenschule verbracht, habe Zeichensprache gelernt und intensiv Sprachtherapie bekommen. Ich habe Lippenlesen gelernt, aber ich fühlte mich immer noch anders als alle anderen. Die meisten von ihnen waren von Geburt an taub. Ich hingegen konnte mich immer noch daran erinnern, wie es war, hören zu können. Deshalb stach ich dort mehr heraus denn je. Also versuchte ich, mein letztes Jahr auf einer normalen Highschool zu absolvieren, aber das … na ja, das hat nicht so toll funktioniert. Schließlich bin ich dann zu Hause unterrichtet worden.«

»Ist ja ätzend. Kids können ganz schön gemein sein. Ich bin auf der Highschool auch ziemlich gemobbt worden. An manchen Tagen hatte ich den totalen Horror davor hinzugehen.«

»Echt?« Mit verengten Augen musterte ich sie. »Aber du kommst mir so selbstsicher vor.«

Sie fummelte an ihrer Bluse herum. »Ich hab mir gedacht: Warum soll ich ihnen die Macht geben, mir mein Selbstvertrauen zu nehmen, nur weil ich ihren Idealvorstellungen nicht entspreche? Ich mag mich, wie ich bin.«

Ich musste lächeln. »Ich mag dich auch so, wie du bist.«

Sie grinste ebenfalls, sagte aber nichts. Den restlichen Weg legten wir wieder wortlos zurück. Wir hatten etwas gemeinsam und verstanden einander.

Vor einem gedrungenen Gebäude mit einer Treppe, die zu einer Holztür führte, blieben wir stehen. Jemand hatte ein weißes Blatt Papier mit den Worten *Heute Abend Open Mike* an den Eingang geklebt.

»Ich glaube, wir sind da«, sagte ich.

Reggie nickte und lief die Treppe hinunter. Sie riss die Tür auf und sah sich nach mir um. »Kommst du?«

Ich holte tief Luft und atmete langsam aus. »Klar.«

Dann tauchte ich hinab in die Dunkelheit.

***

Die Luft im Café war stickig, stank nach Kaffee und nach altem Papier, und legte sich wie ein Pelz auf meine Zunge. Der Raum war aber keineswegs so leer, wie ich erwartet hatte. Vielmehr schien das Café an einem Samstagabend sogar total angesagt zu sein. Die Leute standen viel zu dicht beieinander, und sie verbrauchten sämtlichen Sauerstoff, sodass die Klimaanlage keine Chance hatte.

Wenn ich die Augen zumachte, konnte ich mir auch die Geräuschkulisse vorstellen: das leise Summen der Menge, während sich die Stimmen umeinanderwanden wie Schlangen, ohne dass auch nur eine einzige Unterhaltung wirklich zu verstehen war.

Im vorderen Teil des Raumes war eine kleine Bühne mit einem Mikrofon aufgebaut worden, nur spärlich erleuchtet von einem einzigen Scheinwerfer. Aber noch wagte niemand, sich ins »Rampenlicht« zu begeben.

Reggie hatte sich geirrt, als sie gemeint hatte, dass ich gut hineinpassen würde. Ich war umgeben von Farbe: Pink mischte sich mit Lila und schlug Purzelbäume mit allen möglichen Grüntönen. Der ganze Raum sah aus wie ein verdammter Regenbogen.

Ich wischte mir über die Stirn und zerrte meinen Kragen vom Hals weg, während Reggie an einem Tisch vorbeisah, an dem ein paar ältere Semester saßen. Wir waren zwar früh dran, aber es schien trotzdem bereits keine freien Plätze mehr zu geben.

»Scheint alles voll zu sein«, sagte ich. »Vielleicht gehen wir lieber wieder.«

Sie zog ein langes Gesicht, als sie die Augen durch den Raum und über die zahllosen FU-Shirts schweifen ließ. »Vielleicht hast du recht. Scheiße.«

»Okay, immerhin haben wir's versucht.«

Ich wandte mich dem Ausgang zu, aber jemand zerrte mich zurück, und ich wurde gegen meine Mitbewohnerin gedrückt. Sie drehte mich um, um mich direkt anschauen zu können.

»Sorry«, sagte sie. »Aber kennst du zufällig einen irre heißen Cowboy?«

»Was?«

»Er ruft die ganze Zeit deinen Namen.«

Reggie deutete in eine Ecke. Ich blinzelte, um die Person zwischen den tanzenden Schatten im Raum erkennen zu können. Dieser Hut war allerdings einfach nicht zu übersehen.

Clint winkte uns zu, deutete auf die Couch, auf der er saß, und klopfte auf die leeren Polster neben ihm. Siedend heiß fiel mir seine Einladung von vor ein paar Tagen ein – wahrscheinlich würde er das hier jetzt für ein Date halten.

»Ja«, sagte ich. »Er ist in Amerikanischer Literatur mit mir.«

»Na ja, wahrscheinlich findest du hier nicht allzu viele Typen, die so gut aussehen.«

»Das kannst du laut sagen«, erwiderte ich.

»Worauf warten wir dann? Setzen wir uns zu ihm!«

Wir schlängelten uns durch die Menge, und Clint stand umständlich von der Couch auf, um uns zu begrüßen.

»Elise! Ich hatte ja keine Ahnung, dass du auf Gedichte stehst.«

Er nahm mich in seine langen Arme. Ich erstarrte und ließ die Hände schlaff herunterhängen – er hatte mich total überrumpelt. Mit einem Grinsen ließ er mich los und streckte Reggie die Hand entgegen.

»Und wer bist du?«

»Ich bin Regina. Aber Reggie ist besser.«

»Nett, dich kennenzulernen, Schätzchen. Clint der Name.«

Reggies Wangen erröteten so heftig, dass es selbst im schwachen Licht hier in der Ecke deutlich zu sehen war.

Clint schien es kaum zu bemerken. Sein Blick ruhte unverwandt weiter auf mir, als seine Hand die ihre verschluckte. Ich machte es mir in einer Ecke des Sofas bequem und zog dann Reggie neben mich – als Barriere zwischen mir und dem Cowboy.

»Kannst du was sehen?«, fragte Reggie und knuffte mich in die Seite.

Ich nickte. »Wenn sie zu nah am Mikrofon stehen, kann ich unter Umständen ihre Lippen nicht lesen, aber wir sind hier ja gar nicht so weit weg. Und ich werde auch nicht gleich in Tränen ausbrechen, wenn ich ein Gedicht verpasse – oder auch sechs.«

»Alles klar.«

Sie lehnte sich auf dem Sofa aus falschem Samt zurück, und die Scheinwerfer gingen an. Die Show würde also bald beginnen. Der Cowboy beugte sich vor und sah mir in die Augen.

»Kann ich euch Mädels noch einen Kaffee besorgen, bevor sie anfangen?«

Die stickige Luft in dem überfüllten Café und die weiche Couch waren mir etwas zu Kopf gestiegen, und die Lider wurden mir schwer. Ich würde tatsächlich unbedingt Koffein brauchen, wenn ich in den nächsten paar Stunden bei Bewusstsein bleiben wollte.

»Ja bitte«, sagte ich also. »Zwei Spritzer Sahne und ein Stück Zucker.«

»Für mich eine heiße Schokolade«, flötete Reggie. »Mit extra Schlagsahne.«

Clint tippte sich an seinen Hut, stand auf und verschwand in der Menge. Er ging auf eine Theke zu, die ich durch die Menge von der Couch aus kaum sehen konnte.

Reggie berührte mich am Handgelenk, und ich wandte mich wieder ihr zu. Sie hüpfte so enthusiastisch auf der Couch auf und ab, dass das gesamte Möbelstück unter mir vibrierte.

»Clint ist auf jeden Fall der heißeste Typ, den ich je gesehen habe«, stieß sie hervor.

Ich sah zu ihm hinüber, wie er da an den Tresen gelehnt stand, die Beine nach hinten ausgestreckt, mit einem Arsch, den ich bis jetzt noch gar nicht so richtig registriert hatte und der seine dunkle Jeans perfekt ausfüllte. Ich blinzelte und sah dann wieder meine Freundin an.

»Kann sein«, sagte ich. »Wenn man auf solche Typen steht.«

»Ich hatte schon immer was für Cowboys übrig. Pferde, Hüte, Stiefel und … *Lassos.*« Sie wackelte mit den Augenbrauen.

Ich schnaubte. »Er ist nicht mal ein richtiger Cowboy. Er kommt aus Chicago oder so was. Ein *Möchtegern*-Cowboy. Schon ziemlich schräg.«

»Ich finde ihn absolut hinreißend«, sagte Reggie. »Und ich finde es toll, dass er keine Angst hat, er selbst zu sein.«

Ich nickte als Antwort – es bestand kein Zweifel daran, dass der Cowboy sich mit Lederweste und alldem sehr wohl in seiner Haut fühlte. Kurz darauf kehrte Clint mit unseren Getränken zurück und reichte mir einen knochenweißen Becher. Ich schloss die Augen und legte die Hände um das dampfende Getränk. Dann nahm ich einen kräftigen Schluck. Die leicht bittere Flüssigkeit rann mir die Kehle hinab, und ich stöhnte leise vor Wonne. Himmlisch. Als ich die Augen wieder öffnete, starrten Reggie und Clint mich lachend an.

»Was ist?«, fragte ich.

»Na ja«, sagte Reggie. »Jetzt wissen wir es: Elise *liebt* Kaffee heiß und innig.«

Ich verbarg mein Gesicht hinter dem riesigen Becher, meine Wangen brannten. »Sorry. Ich wusste nicht, dass ich so laut war.«

»Alles okay«, sagte Clint. »Ist doch super, eine Frau zu sehen, die die guten Dinge im Leben zu schätzen weiß.«

Reggie machte den Mund auf, um zu kommentieren, schloss ihn dann aber wieder. Sie wandte sich der Bühne zu, und ich folgte ihrem Blick. Ein Typ in dunkelblauem Kapuzen-T-Shirt war ans Mikro getreten und klopfte dagegen. Den Reaktionen meiner Umgebung zufolge war das Geräusch laut genug, dass der ein oder andere das Gesicht verzog.

»Guten Abend«, sagte er. »Willkommen zum Open Mike! Na, wollt ihr ein paar Gedichte hören?«

Reggie hüpfte wieder neben mir auf und ab und klatschte in die Hände. Clint hielt seine Hände vor den Mund wie einen Trichter und brüllte irgendetwas.

Wow. Diese Leute fanden ihre Gedichte wirklich toll.

»Ich rufe jetzt die erste Poetin auf die Bühne. Shaylynn Brant, kommst du mal hoch?«

Die Leute klatschten wie wild. Reggie stieß mich in die Rippen, und zögernd tat ich es ihnen gleich. Ein etwas kurz geratenes Mädchen mit dunklem Teint trat auf die Bühne und entfaltete ein Blatt Papier.

»Liebe!« Sie trat einen Schritt vom Mikrofon zurück, als würde sie es anschreien und als wäre das elektronische Hilfsmittel plötzlich zum Gegenstand ihres Gedichtes geworden. »Liebe ist Schmerz! Liebe zerreißt uns von innen und zersetzt unsere Eingeweide. Liebe zerfetzt uns wie eine Strohpuppe und setzt unser Fleisch in Brand. Sie hackt auf uns herum wie tausend Krähen, die nach unserem Blut dürsten! Liebe vögelt uns von allen Seiten durch und kümmert sich nicht um den nächsten Tag. Und doch ist die Liebe das, was wir uns wünschen. Das Geißblatt, mit dem wir unsere Lippen berühren wollen …«

Ich wandte meinen Blick von der Bühne ab. Mehr davon konnte ich einfach nicht ertragen. Ich schloss Wetten mit mir selber ab, wie viele Gedichte sich entweder mit der Liebe oder dem Tod befassen würden.

Trotz der Tatsache, dass es auch in meinen Romanen um junge Liebende ging, war ich selbst noch nie verliebt gewesen. Mir war nicht einmal klar, ob die Art von Liebe, die ich in meinen Büchern heraufbeschwor, überhaupt existierte. Ich ließ meine Finger unter meine sorgfältig drapierte Mähne schlüpfen und betastete die Narbe auf meiner Wange. Nur wenige Helden würden sich wohl um ein Mädchen reißen, das derart gezeichnet war.

Ein weiterer Knuff in die Seite brachte mich wieder in die Wirklichkeit zurück. Reggie sah mich finster an. Sie klatschte und bedeutete mir, ebenfalls zu applaudieren. Ich sah wieder Richtung Bühne. Das Mädchen hatte endlich seine Ballade über die Liebe beendet und kehrte wieder an seinen Platz zurück. Eins geschafft. Wie viele würde ich wohl noch über mich ergehen lassen müssen? Wie lange konnte so was überhaupt dauern?

Kapuzenboy kam wieder auf die Bühne, aber diesmal blieb sein Mund hinter dem Mikro verborgen. Nicht dass es eine Rolle gespielt hätte. Wahrscheinlich erzählte er uns nur, dass wir jetzt noch mehr beschissene Lyrik hören würden. Ich trank noch einen Schluck Kaffee und beschwor das Elixier, mir dabei zu helfen, diesen Abend zu überstehen.

Am anderen Ende der Couch erhob sich Clint und strich sich die beigefarbene Weste glatt. Mit hochgezogenen Augenbrauen sah ich Reggie an, und sie grinste. Mit dem stolzierenden Gang eines John Wayne bahnte sich Clint den Weg auf die Bühne.

»Was zum …?«, fragte ich.

Reggie legte den Zeigefinger auf die Lippen.

Clint zog ein zerknittertes Blatt Papier aus seiner Gesäßtasche, und selbst aus der Ferne erkannte ich sofort seine wilde Handschrift, die kreuz und quer die Vorder- und Rückseite bedeckte. Er hielt die Hand vor den Mund, und sein Oberkörper zuckte. Wahrscheinlich hatte er husten müssen.

Dann nahm er das Papier in beide Hände, hob es hoch und begann zu lesen:

»Im Westen waren wir wild
Im Westen waren wir frei
Wir tranken in Saloons
Und banden unsere Pferde an die Bäume
Im Westen kippten wir Whiskey
Im Westen kämpften wir hart
Bei Morgengrauen schritten wir fünfmal auf und ab
Im staubigen Hof der Stadt
Ich will zurück
In diesen alten Wilden Westen
Mir an den Hut tippen, um die Jungfern zu grüßen
Mich mit den Besten duellieren
Mit den Helden reiten
Oder vielleicht auch nur allein
Denn tief im Innern habe ich immer gefühlt
Dass der Wilde Westen meine Heimat ist.«

Ich hielt mir die Hand vor den Mund, um ein Kichern zu unterdrücken, und sah Reggie an. Sie aber schien wie gebannt und sogar voller Ehrfurcht zu sein. Sie starrte mich an, offenbar beeindruckt von seinem Vortrag, und ich ließ die Hand schnell wieder in den Schoß sinken.

»Er ist so gut!«, sagte sie.

Mein ganzer Körper vibrierte, während ich mir weiter das Lachen verkniff. Ich brachte lediglich ein Nicken zustande. Reggie sprang auf und applaudierte begeistert. Ich setzte ein höfliches Lächeln auf und klatschte ebenfalls, während Clint sich verbeugte und die Bühne verließ, die

Wangen gerötet und die Augen leuchtend unter seiner Hutkrempe.

Kaum war er wieder bei unserer Couch angelangt, warf meine Zimmergenossin die Arme um seinen Nacken. Seine Augen weiteten sich, und er erwiderte ihre Umarmung ohne echte Begeisterung, während er mir über ihre Schulter hinweg einen fragenden Blick zuwarf.

Ich hatte keine Ahnung, wie man auf einen derartigen lyrischen Erfolg reagierte, also hielt ich die Daumen hoch und sagte: »Gut gemacht.«

»Es hat dir wirklich gefallen?«, fragte er mich, nachdem sich Reggie von ihm gelöst hatte.

»Klar.« Ich trank den letzten Schluck meines Kaffees und zog eine Grimasse, als bitterer Kaffeesatz auf meine Zunge traf. Ich stellte den Becher auf den Tisch vor uns. »So etwas habe ich noch nie gehört.«

Wenigstens *das* stimmte.

»Na, dann ist mein Abend ja ein Erfolg«, sagte Clint. »Geht doch nichts über Lob von einem hübschen Mädchen.«

»Oh, klar«, antwortete ich.

Er und Reggie setzten sich gleichzeitig hin, und die Couch protestierte, indem sie mich auf der Gegenseite fast nach oben katapultierte.

Ich konnte mich also genauso gut kurz entschuldigen. Der Kaffee hatte durchgeschlagen, und ich stand auf, um nach der Toilette Ausschau zu halten. Nachdem ich das rote Licht in Form eines Kleides ausgemacht hatte, drängte ich mich durch die Menge.

Gerade als ich nur noch zwei Leute von der Tür entfernt war und meine Blase schon jubeln wollte, brummte etwas an meinem Bein.

Jins Timing war perfekt wie immer.

Ich kramte also mein Handy aus der Tasche und blinzelte aufs Display – meine Pupillen mussten sich an das grelle Licht erst noch gewöhnen.

Nicht Jin. Meine Agentin. Was in aller Welt konnte sie an einem Samstagabend von mir wollen?

Ich tippte aufs Display, um ihre Nachricht zu öffnen, als mich jemand in den Rücken stupste. Ich war endlich dran.

Eine große Blondine hielt anmutig die Tür für mich auf, und ich schlüpfte an ihr vorbei in den Zufluchtsort namens Toiletten. Neonlampen flackerten über meinem Kopf, als ich die Tür verschloss, um die Aufmerksamkeit wieder auf mein Telefon zu richten.

»Fuck.«

Das Wort kam mir neuerdings allzu häufig über die Lippen, wenn ich Nachrichten von meiner Agentin bekam. Fast hatte ich ihretwegen ein schlechtes Gewissen. Wahrscheinlich war sie felsenfest davon überzeugt, dass ihre Neuigkeiten mich in helle Begeisterung versetzten – sie konnte schließlich nicht wissen, dass ihrer Klientin mit jedem Wort von ihr das Herz weiter in die Hose sank.

Hi Elise! Wollte dir nur sagen, dass das Studio sich schon total auf die WM-Serie freut. Sie haben den Drehplan gestrafft, weil sie die Serie nächstes Jahr schon ausstrahlen wollen. Die Dreharbeiten fangen in zwei Wochen an! Ich leite dir den Produktionsplan und die Locations weiter, sobald ich sie vom Regisseur bekommen habe. Ich freue mich so für dich und WM! Und wo wir grade davon reden, wie geht es mit dem letzten Band voran? Ich kann es kaum erwarten, ihn zu lesen!

Die Worte flackerten vor meinen Augen wie die beschissene Badezimmerbeleuchtung.

Zwei Wochen.

Ich hatte nur noch zwei Wochen Zeit, um mir zu überlegen, was ich tun sollte. Und wenn mir nicht bald etwas einfiel, würde alles, wofür ich gearbeitet hatte, den Bach hinuntergehen.

Kapitel 9

Die Beine gaben unter mir nach, und ich ließ mich auf das kühle Porzellan der Toilette sinken. Warum ich diese Örtlichkeit ursprünglich aufgesucht hatte, hatte ich vollkommen vergessen.

Ich wusste einfach nicht, was ich tun sollte. Ich könnte ihr sagen, dass ich krank war. Ganz sicher wollten sie keine Kranke in der Nähe ihrer Stars haben. Aber die Dreharbeiten würden länger als die eine Woche dauern, die eine vorgetäuschte Krankheit glaubwürdig bleiben konnte. Ich konnte meiner Agentin auch reinen Wein einschenken, und vielleicht würde ihr ja etwas einfallen. Aber das überstieg womöglich ihre Kompetenzen, und es schien mir nicht fair zu sein, sie meine Fehler ausbaden zu lassen. Außerdem hatte ich keine Ahnung, welche rechtlichen Folgen das Ganze haben könnte. Wahrscheinlich würde sie meinen Vertrag auflösen – oder schlimmer noch, mich verklagen, weil ich sie über meine wahre Identität in die Irre geführt hatte.

Ich stand auf und schob mein Handy wieder in die Tasche, bevor ich zum Waschbecken ging. Das Wasser, das ich mir ins Gesicht spritzte, kühlte meine brennenden Wangen. Ich fluchte, weil der Papierhandtuchspender leer war, wischte mir das Gesicht mit dem Ärmel ab und öffnete die Tür. Vor mir stand ein wutentbrannter Rotschopf.

»Was brauchst du denn so lange?«, fragte sie. »Hast du nicht gehört, wie ich an die Tür geklopft habe?«

»Nee.« Ich ging weg, bevor sie noch etwas sagen konnte.

Ich umrundete die Menge und fand Reggie, die einem gelangweilt wirkenden Clint ein Kotelett ans Ohr quasselte. Er sprang förmlich in meine Arme, als er mich entdeckte.

»Elise, Schätzchen. Alles klar? Du siehst total blass aus.«

»Nicht wirklich.« Ich räusperte mich. »Ich geh nach Hause. Ich fühl mich nicht besonders.«

»O nein«, rief Reggie. »Alles in Ordnung mit dir?«

»Doch, doch. Nur Kopfschmerzen. Muss mich hinlegen.«

»Na, dann begleite ich dich wohl besser.« Clint machte einen Schritt auf mich zu und sah mich mit seinen klaren Augen besorgt an. »Es ist schon echt spät, und ich lasse nicht zu, dass du allein über den Campus gehst.«

Ich sah Reggie an, die in Clints Schatten stand. Trotz des Dämmerlichts im Raum konnte ich sehen, wie das Strahlen ihrer Augen erlosch. Sie zog einen Schmollmund. »Wirklich?«, fragte sie. »Aber es ist doch noch früh. Ich hab noch gar keine Lust zu gehen.«

»Weißt du was«, sagte ich. »Ist schon gut. Es ist schließlich nicht weit, und meine Mutter hat mir so viele Selbstverteidigungskurse aufs Auge gedrückt, dass mir schon jetzt jeder leidtut, der auch nur versucht, mir etwas zu tun. Ich komm schon klar.«

Clint schürzte die Lippen und tippte sich an sein Kinngrübchen. Er schüttelte den Kopf, sodass der Schatten seines Hutes an der Wand hinter ihm tanzte. »Nein. Kommt nicht in Frage. Ich kann nicht zulassen, dass eine schöne Frau allein durch die Dunkelheit nach Hause geht, Schätzchen. Das gehört sich nicht für einen Gentleman.« Er sah zu Reggie hinunter. »Du hältst unsere Plätze frei. Ich komme zurück, sobald ich Elise hier sicher zu Hause abgeliefert habe.«

Reggie machte den Mund auf, als wollte sie protestieren, verstummte dann aber, und ein wissendes Lächeln zuckte über ihre Lippen. »Klar. Bring sie zum Wohnheim, und dann sind wir zwei allein. Klingt kuschelig.«

Sie schoss von der Couch hoch und umarmte mich, so dass ihre warmen Kurven sich gegen meinen angespannten, kantigen Körper pressten. »Gute Besserung«, sagte sie, als sie sich wieder von mir löste. »Ich versuche, leise zu sein, wenn ich heimkomme.«

Ich nickte und folgte Clint durch die Menge, und bewunderte die Art, wie er sich zielstrebig seinen Weg bahnte. Als wir am Ausgang angelangt waren, wandte ich mich noch einmal um und winkte Reggie kurz zu. Sie wackelte als Antwort mit drei Fingern, wobei ihre Augen auf den Cowboy geheftet blieben. Clint merkte nichts davon, stieß die Holztür auf, und wir traten in die Nacht hinaus.

***

Der stickigen Hitze des Cafés zu entkommen war wie eine Wiedergeburt. Ich sog die kühle Luft ein und schob das Haar nach hinten, damit die Brise meinen Nacken berührte. Der Himmel über mir war übersät mit dem blassweißen Licht der Sterne. Ich genoss den Duft nach frisch geschnittenem Gras und den Geruch welkender Blätter, als wir uns auf den Weg zu meinem Wohnheim machten. Wieder grübelte ich über die Nachricht meiner Agentin nach.

Zwei Wochen. Das war nicht allzu viel Zeit.

Liebend gern hätte ich mit Jin gesprochen und wäre mit ihm zusammen ausgeflippt, aber ich hatte heute schon auf seiner Facebook-Seite nachgesehen und festgestellt, dass er heute in einem angesagten Club war, über den ich schon irgendwo gelesen hatte. Außerdem hatte er einen Typ namens Zachary und eine Reihe anderer Leute markiert, die ich vorher noch nie gesehen hatte, und geschrieben, dass er heute die Nacht seines Lebens erleben wollte.

Er würde mir also heute nicht bei dieser Krise beistehen können. Es blieb also genau … niemand.

Clint tippte mir auf die Schulter. »Alles klar mit dir, Schätzchen? Du scheinst mit den Gedanken woanders zu sein.«

»Es ist nichts.«

»Das ist eine Lüge, und das wissen wir beide.« Wir bogen links ab, und er musterte mich im Schein einer Laterne. »Ich bin ein guter Zuhörer. Warum versuchst du es nicht mal mit mir?«

Ich kaute auf der Innenseite meiner Wange herum. »Ich wüsste nicht mal, wo ich anfangen sollte, Cowboy. Es ist alles nicht so einfach.«

»Hmm, okay. Na ja, du hast was für Bücher und so ein Zeugs übrig, stimmt's?«

»Ja.« Ich krauste die Nase. »Was hat das jetzt damit zu tun?«

»Du hast gesagt, du weißt nicht, wo du anfangen sollst. Dann erzähl es mir, wie es in einem der Bücher erzählt würde, die du so magst. Von Anfang an.«

Ich hätte mich fast verschluckt, weil er so nah an meinem tatsächlichen Problem dran war. Da kam mir eine Idee. Clint witterte offenbar irgendetwas. Ich musste mit jemandem reden, und Jin war gerade nicht greifbar. Vielleicht gab es ja eine Möglichkeit, über alles zu reden, ohne mich selbst zu verraten.

»Na ja, es ist in Wirklichkeit eine Geschichte«, sagte ich. »Eine Kurzgeschichte, die ich für eines meiner Seminare schreibe. Ich stecke fest und hab keine Ahnung, wie sie weitergehen soll.«

»Okay, warum erzählst du mir die Geschichte nicht einfach?«

»Es kommen weder Cowboys noch Duelle drin vor.«

»Oh.« Übertrieben laut seufzend ließ er die Schultern hängen, als wir erneut rechts um die Ecke bogen und ich einen Baum entdeckte, der mir irgendwie bekannt vorkam. »Na ja, du kannst sie ja immer noch umschreiben. Aber erzähl sie mir trotzdem.«

Ich holte tief Luft und versuchte, meine Gedanken in Worte zu fassen. »Also meine Hauptperson ist superschüchtern. Es lähmt sie fast. Sie gerät in Panik, wenn sie in großen Menschenmengen ist, und wenn sie jemand Neues kennenlernt, möchte sie sich am liebsten sofort irgendwo auf einer einsamen Insel verkriechen.«

»In deiner Geschichte geht es nicht vielleicht zufällig um dich selbst, oder?«

Meine Lippen zuckten. »Na, vielleicht ist sie mir ja wirklich ein bisschen ähnlich, aber ich bin es trotzdem nicht. Jedenfalls … äh … beschließt sie irgendwann, dass sie trotzdem mit Jungs ausgehen will, also stellt sie ein Online-Profil ins Netz.«

Clint neigte den Kopf.

»Ich schwöre, dass ich es nicht bin«, sagte ich. »Das Dating-Portal verlangt natürlich ein Foto, und sie ist nicht besonders selbstbewusst, was ihr Äußeres angeht, also klaut sie im Internet ein Foto von einer toll aussehenden Frau und lädt es dort hoch. Sie denkt, dass sie sowieso nie ein Date abbekommen wird. Wem sollte es also schaden?«

Wir erreichten den Pfad zu meinem Wohnheim, und ich führte im Geiste einen kleinen Freudentanz auf und klopfte mir selbst auf die Schulter, weil ich problemlos den Weg zu meinem neuen Zuhause gefunden hatte.

»Deine Hauptperson tut mir richtig leid«, sagte Clint. »Ist doch mächtig traurig, findest du nicht?«

Mir sank das Herz in die Hose, als hätte jemand ein Gewicht darangehängt. »Ja, find ich auch. Jedenfalls lernt sie dann online diesen Typen kennen, und – o Wunder! – sie schreiben sich hin und her, und er verliebt sich Hals über Kopf in sie. Und es scheint, als könnte er der Richtige sein. Irgendwann besteht er darauf, dass die beiden sich persönlich kennenlernen, und sie will auch unbedingt hingehen. Gäbe es da nicht ein Problem.«

»Er erwartet das tolle Mädchen von dem Bild.«

»Genau«, sagte ich. »Also, was würdest du an ihrer Stelle tun?«

Er strich sich übers Kinn und sah an mir vorbei. »Na ja, wenn das im richtigen Leben geschehen wäre, dann würde ich ihr sagen, sie soll in den sauren Apfel beißen und sich mit ihm treffen. Wenn er sie wirklich toll findet, lässt er sich von der Tatsache, dass sie nicht die Frau auf dem Foto ist, nicht beirren.«

»Stimmt, aber das hier ist eine Geschichte, also?«

»Du bist wild entschlossen, dass kein Duell drin vorkommen soll?«

Ich lachte. »Ja, Cowboy. Keine Duelle.«

»Na ja, dann würde ich meine Geschichte etwas interessanter gestalten. Ich würde sie nach der Frau auf dem

Bild suchen lassen und ihr beibringen, wie deine Hauptperson zu sein, und sie dann an ihrer Stelle zu dem Date schicken. Und wenn er dann vollkommen verknallt in sie ist, dann würde ich sie sagen lassen, wer sie ist, und hoffen, dass er trotzdem bei der Stange bleibt.«

»So was in der Art habe ich mir auch schon überlegt«, nickte ich. »Aber wie kann sie die Frau denn überhaupt finden? Sie hat das Originalbild bei Google gefunden. Das ist wie eine Nadel im größten Heuhaufen der ganzen Welt.«

»Na ja, könnte sie nicht die gleichen Suchparameter nutzen, um das Foto wiederzufinden, und dann die Website aufspüren, von der es ursprünglich stammt? Eigentlich müsste der Name des Mädchens doch irgendwo stehen. Wahrscheinlich auf Facebook oder so.«

Ich wippte auf den Fersen. »Kaum zu glauben, dass ich daran nicht gedacht habe. Wie verdammt einfach ist das denn!«

»Natürlich …«

»Natürlich was?«

»Na ja, dieses Mädchen muss damit einverstanden sein, jemand anders zu spielen. Vielleicht ist sie nicht so leicht zu überzeugen.«

Ich dachte an den Abend im Bookworm zurück, und an die geheimnisvolle junge Frau, die meine Bücher signiert hatte. »Ich glaube nicht, dass es allzu schwierig sein wird. Sie wünscht sich Ruhm – äh, und Liebe auch.«

»Na ja, dann ist das ja geritzt, Schätzchen.« Er deutete mit einem Kopfnicken auf mein Wohnheim. »Da wohnst du doch, oder?«

»Ja.« Ich ging die Treppe hinauf, und er folgte mir dicht auf den Fersen. Als ich mich umdrehte, um ihm Gute

Nacht zu sagen, stand er so nah hinter mir, dass meine Brust die seine berührte. »Äh, na ja, danke, dass du mich nach Hause begleitet hast. Find ich wirklich nett. Nacht, Cowboy.«

Hätte ich zu den Mädchen gehört, die schon oft geküsst worden waren, hätte ich es sicher kommen sehen. Aber kaum hatte ich meinen Satz beendet, als Clint bereits seine Lippen auf meine presste. Zuerst ganz sanft, zögerlich, doch mit jeder Sekunde wurde sein Kuss fordernder. Überrascht schnappte ich nach Luft, und seine Lippen teilten meine, seine Zunge erforschte meinen Mund. Er schmeckte nach Kaffee und den Keksen aus dem Café – süß mit einem Hauch Exotik.

Clint umfasste meine Taille und zog mich dichter an sich heran, und er ließ seine Zunge tiefer in meinen Mund gleiten. Ich legte ihm die Hände auf die Schultern und staunte einen Moment lang, wie breit sie waren. Er atmete aus, in meinen Mund, sandte Schauer durch meinen ganzen Körper.

Da vibrierte mein Handy an meinem Schenkel, und ich ergriff die Gelegenheit, ihn von mir wegzuschieben. Mein Herz und meine Gedanken machten Purzelbäume.

Ich kramte das Handy aus meiner Tasche und überlegte, wie ich darauf reagieren sollte. Eine Nachricht von Reggie blinkte mir entgegen.

Hast du den Cowboy schon zu mir zurückgeschickt? Kann gar nicht erwarten, ihn ganz für mich zu haben. Lol!

Ich biss mir auf die nun leicht geschwollenen Lippen. Stimmt. Reggie. Es war eindeutig, dass sie ihn mochte. Im Café war sie mir vorgekommen, als hätte sie auf der Stelle schon das Hochzeitsgeschirr aussuchen wollen. Oder die Hochzeitsheuballen. Was immer Cowboys so brauchten, wenn sie heirateten. Sie kannte ihn kaum, aber ich war sicher, dass unser gemeinsames Jahr unter einem schlechten Stern stand, wenn ich in unserem Zimmer an seinem Arm auftauchte. Ganz zu schweigen davon, dass mein Leben im Moment sowieso ziemlich chaotisch war und ich keine Ahnung hatte, wie ich aus dem Schlamassel wieder herauskommen sollte. Solange meine Zukunft jetzt von einer einfachen Google-Suchanfrage abhing, durfte ich niemanden in meinen Scheiß mit reinziehen.

»Clint«, sagte ich also. »Ich bin echt geschmeichelt. Aber …«

Er sah sofort so verletzt drein, dass mir das Herz weh tat. »Ich glaube, dieses ›aber‹ gefällt mir gar nicht, Elise.«

»Aber ich …« Ich schluckte. »Im Moment ist alles so kompliziert. Ich versuche immer noch, irgendwie klarzukommen. Ich meine, ich mag dich wirklich. Du bist ein toller Typ, und ich kann kaum glauben, dass ich das hier jetzt gerade sage, denn normalerweise küssen mich Jungs nicht so einfach. Wahrscheinlich sollte ich die Klappe halten, denn mein Freund Jin wäre stocksauer auf mich, dass ich die Gelegenheit nicht ergreife und …«

Clint legte mir die Finger auf die Lippen und schnitt mir mitten im Satz das Wort ab. »Du faselst, Schätzchen.«

Ich murmelte eine Entschuldigung an seinem Finger, und er ließ die Hand wieder sinken.

»Wenn du Zeit brauchst, dann bekommst du die«, sagte er. »Aber entscheide dich lieber schnell. Die besten Dinge im Leben werden einem leicht vor der Nase weggeschnappt.«

Er strich sein Shirt glatt und zwinkerte mir zu.

Ich kicherte, und meine Schultern entspannten sich wieder, weil er so verständnisvoll reagierte. »Kapiert. Danke, Cowboy.« Ich beugte mich vor und gab ihm einen sanften Kuss auf die Wange. »Und danke fürs Reden.«

»Das Vergnügen ist ganz auf meiner Seite. Gute Nacht, süße Elise. Schlaf gut. Und viel Glück mit deiner Geschichte.«

»Nacht, Clint.«

Ich schüttelte den Kopf, als er die Treppe hinunterlief und in der Nacht verschwand, um das Gefühl seiner fantastischen Lippen und Hände abzuschütteln. Ich hatte keine Zeit, darüber nachzudenken, was gerade geschehen war und was es bedeutete. Was ich jetzt brauchte, war mein Laptop. Mir juckte es in den Fingern, und ich sehnte mich so nach meiner Tastatur, dass ich mir unruhig gegen das Bein tippte.

Es wurde höchste Zeit, mich selbst zu finden.

***

Als meine Verleger mir vor drei Jahren wegen des Fotos zugesetzt hatten, hatte ich mich auf meinen Computer gestürzt und versucht, jemanden zu finden, der das genaue Gegenteil von mir selbst war. Eine Suche nach »schöne Brünette« hatte mich auf eine ganze Reihe von Sites geführt und mir Fotos gezeigt, die ich am liebsten sofort wieder vergessen hätte – aber schließlich war ich auf das Bild gestoßen, das ich schließlich ausgewählt hatte. Sie war das erste Mädchen, das ich gefunden hatte, das so aussah, als wollte sie sagen: »Ich bin zwar superhübsch, aber ich bin auch klug genug, um ein Buch zu schreiben.«

»Schöne Brünette« zeigte mir auch jetzt wieder Fotos von Mädchen, die auf Dates und mehr aus waren, also fügte ich ein paar Filter hinzu: »smaragdgrüne Augen«, »hohe Wangenknochen« und »zu schön, um wahr zu sein«. Ich klickte mich durch Hunderte von Bildern, bis ich schließlich zu dem Schluss kam, dass ich das Original nie wiederfinden würde.

Ich widerstand dem Impuls, meinen Laptop quer durchs Zimmer zu schmeißen, und beschloss, dort anzufangen, wo ich zum ersten Mal erfahren hatte, dass sie überhaupt existierte. Ich gab meinen Künstlernamen und »Bookworm« ein, und mein Bildschirm wurde von den Ergebnissen förmlich überflutet. Ich scrollte mich durch die Bilder der Frau in der Buchhandlung, die meine Bücher signiert hatte. Da alle dachten, dass ich es war, war natürlich keines davon hilfreich – schließlich enthüllte es nicht ihren richtigen Namen.

Ein Großteil der Fotos gehörte einem Typen, der ein paar Aubrey-Lynch-Fansites betrieb. Ich folgte einem Link auf eine Facebook-Fanpage.

Da ich mich die meiste Zeit über vor meinen Fans versteckt gehalten hatte, hatte ich dem Impuls, mir ihre Kommentare anzusehen, auch immer widerstanden. Die Angst hatte meine Neugier immer besiegt. Menschen konnten richtig grausam sein, wenn sie sich hinter ihrer Tastatur versteckten. Mir waren schon genug Grausamkeiten ins Gesicht geschleudert worden, ich brauchte sie nicht auch noch online.

Ich wollte die Seite gerade schließen, ohne irgendetwas zu lesen, als mir dann doch etwas ins Auge fiel. In unzähligen Postings brachten die Leute ihre Liebe zu Aubrey und zu ihren Büchern zum Ausdruck. Sie schwärmten von Dag und Thora und weinten und jubelten gleichzeitig über Elofs Tod (SPOILER!). Aber obwohl die Kommentare wie warmer Honig durch mein Inneres rannen, war es etwas anderes, das mir aufgefallen war.

Aubrey ist gerade neben mir eingezogen.

Das Posting stammte von einem Dean Adams und war tausendmal geliked worden. Die Leute baten ihn um seine Adresse, aber Dean hatte darauf nie reagiert.

Ich öffnete einen privaten Chat und tippte Deans Namen ein, bis sein Profilbild erschien. Mein Herz klopfte wie ein Presslufthammer auf Hochtouren, als ich ihm eine Nachricht schrieb. Ich behauptete, Aubreys größter Fan zu sein. Ich erzählte ihm, dass ich sie für mein Leben gern kennenlernen würde, und ich schwor, die Adresse niemandem zu verraten. Ich ließ ein paar wichtige Fakten über *Viking Moon* einfließen, um zu beweisen, dass ich tatsächlich ein Fan war. Dann klickte ich auf »senden«.

Höchste Zeit, einen Gang runterzuschalten, während ich auf eine Antwort wartete. Ich öffnete mein neues Manuskript, aber mir wollte einfach nichts einfallen, also schloss ich es kurz darauf wieder. Ich spielte ein paar Spiele und las.

Reggie kam nach Hause zurück. Sie lächelte und erzählte mir von Gedichten über Vögel, Bienen und Beyoncé. Aber auch als ihr endlich die Luft ausging und sie ins Bett gegangen war, blieb mein Messenger stumm.

Ich ließ mir Zeit: Ich duschte und putzte mir die Zähne im Gemeinschaftsbad, und schlüpfte irgendwann in meinen Flanellpyjama.

Immer noch keine Antwort.

Die Dunkelheit verschluckte das Licht, als ich meine Nachttischlampe ausschaltete und den Laptop zumachte. Doch ich starrte in die Nacht hinaus, bis das erste Flüstern des Tageslichts durch die Jalousien fiel. Der Schlaf kam und ging. Als ich endlich die Augen aufmachte und mich ein für alle Mal aufsetzte, sagte mir der Wecker auf dem Schreibtisch, dass es schon fast Mittag war.

Ich zog meinen Laptop auf den Schoß. Nachdem ich ihn hatte hochfahren lassen, öffnete ich Facebook und hielt den Atem an, als ich eine Nachricht von Dean Adams entdeckte. Es waren nur fünf Worte, aber mehr brauchte ich auch gar nicht.

1803 Gentry Hill, Fernbrooke, Ohio.

Kapitel 10

Ein paar Stunden später saß ich in meinem Auto vor dem bescheidenen zweistöckigen Haus am Gentry Hill und umklammerte das Steuer so heftig, dass meine Knöchel schmerzten. Es war nicht schwer gewesen, die Straße der falschen Aubrey ausfindig zu machen – und sie wohnte nur ein paar Straßen vom Haus meiner Eltern entfernt. Aber in einer winzigen Stadt wie Fernbrooke lebte ohnehin jeder in unmittelbarer Nähe des anderen.

Ich hielt nach irgendeiner Bewegung hinter den Fenstern Ausschau, ging im Geiste alle möglichen Szenarien durch. Das alles konnte auch genauso gut ein abgekartetes Spiel sein. Vielleicht war dieser Dean Adams auch ein Serienmörder, der junge Fans von *Viking Moon* mit der erfundenen Geschichte in sein Haus lockte, die Autorin zu kennen. Gut möglich, dass er in seinem Keller jede Menge Käfige mit Möchtegern-Wikingern hatte oder dass sein Rasen ein frisch angelegter Friedhof war.

Das Haus selbst war keine große Hilfe. Nichts davon schrie: »Hier lebt sicher *kein* Serienmörder.« Tatsächlich sah es so aus, als ob *überhaupt niemand* dort lebte. Es war ein trauriger, liebloser Ort, bei dessen Anblick mir das Herz wehtat.

Ich glich die Adresse noch zwei- oder dreimal mit der auf meinem Handy ab. Aber es bestand kein Zweifel. Es war die richtige Adresse.

Ich holte tief Luft und öffnete die Wagentür. Mir zitterten die Knie, als ich auf den weißen Zaun zuging, der den Rasen des Vorgartens begrenzte.

Wenn ich dieses Zusammentreffen überlebte und hier tatsächlich kein Serienmörder wohnte, was sollte ich dann zu dieser Frau sagen? Was, wenn sie eine Verrückte war, die sich irgendwie eingeredet hatte, dass sie meine Bücher tatsächlich geschrieben hatte? War sie vielleicht sauer, weil ich ihr Gesicht auf die Einbände einer Jugendbuch-Buchserie hatte drucken lassen? An dem Abend in der Buchhandlung war sie mir allerdings alles andere als wütend vorgekommen – aber der erste *Viking Moon*-Band war auch bereits vor drei Jahren herausgekommen. Unwillkürlich fragte ich mich, was sie wohl empfunden haben mochte, als sie ihr Gesicht zum ersten Mal auf der Rückseite entdeckt hatte. Das erste Jahr nach der Veröffentlichung hatte ich ständig befürchtet, dass meine Agentin mit dem Mädchen im Schlepptau bei mir hereinplatzen und mich fragen würde, was zum Teufel ich mir dabei gedacht hatte. Seitdem hatte ich jedes Jahr aufs Neue nur darauf gewartet, dass die Axt auf mich herabsausen würde, aber nichts war passiert.

Ich stand an der Tür und holte ein paarmal mühsam Luft, bevor ich die Klingel drückte. Dann wartete ich. Als die Tür nach ein paar qualvollen Minuten immer noch verschlossen blieb, drückte ich wieder auf den Knopf.

Mein Finger schwebte noch über der Klingel, als die Tür aufgerissen wurde und ein paar wütende Augen mich ansahen. Vor mir stand die junge Frau aus der Buchhandlung, gekleidet in einen weißen Bademantel, ein Handtuch um den Kopf geschlungen. Ihre Lippen bewegten sich mit Lichtgeschwindigkeit.

»Was soll das, zum Teufel? Hast du nicht gehört, dass gerufen habe, du sollst warten? Du brachst nicht wie eine Geisteskranke immer wieder auf den Knopf drücken.«

Ihr Pfefferminz-Atem traf auf meine Wangen und unterstrich die Schärfe ihrer Worte.

Was für ein Super-Start.

»Äh, sorry.« Ich rieb mir den Nacken und starrte auf das Hotel-Logo auf ihrem Bademantel. Es stammte von einem bekannten und beliebten Haus in Las Vegas. »Ich bin taub. Ich habe Sie nicht gehört.«

»Oh.« Ihr Körper blieb angespannt, und sie umklammerte ihren Bademantel fester. »Also, was willst du? Bist du ein Fan? Ich habe keinen Stift bei mir, um dir ein Autogramm zu geben.«

»Hm, nein, das nicht. Ich habe mich vielmehr gefragt, ob ich reinkommen und mit dir reden könnte.«

Ihre smaragdgrünen Augen weiteten sich. »Was? Du spinnst wohl? Nein, ich lasse doch keine Fremde in meine Wohnung. Du könntest ja eine Stalkerin sein oder sowas.«

Ich lachte verhalten. »Ich schwöre, das bin ich ganz sicher nicht.«

»Oh, und das soll ich dir jetzt einfach glauben? Wirklich? Was, soll ich etwa Mitleid mit dir haben, weil du taub bist und du diese grässliche Narbe im Gesicht hast? Sammelst du für irgendetwas Gemeinnütziges oder so? Denn da hab ich jetzt eigentlich gerade gar keine Lust drauf.«

Die Scham zerriss mich förmlich mit scharfen Krallen. Ich senkte den Kopf, damit mein Haar mir wieder über die Wangen fiel, und sah hinunter auf ihre nackten Füße. Sie waren perfekt manikürt und in tiefem Violett lackiert.

»Nein«, flüsterte ich. »Da bist du auf dem Holzweg. Ich muss mit dir über *Viking Moon* sprechen und …«

Ihre Hand schoss nach vorn und landete auf meiner Brust. Ihre Fingernägel waren im gleichen Lila lackiert wie ihre Zehennägel.

»Hör mal zu. Ich hab dir schon gesagt, dass ich mich heute nicht mit Fans unterhalte. Ich hab noch nicht mal eine Ahnung, wie ihr mich immer ausfindig macht. Hört auf, mir vor meiner Wohnung aufzulauern. Ihr seid doch alle total durchgeknallt. Das sind nur Bücher. Kommt drüber weg.«

Sie wollte mir die Tür vor der Nase zuschlagen. Eine Welle des Zorns wogte in mir hoch und ich ballte meine Hände zu Fäusten.

Sie hatte nicht das Recht, so über die Fans von *Viking Moon* zu sprechen. Meine Fans. Die Leute, denen ich meine Karriere zu verdanken habe und durch die ich das tun konnte, worin ich gut war.

Ich hielt die Tür mit meiner Handfläche auf und drückte sie ihr entgegen.

»Nein.« Ich erschrak über meinen eigenen energischen Ton. Dann straffte ich die Schultern und sah ihr direkt in die Augen. »Du hast nicht das Recht, so mit mir zu reden. Nicht nur, weil ich dein Geheimnis kenne, sondern auch deshalb, weil du nicht besser bist als ich selbst, egal, was du denkst.«

Ihre Augen weiteten sich, und sie musterte mich einen Augenblick lang. »Welches Geheimnis?«

»Ich weiß, dass du die *Viking Moon*-Serie nicht geschrieben hast, denn ich habe sie geschrieben.«

Da, ich hatte es gesagt. Jetzt war es raus.

Ihr Mund öffnete und schloss sich wieder. Sie hob den Zeigefinger und ließ ihn wieder sinken.

»Komm rein. Sofort.« Sie packte mein Handgelenk

und zerrte mich ins Haus. Dann schlug sie die Tür hinter mir zu.

***

»Setz dich ins Wohnzimmer rechts«, stieß sie mit zusammengebissenen Zähnen hervor. »Ich ziehe mich um und bin gleich wieder da.«

Ich nickte, und sie entließ mich, bevor sie die Treppe hinauflief. Das Innere des Hauses sah so unbewohnt aus wie das Äußere. Keine Bilder zierten die Wände, und auf den Regalen waren keinerlei persönliche Gegenstände zu sehen. Das Wort »Wohnzimmer« schien fehl am Platze, um den Raum zu beschreiben, in den ich verwiesen worden war. Eine blassbeige Couch und ein passender Sessel waren die einzigen Sitzgelegenheiten. Ich wählte den Sessel und machte es mir auf dem Polster bequem. Der Stoff war so makellos, dass ich mich unwillkürlich fragte, ob vor mir überhaupt schon einmal jemand darin gesessen hatte.

Ein silberner Brieföffner und ein Brief lagen vor mir; das einzige Zeichen dafür, dass dieser Raum überhaupt genutzt wurde. Ich zog einen ungeöffneten Umschlag zu mir heran und blinzelte auf den Namen herunter, der darauf stand: Veronica Wilde. Wenigstens kannte ich jetzt den Namen der Hochstaplerin.

Während ich wartete, wippte ich nervös mit dem Bein auf und ab und fragte mich, wie die junge Frau da oben sich wohl gleich verhalten würde. An der Tür eben war sie ziemlich fies gewesen. Ich konnte mir nicht vorstellen, dass dieses Gespräch gut verlaufen würde. Vielleicht war sie jetzt oben und rief die Polizei, um mich als verrückten Fan abtransportieren zu lassen. Oder vielleicht überlegte sie ja auch, wie sie mich verschwinden lassen konnte.

Immerhin kannte ich ihr Geheimnis und konnte es aller Welt verraten.

Und sie kannte meines.

Ich streckte die Hand aus, nahm den Brieföffner vom Tisch und verbarg ihn neben mir im Polster des Sessels.

So, wenigstens lagen jetzt keine scharfen Gegenstände mehr herum, wenn ich sie zur Rede stellte.

Meinem Handy zufolge vergingen zehn geschlagene Minuten, bis sie im Wohnzimmer erschien. Sie ging zu einer Bar in der Ecke und nahm eine Kristallkaraffe mit einer braunen Flüssigkeit zur Hand, bevor sie sich zu mir umwandte.

»Ich brauche jetzt einen Drink«, sagte sie. »Du auch?«

Die abgestandene Luft in dem alten Haus schnürte mir die Kehle zu und machte meinen Mund ganz trocken. Ich schluckte und nickte. Sie goss zwei Gläser mit der goldenen Flüssigkeit voll und gab mir eines.

Ich trank einen Schluck und musste würgen. Die Flüssigkeit brannte auf meiner Zunge und im Hals, aber dann bahnte sich die Wärme einen Pfad meine Speiseröhre hinunter bis in meine Brust.

»Kein Fan von Whiskey?«, fragte sie.

»Anscheinend nicht«, sagte ich. Ich stellte mein Glas auf den Tisch vor mir und sah zu, wie sie ihren Drink mit einem schnellen Zug hinunterkippte. Sie ließ sich auf der Couch nieder und beugte sich vor, die Ellbogen auf den Knien.

»Also«, sagte sie. »Was soll das heißen, dass du Aubrey Lynch bist? Du siehst ein bisschen zu jung aus für eine Bestsellerautorin.«

»Ich bin neunzehn«, sagte ich. »Ich habe den ersten *Viking Moon*-Band mit fünfzehn geschrieben, und er wurde veröffentlicht, als ich sechzehn war. Jung, ja, aber wohl kaum unmöglich.«

Veronica stand auf. Sie goss sich noch ein Glas ein und hielt die Karaffe fragend in die Höhe. Ich schüttelte den Kopf, und sie stellte sie auf den Tisch. Dann nahm sie wieder auf der Couch Platz.

»Das ist schon eine Leistung, Aubrey«, sagte sie. »Darf ich fragen, warum – wenn das tatsächlich deine Bücher sind – dann mein Foto auf der Rückseite prangt?«

Ich verschränkte die Finger ineinander und begann, sie nervös ein- und auszudrehen. »Eigentlich heiße ich Elise. Aubrey Lynch ist mein Künstlername.«

»Veronica.«

»Nett, dich kennenzulernen, Veronica.« Ich löste meine Finger wieder voneinander und streckte ihr die Hand entgegen. Sie starrte sie an, als hätte ich ihr einen toten Welpen hingehalten. Ich zog die Hand also wieder zurück und presste sie an meine Brust. »Jedenfalls kannst du ja deutlich sehen, dass ich mich nicht wirklich für so ein Coverfoto eigne.«

Sie zog eine perfekt geschwungene Augenbraue in die Höhe und machte eine Geste, als wollte sie sagen: Na ja, das ist ja wohl tatsächlich offensichtlich. Ich warf ihr einen wütenden Blick zu und sprach weiter.

»Als mein Verleger mich um ein Foto für die Biografie bat, geriet ich jedenfalls irgendwie in Panik. Ich durchstöberte das Internet nach einem Foto von jemandem, der äußerlich das genaue Gegenteil von mir war, und stieß auf dein Bild. Ich weiß nicht, was ich mir dabei gedacht habe, als ich es dem Verlag zuschickte. Ich nehme an, wenn ich mit dir gesprochen hätte, dann hätten sie das Buch auch ohne Foto gedruckt, aber ich war sechzehn und naiv, und mir kam es zu dem Zeitpunkt wie die beste Lösung vor.«

Veronica ließ die Hand in ihren Schoß sinken und verengte die Augen. »Ist dir eigentlich klar, dass du damit mein Leben auf den Kopf gestellt hast? Die Leute in der Schule kamen zu mir und gratulierten mir zur Veröffentlichung eines Romans, von dem ich noch nie gehört hatte. Fremde sprachen mich auf der Straße an. Verpickelte Teenager standen staunend vor mir und gestanden mir ihre Liebe, und für Leute mit Namen Dag und Thora.«

Sie lehnte sich auf der Couch zurück. »Ich war total im Arsch. Ich hatte keine Ahnung, was los war.«

»Ich kann es mir vorstellen. Tut mir so leid. Ich habe keinen einzigen Gedanken an die Person auf dem Foto verschwendet. Erst als ich das Buch in Händen hielt und das tatsächlich abgedruckte Foto sah, habe ich mich gefragt, was mit ihr passieren würde.«

»Zuerst war ich echt in Panik«, sagte sie. »Schließlich nahm ich einem der Kids das Buch ab, um zu sehen, weshalb sie so ausflippten. Ich habe das Exemplar behalten und ging nach Hause, um es zu lesen.«

Ich nahm mein Glas vom Tisch und kippte den Rest der Flüssigkeit hinunter. Meine Hände zitterten, aber der Whiskey regelte das schnell. Ich fuhr mit dem Zeigefinger über den Glasrand.

»Wie fandest du es?«, fragte ich.

Sie zuckte die Achseln. »War ganz okay. Nicht wirklich mein Ding. Ich meine, Teenager-Wikinger? Nicht genug Sex und Gewalt, wenn du mich fragst.«

»Okay.«

»Ich war gerade in meinem ersten Collegejahr und fiel überall durch. Meine Profs hassten mich. Dann wurde dieses Buch zum Bestseller, und plötzlich beachteten mich alle. Meine Noten verbesserten sich, ohne dass ich eine einzige verdammte Sache änderte. Anscheinend ist eine Eins in Englisch für einen Bestsellerautor normal oder sowas. In Restaurants bekam ich kostenlose Mahlzeiten, kostenlose Drinks in den Bars. Jeder, der die Bücher gelesen hatte, erkannte mein Gesicht und kroch mir in den Arsch. Also beschloss ich, dass es doch nicht das Schlechteste war. Ich fing an, den Leuten zu erzählen, dass ich tatsächlich Aubrey Lynch war. Ich buchte Hotelzimmer und Reisen, und wenn ich mit dem halbwüchsigen Jungen am Tresen flirtete, bekam ich alles kostenlos.«

Mühsam atmete ich die schale Luft ein und umklammerte mein Glas so fest, dass ich Angst hatte, es zu zerbrechen.

»Wow. Ich hatte ja keine Ahnung, dass Autoren so was passiert.«

»Ich auch nicht. Ich meine, ich habe mein Leben lang möglichst wenig gelesen. Und jetzt wartete ich mit allen anderen sehnsüchtig darauf, dass das nächste Buch herauskam. Die Figuren interessierten mich einen Scheißdreck, aber ich wollte sehen, ob ich weiter so berühmt bleiben würde. Stell dir vor, wie überrascht ich war, als ich sogar noch populärer wurde. Dank deiner Bücher habe ich sogar das College geschafft.«

»Also«, sagte ich. »Bist du nicht sauer, dass ich dein Foto benutzt habe?«

»Zum Teufel, nein.« Sie schüttelte den Kopf, und ihr noch feuchter Bob wippte um ihr Gesicht. »Ich habe den Ruhm in mich aufgesogen wie ein Schwamm. So konnte ich mein eigenes beschissenes Leben hinter mir lassen.« Ihre Augen blitzten auf – dunkles Immergrün zwischen dem Smaragd –, aber dann senkte sie ihre unglaublich langen Wimpern, damit ich nicht noch mehr sah. Als sie wieder zu mir aufblickte, war jede Spur von Schmerz oder Bedauern verschwunden. »Ich bin letzten Monat sogar in diese beschissene Stadt gezogen, weil in der Biografie stand, dass ich hier lebe. Das macht meine Story glaubwürdiger. Wanderst du wirklich gern und fährst Wasserski? Denn eigentlich siehst du nicht so aus.«

Ich stieß den Atem aus, den ich gefühlte drei Jahre angehalten hatte. Sie würde mich also nicht umbringen. Die ganze Sache konnte funktionieren.

»Nein«, sagte ich mit einem Lachen. »Ich bin noch nie im Leben Wasserski gefahren. Mein Verleger fand, dass das besser klang als ›sitzt in ihrem Zimmer und tut den ganzen Tag nichts‹.«

»Hm.« Veronica nahm einen Schluck von ihrem zweiten Drink. »Und warum bist du jetzt hier? Hat es all die Jahre gedauert, um mich zu finden? Warum jetzt?«

»Na ja, ich weiß nicht, ob du schon davon gehört hast, aber *Viking Moon* wird demnächst verfilmt.«

Sie stellte das Glas auf den Tisch und befeuchtete sich die Lippen. »Mit Gavin Hartley. Hab ich gehört. Und was hat das mit mir zu tun?«

Ich schob eine Haarsträhne hinters Ohr und stellte mein Glas neben das ihre.

»Sie erwarten, dass Aubrey Lynch die Produktion begleitet. Sie wollen meinen Input, damit die Verfilmung so nah wie möglich am Buch bleibt.«

Veronica schürzte die beerenroten Lippen. »Na. Da bist du ja jetzt in einer ziemlichen Zwickmühle. Schließlich bist du ja nicht die, die man dort erwartet.«

»Genau«, sagte ich. »Die erwarten dich.«

»Und du willst was von mir? Dass ich da auftauche und so tue, als wäre ich du?«

»Das machst du ja schon die ganze Zeit. Nur diesmal wäre ich an deiner Seite. Ich habe gedacht, ich könnte als deine Assistentin auftreten oder so was. Ich mache die tatsächliche Arbeit, wenn es um die Ratschläge zu den Büchern geht. Ich kann die Drehbücher lesen und mit Anmerkungen versehen und dir die Antworten vorgeben, wenn dir Fragen gestellt werden. Und alles, was du tun musst, ist dort aufzutauchen und zu behaupten, dass du Aubrey bist.«

»Interessant.« Sie sah mich unverwandt an, und ich rutschte unter ihrem forschenden Blick unruhig hin und her. »Was ist dabei für mich drin?«

Ich biss mir auf die Lippen. »Na ja, du könntest weiterhin unter meinem Namen auftreten. Es scheint dein Leben ja deutlich leichter zu machen als meins. Außerdem kommst du ins Fernsehen. Mit Gavin Hartley und Leila Clarke.«

»Das ist ja alles schön und gut.« Sie pustete ihre Nägel an und polierte sie dann an ihrer durchsichtigen weißen Bluse. »Aber ich glaube, wenn ich das für dich tun soll, sollte ich noch etwas mehr bekommen.«

Mein Mund wurde ganz trocken, und ich sah sehnsüchtig auf mein leeres Glas. Vielleicht hätte ich den zweiten Drink doch annehmen sollen.

»Was genau willst du?«, fragte ich.

Sie sah von ihren Nägeln auf, und ihr Lächeln jagte mir einen Schauer über den Rücken.

»Na ja, ich finde es furchtbar, so klischeehaft zu sein, aber es ist, wie es ist. Ich will Geld«, antwortete sie. »Oder um genau zu sein, ich will die Hälfte deiner Tantiemen von *Viking Moon*.«

Kapitel 11

Veronicas Gesicht verschwamm vor meinen Augen, und ich atmete scharf aus. »Du … willst was?«

Sie überkreuzte die Beine, und der schicke, marineblaue Rock, den sie trug, rutschte hoch. Sie lächelte und lächelte. »Ich will die Hälfte der Tantiemen. Ich meine, immerhin bin ich teilweise für deinen Ruhm verantwortlich. Ich hätte schon längst etwas verraten können. Ich hätte mir einen Anwalt nehmen können, dich dafür verklagen können, dass du mein Bild ohne meine Erlaubnis benutzt hast. Aber das habe ich nicht getan, denn ehrlich gesagt hast du mir leidgetan. Sogar bevor ich dich heute kennengelernt habe, tatst du mir leid. Es ist ziemlich traurig, dass du so wenig Selbstwertgefühl hast und mein Bild brauchtest, statt dein eigenes zu benutzen.«

Meine Stimme schien meinen Mund verlassen zu haben und nun irgendwo Deckung zu suchen. Ich schloss die Augen und versuchte, sie wiederzufinden. Als sie endlich wieder da war, fühlte sie sich schwach und leise auf meiner Zunge an.

»Ich habe die Tantiemen nicht«, sagte ich. Ich öffnete die Augen und sah ihr direkt ins Gesicht. »Meine Eltern verwalten das Geld bis zu meinem einundzwanzigsten Geburtstag in einem Treuhandfonds.«

»Das ist dein Problem, nicht meines.«

Ich fuhr mir durchs Haar. Wenn ich mich nicht auf ihre Bedingungen einließ, musste ich eine andere Möglichkeit finden. Aber ich hatte schon alles andere durchdacht. Und das hier war die einzige Lösung, die funktionieren konnte. Meine Eltern waren vernünftige Menschen. Ich konnte ihnen sagen, dass ich das Geld für die Uni brauchte oder so etwas. Vielleicht glaubten sie mir ja.

»Na gut«, hauchte ich. »Ich bin einverstanden. Aber es kann eine Weile dauern, bis ich an das Geld komme. Ich kriege es vielleicht nicht sofort. Und die Dreharbeiten fangen schon nächste Woche an.«

»Das ist okay«, antwortete Veronica. »Du kannst mir einen Teil jetzt geben und den zweiten Teil zum Ende der Dreharbeiten. Ich bin da realistisch.«

Mein Kopf nickte wie von selbst. Das Zimmer kam mir mit einem Mal viel zu klein vor, und ich rang nach Luft. Ich musste hier raus.

Mit zitternden Beinen stand ich auf und streckte ihr wieder die Hand entgegen. Diesmal ergriff sie sie. Ich gab ihr mein Handy, damit sie ihre Nummer und E-Mail-Adresse eingeben konnte.

»Gut«, sagte ich. »Ich überweise dir diese Woche einen Teil des Geldes. Und schicke dir die Informationen zum Produktionsplan, sobald ich ihn bekomme.«

»Ich freue mich schon darauf.«

Darauf mochte ich wetten!

»Klar. Danke für den Drink.«

Mein Körper war vollkommen gefühllos, als die Tür hinter mir ins Schloss fiel. Ich wusste kaum, wie ich es zu meinem Auto geschafft hatte. Als ich außer Sichtweite war, ließ ich mich aufs Steuer fallen und schrie.

***

Da meine Eltern ja nur ein paar Straßen weiter wohnten, dachte ich, dass ich sie genauso gut gleich um das Geld bitten konnte. Mir war klar, dass ich unter keinen Umständen ehrlich zu ihnen sein durfte. Wenn ich ihnen erzählte, dass ich das Geld benötigte, um eine Frau dafür zu bezahlen, damit sie vorgab, ich zu sein – dann würden sie mich entweder auslachen oder mich geradewegs ins nächste Irrenhaus verfrachten. Sie hatten meine Entscheidung, Veronicas Bild auf das Buch drucken zu lassen, niemals gutgeheißen, aber sie hatten sie stillschweigend hingenommen, weil sie sich wegen dem, was mir zugestoßen war, schuldig fühlten. Aber das jetzt ging weit über alles hinaus, was sie akzeptieren würden.

Ich fuhr also in ihre Auffahrt und schaltete den Motor aus. Mein Vater saß auf der Veranda, ein Glas Eistee in der Hand, und schaukelte in seinem Lieblingsschaukelstuhl. Er grinste breit, als er mich auf dem Weg zum Haus entdeckte.

»Elise!« Er zog mich in seine Arme, sodass der Eistee gegen meinen Rücken schwappte und mein Shirt durchnässte. Ich erschauerte, als die Kälte meine Haut am Rücken traf.

Mein Vater bedeutete mir, mich in den anderen Schaukelstuhl zu setzen, nahm ebenfalls Platz und stellte sein Glas auf den Tisch neben sich ab.

Wie geht es dir?, fragte er mich in Zeichensprache. *Wie läuft's in der Uni?*

Gut, signalisierte ich. *Meine Seminare sind toll. Amerikanische Literatur mag ich am liebsten.*

Obwohl meine Eltern natürlich wussten, dass ich Lippen lesen konnte, hatten sie die Regel aufgestellt, dass ich mit ihnen so oft wie möglich in Zeichensprache kommunizieren sollte. Meine Mutter fand, dass es für mich und sie wichtig war, in Übung zu bleiben.

Das Seminar mit diesem Autor, den du so magst? Er grinste. *Ist er nett?*

Ich dachte an Duncan und daran, wie er mein Buch signiert hatte. An die Art, wie sein Gesicht geleuchtet hatte, während er über die amerikanischen Klassiker gesprochen hatte.

Sehr, signalisierte ich. *Ich glaube, bei ihm werde ich eine Menge lernen.*

Gut. Hast du schon Freunde gefunden?

Meine Mitbewohnerin ist sehr nett. Und da ist da noch dieser Cowboy.

Ich hoffte, er konnte im Schatten der Veranda nicht sehen, dass ich errötete.

Mein Vater zog eine Augenbraue hoch. *Cowboy?*

Er denkt nur, dass er ein Cowboy ist. Mein Vater sah mich weiter fragend an. *Nein, so ist es nicht. Er ist nur ein Freund. Außerdem bin ich ziemlich sicher, dass meine Zimmergenossin ein Auge auf ihn geworfen hat.*

Na, ich bin jedenfalls froh, dass du Leute kennenlernst. Es ist höchste Zeit. Nicht dass ich mich nicht freuen würde, dich hier zu sehen, aber was führt dich denn nach nur einer Woche schon wieder zu uns zurück?

Ich holte tief Luft. Das würde nie klappen! *Ich habe mich gefragt, ob ich etwas Geld von meinem Tantiemen-Fonds haben könnte.*

Mein Vater atmete scharf aus und lehnte sich in seinem Stuhl zurück. Er schaukelte einen Augenblick zurück und dann wieder vor.

Darüber haben wir doch schon gesprochen, bedeutete er mir. *Deine Mutter und ich haben deinen einundzwanzigs-*

ten Geburtstag dafür festgelegt, weil wir denken, dass du erst dann für diesen Betrag die Verantwortung tragen kannst.

Meine Hände zitterten so sehr, dass sie mich verraten hätten, hätte ich weiter Gehörlosensprache benutzt.

»Ich weiß«, sagte ich. »Aber ich bin neunzehn. Und ich habe schon so oft bewiesen, dass ich verantwortungsbewusst bin. Ich lebe jetzt so gut wie allein. Ich habe drei Bestseller geschrieben und arbeite am vierten Buch. Ich gehe nicht auf Partys. Ich bin nicht mal gern unter Menschen. Was muss ich noch tun, um zu beweisen, dass ich Verantwortung übernehmen kann?«

Mein Vater seufzte tief und sackte förmlich in sich zusammen. Auch er verzichtete bei seiner Antwort auf Zeichensprache.

»Das ist natürlich richtig. Du bist zu einer wundervollen, jungen Frau herangewachsen, und ich bin stolz auf alles, was du geleistet hast.«

Erleichtert sank ich auf dem Stuhl zurück. »Ich kann also meinen Treuhandfonds jetzt schon haben?«

»Nicht so schnell«, sagte er. »Ich will wissen, warum. Warum jetzt? Was ist so wichtig, dass du an einem Sonntagabend damit herausplatzt?«

Er beugte sich so weit vor, dass sein Stuhl sich teilweise von den Holzdielen der Veranda abhob. Dann griff er nach meiner Hand, hielt sie an seine Brust und sah mir tief in die Augen.

»Elise, hast du Probleme?«

Die Worte waren wie ein Dolchstoß ins Herz. Der Schmerz breitete sich in meinem ganzen Körper bis hinunter zu meinen Füßen aus. Ich rief mir ins Gedächtnis, dass er es nicht verstehen würde, wenn ich ihm die Wahrheit erzählte. Ich schluckte den Kloß herunter, der sich in meiner Kehle gebildet hatte, und schüttelte den Kopf.

»Nein, Dad«, sagte ich. »Keine Probleme. Es ist nur … die Schule ist teuer. Bücher, Essen und das Schulgeld. Ich würde mich so viel besser fühlen, wenn ich wüsste, dass ich nicht jeden Monat Taschengeld bekomme.«

Mein Vater ließ meine Hand los und lehnte sich wieder nach hinten. Er schaukelte ein paar Minuten lang vor und zurück. Ich betrachtete sein Gesicht jedes Mal, wenn er näher kam. Mein blondes Haar hatte ich von meiner Mutter geerbt. Die Mähne meines Vaters war dunkel, und sein Schnurrbart hatte die gleiche Farbe. Feine Linien waren unter seinen Augen und an seinem Kinn aufgetaucht, aber ich konnte immer noch erkennen, warum meine Mutter sich in ihn verliebt hatte, als sie sich auf der Highschool kennengelernt hatten. Sein Lächeln war ansteckend. Es breitete sich auf seinem ganzen Gesicht aus und brachte seine Augen zum Leuchten. Ich war immer schon stolz gewesen, wenn ich ihn zum Lächeln brachte.

In diesem Augenblick jedoch sah sein Mund angespannt aus, und seine Augen hatte er nachdenklich verengt. Er rieb sich den Schnurrbart und trank einen Schluck Tee. Ich blickte auf meine Hände, aber ich konnte seinen Blick auf mir spüren, während er das Für und Wider abwog.

Ich riskierte einen Blick auf sein Gesicht, als er endlich seine nachdenkliche Haltung aufgab.

»Na gut, Elise«, sagte er. »Ich vertraue dir. Du bist ein verantwortungsbewusstes Mädchen.«

Ich sprang von meinem Stuhl auf und warf ihm die Arme um den Nacken. »Oh! Danke, Dad! Ich verspreche, dass ich gut auf das Geld aufpassen werde.«

Er schob meine Hände auseinander und legte seine

auf meine Schultern, sodass ich ihm ins Gesicht sehen konnte.

»Dank mir noch nicht. Ich muss zuerst noch mit deiner Mutter darüber sprechen.«

»Oh.« Ich setzte mich wieder in meinen Schaukelstuhl. »Wo ist sie überhaupt?«

»Sie ist mit einer Freundin shoppen, aber sie ist sicher zum Abendessen zurück. Willst du vielleicht bleiben, damit wir zusammen mit ihr reden können?«

Ich dachte daran, dass ich meine Mutter dann genauso würde belügen müssen wie meinen Vater, und ich schüttelte den Kopf. Einen von beiden anzulügen war schon schwer genug.

»Ich habe jede Menge Hausaufgaben«, antwortete ich also. »Ich muss zurück ins Wohnheim.«

»Okay«, erwiderte mein Vater. »Ich rede heute Abend mit ihr und gebe dir Bescheid, was sie dazu sagt.«

»Danke, Dad.« Wir standen auf und umarmten uns. Ich schloss die Augen und atmete seinen vertrauten Duft ein. Irischer Frühling. Ich erinnerte mich daran, wie er mich als Kind schon immer in den Arm genommen hatte, und die Schuldgefühle bohrten sich wie ein gezackter Dolch in meinen Magen. Ich löste mich von ihm und wandte mich um, um zu meinem Auto zurückzukehren.

Er tippte mir an die Schulter, und ich sah ihn noch einmal an.

Ich hab dich lieb, signalisierte er.

Ich hab dich auch lieb.

Zurück im Wohnheim war Reggie schon auf unserem Zimmer. Sie überredete mich, sie in die Mensa zu begleiten, obwohl sich mir bei dem Gedanken an den vergangenen Tag immer noch der Magen drehte. Ich bezweifelte, dass ich mich nach fettigen Käsemakkaroni wirklich besser fühlen würde, aber ich schaufelte die Nudeln trotzdem in mich hinein, während Reggie neben mir vor sich hin schwadronierte. Seit dem gestrigen Abend redete sie nur noch von Clint. Ich richtete den Blick auf ihre Stirn, um mir eine Atempause von ihrem Gequassel über Cowboyhüte und Lassos zu gönnen.

Mein Handy vibrierte auf der Tischplatte, und die Nummer meines Vaters leuchtete auf dem Display auf. Ich verschluckte mich fast an einem Mund voller halb gekauter Makkaroni und öffnete die Nachricht.

DAD: Habe mit deiner Mutter geredet, und sie ist auch der Meinung, dass du dich zu einer verantwortungsvollen jungen Frau entwickelt hast. Wir werden den Treuhandfonds morgen auf dein Konto transferieren lassen. Bitte sei vorsichtig, Elise. Flipp nicht aus und mach keine Dummheiten. Wir vertrauen dir. Hab dich lieb, Dad.

Ich starrte die Nachricht lange an, erschauderte, als ich versuchte, eine viel zu große Portion Pasta herunterzuschlucken. Dann schob ich den Teller weg.

Puh. Das war also erledigt.

Ich hatte das Geld. Ich hatte das falsche Ich.

Jetzt musste ich nur noch den Mut aufbringen, das Ganze durchzuziehen.

Kapitel 12

***Die Produktion von** Viking Moon* begann an einem Samstag, zu einer Uhrzeit, die ich für absolut menschenunwürdig hielt. Ich hievte mich aus dem Bett und stolperte ins Gemeinschaftsbad, das ich um fünf Uhr morgens völlig für mich allein hatte. Ich ließ mir Zeit unter dem heißen Wasserstrahl, ließ mich von den piksenden Wassertropfen wecken, Zentimeter um Zentimeter meines Körpers. Nach dem Zähneputzen stand ich im Bademantel vor meinem Schrank und fragte mich, was ich als persönliche Assistentin der Autorin wohl anziehen sollte.

Plötzlich hatte ich Gavin Hartleys Bild vor Augen, und bei dem Gedanken, dass ich ihm in ein paar Stunden gegenüberstehen würde, kribbelte es am ganzen Körper. Ich fragte mich, ob er im wahren Leben genauso gut aussah wie auf der Leinwand und ob er nett war – oder vielmehr der personifizierte Egomane. Wahrscheinlich würde er eine kleine Assistentin wie mich nicht mal bemerken.

Ich wählte eine schwarze Hose und ein dunkelgrünes Top, das bis zum Hals zugeknöpft war. Ich föhnte mir die Haare und plusterte es auf die übliche Weise auf, bevor ich Mascara und Lipgloss auftrug. Das Mädchen, das mich aus dem Spiegel ansah, runzelte missbilligend die Stirn. Ich streckte ihr die Zunge raus, kehrte ein letztes Mal in mein Zimmer zurück, um meine Sachen zu holen. Reggie schlief weiter tief und fest, wobei ein Arm aus dem Bett baumelte.

Veronica und ich hatten vereinbart, dass ich sie abholen und zum Set fahren sollte, so wie jede gute Assistentin es getan hätte. Ich schrumpfte förmlich auf meinem Sitz zusammen, als sie wie ein Model auf einem zementierten Laufsteg die Auffahrt hinunterschritt. Sie sah mal wieder aus, als habe sie Stunden vor dem Spiegel verbracht. Ihr marineblaues Button-down-Kleid saß wie angegossen, und nicht ein einziges Haar ihrer Bobfrisur wagte es, schief zu liegen. Sorgsam aufgetragene Braun- und Goldtöne sorgten dafür, dass ihr die Augen praktisch aus dem Gesicht sprangen. Ich zog eine Grimasse. Es war fast schon unfair, dass ein einziger Mensch so hübsch sein konnte.

Veronica verzog missbilligend das Gesicht, als sie zu mir ins Auto stieg. »Wie alt ist die Möhre?«, fragte sie. »Du kannst dir doch mit Sicherheit was Besseres leisten.«

»Mir gefällt es«, sagte ich achselzuckend. »Es ist verlässlich und anspruchslos. Schnall dich an.«

Veronica griff nach ihrem Gurt und hielt inne. »Warte. Kannst du überhaupt vernünftig fahren? Du weißt schon, mit dem ganzen …« Sie deutete auf ihre Ohren, und ich hätte fast entnervt die Augen verdreht.

»Taub zu sein bedeutet nicht, dass ich nicht fahren kann. Tatsächlich verlasse ich mich noch mehr auf meine anderen Sinnesorgane, wie die Augen. Ich behalte meine Umgebung ständig im Auge. Mein Dad wollte mir eine spezielle Lichtkonsole einbauen lassen, die mich vor Sirenen und so was warnt, aber wie es scheint, ist die gar nicht nötig …«

»Okay, okay, meine Güte, tut mir leid, dass ich gefragt

habe!«, unterbrach Veronica mich. Sie ließ den Gurt einrasten. »Los geht's.«

Wir sprachen auf der ganzen Fahrt zum Set kein Wort miteinander, denn schließlich hätte ich sonst auch nicht fahren können – aber aus den Augenwinkeln sah ich, wie sie mit dem Knopf des kaputten Radios herumspielte und den Kopf schüttelte.

Staunend riss ich die Augen auf, als wir in die normalerweise so ruhige Straße einbogen, die zum Honeycomb Lake führte. Trucks und Anhänger säumten die Straße, und Dutzende von Menschen rannten dazwischen herum. Ich entdeckte ein Schild, auf dem die handgeschriebenen Worte »Set-Parkplatz« zu lesen waren, und folgte ihm. Ein breitschultriger Mann stellte sich uns in den Weg und streckte die Hand aus. Als wir anhielten, kam er zu meinem Fenster und hielt ein Clipboard in die Höhe.

»Name?«, fragte er.

»Aubrey Lynch«, sagte ich. Ich deutete auf Veronica, und sie schenkte dem Wachmann ein Lächeln so strahlend, dass ich dankbar für meine Sonnenbrille war. »Ich bin ihre Assistentin, Elise.«

Er sah auf sein Clipboard runter und blätterte eine Seite um. Dann nickte er. »Fahren Sie weiter. Nett, Sie kennenzulernen, Miss Lynch. Meine Tochter ist ein Riesenfan.«

»Danke«, sagte ich. Er zog eine Augenbraue hoch, und ich musste mich zusammenreißen, damit ich ihm nicht das Clipboard aus der Hand riss, um mir selbst damit eins auf die Birne zu geben. »Äh, ich meine, im Namen von Miss Lynch.«

Er gab mir einen Parkausweis, den ich für die Dauer der Dreharbeiten benutzen konnte, und wies uns den Weg zum Set.

»Na ja«, sagte ich, als wir aus dem Auto stiegen. Ich schlang mir die Tasche um die Schulter. »Das war ja gar nicht so schwer. Wird sicher alles klappen.«

»Ach, was auch immer«, grummelte Veronica. Sie setzte sich eine Sonnenbrille auf, deren Symbol am Bügel mir zeigte, dass sie von einem berühmten Designer stammte.

»Hübsche Sonnenbrille«, murmelte ich zwischen zusammengebissenen Zähnen, als wir den Schildern zum Set folgten, aber sie hörte mich nicht und hätte meinen Sarkasmus sicher auch nicht zu schätzen gewusst. Wir gingen durch eine Baumgruppe deren Stämme mit Pfeilen in Leuchtfarbe bestückt waren, und gelangten auf eine Lichtung. Bei dem Anblick, der sich uns jetzt bot, stockte mir der Atem, und ich blieb stehen.

Veronica wandte sich zu mir um und sah mich über die Sonnenbrille hinweg an. »Was? Was ist nun schon wieder los?«

»Da sind nur … Da sind so viele Leute.«

»Was hast du denn gedacht? Dass nur wir beide und Gavin Hartley hier sind? Da musst du durch. Man braucht eben eine Menge Leute, um so einen Film zu drehen. Also alles bestens.«

Sie packte meine Hand und zog mich auf die Menge zu, die sich am Ufer aufgebaut hatte. Da gab es niemanden, der nur untätig herumstand – alle schienen in Eile zu sein, rannten am Strand entlang, bellten in ihre Handys oder Walkie Talkies. Clipboards waren das wichtigste Hilfsmittel, auf denen die Mitglieder der Crew irgendetwas abhakten, während sie in Mikros sprachen, die an ihren Ohren befestigt waren.

Als meine Atmung sich wieder normalisiert hatte und mein Herz wieder einigermaßen gleichmäßig schlug, sah ich mich genauer um. Der kleine See der Stadt war tatächlich in ein Wikingerparadies verwandelt worden. Eine kleine Hütte mit nur drei Wänden stand zu meiner Rechten am Ufer. Das Wappen über der Tür signalisierte, dass es das Haus von Dags Familie war. Zu meiner Linken stand eine ähnliche, wenn auch etwas größere Hütte mit einem anderen Familienwappen. Thoras Haus. In den Büchern hatten sie an gegenüberliegenden Seiten des Sees gewohnt, aber ich nahm an, dass die Distanz durch die Magie der Kameras irgendwie vermittelt werden würde.

Veronica ließ meine Hand los und ging zu einem der Crew-Mitglieder hinüber, um mit ihm zu reden – wahrscheinlich, um in Erfahrung zu bringen, wer hier unser Ansprechpartner war. Ein großes, kupferfarbenes Objekt am Ufer fiel mir ins Auge, und ich holte tief Luft. Ich sah mich um, ob auch keiner mich aufhalten würde, und ging auf das Boot zu. Ich hatte schon kleinere Nachbildungen der Boote als Illustrationen in meinem Buch gesehen, aber es war das erste Mal, dass ich einer lebensgroßen Version gegenüberstand. Es war, als hätte jemand das Gefährt aus meinem Kopf geklaut und in den Sand geschoben.

Ich fuhr mit der Hand über das glatte Holz und glitt mit den Fingern über die Schnitzereien am Bug. Mein Atem ging flach, als ich mich vorbeugte, um einen besseren Blick auf die Ätzkunst vorne zu werfen. Tränen traten mir in die Augen. Es war so vollkommen. Das hier war das Produkt meiner Fantasie, und ich durfte es berühren. Am liebsten hätte ich laut gejubelt. Als ich mich aufrichtete, traf mich etwas mit solcher Wucht ins Gesicht, dass ich rücklings in den Sand fiel.

Schmerz zuckte meine Wangen hinauf und hinter meine Augen, und plötzlich drehte sich alles. Die Welt drohte schwarz zu werden. Ich stöhnte und schloss die Augen, versuchte verzweifelt, gegen den Schwindel anzukämpfen.

Eine Hand berührte meine, und ich schreckte zusammen. Ich öffnete die Augen. Zuerst sah ich nur Sonnenstrahlen, die sich wie Dolche in meine Pupillen bohrten und mich blendeten. Ich stöhnte wieder und blinzelte. Etwas berührte mein Gesicht und spendete mir Schatten.

Als mein Blick wieder klarer wurde, entdeckte ich vor mir die blauesten Augen, die ich je gesehen hatte – zumindest bei einem leibhaftigen Menschen. Ich kannte diese Augen gut. Ich hatte sie in zahlreichen Filmen gesehen. Aber sie waren so beeindruckend, dass ich immer davon ausgegangen war, dass sie nicht echt sein konnten und dass ihr Besitzer womöglich farbige Kontaktlinsen trug. In diesem Augenblick aber waren sie real. Und sie sahen voller Sorge auf mich herunter.

»Gavin Hartley?«, murmelte ich.

Er nickte und legte mir die Hand unter den Rücken. Mit seiner Hilfe gelang es mir, mich wieder aufzusetzen. Der Strand drehte sich um mich, als ich mich bewegte, und ich blinzelte. Gavin ließ mich los und bewegte die Hände.

Geht es dir gut?, signalisierte er.

Mir blieb der Mund offen stehen. *Du kannst Gebärdensprache?*

Er nickte. *Meine kleine Schwester.*

Wieso hatte ich keine Ahnung gehabt, dass er eine gehörlose Schwester hatte? Ich dachte, ich wüsste alles über ihn.

Woher wusstest du, dass ich taub bin?, fragte ich.

Es fiel mir schwer, seine Hände zu beobachten und mich nicht auf die dunkelbraune Locke zu konzentrieren, die ihm ins Gesicht fiel, oder die Art zu bewundern, wie sein schlichtes weißes T-Shirt seine muskulöse Brust umspannte.

Man hat dir zugerufen, dass du dich in Acht nehmen solltest, als sie das andere Boot voranschoben, und du hast nicht mal aufgeblickt. Er bewegte seine Finger langsam – als müsse er über jedes einzelne Wort nachdenken, bevor er es formte. *Als ich dich fragte, ob es dir gut geht, hast du nicht geantwortet. Also hab ich es einfach probiert.*

»Oh«, sagte ich und sprach jetzt wieder laut. »Ich bin also von einem Boot getroffen worden?«

Gavin atmete scharf aus, als ich sprach. »Du kannst Lippen lesen. O gut. Meine Gebärdensprache ist ein bisschen eingerostet. Ich habe sie seit Jahren nicht mehr benutzt.« Er schwieg einen winzigen Augenblick lang. »Wie auch immer. Ja, du bist von einem Boot getroffen worden. Aber das ist das Boot meines Feindes. Wenn ich also auf dem Bildschirm gegen sie kämpfe, werde ich es dir zu Ehren tun.«

Eine Hitzewelle ging durch meinen Körper, und er streckte einen muskulösen Arm aus, um mich hochzuziehen. Am liebsten hätte ich die Flucht ergriffen, wäre in den See gesprungen, um zum Meer zu schwimmen, und dann immer weiter.

Ist doch meine Spezialität: Da treffe ich endlich mal den Schauspieler meiner Träume – und lasse mir dabei einen Schlag auf den Kopf geben.

Ganz toll gemacht, Elise.

»Du siehst im wahrsten Sinne des Wortes ziemlich angeschlagen aus«, sagte er. »Wir sollten dich medizinisch versorgen lassen.«

»Es geht mir gut«, sagte ich. »Wirklich.«

Ich beugte mich vor, um meine Tasche aus dem Sand zu

fischen, doch meine Beine gaben unter mir nach, und ich sah erneut alles verschwommen. Zwei starke Arme umfingen meine Schultern und verhinderten, dass ich wieder rücklings auf dem Boden landete.

Gavin runzelte die Stirn. »Ja. Ich bringe dich definitiv ins Sani-Zelt. Du blutest.«

Er berührte den Schnitt neben meinem Auge, und ich zuckte zurück. Dann stöhnte ich, weil allein diese Bewegung mir höllische Kopfschmerzen verursachte.

»Okay«, gab ich nach. »Vielleicht kann ich ja zumindest ein Aspirin gegen diese Kopfschmerzen kriegen. Wo ist denn die Erste-Hilfe-Station?«

»Ich zeig sie dir. Hier, stütz dich auf mich.«

Er ließ meine Schultern los, legte dann wieder einen Arm um mich, sodass ich mich an seine Brust lehnen konnte. Ich atmete den Duft seines T-Shirts ein. Er duftete wie diese Zimtherzen, die Menschen manchmal von ihren Liebsten am Valentinstag bekommen. Ich befeuchtete meine Lippen und fragte mich, ob er wohl auch so schmeckte, wie er roch.

Gavin schlang sich meine Tasche über die freie Schulter und führte mich in ein Zelt mit einem roten Kreuz über dem Eingang. Drinnen gab es jede Menge Erste-Hilfe-Kästen, Defibrillatoren und eine abgewetzte Pritsche in der Ecke.

Das Zelt war leer.

»Verdammt«, sagte Gavin. »Die Krankenschwester ist anscheinend unterwegs. Am ersten Tag gibt es immer jede Menge Verletzungen. Du weißt schon, Hämmer, Nägel und die ganzen Wunden und blauen Flecken.«

»Schon gut.« Ich entdeckte Aspirin auf dem Regal und eine Flasche Wasser in der Ecke. Ich nahm die Medizin und warf mir ein paar der weißen Pillen in den Mund, jagte sie mit dem abscheulichen, warmen Wasser herunter. »Mehr brauche ich nicht.«

Gavin durchstöberte ein paar der weißen Kästen auf dem Tisch und schüttelte den Kopf. »Wir müssen diesen Schnitt zumindest säubern. Hier, komm schon.«

Er nahm eine braune Flasche, etwas Watte und Verbandsmaterial und schob mich sanft zu der Pritsche hinüber. Die Matratze sank unter unserem Gewicht ein, und ich beäugte sie skeptisch, weil ich fürchtete, sie würde unter uns zusammenbrechen. Gavin berührte mein Kinn, als er mein Gesicht zu sich drehte.

Jetzt, da mir die Sonne nicht mehr ins Gesicht schien und das Aspirin langsam den Schmerz dämpfte, konnte ich ihn besser ansehen. Ich hätte es nicht für möglich gehalten, aber leibhaftig war er sogar noch heißer – und seine Züge wirkten wie von Künstlerhand gemeißelt. Hätte er mich dann nicht für völlig durchgeknallt gehalten, hätte ich in diesem Augenblick gern ein Dankgebet zum Himmel geschickt. Denn, wer auch immer dort oben saß – er hatte hier sein Meisterstück abgeliefert.

Ohne Vorwarnung strich mir Gavin das Haar aus dem Gesicht und schob es mir hinters Ohr. Sofort stieß ich ihn fort und sah zu Boden. Geduldig drehte er erneut mein Gesicht zu sich.

»Ich werde dir nicht wehtun«, sagte er, seine Finger ganz sanft an meinem Nacken. »Ist schon gut. Aber wir müssen die Wunde säubern, damit sie sich nicht infiziert. Außerdem hast du Blut im Gesicht. Auch wenn wir es hier tausendmal mit den rauen Wikingern zu tun haben, kann ich nicht riskieren, dass die Crew in Panik gerät, weil so ein zartes Mädchen wie du voller Blut ist.«

Ich sah ihm unverwandt in die Augen, erwartete, den gleichen verstörten Blick dort zu entdecken, an den ich gewöhnt war, wenn die Leute meine Narbe bemerkten. Doch in den blauen Seen entdeckte ich nur Freundlichkeit und Sorge um mein Wohlergehen. Ich richtete mich auf und wehrte mich nicht länger.

Gavin träufelte etwas Flüssigkeit auf einen Wattebausch und näherte sich der Wunde.

»Das beißt jetzt vielleicht etwas«, warnte er mich. Ich nickte bestätigend, und er betupfte mein Gesicht mit dem Wattebausch. Ich zuckte zusammen und biss die Zähne aufeinander, als das Peroxyd in den Riss drang. »Tut mir so leid. Ich beeile mich auch. Übrigens, ich bin Gavin.«

Ich entspannte mich wieder, als er den fiesen Wattebausch wegzog. »Ich weiß natürlich, wer du bist. Immerhin bin ich ein atmendes, menschliches Wesen und so.«

»Aber ich kenne *dich* nicht. Ich weiß nur, dass du von Booten fasziniert bist und ziemlich tough bist, wenn du von einem im Gesicht getroffen wirst.«

»Elise«, sagte ich. »Ich bin Elise. Aubrey Lynchs Assistentin.«

Er zog eine Augenbraue hoch und riss die Packung mit der Watte auf. Die Wasserflasche, aus der ich zuvor getrunken hatte, stand offen auf dem Tisch neben uns, und er goss etwas davon auf den Stoff, bevor er mir das Gesicht abwischte. Flüchtig berührte er meine Narbe, und ich erschauerte, doch immer noch erwähnte er sie mit keinem Wort.

Stattdessen sagte er: »Aubrey Lynch? Sie hat die *Viking Moon*-Bücher geschrieben, nicht wahr? Ich muss gestehen, die habe ich noch nicht gelesen.«

Ich unterdrückte ein Lachen, als er ein Pflaster aufriss. »Warum nicht?«

»Keine Ahnung«, antwortete er. »Ist ja nicht so, als hätte ich kein Interesse dran. Ich meine, sonst hätte ich die Rolle wohl kaum angenommen. Aber ich will einfach nicht wissen, was mit Dag passiert, weißt du? Ich habe das Gefühl, dass das meine schauspielerische Leistung schmälern könnte.«

»Glaubst du, du wirst sie jemals lesen?«

»Vielleicht.« Er warf das Verpackungsmaterial und die blutige Watte in den Mülleimer. »Ich glaube, das hängt davon ab, wie verrückt die Fans darauf reagieren.«

Ich presste das Pflaster auf meine Stirn, dann schüttelte ich das Haar wieder in seine ursprüngliche Position. »Die Fans sind tatsächlich jetzt schon ziemlich durchgeknallt. Aber so was bist du doch gewöhnt, oder?«

Seine Schultern bebten vor Lachen. »Sehr wahr. Aber nervös bin ich trotzdem. Das ist was vollkommen anderes als meine bisherigen Rollen. Die Leute sind jetzt schon Fans einer Buchserie, und ich will das hier nicht vermasseln. Es wird gut sein, sich mit Aubrey zu unterhalten, damit ich auch alles richtig mache.«

»Stimmt.« Mit der Spitze meiner Leinenschuhe beschrieb ich eine Linie im Gras. »Na ja, ich bin sicher, sie wird dich auf dem Laufenden halten. Ich meine, deshalb wurde sie ja hierher eingeladen, stimmt's?«

»Vermutlich.«

Gavin grinste, und wieder drehte es sich in meinem Kopf, obwohl ich nicht ganz sicher war, ob vom Anblick seiner vollkommenen Zähne oder von der Kopfwunde.

Er schob mir das Haar über die Schulter, um sich den Verband ein letztes Mal anzusehen. Sein Atem berührte federleicht meine Wange, kühler als die erstickende Hitze um uns.

»So«, sagte er, stand auf und nahm seinen süßen Duft mit sich. »Mehr kann ich nicht tun. Ich glaube nicht, dass es genäht werden muss oder so was. Ich bringe dich jetzt besser zurück zu Aubrey. Wahrscheinlich fragt sie sich schon, was mit ihrer Assistentin passiert ist.«

»Klar. Da bin ich sicher.« Ich hoffte, dass er den sarkastischen Unterton in meiner Stimme nicht mitbekam.

Gavin streckte die Hand aus. Ich ließ ihn mich vom Bett hoch- und in seine Arme ziehen. Wieder trafen mich sein toller Geruch und die Wärme seines Körpers. Er ließ mich los, und wir gingen langsam aus dem Zelt. Ich blinzelte in die Sonne und merkte, dass ich meine Sonnenbrille nicht mehr aufhatte. Wahrscheinlich war sie heruntergefallen, als ich mit dem Boot zusammengestoßen war. Na toll.

Wir gingen zum Eingang des Sets, und dort stürzte sich Veronica auf mich wie ein Tiger auf eine Maus.

»Wo zum Teufel warst du?«, fragte sie.

»Ich, äh, ich bin von einem Boot getroffen worden.« Ich hob meine Haare zur Seite, um ihr das Pflaster zu zeigen.

»Echt jetzt? Na ja, deine Sache. Und jetzt komm mit. Der Regisseur stellt mir dauernd irgendwelche Fragen, und ich habe keine Ahnung, was er von mir will. Ich brauche deine Hilfe, um …«

Sie hielt inne, als ihr Blick über meine Schulter wanderte. Ich sah mich nach Gavin um, und er lächelte sie an und streckte ihr seine Hand entgegen.

»Gavin Hartley«, sagte er. »Ich nehme an, du bist Aubrey Lynch?«

Veronica strich sich übers Haar und rückte ihre lächerlich teure Sonnenbrille zurecht. Die Kälte, mit der sie mich begrüßt hatte, schmolz wie Eis an einem heißen

Tag. Ihr Lächeln war zuckersüß mit Sahne. »Stimmt genau. Nett, dich kennenzulernen.«

»Gleichfalls«, sagte Gavin. »Wir müssen uns bald mal zusammensetzen und uns darüber unterhalten, wie du dir denn Dag vorstellst.«

»Klar. Das wäre toll. Hast du ein Handy dabei?«

Gavin griff in seine eng anliegende, perfekt sitzende Jeans und holte das neueste Modell des beliebtesten Smartphones heraus. Veronica tippte ein paar Zahlen ein und gab es ihm zurück, wobei sie ihm wieder ein perfektes Zahnweiß-Lächeln zuwarf und die langen Wimpern niederschlug. »Das ist meine Nummer. Du kannst mich jederzeit anrufen, um über Bücher zu reden oder über … na ja, du weißt schon, was auch immer.«

Sein Lächeln war strahlender als die Sonne, was er zweifellos zumindest teilweise den Zahnärzten Hollywoods zu verdanken hatte. »Mach ich. Na ja, ich muss jetzt zur Kostümprobe. Bei dir alles klar, Elise?«

Ich nickte und sah zu Veronica hinüber, deren Kopf in meine Richtung wirbelte. Ihre Augen verengten sich, während sie mich musterte. Gavin tippte mir auf die Schulter, um meine Aufmerksamkeit zu erregen.

Nett, dich kennengelernt zu haben, signalisierte er. Er hielt inne. *Hast du eine Namensgebärde?*

Ich biss mir auf die Lippe. Namensgebärden waren eine Besonderheit in der Gemeinschaft der Gehörlosen. Im Grunde handelte es sich um eine Art Spitznamen in Gebärdensprache, den man nutzte, statt seinen gesamten Namen mit Gebärden zu buchstabieren. Mein Gebärdenname war mir von den Kids in der Gehörlosenschule gegeben worden, und ich hatte ihn nie allzu toll gefunden. Deshalb kannten ihn nicht allzu viele Leute – aber die Tatsache, dass Gavin sogar wusste, was eine Namensgebärde war, gab mir ungewohntes Selbstvertrauen.

Ich bildete den Buchstaben e mit meiner rechten Hand und fuhr damit die Wange entlang, so dass das zerklüftete Narbengewebe daran entlangglitt. *Ich bin das Mädchen mit der Narbe.*

Ich schluckte und starrte zu Boden. Da spürte ich plötzlich wieder seine Hand an meinem Kinn. Er beugte sich vor und küsste jene Stelle auf meiner Wange, wo gerade noch meine Finger gelegen hatten. Seine Lippen waren, im Gegensatz zum Rest seines Körpers, ganz weich.

Er beschrieb ein e an seinem Gesicht entlang und zeigte mir damit, dass er meine Namensgebärde gelernt hatte. *Das ist ein starker Name*, bedeutete er mir. *Danke, dass du ihn mir gezeigt hast. Wir sehen uns. Versuch in der Zwischenzeit, dich nicht von noch mehr Booten treffen zu lassen, okay?*

Ich konnte nur noch nicken, bevor er mir meine Tasche gab und schon bald verschwunden war. Er nahm seinen süßen Duft und meine neu entdeckte Kühnheit mit sich. Der einzige Beweis dafür, dass er mir so nah gewesen war, war das Kribbeln an meiner Wange, wo seine Lippen sie berührt hatten.

Kapitel 13

Veronica starrte mich eine volle Minute lang mit offenem Mund an, dann schüttelte sie den Kopf. Angespannt sah sie Gavin hinterher, ihr Rücken und ihre Schultern strafften sich, ein Anblick, an den ich mittlerweile gewöhnt war.

»Was zum Teufel war denn das?«, fragte sie.

»Nichts«, antwortete ich. »Er hat mir geholfen, nachdem ich mich verletzt hatte.«

»Oh.« Sie schien noch nicht mal auf die Idee zu kommen zu fragen, ob mit mir alles in Ordnung war, und wandte ihre Aufmerksamkeit wieder dem Handy zu. »Was auch immer. Hast du gehört, dass Gavin meinte, dass er sich mit mir zusammensetzen will? Meinst du, das ist sowas wie ein Date oder so?«

Ich zuckte die Achseln. »Klingt, als wolle er über die Bücher reden. Mir hat er gesagt, dass er für seine Rolle als Dag alles richtig machen will.«

»Na gut, ich sorge dafür, das wir über mehr reden als über irgendwelche langweiligen alten Bücher.«

»Hey! Das sind *meine* langweiligen alten Bücher.«

»Was auch immer.« Sie nahm meinen Arm und zog mich mit zu der Hütte, die Thoras Zuhause darstellen sollte. »Du kannst mir ja sicher später alles darüber sagen. Im Augenblick brauche ich erst mal deine Hilfe bei diesem

Regisseur. Und hier, als meine Assistentin solltest du wohl auch mein Zeug tragen.«

Veronica schob mir eine Tasche hin, die das gleiche protzige Logo zierte wie ihre Sonnenbrille. Stocksauer funkelte ich sie an und ließ den Riemen neben meine eigene Tasche über die Schulter gleiten. Dann folgte ich ihr in die Hütte.

Beim Anblick des Bühnenbildes wäre ich fast ausgeflippt, und ich blieb mit vor Staunen weit offen stehenden Mund in Thoras Haus stehen. Der Holztisch, an dem Thora und ihre Brüder essen und planen würden, war einfach perfekt, bis hin zu den Kerben in der Mitte. Auf den Regalen stand jede Menge Wikinger-Accessoires: Trophäen von erfolgreichen Beutezügen und Schnitzereien, die meine Heldin als Kind angefertigt hatte, um den Umgang mit dem Messer zu üben. An den Wänden hingen Karten, die man mit Dolchen am Holz befestigt hatte.

Ich hatte mir so oft vorgestellt, mit dieser Familie an einem Tisch zu sitzen, dass ich vor lauter Aufregung, dass es jetzt sozusagen tatsächlich dazu kommen würde, vollkommen aus dem Häuschen war. Ich wippte auf den Fersen und hätte vor Aufregung beinahe wild in die Hände geklatscht.

Veronica trat mir gegen das Schienbein und sah mich wütend an.

»Was ist?«, fragte ich. »Kann ich nicht wenigstens einen Moment lang bewundern, wie fantastisch das Bühnenbild ist?«

»Du bist meine Assistentin«, sagte sie. »Also hilf mir. Das ist der Regisseur. Geh hin und frag, was er von mir will.«

Sie stieß mich einem kleinen Mann mit schütterem Haar entgegen, der gerade ein paar Crewmitgliedern Befehle zubellte. Ich stolperte gegen den Tisch und zuckte zusammen, als mir der Schmerz in die Hüfte schoss. War es normal, dass eine Schriftstellerin sich am Set so oft weh tat? Und dann noch an Gegenständen, die ihrer eigenen Phantasie entsprungen waren?

Ich zögerte, bevor ich den Regisseur ansprach – er schien komplett in seiner Arbeit aufzugehen und wirkte hochkonzentriert. Ich sah zurück zu Veronica, und sie bedeutete mir weiterzugehen. Die Nägel in meine Handfläche gepresst fasste ich mir schließlich ein Herz.

»Ähm, Entschuldigung, Mr Rainer?« Seinen Namen hatte ich in den Untiefen meines Gedächtnisses gefunden, wo ich sämtliche Details über die Produktion gespeichert hatte.

Er wirbelte herum und sah mich an, und ich war verblüfft, wie jung er von vorne aussah – das schüttere Haar vermittelte von hinten eindeutig den falschen Eindruck. Seine dunkelbraunen Augen lagen tief in den Höhlen, und sie bewegten sich hektisch hin und her, kamen niemals wirklich zur Ruhe.

»Kann ich Ihnen helfen?«, fragte er.

»Ich bin Elise Jameson«, sagte ich. »Aubrey Lynchs Assistentin.«

»Stan Rainer.« Er streckte mir die Hand entgegen, und ich spürte seine feuchte Handfläche an meiner. »Ich wusste ja gar nicht, dass Miss Lynch eine Assistentin mitbringen würde.«

»Sie ist eine vielbeschäftigte Frau«, sagte ich. »Aber ich bin mit den *Viking Moon*-Büchern ziemlich vertraut, Sie können mich also alles fragen, wenn sie gerade nicht greifbar ist.«

Eine hochgewachsene Frau mit Clipboard kam dazu

und hielt es dem Regisseur wortlos vor die Nase. Stan las es sich durch, nickte und unterzeichnete. Die Frau nahm das Board wieder an sich und verschwand zur Tür hinaus.

»Ich muss allerdings sagen, dass Ihr Boss nicht gerade freundlich ist«, sagte Stan. »Ich habe sie vorhin nur gefragt, ob dieses Haus so aussieht, wie sie es sich vorgestellt hat, und sie raunzte mich an, dass sie keine Zeit für dumme Fragen habe.«

Ich warf Veronica einen wütenden Blick zu, und sie zog fragend die Augenbrauen hoch.

»Tut mir leid«, sagte ich zu Stan. »Sie kennen ja Schriftsteller. Die meiste Zeit verbringen sie allein am Schreibtisch. Schriftstellerei ist nun mal keine Teamarbeit. Aber ich finde, dass das Haus ganz toll gelungen ist. Es ist wirklich so, als wäre ich mittendrin in den Büchern.«

»Gut«, antwortete er. »Schauen Sie sich nur in Ruhe um. Heute drehen wir noch nicht, aber wir haben Miss Lynch angerufen, weil wir dachten, sie würde das Set sehen wollen, bevor wir anfangen.«

»Es ist atemberaubend«, antwortete ich. »Wirklich.«

Stan ging davon, um einem Mann Anweisungen zu geben, der gerade mit ein paar Lampen kämpfte. Veronica war innerhalb weniger Sekunden an meiner Seite.

»Und?«, fragte sie.

»Er wollte wissen, ob es mir gefällt. Und das tut es.«

»Na gut. Und jetzt?«

Ich sah die Leute an, die umhereilten, und ich duckte mich, als jemand eine Bank über unsere Köpfe hinweghob. Sogleich kam mir die Erinnerung an das letzte Mal in den Sinn, als jemand etwas über mich hinweggehoben hatte, und schon begann meine Schläfe wieder zu pochen.

»Wir können gehen«, sagte ich. »Ich habe genug gesehen, und ich habe mich für einen Tag oft genug verletzt.«

»Super.« Veronica zerrte mich regelrecht aus dem Haus und durch die Baumgruppe zurück zu meinem Auto. »Du kannst den restlichen Tag damit verbringen, mir alles über diese blöden Bücher zu erzählen, das ich wissen muss.«

***

Wir fuhren für diese kleine Lektion in mein Wohnheim, denn all meine Notizen zu *Viking Moon* befanden sich auf meinem Laptop, und den hatte ich dumme Nuss zu Hause gelassen. Wenigstens hatte Reggie mir am Abend zuvor verkündet, dass sie den Tag bei ihren Eltern verbringen würde – daher wusste ich, dass wir allein im Zimmer sein würden. Ich schloss die Tür auf und ließ Veronica hinein. Sie blieb vor dem Bett meiner Zimmergenossin stehen und betrachtete die *Viking Moon*-Bücher daneben. Dann sah sie mich fragend an.

»Du stellst deine eigenen Bücher neben das Bett?«

»Die gehören meiner Mitbewohnerin«, erklärte ich. »Sie ist ein Riesenfan.«

»Weiß sie, wer du bist?«

»Nein, und dabei belassen wir es auch.«

»Okay.« Veronica setzte sich auf mein Bett und überkreuzte die Beine. Ich war ziemlich sicher, dass ihr Schrank nur aus Kleidern und Röcken bestand, die kurz genug waren, um ihre gebräunten Beine zur Geltung zu bringen, ihr aber dennoch eine geheimnisvolle Aura gaben.

Ich klappte meinen Laptop auf. All meine Bücher befanden sich in separaten Ordnern, und die wiederum enthielten Entwürfe, die persönliche Entwicklung der Figuren und ihre Charakterzüge sowie natürlich meine

Recherchen zu den Wikingern. Wir verbrachten Stunden damit, uns in all das hineinzuvertiefen. Zu Veronicas Ehrenrettung muss ich sagen, dass sie sich kein einziges Mal beklagte oder um eine Pause bat. Sie verdrehte ein paarmal die Augen, als ich auf die romantischeren Teile der Story zu sprechen kam, aber das hatte ich auch nicht anders von ihr erwartet.

Meine Beine und mein Rücken schmerzten, als wir fertig waren, und ich schloss meinen Computer, stellte mich hin und reckte mich. Ich streckte die Hände über den Kopf und sah zur Tür hinüber. Genau in diesem Augenblick wurde die aufgestoßen, und Reggie platzte herein.

»Hey, Mitbewohnerin!« Ihr Gesicht war rot vom Treppensteigen, und das Haar stand ihr in alle Himmelsrichtungen vom Kopf ab. »Hattest du einen guten Tag? Ich war mit meiner Mom shoppen, und sieh dir das an, was wir …«

Die zahllosen Taschen fielen ihr aus der Hand, und der Inhalt, Bücher und Klamotten, verteilte sich auf dem Holzboden – aber sie schien es noch nicht einmal zu bemerken.

»Ach du heilige Weihnachtsscheiße.«

Reggie starrte Veronica an, die nun mit gerunzelter Stirn auf meinem Bett hockte.

»Reggie«, sagte ich. »Das ist …«

»Ich weiß, wer das ist!« Reggie fuhr sich mit der Hand durch ihre Mähne. »Sie sind Aubrey Lynch.«

Meine Mitbewohnerin stürzte sich auf Veronica, warf die Arme um sie und stieß sie rücklings aufs Bett. Ich schlug mir die Hand vor den Mund, aber trotzdem konnte ich es nicht verhindern, dass mir ein Lachen herausrutschte. Veronica warf mir einen giftigen Blick zu.

»Ich nehme an, du bist ein Fan?«, fragte Veronica.

Ich konnte Reggies Antwort nicht sehen, da sie ihr Gesicht an Veronicas Schulter vergraben hatte, aber als Veronica mir den Stinkefinger zeigte, ging ich davon aus, dass Reggie ihr gesagt hatte, wie vernarrt sie in sie war.

Veronica zog eine Grimasse und löste meine Mitbewohnerin von ihrem Nacken. Dann drückte sie Reggie etwas unsanft von sich, sodass diese aus dem Gleichgewicht gerieht, beinahe quer durchs Zimmer taumelte und sich die Waden an ihrem Bett stieß. Reggie richtete sich sofort wieder auf und sah mich an, die Augen weit aufgerissen, während sie sich die Beine rieb.

»Elise, was hat Aubrey Lynch in unserem Zimmer zu suchen?«

Veronica strich ihren Rock glatt und sah mich an.

»Na ja, äh, ich bin ihre Assistentin während der Dreharbeiten«, sagte ich.

»Kann nicht wahr sein!« Ich sah Reggies Hand nicht kommen, die hervorschoss und mich mit voller Wucht an der Schulter traf. Nun war ich an der Reihe, das Gleichgewicht zu verlieren: Rückwärts fiel ich aufs Bett, mein Kopf stieß gegen die Wand, Schmerz durchzuckte mein Gehirn – und ich erinnerte mich daran, dass ich erst vor ein paar Stunden schon einmal zu Boden gegangen war.

Ich fasste mir an die Stirn. »Oh, au.«

»Sorry«, sagte Reggie. Sie setzte sich uns gegenüber, wobei sie Veronica keinen Augenblick aus den Augen ließ. »Aber wie hast du den Job bekommen? Unglaublich, dass du es mir nicht erzählt hast!«

»Ich habe auf eine Online-Ausschreibung geantwortet«, log ich. »Und ich wollte es dir nicht erzählen, bis ich nicht sicher war, dass Aubrey mich auch einstellen wollte.«

Veronica schürzte die Lippen, während sie meine Mitbewohnerin abschätzig musterte. Ihr Handy vibrierte und blinkte auf dem Bett zwischen uns, und sie schnappte es sich und sah aufs Display. Sie ignorierte uns, während sie eine Antwort tippte, und ich sah Reggie an. Die zuckte die Achseln.

»Na ja, es war mir ein Vergnügen, einen Fan zu treffen.« Veronica stand auf. »Aber es war ein verdammt langer Tag. Ich muss jetzt nach Hause.«

»Klar.« Ich begleitete sie zur Tür, wobei ich über Reggies vergessene Einkäufe hüpfte wie über Steine in einem Fluss. »Dann bis Donnerstagabend? Ich glaube, dann wollen sie uns das nächste Mal dabeihaben. Der erste Drehabend.«

»Was auch immer.«

Sie verließ das Zimmer, ohne sich noch einmal umzusehen, und ich schloss die Tür hinter ihr, bevor ich mich wieder aufs Bett setzte.

Reggie sah ihr hinterher. »Wow, sie ist irgendwie …«

»Eine Bitch?«, schlug ich vor.

»Nein! Das hab ich nicht gemeint. Sie ist … sie ist einfach nur nicht so, wie ich erwartet habe. Ihre Bücher sind so liebenswert und gefühlvoll. Ich habe wohl gedacht, dass sie genauso ist.« Reggie zuckte die Achseln. »Aber vielleicht kann sie ja einfach nur nicht mit Menschen, weißt du? Ich meine, sie ist immerhin *Schriftstellerin*. Die sind schließlich die meiste Zeit über allein. Sie braucht vielleicht einfach nur Zeit, um sich anderen zu öffnen.«

»Ist anzunehmen.«

»Aber wen kümmert das jetzt schon«, sagte sie. »Denn du hast so ein verdammtes Glück! Du darfst mit ihr *arbeiten!* Ich kann es kaum glauben! Warte! Heißt das, du begegnest auch Gavin Hartley und Leila Clarke?«

Wieder spürte ich Gavins Lippen an meiner Wange und berührte die Stelle mit den Fingerspitzen. »Ich habe Gavin heute kennengelernt. Er ist wirklich nett. Ich war irgendwie überrascht. Ich habe erwartet, dass jemand, der so aussieht wie er, ein Eins-a-Arschloch ist.«

»O mein Gott! Ich bin ja so neidisch!« Reggie ließ sich rücklings aufs Bett zurückfallen und strampelte mit Beinen und Füßen wie ein Käfer. Dann drehte sie sich auf die Seite und stützte sich auf den Ellbogen. »Du weißt, was das heißt, stimmt's?«

Ich schüttelte den Kopf.

»Das heißt, dass wir ausgehen und feiern müssen! Komm schon! Wir gehen in eine Bar!«

»Reggie, nein. Ich bin total müde. Es war echt ein langer Tag, und ich habe Kopfschmerzen. Außerdem sind wir zwei noch minderjährig!«

»Oh, in den Bars hier schert die das doch einen Dreck. Sie kennen ihre Kunden.« Sie sprang hoch und sammelte ihre Einkäufe vom Boden auf. »Jetzt komm schon. Keine Ausreden. Wasch dich. Mach dich hübsch. Wir gehen aus.«

Kapitel 14

In Fernbrooke gab es genau drei Bars: eine, die eher für ältere Kundschaft gedacht war und zu den Orten gehörte, wo man den ganzen Tag vor seinem Bier im Dunkeln saß und den Verlust des Arbeitsplatzes oder seiner Haare beweinte. Die zweite hatte den Spitznamen »Zum alten Schlagstock« aus Gründen, die man wohl nicht weiter erklären muss. Zum Glück wählte Reggie die dritte Bar, The Happy Cactus, wo es etwas hübscher war als in den beiden anderen und daher an einem Samstagabend auch mehr los war. Meine gesellige Mitbewohnerin kannte den Typ an der Tür aus ihrem Spanisch-Seminar, und er winkte uns prompt mit einem Kopfnicken an der Schlange vorbei. Wir landeten an einem kleinen Tisch in der Ecke neben den Toiletten, und Reggie schlüpfte auf die Bank mir gegenüber. Ihre Augen wanderten an der Bar vorbei, zwischen den dicht gedrängten Körpern hindurch, und zum Ausgang.

»Er kommt auch?«, fragte ich.

Reggie nickte, dann grinste sie übers ganze Gesicht. Sie winkte jemandem hinter mir zu. »Da ist er ja!« Ich lächelte zu dem Cowboy auf, als er unseren Tisch erreichte.

»Wie geht's, schöne Elise? Und die hübsche Regina.« Clint tippte sich an den Hut und setzte sich auf die Bank neben meine Zimmergenossin, die bereits beiseitegerutscht war, um ihm Platz zu machen. »So nett von euch, mich einzuladen.«

»Es war Reggies Idee«, antwortete ich. Ich konnte ihn kaum ansehen, ohne daran zu denken, wie wir vor meinem Wohnheim gestanden haben, sein Körper dicht an meinen gepresst. Wenigstens hatte er das Ereignis seitdem nicht mehr erwähnt. Und ich auch nicht. Immerhin war ich seit Jahren daran gewöhnt, alles zu vermeiden, was nur im Mindesten peinlich sein könnte – darin war ich Profi.

Reggie strahlte Clint mal wieder an, während ich mich in der Bar umsah. Rote Ledernischen wie die unsere säumten eine Wand des Raumes; fast überall drängten sich College-Studenten, prosteten sich mit Biergläsern zu oder knabberten in Käse- oder Salsa-Sauce ertränkte Nachos. An den Wänden hingen Bilder von der Wüste, die zum Namen der Bar passten. Blumentöpfe mit Kakteen und Sandeimer zierten die Fensterbänke und ein blinkendes blaues OASE-Schild lenkte den Blick zur L-förmigen Bar auf der anderen Seite des Raumes.

Clint klopfte mir aufs Handgelenk, damit ich ihn ansah. »Ich hab gehört, dass wir heute was feiern. Worum macht ihr denn so einen Wirbel?«

»Nichts Besonderes«, antwortete ich. »Ich habe einen Job als Aubrey Lynchs Assistentin.«

»Und wer soll das sein?«

Reggie verschluckte sich fast an einer Erdnuss. Sie klopfte sich auf die Brust und hustete in eine Serviette.

»Wie ist es nur möglich, dass du nicht weißt, wer Aubrey Lynch ist?«, fragte sie und knüllte die Überreste ihrer pulverisierten Erdnuss zusammen. »Sie hat *Viking Moon* geschrieben! Sie ist so ungefähr die tollste Autorin aller Zeiten.«

Ihre Worte rieselten durch meine Brust wie warmer Tee. Ich presste die Lippen aufeinander, um nicht lächeln zu müssen und mich dadurch zu verraten.

Clint verengte die Augen und sah mich an. »Ist das nicht das Buch, das du mir neulich gezeigt hast?«

Ich öffnete den Mund, um zu antworten, aber Reggie war schneller. »Ja! Das war eigentlich meine Ausgabe. Ich habe sie Elise geliehen.«

»Das Buch über Wikinger, stimmt's?«

»Genau.« Reggie strahlte.

Clints Blick begegnete meinem, und wieder einmal staunte ich über das klare Blau. »Und du arbeitest jetzt für sie?«

»Ja«, sagte ich. »Ich bin ihre Assistentin am Set für die *Viking Moon*-Verfilmung.«

Die Kellnerin kam an unseren Tisch, sodass ich keine weiteren Erklärungen mehr abgeben musste. Wir bestellten unsere Drinks – drei Bier –, und das Mädchen schlenderte davon, ohne uns nach unseren Ausweisen zu fragen. Reggie hatte also recht gehabt. Sie wussten, wer hier bezahlen konnte und wer nicht.

Ohne Vorwarnung streckte Clint die Hand aus und berührte das Pflaster an meiner Stirn. Ich wich zurück und stieß mir den Kopf an der Nischenwand. Gott sei Dank war sie gepolstert. Mein armer Kopf musste heute wirklich einige Schläge einstecken.

»Was ist passiert?«, fragte der Cowboy.

»Oh, nichts weiter.« Ich zog eine Haarsträhne über die kleine Wunde. »Ich bin am Set heute von einem Boot getroffen worden.«

»Was?«, fragte Reggie.

»Na ja, in einem Film über Cowboys wäre das nicht so leicht passiert, weißt du.«, sagte Clint.

»Stimmt. Bei meinem Glück hätte stattdessen dann ein Pferd auf mir herumgetrampelt.«

Meine Freunde tauschten einen Blick, und Reggie kicherte. Die Kellnerin kam zurück und stellte unsere Getränke mitten auf dem Tisch ab. Meine Finger berührten Clints, als wir nach dem gleichen Glas griffen. Ich zog die Hand zurück, und er schob mir das Glas hin.

»Das hier ist deins, Schätzchen.«

Ich trank einen Schluck von meinem Bier, als mir jemand gegen das Schienbein trat.

Heftig.

»Au!« Ich würgte, als mir das Bier in die Nase stieg, und funkelte Reggie wütend an. »Wofür war das denn?«

»Schau doch mal, wer da ist«, zischte sie.

Ich folgte ihrem Finger mit dem Blick, während ich mir das Gesicht mit einer Serviette abtupfte.

Gavin und Veronica segelten förmlich über die beigen Bodenfliesen, hatten nur Augen füreinander, während die Blicke aller anderen nur auf sie gerichtet waren. Die Leute in unserer Nähe, die noch vor wenigen Augenblicken jede Menge Krach gemacht hatten, steckten die Köpfe zusammen und tuschelten.

Das Paar nahm ein paar Tische von uns entfernt Platz, und ich duckte mich, als Gavins Blick in meine Richtung wanderte. Ich blickte Reggie und Clint an.

»Was haben die denn hier zu suchen?«, fragte ich.

Reggie zuckte die Achseln. »Das muss die Nachricht gewesen sein, die sie vorhin bekommen hat. Du weißt schon, die, nach der sie aus dem Zimmer gestürzt ist, als gäbe es gleich Schlussverkauf bei Tiffany's.«

Ich sah erneut verstohlen zu den beiden hin und musterte das Paar. Veronica sah wie üblich atemberaubend aus. Ihre Haare wurden von einer funkelnden schwarzen Haarklammer zusammengehalten, die zu ihrem eng anliegenden schwarzen Kleid passte. Gavin trug ein Jackett und ein Hemd über der Jeans. Ein Knopf stand offen, so dass man eine Andeutung seiner beeindruckenden Brust erahnen konnte.

Veronica beugte sich vor und sagte etwas zu Gavin, aber ich saß nicht im richtigen Winkel, um sehen zu können, was es war. Er lachte, und ihre Hand wanderte über den Tisch und legte sich auf die seine. Er blickte auf ihre gepflegten Finger, zog seine aber nicht weg.

Ich schluckte den Kloß hinunter, der sich in meinem Hals gebildet hatte. Er war am Nachmittag so nett zu mir gewesen, und es schien, als hätte er Veronica kaum bemerkt. Aber vielleicht hatte ich ihm ja auch nur leidgetan – immerhin war ich gerade von einem Boot niedergestreckt worden. Wahrscheinlich war ich für ihn nur irgendeine traurige kleine Assistentin, und er hatte nur sichergehen wollen, dass ich die Produktionsgesellschaft nicht verklagte.

Ich lehnte mich auf meiner Bank zurück, und Reggie berührte meine Hand. »Hey, alles klar mit dir? Du siehst aus, als hätte gerade jemand deinen Hamster totgetreten.«

»Natürlich. Ich meine, das geht ganz schön fix mit den beiden, aber sie geben doch ein tolles Paar ab, nicht wahr?« Reggie nickte, und Clint zuckte nur die Achseln. »Außerdem würde Gavin jemanden wie mich ja sowieso nicht bemerken.«

Clint machte den Mund auf, um etwas zu sagen, aber plötzlich wurde ich abgelenkt, denn der Duft nach Zimt überdeckte mit einem Mal den Gerstengeruch meines Bieres. Ich sah gerade noch rechtzeitig auf, um zu verfolgen, wie Gavin an unserem Tisch vorbei auf die Toiletten zusteuerte.

Ich ließ meine Serviette auf den Tisch fallen und mich auf der Bank zur Seite plumpsen, und verbarg dann den Kopf unter dem Tisch.

Da tauchte Reggies Gesicht unter dem Plastiktischtuch auf. »Was zum Teufel treibst du denn da unten, El?«

»Nichts«, sagte ich. »Ich habe meine Serviette verloren.«

»Die liegt auf dem Tisch.«

»Oh.«

Jemand tippte mir auf die Schulter, und ich fuhr so abrupt hoch, dass ich mir natürlich den Kopf an der Tischplatte stieß. Wieder durchzuckte Schmerz meinen Schädel, genau hinter den Augen.

Fuck.

Ich fasste mir an den Kopf und richtete mich auf. Gavin sah mich an, seine Lippen zu einem Grinsen verzogen.

Doppel-Fuck.

»Elise!«, sagte er. »Hab ich mir doch gedacht, dass du das bist. Was hast du denn da auf dem Boden zu suchen?«

»Ich habe meine Serviette fallenlassen«, murmelte ich.

Gavin deutete auf das zusammengeknüllte weiße Papier neben meinem Bier. Hätte ich es nicht besser gewusst, hätte ich gedacht, dass selbst die Falten sich zu einem Lächeln verzogen hatten, um mich zu verspotten. »Diese Serviette hier?«

»Oh! Da ist sie ja!« Ich nahm sie und rutschte tiefer in die Nische hinein. Wie sehr ich mir wünschte, dass mich das rote Lederpolster mit Haut und Haar verschluckte!

Veronica tauchte neben Gavin auf, und ihre dunklen Augen blitzten, als sie entdeckte, wer seine Aufmerksamkeit von ihr abgelenkt hatte. »Was hast *du* denn hier zu suchen?« Gavin sah sie stirnrunzelnd an, und ihr Gesicht wurde gleich weicher, genau wie vorher, als wir ihn am Set getroffen hatten. »Ich meine, es ist so schön, dich hier zu treffen, Elise. Ich bin nur überrascht. Ich hielt dich nur eher für so einen Stubenhocker, der sich samstagsabends Netflix reinzieht.«

»Wir wollten meinen neuen Job feiern.« Ich berührte meine Stirn und zuckte zusammen. Als ich unter den Tisch gekrabbelt war, war die Wunde anscheinend wieder aufgegangen. Oh, fantastisch. Ich blutete vor Gavin Hartley vor mich hin. Schon wieder. »Würdet ihr mich bitte entschuldigen? Ich muss mich frisch machen.«

Ich sprang buchstäblich aus der Nische und drängte mich ohne einen weiteren Blick an Veronica und Gavin vorbei. Als ich die Toilette erreicht hatte, drehte ich den Wasserhahn auf und spritzte mir Wasser ins Gesicht, beobachtete, wie ein wenig Blut den Abfluss herunterwirbelte. Jetzt, da ich nicht mehr in der engen Nische gefangen war, war mir auch nicht mehr schwindelig. Ich holte ein paar Mal tief Luft und nahm mir dann ein Papierhandtuch, um es auf die Wunde zu drücken. Das Pflaster hing in meinem Haar fest, und ich zog eine Grimasse, als ich daran zog.

Da erschien Reggie im Spiegel hinter mir und jagte mir damit einen kleinen Schreck ein.

»Alles klar?«, fragte sie.

»Ja«, sagte ich. »Peinlicher geht's gar nicht.«

»Du magst ihn.« Unsere Blicke trafen sich im Spiegel. Das war keine Frage.

»Wen? Clint? Ich hab dir doch schon gesagt, dass er nicht mein Typ ist. Also stürz dich auf ihn, wenn du willst.«

Und sieh zu, dass ich nicht eines Tages bereue, ihn abgewimmelt zu haben.

Reggie schüttelte den Kopf. »Ich hab nicht von Clint gesprochen. Ich meinte Gavin.«

»Na ja, natürlich mag ich ihn. Er ist ein Filmstar. Ich kenne kein einziges Mädchen, das nicht verliebt in ihn ist.«

Meine Mitbewohnerin nahm meine Hand und drehte mich zu sich um. »Das ist was anderes. Mehr als eine blöde Schwärmerei für einen Filmstar. Du magst ihn wirklich.«

»Ja und?« Ich warf das Pflaster in den Müll und schob mir die Haare hinters Ohr. »Er war heute sehr nett zu mir, und das hatte ich nicht erwartet. Aber es spielt keine Rolle, denn einer wie er … Ich hätte keine Chance bei jemandem wie ihm. Schau mich doch an.«

»Was willst du damit sagen?«, fragte Reggie. »Nur weil du so eine blöde Narbe im Gesicht hast? Wenn du dich über deine kleinen Schönheitsfehler definierst, bist du echt auf dem Holzweg. Sieh doch mich an. Ich bin auch nicht gerade Heidi Klum. Aber das interessiert mich einen Scheißdreck. Jeder, der mich nach meiner Kleidergröße beurteilt, ist es nicht wert, dass ich meine Zeit mit ihm verschwende.«

Sie berührte mein Gesicht, und ich zuckte zurück.

»Und jeder, der dich danach beurteilt«, sagte sie, »ist es nicht wert, dass du deine Zeit verschwendest.«

Ihr Blick war so voller Aufrichtigkeit, dass ich sie zu meiner eigenen Überraschung umarmte. Sie erwiderte es und hielt mich ganz fest.

»Danke, Reggie«, sagte ich in ihre dichte Mähne hinein. Vanilleshampooduft stieg aus ihren Locken in meine Nase. »Du bist wirklich eine gute Freundin.«

Wir lösten uns wieder voneinander, aber sie hielt weiter meine Schultern fest und lächelte. »Ich weiß. Du hast richtig viel Glück, dass du mich hast. Und jetzt komm, wir haben den durstigen Cowboy allein gelassen. Wahrscheinlich hat er sich unsere Drinks mittlerweile auch schon hinter die Binde gegossen.«

Ich lachte und folgte ihr. Als wir zu unserem Tisch gingen, entdeckte ich Gavin und Victoria erneut – er ging mit ihr Richtung Ausgang, eine Hand auf ihrem Rücken. Sie sah über ihre Schulter, und unsere Blicke trafen sich. Dann flüsterte sie Gavin etwas ins Ohr. Als der sich umwandte, um ihr zu antworten, schlang sie einen Arm um seinen Nacken und küsste ihn.

Einfach so. Sie blickten einander nicht tief in die Augen, zögerten auch nicht vor dem ersten Kuss. Im einen Moment waren sie noch zwei getrennte Wesen, im nächsten schon eine Einheit. Gavins Augen weiteten sich, und er sträubte sich überrascht. Er berührte ihre Schultern, als wolle er sie wegstoßen, aber plötzlich erhellten hunderte von Handykameras die Bar, und Gavin schien es sich noch einmal zu überlegen, ob er wirklich in aller Öffentlichkeit eine schöne Frau zurückweisen sollte. Er schloss die Augen, legte einen Arm um ihre Taille und zog sie dichter zu sich heran. Ich warf Reggie einen vielsagenden Blick zu: Ich hab's dir doch gesagt. Dann musterte ich den kotzfarbenen Boden, und die Galle stieg mir die Kehle hoch.

Als das Blitzlichtgewitter nachließ und ich wieder aufsah, waren sie fort.

Kapitel 15

Jegliche Vorfreude, die ich vor dem ersten Drehtag empfunden hatte, löste sich in dem Augenblick in nichts auf, als im Internet überall die Bilder von Veronica auftauchten, die Gavin küsste. Auf den Klatschseiten wimmelte es nur so von Mutmaßungen über das Schicksal der *Viking Moon*-Autorin, die mit dem Filmstar ausging. Es schadete dabei nicht, dass sie beide fantastisch aussahen und hervorragend auf die Titelseiten der Illustrierten oder Websites passten.

Ich schloss die Nachrichtenseite auf meinem Handy und seufzte schwer, als Veronica von ihrem Haus zu meinem Auto hinüberschlendete. Meine Uhr sagte mir, dass wir schon jetzt zehn Minuten zu spät dran waren. Nicht dass das meine Schuld gewesen wäre.

Ich hatte bereits eine halbe Stunde damit zugebracht, vor Veronicas Haus herumzulungern, hatte auf die Hupe gedrückt und frustriert gestöhnt, als sie auf jeden Hupton mit dem zur Tür herausgestreckten Stinkefinger reagiert hatte. Schließlich wurde mir klar, dass sie nur noch länger brauchen würde, wenn ich so weitermachte, also gab ich die Huperei auf und zog mein Handy hervor.

Veronica stieg also endlich ins Auto und lächelte mich an, als hätte sie nicht die vergangene halbe Stunde damit verbracht, mich mit obszönen Gesten zu bedenken.

»Wir kommen zu spät, und du bist schuld«, blaffte ich, als sie den Gurt über ihre unübersehbar kecken Brüste zog und ihn einrasten ließ.

»Ja und? Sowas fängt doch sowieso nie pünktlich an.«

***

»Denn du hast ja schon so unglaublich viel Zeit an Film- und Fernseh-Sets verbracht und kennst dich aus?«

»Nein.« Sie setzte die Sonnenbrille auf. »Aber jeder weiß doch, dass die Warterei in Hollywood dazugehört. Du wirst schon sehen.«

Es stellte sich heraus, dass Veronica sich irrte. Als wir am Set ankamen, führte uns eine nervöse Assistentin eilig durch das Waldstück, einen Finger auf die Lippen gepresst, damit wir ja keinen Laut von uns gaben. Als wir bei der Lichtung anlangten, musste ich ein paarmal blinzeln, um mich davon zu überzeugen, dass das, was ich da vor mir sah, tatsächlich real war – und kein Produkt meiner hyperaktiven Fantasie.

Schwere Kameraschienen säumten das Gras und drückten das Grün nieder. Ich zählte mindestens drei Kameras, die auf den Punkt gerichtet waren, wo das Wasser ans Ufer schlug. Stan saß auf einem Stuhl mit der Aufschrift Regisseur, und sein Kopf ging rasch und ständig zwischen dem Film auf einem Bildschirm und der Handlung vor ihm hin und her.

Gavin stand vor der Kamera, gekleidet in die für Dag üblichen Pelze aus den Romanen. Die Kostümbildner hatten seinen starken, muskulösen Körper voll zur Geltung gebracht: eine Schulter war nackt, ebenso wie die Hälfte seiner stahlharten Brust, und das Kostüm betonte zudem seine breiten Schultern und Arme. Ich fragte mich unwillkürlich, was er wohl tragen würde, wenn sie die Winterszenen drehten – denn dieses Outfit war für Kampfszenen im Schnee wohl kaum geeignet. Immerhin hatten sie ihm jetzt bereits Stiefel gegeben.

Sein Gegner dagegen steckte von Kopf bis Fuß in einer Rüstung. Das Gesicht des Schauspielers war hinter einer silbernen Platte verborgen, als er sich auf Gavin stürzte. Ihre Schwerter prallten gegeneinander, während die untergehende Sonne sich in den Klingen widerspiegelte. Ich beschattete meine Augen und hätte mich ohrfeigen können, weil ich meine Sonnenbrille bei meinem kleinen Zusammenstoß mit dem Boot neulich verloren hatte.

Die beiden Männer vollführten einen vollkommenen Tanz. Gavin wehrte seinen Angreifer ab und ließ dabei die Muskeln an seinem Rücken und seinen Armen spielen. Der Angreifer stürzte erneut auf ihn zu, und dabei verfehlte sein Schwert Gavins Kopf nur um wenige Zentimeter. Ich keuchte und presste mir die Hand auf den Mund. Die Assistentin von vorhin wirbelte herum und legte erneut warnend den Finger auf ihre Lippen. Ich schickte ihr eine lautlose Entschuldigung und richtete meine Aufmerksamkeit wieder auf die Handlung.

Irgendwie war es Gavin gelungen, vollkommen in die Rolle des Dag zu schlüpfen. Jede Bewegung war präzise und routiniert. Er umkreiste den Angreifer wie ein halb nackter Panther, den Körper angreifbereit gebückt, den Blick unverwandt auf die stählerne Maske gerichtet.

Veronica versetzte mir einen Stoß gegen die Schulter. »Ist er nicht heiß?«

Die Assistentin legte schon wieder den Finger auf die Lippen. Veronica verdrehte die Augen und imitierte sie hinter ihrem Rücken. Ich hatte Mühe, mir das Lachen zu verbeißen.

Als wir wieder Richtung Schlachtfeld sahen, hatte der Angreifer Gavin überwältigt: Er lag ausgestreckt im Gras, sein Schwert nur wenige Zentimeter von ihm entfernt. Er langte danach, aber der Angreifer stieß es mit der Spitze seines schweren schwarzen Stiefels außer Reichweite. Er setzte Gavin das Schwert an die Kehle und hob den Kopf. Ich wusste bereits, was er sagen würde. Immerhin hatte ich es geschrieben und es häufiger gelesen, als ich zählen konnte.

»Wartet«, sagte Gavin/Dag. »Bevor Ihr mich umbringt, möchte ich zumindest das Gesicht meines Mörders sehen. Das scheint mir nur recht und billig.«

Das Schwert des Angreifers schwebte über Gavins Hals, und sein Körper erstarrte sichtbar in der Rüstung. Dann hob der in Silber gekleidete Krieger die Hand und zog sich Maske und Helm mit einer einzigen, fließenden Bewegung vom Kopf.

Leila Clarkes rotbraunes Haar fiel ihr über den Rücken, und es flatterte in der leichten Brise. Wie Gavin beherrschte auch sie ihre Rolle perfekt: Sie war ganz Thora, als sie ihr Opfer musterte. Ihre grünen Augen verengten sich, und sie schürzte die Lippen. Dann presste sie sie zusammen, und ihre Nackenmuskeln waren sichtlich angespannt, während sie den Mann musterte, der die Liebe ihres Lebens werden sollte.

Dags/Gavins Augen weiteten sich, und sein Körper zuckte rollengerecht zusammen. »Ihr seid ein Mädchen!«

»Eine Frau«, erwiderte Leila/Thora, und ihr Schwert war Dags Kehle so nah, dass Blut geflossen wäre, wäre es echt gewesen. »Die Frau, die Euch töten wird.«

Dag lachte amüsiert, als würde er es nicht glauben. Ich ballte währenddessen die Hände zur Faust, um nicht loszuklatschen und wild auf und ab zu hüpfen. Mir war ganz schummrig zumute, wie einem Kind, das die Treppe nach unten kommt und den Weihnachtsmann dabei ertappt, wie er die Geschenke unter den Weihnachtsbaum legt.

»Es wäre mir eine Ehre, von Euch getötet zu werden«, sagte Dag, nun ganz ernst. »Zumindest wäre das Letzte, was ich sehe, reine Schönheit. Die Götter selbst könnten mich nicht mit etwas Schönerem in der Nachwelt willkommen heißen.«

Thora stellte einen Stiefel auf Dags Brust. »Für einen Toten redet Ihr zu viel.«

»Und Ihr zögert zu sehr für einen Mörder.«

Dags Arm flog hoch. Man sah jetzt, dass es ihm irgendwie gelungen war, sein Schwert wieder an sich zu ziehen, während er sie abgelenkt hatte. Er wuchtete sich hoch, und sie flog von seiner Brust und landete auf dem Rücken im Gras. Ihre Positionen waren nun genau umgekehrt, denn nun hielt ihr Dag sein Schwert an die Kehle.

»Macht nur«, zischte Thora. »Tötet mich. Meine Brüder werden meinen Tod rächen.«

»Wisst Ihr«, sagte Dag und trat ihr das Schwert aus der Hand. »Ich habe es ernst gemeint, was ich eben über Eure Schönheit sagte. In dieser Welt gibt es einfach zu wenig davon. Deshalb habe ich beschlossen, die Schönheit vorläufig am Leben zu lassen.«

Er hielt ihr das Schwert weiter an den Hals, als er sich vorbeugte und ihre Waffe aufhob. Dann schleuderte er sie hinter sich in die Büsche und aus dem Blickfeld der Kameras. Ein Techniker duckte sich, als das Schwert über seinen Kopf surrte.

Dann wandte Dag sich um und rannte davon, verließ die Kamerareichweite und ließ eine verwirrte Thora zurück. Ihre Verwirrung verwandelte sich allerdings blitzschnell in Zorn. Ihre Augen blitzten, und sie schob das Kinn vor. »Ihr hättet mich töten sollen!«, rief sie über die Kamera hinweg. »Das werdet Ihr bereuen! Ihr werdet schon sehen!«

Die Szene war im Kasten, und der Regisseur stand von seinem Stuhl auf und bellte ein paar Befehle, die ich nicht verstehen konnte, da er mir den Rücken zuwandte.

Jemand schlug mir auf den nackten Arm.

»Autsch!« Sanft massierte ich die Stelle, die sich bereits rot verfärbte. »Wofür zum Teufel war das jetzt?«

Veronica hielt sich nicht lange mit einer Entschuldigung auf. »Du hast dieses lächerliche, schrille Geräusch gemacht, seit der Regisseur ›Cut‹ gerufen hat. Ich hab befürchtet, dass du damit Delphine anlockst oder so was.«

»Hier gibt es keine Delphine. Die leben im Meer.«

»Was auch immer. Es war einfach nur ätzend, okay.«

Ihre Stirn glättete sich sofort, als sie etwas hinter mir entdeckte. Ich drehte mich um und stellte fest, dass Gavin so dicht hinter mir stand, dass ein Schritt gereicht hätte, um ihm ganz nahe zu sein. Ich musste mich darauf konzentrieren weiterzuatmen, als ich beobachtete, wie ein Schweißtropfen von seinem Nacken auf seine nackte Schulter rann und dann in dem dicken Pelz versickerte, den er tief um seine Hüften geschlungen hatte. Nie hatte ich mir sehnlicher gewünscht, ein Schweißtropfen zu sein.

Ich brauchte all meine Willenskraft, um mir nicht vorzustellen, welchen Weg dieser Tropfen nahm, und beschloss, mich stattdessen auf seine Lippen zu konzentrieren.

»Wie fandest du es?« Seine Zunge schoss aus seinem Mund und leckte über genau diese Lippen, und alle Gedanken ans Atmen hüpften auf den nächstbesten Zug nach Gott-weiß-wohin.

Ich öffnete den Mund, um ihm zu sagen, wie perfekt er gewesen war. Dass ich mir in meinen wildesten Träumen nicht hätte ausmalen können, wie er sein Schwert schwang und Thora bezwang. Dann aber fiel es mir siedend heiß wieder ein: Es war nicht ich, von der er die Bestätigung wollte. Ich sah Veronica an und zog die Augenbrauen hoch.

Sie musterte mein Gesicht, als könnte sie in meinen Augen und an meinen Lippen die Antwort ablesen, die sie brauchte. Schließlich grinste sie breit. »Oh. Mein. Gott. Das war einfach fantastisch! Du warst der perfekte Dag!«

Wieder triefte sie nur so vor lauter Liebenswürdigkeit, was man selten bei ihr erlebte, und ließ einen manikürten Finger an seinem nackten Arm auf und ab gleiten. Oh, sie war *gut*. Jekyll und Hyde waren nichts gegen dieses Mädchen.

Gavin wandte sich mir zu, ganz und gar perlweißes Gebiss und Schweiß. *Hat es dir auch gefallen?*, signalisierte er.

Ich schluckte und fragte mich, ob ich Schleifpapier zum Frühstück gegessen hatte.

Es war toll. Du warst toll. Veronica stieß mir in den Rücken, offensichtlich sauer, dass sie sich einen kurzen Moment lang nicht am Gespräch beteiligen konnte. Ich ignorierte sie. *Nicht dass meine Meinung wichtig wäre. Ich bin nur eine Assistentin.*

Deine Meinung ist mir wichtig, bedeutete Gavin mir. *Jeder, der ein Fan dieser Serie ist, ist mir wichtig. Ich will, dass das hier vollkommen wird.*

Das war es, erwiderte ich. *Glaub mir.*

Ich sah Gavin in die Augen und wusste im gleichen Augenblick, dass er verstanden hatte, wie ernst ich es meinte.

Deine Gebärdensprache ist besser geworden. Ich lächelte. *Du bewegst die Hände nicht mehr so langsam.*

Ich habe geübt. Für den Fall, dass ich dich wiedersehe.

Eine Hitzewelle durchflutete mich, wogte über meine Haut hinweg. Gavin Hartley hatte sich darauf gefreut, mich wiederzusehen. Kaum zu glauben!

»Oh! Hätte ich fast vergessen!«, sagte er und riss mich damit aus meinen Gedanken. »Ich habe etwas für dich. Ich hatte gehofft, dass du heute wieder hier sein würdest. Warte einen Augenblick, es liegt da drüben auf meinem Stuhl.«

Veronica warf mir einen vernichtenden Blick zu, der voller unausgesprochener Beschimpfungen war. Gavin ging zu einem mit einem Handtuch bedeckten Stuhl hinüber, auf dessen Lehne sein Namen gestickt worden war. Mir war klar, dass es eigentlich unhöflich war, sie so aus der Unterhaltung auszuschließen, aber ich hatte hier ausnahmsweise mal etwas, das sie nicht hatte. Sie würde also damit klarkommen müssen.

Gavin kehrte mit einer Ausgabe von *Raubtiergebiss* zurück, die er sich unter den Bizeps geklemmt hatte. Was hatte dieses Buch doch für ein Glück!

»Das habe ich im Sand gefunden, nachdem du da neulich von dem Boot getroffen wurdest. Wahrscheinlich ist es dir aus der Tasche gefallen. Es gehört eindeutig dir. Dein Name steht drin.« Er öffnete die Titelseite, auf der Duncan mir das Autogramm gegeben hatte. »Aber eins musst du mir mal erzählen: Wie zum Teufel hast du es geschafft, Duncan Creed zu treffen?«

»Er ist mein Professor für Amerikanische Literatur.« Und endlich machte es bei mir Klick. »Warte. *Du* bist ein Fan von Duncan Creed?«

»Machst du Witze? Der Mann ist ein Genie. *Raubtiergebiss* hat mein Leben verändert. Es macht mich total fertig, dass er seitdem nichts mehr geschrieben hat.«

Ich stemmte die Hände in die Hüfte, um mich nicht vor Begeisterung geradewegs auf ihn zu stürzen. »Mich auch! Ich liebe dieses Buch! Ich meine, es spielt zwar im Weltall, aber tatsächlich geht es um so viel *mehr* als das, weißt du.«

»Genau. Ich hab dieses Buch bestimmt schon zwanzigmal gelesen, und ich entdecke immer noch etwas Neues.« Er gab mir das Buch zurück, und ich presste es an meine Brust. »Kaum zu glauben, dass er dein Professor ist. Auf welches College gehst du?«

»Fernbrooke U«, antwortete ich. »Ich würde dich ja zu meinem Literaturseminar einladen, aber wahrscheinlich kämen wir dann gar nicht zum Arbeiten. Ich wäre viel zu sehr damit beschäftigt, dich anzustarren – äh, ich meine, *alle* wären zu sehr damit beschäftigt, dich anzustarren.«

»Na ja, ha ha, ich will ja nicht, dass du meinetwegen im Seminar schlechte Noten bekommst.«

»Ich bin ziemlich sicher, dass keiner an diesem Tag allzu viel zum Unterricht beitragen würde.«

»Dann werde ich versuchen, nicht unerwartet in einem deiner Seminare aufzutauchen.«

Wir lächelten uns an. Anscheinend stellten wir uns jetzt beide vor, wie er versuchte, mitzuschreiben und sich wie ein normaler Student zu verhalten.

Plötzlich trat Veronica neben mich und drängte mich mit der Schulter von Gavin weg. »Oh! Kaum zu glauben, wie viel wir gemeinsam haben!«, rief sie. »Ich liebe Douglas Creek einfach. Er ist einfach einer der besten Schriftsteller da draußen. Du weißt schon, außer mir selbst natürlich.«

Sie lachte und zog ihre Fingernägel auf eine Weise über

seine Brust, die die Augen jeden Mannes in Sichtweite auf sie zogen.

Gavin lachte mit ihr. Scheinbar hatte er nicht gemerkt, dass sie Duncans Namen verstümmelt hatte. Tatsächlich schien er außer Veronica sowieso nicht allzu viel zu bemerken. Sie fuhr ihm noch einmal mit den Fingern über die Brust und lächelte zu ihm auf. Ich umklammerte das Buch fester und wandte mich ab – lieber ließ ich mich von der Sonne blenden, als ihre öffentlichen Liebesbekundungen weiter ertragen zu müssen.

Da trat Leila Clarke auf mich zu und warf dem Paar einen höhnischen Blick zu. »Oh, diese Tour mal wieder. Ist sie der neue Star der Woche?«

»Findest du denn nicht, dass die beiden ein tolles Paar abgeben? Alle scheinen dieser Meinung zu sein.«

Sie verdrehte die Augen. »Sie ist genau der Typ, mit dem er immer irgendwo zu sehen ist. Absolut atemberaubend und gerade so berühmt genug, damit sein Name weiterhin durch die Presse geht.«

Die Sonne schien mir erbarmungslos ins Gesicht. Die Hitze brannte auf meinen Wangen und meiner Stirn. »So was ist ihm wichtig?«

»Natürlich. Er wäre nicht Gavin Hartley, wenn es das nicht wäre.«

Na ja, da hatte ich nun meine Antwort. Ich hatte recht gehabt. Gavin hätte ein Mädchen wie mich niemals haben wollen. Ein Mädchen, das man von den Titelseiten der Illustrierten eher streichen würde, und das lieber jemanden dafür bezahlte, als sie selbst aufzutreten, statt im wohlverdienten Rampenlicht zu stehen.

»Aber du bist doch auch berühmt«, sagte ich. »Kümmert dich dieses Zeug denn nicht auch?«

Leila zuckte die Achseln. Sie hatte die Rüstung abgelegt, und darunter trug sie ein dunkelrotes Tanktop und enge Shorts. Man konnte jede Rundung ihres Körpers sehen, und sie hatte keinen Grund, irgendwas davon zu verstecken. Ihr Äußeres schien perfekt ins Hollywood-Klischee zu passen, genau wie das von Gavin.

»Früher war mir so etwas auch wichtig«, gab sie zu. »Ich meine, ich bin sogar eine Weile mit Gavin ausgegangen. Als wir beide anfingen, weißt du.«

»Ich erinnere mich. Ihr wart ein hübsches Paar.«

»Wir waren eher Freunde als Liebende. Wir passten einfach nicht richtig zusammen. Aber wir hielten die Beziehung aufrecht, weil die Paparazzi damals nicht genug davon bekommen konnten, und unsere Publicity-Manager ebenso wenig. Unsere Beziehung brachte unsere jeweilige Karriere auf den Weg, und den nötigen Auftrieb.«

»Aber jetzt ist er dir egal?« Ich strich mir über die verschwitzte Stirn und zog eine Grimasse, als ich die nun nasse Hand an meinem T-Shirt abwischte.

»Meine Karriere läuft bestens, auch wenn der Kerl, mit dem ich zusammen bin, nicht berühmt ist. Aber er ist ein lieber Kerl, und er behandelt mich gut. Und ich weiß, dass er irgendwann, wenn meine Karriere vorbei ist, immer noch für mich da ist. Bei Gavin war ich da nicht so sicher. Oh, ich bin übrigens Leila.«

Sie streckte mir die Hand entgegen. Ihre Finger waren weich und alles andere als verschwitzt. Ihre Fingernägel waren perfekt geformt und nicht lackiert. Nagellack war bei den Wikingern ja auch nicht sonderlich beliebt gewesen.

»Elise«, antwortete ich.

»Oh, du bist Aubreys Assistentin, stimmt's? Gavin hat

mir von dir erzählt. Wie geht's deinem Kopf? Ich hab gehört, du hast dich ziemlich heftig gestoßen.«

Ich ließ ihre Hand los und legte die Fingerspitzen auf die Stirn. Das Pflaster war nicht mehr nötig, aber die Wunde war immer noch sichtbar, und es würde wohl eine kleine Narbe bleiben. Noch eine für meine Sammlung.

»Geht schon wieder. Mir brummt noch ein bisschen der Schädel, aber das war's auch schon.« Ich sah mich um. Gavin und Veronica standen dicht zusammen, und sie ließ ihre Finger gekonnt über seine nackte Schulter tanzen. Also wandte ich meine Aufmerksamkeit schnell wieder Leila zu. »Gavin hat von mir gesprochen?«

»Ja. Er meinte, wir sollten ein bisschen auf dich aufpassen. Dafür sorgen, dass du dir nicht wieder wehtust. Er meinte, du hättest eine gewisse Neigung zum Verunfallen …«

Ich biss die Zähne aufeinander. »Ich kann schon auf mich aufpassen. Ich hatte einfach nur einen schlechten Tag.«

Eine kleine Frau mit dunklem Haar und einem Clipboard in der Hand tippte Leila auf die Schulter. Sie wandte sich um, und ich betrachtete ihre rotbraune Mähne. Ich wusste, dass sie von Natur aus blond war, sie hatte es für den Film also wohl färben lassen. Genauso hatte ich mir Thoras Haar vorgestellt: Kaskaden von ungezähmten Wellen aus Feuer, die ihr auf die Schulter und den Rücken hinunterfielen. Wunderschön und wild – wie Thora.

Leila warf mir über die Schulter einen entschuldigenden Blick zu: »Man braucht mich in der Garderobe.«

»Natürlich«, sagte ich. »War nett, dich kennenzulernen.«

»Dich auch. Bis später.«

Als ich zu Veronica zurückkehrte, war Gavin gerade

gegangen. Ihre Wangen waren gerötet, und auf ihrer Stirn hatte sich ein feiner Schweißfilm gebildet – aber ich vermutete, dass dafür nicht das Wetter verantwortlich war.

Die gleiche zierliche Assistentin, die Leila eben mitgeteilt hatte, dass man sie brauchte, kam jetzt auch zu uns und führte uns durch das mittlerweile vollständig ausgestattete Set. Sie zeigte uns das Catering, die Ruhezonen, die wir nutzen konnten, wenn wir eine Pause brauchten, und welche Toiletten und Waschgelegenheiten wir im Fall der Fälle aufsuchen konnten.

Veronica sah angewidert aus, als sie die mobilen Toilettenwagen musterte. Sie schüttelte ungläubig den Kopf, und ich mutmaßte, dass es fortan zu meinen Pflichten als Assistentin gehören würde, meinen »Boss« demnächst zum Coffeeshop am Ende der Straße zu fahren, wenn es nötig war.

Die Minuten dehnten sich zu Stunden. In der Hinsicht hatte Veronica hatte also doch recht gehabt: Am Set gab es wirklich jede Menge Warterei. Die Crew stellte Lampen und Kameras auf, als die Sonne langsam hinter dem See unterging. Leila und Gavin waren nirgends zu sehen. Ein hochgewachsener Mann schraubte einen Scheinwerfer an eine hohe Stange und erzählte mir, dass die Schauspieler normalerweise in ihren Trailern herumlungerten, wenn man sie nicht brauchte.

Der Tag war fast vorüber und ging bereits in den Abend über, als alle wieder ihren Platz am Set einnahmen. Wir versammelten uns jetzt am Ufer, wo Dags Boot im Sand lag. Gavin stand mit gezogenem Schwert am Steuer, die Knie gebeugt, bereit, auf Befehl des Regisseurs in den Sand zu springen.

Als die Sonne uns endlich verließ und ihre Wärme mitnahm, fröstelte ich, und ich ärgerte mich, dass ich mir keine Jacke mitgenommen hatte.

Sie probten die Szene – den Augenblick, in dem Dag nach Hause zurückkehrt und erfährt, dass seine Eltern von Thoras Brüdern niedergemetzelt wurden – ein paarmal, bis der Regisseur zufrieden war.

Die Luft vibrierte förmlich, als alles wieder so hergerichtet wurde, dass die Szene endlich gedreht werden konnte. Es war, als sei sie elektrisch aufgeladen, als würde sie an meiner Haut summen. Ich bekam eine Gänsehaut, als der Regisseur »Action« rief und Gavin sich auf die blutüberströmte Gestalt seiner Mutter am Ufer stürzte. Er schleuderte das Schwert zur Seite und nahm sie in die Arme. Er bäumte sich auf und öffnete den Mund zum Schrei, blickte zum Mond hinauf. Im Geiste stellte ich mir das Heulen vor, das er ausstieß, und dort im Schatten, nur bekleidet mit seinem Pelz, hätte man ihn glatt für einen Wolf halten können.

Tränen brannten mir in den Augen, und ich wischte sie mit kalten Fingern fort. Als der Regisseur erklärte, dass die Szene im Kasten war, blickte Gavin in unsere Richtung. Verwirrt wanderte sein Blick von mir zu Veronica. Ich bemerkte, dass sie das Handy hervorgeholt hatte und mit gelangweiltem Gesichtsausdruck eine SMS schrieb. Ich stieß sie in die Seite, und sie funkelte mich wütend an.

»Vielleicht solltest du zumindest ein bisschen interessierter aussehen an einer Szene, die du selbst erschaffen hast«, flüsterte ich. »Gavin merkt jetzt schon, dass da was nicht stimmt. Deine Assistentin vergießt Tränen und du nicht.«

»Ist doch nicht meine Schuld, dass du so ein Weichei bist.«

»Kannst du nicht trotzdem ein bisschen Gefühl zeigen? Das hier gilt immerhin als dein Traum, der Wirklichkeit wird.«

»Na gut.«

Veronica grinste Gavin zu und klatschte. Sein verwirrter Gesichtsausdruck verschwand. Er erwiderte ihr Lächeln und schwang sich wieder ins Boot, um von vorn anzufangen. Als der Regisseur wieder »Action« rief, presste ich die Lippen aufeinander und sah auf die Uhr. Nun versuchte ich diejenige zu sein, die gelangweilt aussah – wie es sich für eine Assistentin gehörte.

Kapitel 16

Meine Zeit zwischen dem Set und dem College aufzuteilen war gar nicht so einfach. Die Drehzeiten waren ziemlich unregelmäßig, und an manchen Abenden war ich bis zwei Uhr nachts am Set und morgens um sieben wieder auf den Beinen, weil ich ins Seminar musste. Ich gab meine Arbeiten ab, ohne groß darüber nachzudenken, und konnte nur hoffen, dass sie zumindest ein paar zusammenhängende Sätze enthielten. Der letzte Band von *Viking Moon* rückte in den Hintergrund. Mein Laptop sah mich vom Schreibtisch aus an wie ein Welpe, der um ein Leckerchen bettelt. Wenn ich ihn aber öffnete, starrte ich nur auf den Bildschirm, bis er wieder dunkel wurde, weil mir die Augen zufielen.

Ich fühlte mich wie eine Statistin in *The Walking Dead*, als ich ein paar Wochen später in mein Seminar zu Amerikanischer Literatur stolperte, und dennoch war ich wie üblich zu früh dran. Ich umklammerte meinen Pappbecher mit dem, was man auf dem Campus für Kaffee hielt, und blieb abrupt stehen, als ich entdeckte, dass jemand auf meinem angestammten Platz saß – ein Typ in rotem Kapuzenshirt, das einen Großteil seines Gesichts verbarg, lümmelte sich auf dem Stuhl. Seitlich sah aus dem scharlachroten Stoff eine dunkle Sonnenbrille hervor.

Na super. Wahrscheinlich irgend so ein Kerl, der vor lauter Kater den falschen Raum erwischt hatte. Und natürlich musste er sich ausgerechnet *meinen* Stuhl aussuchen, um einzupennen.

Ich verharrte im Gang und überlegte, was ich tun sollte. Ich konnte mich natürlich anderswo hinsetzen. Aber normalerweise war der Kurs immer ziemlich voll, und ich war nicht sicher, welche Plätze am Ende frei bleiben würden. Außerdem würde Clint sich fragen, warum ich von so einem besoffenen Idioten ersetzt worden war. Ich konnte auf den Cowboy warten, ihn bitten, sich mit dem Typen auseinanderzusetzen, aber es waren noch gut zehn Minuten, bis die anderen normalerweise eintrafen. Ich war schließlich absichtlich früh da – ich mochte den Frieden des leeren Zimmers vor dem Seminar, er beruhigte mich.

Also seufzte ich, schlenderte den Gang entlang und tippte dem Typen auf den Arm. »Entschuldigung, du sitzt auf meinem Platz.«

Sein Bizeps fühlte sich unter meinem Finger hart an, und als er sich umdrehte und die Sonnenbrille abnahm, schnappte ich vor Überraschung und Erleichterung nach Luft. In den letzten paar Wochen hatte ich diese blauen Augen wirklich gut kennenglernt – ich hätte nur nie erwartet, sie in meinem Literaturseminar zu sehen.

»Gavin? Was hast du denn hier zu suchen?«

Der Filmstar schenkte mir ein Grinsen, das problemlos ein Blitzlichtgewitter von tausend Paparazzi hätte auslösen können. »Ich weiß, ich habe gesagt, dass ich mich fernhalten würde, aber ich konnte einfach nicht widerstehen: Ich wollte Duncan Creed unbedingt einmal sehen. Ich war neugierig, wie sein Seminar so läuft. Außerdem war ich ja nie so richtig auf dem College. Ich dachte, es könnte Spaß machen. Sorry, mir war nicht klar, dass ich auf deinem Platz sitze. Ich kann mich woandershin setzen, wenn du willst.«

»Nein, schon gut.« Ich ließ meine Tasche auf den Tisch neben ihm plumpsen und setzte mich auf Clints Platz. »Aber ist das denn kein Risiko? Was, wenn dich jemand erkennt?«

»Deshalb hab ich ja diesen Stuhl gewählt. Das ist ein guter Platz, um sich zu …« Er sah mich an, und sein Blick verdunkelte sich. »… verstecken.«

»Ja«, bestätigte ich. »Das stimmt.«

Ich zog meinen Laptop hervor und bemühte mich, nicht rot zu werden, während Gavin mich beobachtete. Sein Pult war leer, also nahm ich einen Notizblock und einen Stift aus der Tasche und schob ihm beides hinüber.

»Wenn du dich verhalten willst wie alle anderen, dann musst du auch so aussehen, als wärst du für das Seminar hier«, sagte ich. »Du kannst ja so tun, als ob du dir Notizen machst oder so.«

»Danke.« Gavin blätterte den Notizblock durch und runzelte die Stirn, als er die Seiten überflog. »Hey, hast du das hier geschrieben?«

»Verdammt.« Ich riss ihm den Block aus der Hand, griff erneut in meine Tasche und gab ihm einen anderen. »Ich habe gedacht, der wäre leer. Sorry.«

»Nein, warte. Ich hab das gerade gelesen.« Er streckte die Hand nach den Seiten aus, aber ich presste sie fest an meine Brust. »Waren das Kurzgeschichten oder so was?«

Ich murmelte einen Fluch und verstaute den Block wieder in meiner Tasche. »Ja, ist so ein Hobby von mir.«

»Du schreibst?«

Ich richtete mich auf, als wäre ein Stromstoß durch meine Wirbelsäule gefahren. Glückwunsch, Elise! Ganz toll, wie du mal wieder dafür sorgst, dass deine Geheimnisse auch geheim bleiben. »Äh, nur diese Kurzgeschichten und so. Nichts … nichts, was du lesen wollen würdest.«

»Mich faszinieren Menschen, die schreiben«, sagte Gavin. »Ich habe einfach nicht genug Disziplin, um so lange still zu sitzen. Ich habe das Gefühl, ich muss mich ständig bewegen. Was vielleicht der Grund ist, warum ich bei der Schauspielerei gelandet bin. Dieser Beruf erfordert selbst dann eine gewisse Körperlichkeit, wenn der Charakter, den man spielt, still steht. Es geht da um die kaum erkennbaren Feinheiten.«

»Das könnte ich nie. All die Leute, die einen anstarren …« Mir lief ein Schauer über den Rücken. »Beim Schreiben hat man zumindest seine Ruhe. Ich habe damit angefangen, als ich mein Gehör verlor. Die Welt war für immer still, und ich konnte es kaum ertragen. Aber wenn ich schrieb, hörte ich all diese Stimmen in meinem Kopf, die mir Geschichten erzählten. Ich habe das Gefühl, ich bin nur dann in der Lage, die Welt deutlich zu hören, wenn ich eine neue erschaffe.«

Ich sah zu Gavin auf, und unter seinem intensiven Blick machte sich mein Magen zum Schwalbensprung bereit. Seine Augen wirkten plötzlich traurig, aber der Ausdruck war genauso schnell verschwunden, wie er gekommen war.

Er befeuchtete sich die Lippen, bevor er den Block aufschlug, der Gott sei Dank tatsächlich leer war. »Also … was lesen wir denn gerade?«

Ich schob ihm ein Buch hinüber *»Der Fänger im Roggen*. Schon davon gehört?«

Er verengte die Augen. »Natürlich hab ich davon schon gehört. Ich habe das Buch mit vierzehn gelesen. Du magst es kaum glauben, aber ich hatte eine ziemlich typische Kindheit. Hast du es denn gelesen?«

»Ja. Mehr als einmal. Ich liebe es. Und Salinger fasziniert mich. Dass er, auch nachdem er so berühmt geworden war, wie ein Einsiedler lebte. Ich meine, da schreibt dieser Mann ein unglaubliches Buch, entzog sich aber bewusst jedem Ruhm, der damit einherging.« Ich rutschte unbehaglich auf meinem Stuhl hin und her – mir wurde bewusst, dass ich gefährlich dicht dran war, mich zu verraten. »Aber ich denke, er mochte einfach keine Aufmerksamkeit. Nicht jeder will berühmt werden. Ich meine, du kannst das doch eigentlich auch nicht toll finden. Ich habe diese Paparazzi gesehen. Es kommt mir vor, als hättest du keinerlei Privatsphäre.«

»Ruhm kann … echt lästig sein, manchmal, klar. Aber gleichzeitig kann ich dadurch tun, was ich gern mache. Ohne meine Fans hätte ich keinen Beruf. Deshalb bin ich dankbar, dass es sie gibt. Wenn das bedeutet, dass ich mich hier und da mit Menschenmengen und Blitzlichtgewittern arrangieren muss, dann ist das halt so.«

»Brr. Aber diese vielen Menschen …«

Gavin legte seine Hand auf meine. Seine Haut war warm, und die Hitze wanderte mein Handgelenk hinauf – und hatte tatsächlich eine beruhigende Wirkung. »Bedeutet das, du würdest den Salinger-Weg wählen, wenn du Schriftstellerin wärest? Im Dunkel verschwinden?«

Gott, er hatte ja keine *Ahnung.* Ich hatte das Einsiedlerverhalten von Salinger perfektioniert.

Ich zuckte mit den Schultern und realisierte, dass er seine Hand immer noch nicht von meiner genommen hatte. »So einfach wird man ja nicht veröffentlicht, und noch viel schwieriger ist es, mit der Schreiberei erfolgreich zu sein. Deshalb sollte ich mir darüber keine Gedanken machen. Außerdem behandeln Menschen Autoren ja nicht genauso wie Schauspieler. Sieh dir doch Aubrey an. Ich meine, die Leute würden nie Fotos von ihr machen, wenn sie nicht … ähh …«

»Mit mir zusammen wäre?« Er zog die Augenbrauen hoch.

»Na ja, ja schon«, sagte ich. »Das, und wenn sie nicht so toll aussähe. Die Situation muss euch beruflich ganz schön nach vorn bringen: zwei toll aussehende Leute, die miteinander ausgehen. Ist das denn nicht der Grund, warum ihr zusammen seid?«

Er zog seine Hand weg, und sofort vermisste ich ihre Wärme. Ich umklammerte meinen Kaffeebecher in dem vergeblichen Versuch, etwas von der Hitze zurückzuholen.

»Du glaubst, ich bin mit ihr zusammen, nur weil sie hübsch ist?«, fragte er. »Wow, du hast aber echt eine hohe Meinung von mir, was?«

»Warum denn dann? Sie ist doch eigentlich nicht der Typ, mit dem man tiefschürfende Gespräche führt.«

Seine Mundwinkel zuckten. »Ganz ehrlich? Es ist, weil ich *Viking Moon* gelesen habe. Ich weiß, ich habe behauptet, ich hätte das Buch nicht gelesen, aber dann dachte ich, ich fange wenigstens mal damit an, um zu sehen, ob ich die Rolle des Dag auch richtig spiele. Und dann konnte ich es nicht mehr aus der Hand legen.«

Mein Herz hämmerte so heftig in meiner Brust, dass ich befürchtete, es würde meinen Brustkorb sprengen und sich schnurstracks auf ihn stürzen.

Gavin Hartley hatte *mein* Buch gelesen. Und es *gefiel* ihm!

Ich hielt meinen Kaffeebecher so fest, dass ich ihn förmlich zusammenpresste.

»Die Sache ist die«, fuhr er fort. »Dieses Buch hat so viel Herz. Die Charaktere sind eindeutig stark, und es sind Überlebende, aber sie sind trotzdem witzig. Sie haben ihre Fehler, und sie empfinden tiefe Liebe zu ihren Familien und zueinander. Ich denke immer, dass jemand, der all das geschrieben hat, nicht so oberflächlich sein kann, wie Aubrey mir anfangs vorkam. Es muss mehr in ihr stecken als das, was man auf den ersten Blick sieht. Tief in ihr. Ich muss es nur finden. Denn ich bin vielleicht noch nicht über beide Ohren verliebt in die Aubrey, die ich persönlich kennengelernt habe – aber die Aubrey, die diese Bücher geschrieben hat … na ja, ich glaube, die ist ein Mensch, den ich lieben könnte.«

Meine Kinnlade fiel so weit herunter, dass ich befürchtete, sie würde ausgerenkt. Ich schluckte, während ich fieberhaft nach einer Antwort suchte.

Da war sie. Die perfekte Gelegenheit, dem Mann meiner Träume zu erzählen, wer ich in Wirklichkeit war. Er sagte, dass er sich in die Frau verliebt hatte, die *Viking Moon* geschrieben hatte. Ich musste ihm jetzt nur erzählen, dass ich diese Frau war.

»Gavin, ich …«

»Ich weiß.« Er fuhr sich durchs Haar. Dann zog er die Kapuze wieder höher und setzte die Sonnenbrille auf. »Das ist eigentlich Blödsinn. Sich in jemanden zu verlieben nur wegen der Worte, die derjenige zu Papier gebracht hat. Nur weil sie romantische Geschichten schreibt, heißt das noch lange nicht, dass sie gefühlsduselig oder gar romantisch ist.«

»Nein, Gavin. Ich *bin* …«

Ich hatte gar nicht bemerkt, wie fest ich meinen Kaffeebecher umklammert hatte, bis der billige Plastikdeckel herunterflog und Kaffee wie ein Geysir daraus nach oben spritzte. Die braune Flüssigkeit spritzte auf meine Hand und meine Schuhe, verbrannte mir die Finger. Gavin packte sich ans Knie, als das glühend heiße Getränk seine Jeans durchtränkte.

»Verdammt. Mist, es tut mir so leid. Warte.« Ich griff in meine Tasche, kramte hektisch darin herum. Dann zog ich ein paar Servietten heraus. »Ich hab immer Servietten dabei. So was passiert mir dauernd.«

Ich warf ihm ein paar davon zu, benutzte den Rest für mich selbst und wischte dann meinen Laptop ab während ich ein stilles Stoßgebet zum Himmel sandte. Der Schmerz an meinen Händen ließ nach.

Ich sah zu Gavin hinüber. »Alles klar? Tut mir so leid wegen deiner Jeans.«

Er knüllte die Serviette zusammen und stopfte sie sich in die Tasche. »Schon gut. Ich hab bestimmt noch tausend im Schrank. Hast du dir denn wehgetan? Ist dir ja alles über die Hand gespritzt.«

Gavin umfasste mein Handgelenk und musterte die leicht gerötete Haut.

»Alles in Ordnung«, sagte ich. »Tut schon gar nicht mehr weh. Ich hab mich nur erschrocken. Manchmal bin ich halt ein schrecklicher Idiot.«

»Du bist kein Idiot.« Gavin umfing mein Handgelenk jetzt fester. »Sag so was nie. Es war ein Missgeschick. Und was wolltest du mir eben sagen?«

Ich machte den Mund auf, um ihm zu antworten, als jemand mir sanft auf die Schulter tippte und ich zusammenzuckte. Ich entzog Gavin meine Hand und wandte mich um. Vor mir stand ein sehr verwirrt dreinblickender Cowboy.

»Hey«, sagte Clint. »Was ist los, Schätzchen? Alles klar?«

Ich warf Gavin einen Blick zu und sah, dass der die Kapuze jetzt fast vollkommen über sein Gesicht gezogen hatte. Der Stoff konnte allerdings das amüsierte Grinsen nicht verbergen, das um seine Mundwinkel zuckte.

»Doch«, sagte ich, als Clint sich neben mich setzte. »Nur so ein verkaterter Typ, der im falschen Seminar gelandet ist.«

»Belästigt er dich, Schätzchen? Willst du, dass ich den jungen Herren auffordere, bitte sehr das Gebäude zu verlassen?« Clint scherzte, musterte Gavin aber aus verengten Augen.

»Nein«, sagte ich. »Ist schon gut. Er tut ja keinem was.«

Clint warf Gavin noch einen Blick zu, dann zuckte er die Achseln. »Na gut. Leben und leben lassen, sage ich immer. Aber du sagst Bescheid, falls er dich belästigt.«

»Natürlich.«

Clint zog seine zerknitterten Blätter heraus, und ich schüttelte wie immmer ungläubig den Kopf und fragte mich, wie er mit seinem Chaos aus Notizen überhaupt durch seine Kurse kommen konnte. Ich drückte den Powerknopf an meinem Laptop und seufzte erleichtert, als er normal hochfuhr. Als mich allerdings Gavins halb nacktes Bild auf dem Bildschirm begrüßte, schlug ich den Computer rasch wieder zu. Die breiten Schultern neben mir vibrierten – er hatte es also gesehen. Gavin Hartley lachte mich aus. Ich sah zu ihm auf.

Hübscher Bildschirmschoner, gestikulierte er.

Muss ein Virus sein, signalisierte ich zurück.

Ein Virus, der ein halbnacktes Bild von mir auf deinen Desktop spielt?

Ja, der geht grade um.

Er schüttelte den Kopf, und sein ganzer Körper erzitterte vor Lachen, aber dann sagte er nichts mehr, denn vorne fesselte jetzt irgendetwas plötzlich seine Aufmerksamkeit. Ich folgte seinem Blick. Als Duncan mit der Vorlesung begann, drückte ich den Aufnahmeknopf meiner App und öffnete dann meinen Computer wieder. Gerade war es mir gelungen, Gavins Bild durch ein weniger peinliches von einer Katze mit Sonnenbrille zu ersetzen, als ein Stück Papier auf meiner Tastatur landete.

Ich blinzelte auf Clints Kritzelei hinunter.

Geht es dir wirklich gut? Der Kerl neben dir starrt dich die ganze Zeit an. Willst du wirklich nicht, dass ich etwas sage?

Ich musste unwillkürlich lächeln, als ich die Antwort kritzelte.

Alles okay. Und was haben wir eigentlich? 1996? Handgeschriebene Nachrichten, die im Seminar rumgereicht werden? Als Nächstes fragst du mich, ob ich mit dir ausgehe, und malst Kästchen, die ich ankreuzen muss.

Meine Diktier-App zeigte mir, dass Duncan Creed immer noch mitten in der Vorlesung war, aber ich riskierte einen Blick zum Pult, um auch wirklich sicherzugehen, bevor ich Clint die Nachricht hinwarf.

Ein paar Minuten später landete wieder ein Zettel auf meinem Tisch.

Also gehst du jetzt mit mir aus? Bitte kreuze das richtige Kästchen an:

– Natürlich, du Sexgott! Ich kann einfach nicht aufhören, an deinen Kuss zu denken.

– Ich gehe grundsätzlich nicht mit gut aussehenden Cowboys aus.

– Ich spare mich für Wikinger auf.

Ich errötete; die Erinnerung an seinen Kuss in unserer ersten Woche auf dem College war immer noch so frisch, als wäre es gestern gewesen. Aber da war ja noch Reggie. Und der Film. Und im Augenblick das Knie eines Filmstars, das sich gegen meines presste.

Ich schüttelte den Kopf und schrieb meine eigene Zeile drunter.

Ich fühle mich geschmeichelt, aber zwischen Dreharbeiten und dem College habe ich gar keine Zeit, um mit jemandem auszugehen.

Mir prickelte es im Nacken, als ich Gavins Blick spürte. Ich sah auf und merkte, dass er meine Antwort las. Er zog die Augenbrauen hoch und schaute mich an. Ich warf Clint den Zettel mit einem entschuldigenden Blick zu und konzentrierte mich wieder darauf, mir mit Hilfe der Diktier-App Notizen zu machen, die zumindest einen gewissen Sinn ergaben.

Der Boden vibrierte unter meinen Füßen, als das Seminar eine halbe Stunde später endete und die Studenten aus dem Raum strömten. Ich sagte Clint, dass ich noch ein paar Worte mit Duncan wechseln wollte und dass er schon vorgehen sollte. Er runzelte die Stirn, verschwand aber tatsächlich. Als wir allein waren, sah ich mich nach Gavin um. »Du willst also Duncan Creed kennenlernen?«

»Echt jetzt?«, sagte er und rieb sich den Nacken. »Hm, okay, aber ich habe keine Ahnung, was ich zu ihm sagen soll. Was, wenn mir nur etwas Dummes einfällt?«

Sein besorgter Blick und die Tatsache, dass er vor dem Zusammentreffen mit einem anderen Menschen nervös war, fand ich furchtbar süß. Ich dachte an unsere Unterhaltung von vorhin zurück und ignorierte das leichte Ziehen in meiner Brust bei dem Gedanken, dass ich meine

Chance verpasst hatte, ihm die Wahrheit über mich zu sagen.

»Wird schon werden«, sagte ich. »Nun komm mal mit.«

Ich ging mit ihm nach vorn, wo Duncan gerade damit fertig war, seine Papiere in seiner Lederaktentasche zu verstauen.

»Mr Creed?«

Duncan strahlte mich an. »Elise! Du sollst mich doch Duncan nennen, weißt du noch?«

»Stimmt. Duncan. Ich habe da einen … einen Freund, der Sie gern kennenlernen würde.« Hatte ich wirklich gerade einen Filmstar als Freund bezeichnet, als ich ihm meinem Literaturhelden vorstellte? Das war schon mehr als schräg. »Das ist Gavin Hartley.«

Gavin nahm seine Sonnenbrille ab und schob die Kapuze herunter. Schweißperlen glitzerten auf seiner Stirn.

»Oh! Der Schauspieler!« Duncan streckte die Hand aus. »Es ist mir eine Freude, Sie kennenzulernen, mein Sohn.«

Gavin starrte Duncans Hand an, als wisse er nicht so genau, was er damit anfangen solle. Ich stieß ihn in die Seite. »Gavin und ich arbeiten zusammen. Als ich erwähnte, dass Sie mein Professor sind, sagte er, dass er Sie gern einmal kennenlernen würde. Er ist ein großer Fan. Stimmt's, Gavin?«

Ein weiterer Stoß mit dem Ellbogen schien den von dem Starautor vollkommen faszinierten Gavin aus seiner Trance zu reißen. Er griff endlich nach Duncans immer noch ausgestreckter Hand und schüttelte sie begeistert. Seine Augen glänzten, und sein Gesicht war gerötet vor Aufregung, dass er seinem Idol zum ersten Mal leibhaftig gegenüberstand. Ich kannte diesen Gesichtsausdruck nur zu gut. Nur eben nicht bei ihm.

»Ja, Sir.« Gavin zog die Hand zurück und schob sie in seine Tasche. »Ich halte Sie für einen Wahnsinns-Autor. Und *Raubtiergebiss* ist wahrscheinlich eines der besten Bücher aller Zeiten.«

»Vielen Dank. Das bedeutet mir eine Menge.« Duncans Gesicht leuchtete auf. »Das Buch ist auch mein Lieblingswerk. Es war eines dieser Bücher, die einfach so aus mir herausgeflossen sind. Ich finde immer, das sind die besten.«

Ich nickte. »Es ist toll, wenn das passiert.«

»Oh, dann bist du *tatsächlich* Schriftstellerin!«, rief Duncan. »Ich hatte schon so eine Ahnung, nachdem ich deine Essays gelesen hatte. Sie sind sehr gut, meine Liebe. Vielleicht kann ich ja mal ein paar Textproben von dir lesen? Ich habe durchaus etwas Sachkenntnis auf diesem Gebiet.«

»Hm, na ja, eigentlich habe ich nichts, was ich Ihnen vorlegen könnte.«

Gavin stieß mich an. »Komm schon, Elise, du hast ein ganzes Notizbuch voller Geschichten. Hab ich doch eben gesehen.«

Ich sah ihn mit offenem Mund an. Was war nur los mit ihm? Duncan Creed würde niemals einen Blick auf meine hingekritzelten Kurzgeschichten werfen, und wenn die Hölle zufror.

»Was denn?« Gavin zuckte die Achseln. »Das, was ich da eben gelesen habe, fand ich super. Es haben sich sogar zwei Leute geküsst. Und in einer, die ich überflogen habe, ging es sogar darüber hinaus und die beiden …«

»Okay!« Ich stieß ihn Richtung Ausgang. »Musst du nicht langsam ans Set? Wahrscheinlich hast du doch noch jede Menge zu tun. Musst deinen Text auswendig lernen, Kostüme anprobieren …«

»Ach, ein paar Minuten hab ich schon noch.«

»Nein. Hast du nicht.« Röter hätte mein Gesicht gar nicht sein können, als ich meinen Professor angrinste. »Tschüs, Mr Creed. Danke.«

»Duncan.«

»Stimmt.«

»Bis bald, Duncan«, sagte Gavin und winkte ihm zu. »Wenn man jemals eins Ihrer Bücher verfilmt …«

»Dann sind Sie der Erste, den ich anrufe, Mr Hartley.«

Gavins Gesichtsausdruck war mit einem Mal so stolz, dass mir von Kopf bis Fuß ganz warm wurde. Als wir den Hörsaal endlich verließen, legte mir Gavin den Arm um die Schultern und zog mich an sich. Ich hatte alle Mühe, nicht die Augen zu schließen und meinen Kopf an seine breite Brust zu lehnen. Und sein mittlerweile vertrauter Zimtduft war dabei auch nicht gerade hilfreich. Als er seinen Griff lockerte und ich zu ihm aufsah, lächelte er mich aufgeregt an.

»Ich kann kaum glauben, dass ich gerade Duncan Creed kennengelernt habe! Danke, Elise. Ich bin dir echt was schuldig. Falls du irgendetwas brauchst, sag Bescheid.«

»Ich hätte nicht gedacht, dass du so von einem Starautor fasziniert sein würdest.«

»Natürlich, auch wir Schauspieler haben Menschen, die wir bewundern, weißt du. Creeds Bücher haben mir über ziemlich harte Zeiten hinweggeholfen. Ich bin nicht sicher, ob ich es ohne sie geschafft hätte. Es hat schon was für sich, durchs Lesen der Wirklichkeit zu entkommen.«

Da war sie wieder, die Traurigkeit in seinen Augen. Aber schon hatte er die Sonnenbrille wieder aufgesetzt, die Kapuze weiter ins Gesicht gezogen und alles dahinter verborgen.

»Ich schätze, auch die Schauspielerei bietet so eine Fluchtmöglichkeit«, sagte ich. »Immerhin ist man ja immer jemand anders.«

»Das ist wahr«, sagte er. »Und deshalb liebe ich sie auch so sehr.«

»Ich kann mir nicht vorstellen, dass jemand wie du viel hat, dem er entfliehen will.«

Er sah mich über die Brille hinweg an. *Wir haben alle unsere Geheimnisse,* signalisierte er. *Ich bin sicher, du hast auch welche.*

Ich verkniff mir das Lachen. *Ich glaube, ein paar habe ich auch, ja.*

Er schob die Sonnenbrille wieder hoch. »Na ja, ich mache mich jetzt besser auf den Weg zum Set. In der Maske verpassen sie mir heute ein paar Schnitte und blaue Flecken. Allerdings hast du mich eben so heftig geschubst, dass sie jetzt nicht mehr allzu viel zu tun haben.« Er schmollte übertrieben und rieb sich den Oberarm.

»O bitte. Als ob ich dir wehtun könnte. Jetzt mach dich an die Arbeit, du Riesenbaby. Wir sehen uns dann dort nach meinem nächsten Seminar.«

»Na gut. Meine Güte, du bist manchmal aber ganz schön energisch. Ich verstehe, warum Aubrey dich eingestellt hat.« Er streckte die Hand nach der Tür aus und wandte sich dann noch einmal um: *Nochmal danke. Das war einer der tollsten Momente in meinem Leben. Und den hab ich dir zu verdanken.*

Er beugte sich vor und fuhr mit den Lippen ganz sacht über meine Wange, bevor er die Tür öffnete und in den Sonnenschein hinaustrat. Meine Finger tasteten an der Stelle über meine Wange, wo er sie gerade berührt hatte. Es war genau neben meiner Narbe gewesen. Ich holte tief Luft und brauchte ein bisschen, um meine Fassung wieder zu erlangen, bevor ich ihm aus dem Gebäude hinaus folgte. Ich stolperte auf der ersten Stufe über einen dort herumliegenden Zweig und wäre fast auf den Asphalt gefallen – hätten mich nicht ein paar starke Arme aufgefangen.

»Vorsicht, Schätzchen«, sagte Clint, als ich überrascht zu ihm aufblickte. »Erst weigerst du dich, mich zu küssen, und dann fällst du mir wie so ein kleines Kälbchen direkt in die Arme. Deine Signale sind ziemlich widersprüchlich.«

»Was treibst du denn noch hier, Cowboy? Musst du nicht zum nächsten Seminar?«

Er richtete mich auf und half mir die restlichen Stufen herunter, bevor wir über den Campus liefen. Der Oktober hatte eine kühle Brise mitgebracht, und ich zog meine Wolljacke enger um die Schultern.

»Ich wollte nur gucken, ob alles in Ordnung ist. Du hast dich eben so seltsam verhalten. Jetzt weiß ich auch, warum.«

Er deutete nach rechts, wo Gavin nun mitten auf dem Hof stand – umgeben von ein paar absolut aufdringlichen Mädchen, die alle um seine Aufmerksamkeit buhlten. Souverän schritt er durch die Gruppe, gab Autogramme und posierte auf dem Weg zu seinem Auto für Selfies.

»Das ist doch der Kerl aus dem Film, an dem du mitarbeitest, stimmt's?«

»Ja«, sagte ich. »Sorry, dass ich es dir eben nicht sagen konnte. Er wollte nicht auffallen. Hat anscheinend nicht geklappt.«

»Schon gut, Schätzchen. Hauptsache, bei dir ist alles

paletti. Und wenigstens weiß ich jetzt, warum du immer Nein sagst, wenn ich dich daten will. Ihr beiden saht mächtig vertraut aus.«

Ich hätte mich fast verschluckt. »Ha! Nein, so ist das nicht. Er ist mit Aubrey zusammen. Weißt du noch? Steht doch überall auf allen Klatschseiten.«

Wir gelangten zu dem Gebäude, in dem mein nächster Kurs stattfinden sollte. Dem leeren Eingang zufolge war ich spät dran.

»Ich weiß, hab ja die Bilder gesehen. Aber ich weiß auch, dass er dich während des Seminars keine Sekunde lang aus den Augen gelassen hat.«

»Ich glaube, da bildest du dir was ein, Cowboy. Vielleicht bist du ja auch einfach nur eifersüchtig.« Ich rieb mir das Knie, wo der blasse Kaffeefleck ein Beweis für die Tatsache war, dass Gavin während der ganzen Vorlesung sein Bein gegen meins gepresst hatte.

»Schon möglich, Schätzchen. Schon möglich. Aber ich weiß schon, wenn ich keine Chance mehr habe«, Clint rückte seinen Hut zurecht. »Sehen wir uns wenigstens heute Abend im Café?«

»Du liest wieder vor, stimmt's?«

Wenn ich nicht am Set war, hatten Reggie und ich es uns zur Gewohnheit gemacht, in den überfüllten Coffee Shop zu gehen und Clint zuzusehen, wie er Gedichte vorlas. Reggie jubelte und klatschte ihm zu und zog mich auch dann immer wieder auf die Couch zurück, wenn er fertig war und ich gehen wollte.

Reggie brauchte immer etwas länger zum Zurechtmachen, wenn sie wusste, dass wir Clint treffen würden. Ich hatte keine Ahnung, warum sie ihn nicht einfach fragte, ob er sich nicht mal mit ihr allein treffen wollte. Sie war doch sonst nicht so schüchtern. Aber wenn ich sie fragte, dann stotterte sie herum und wurde sogar noch röter als mein Sweatshirt.

»Jaaa«, sagte Clint. »Um neun.«

»Ich muss nach diesem Seminar erst noch ans Set, aber die Dreharbeiten sollten um acht vorbei sein. Ich versuche ganz sicher zu kommen. Wenn ich dich nicht vorher noch sehe, dann jetzt schon viel Glück, Cowboy.« Ich hielt inne. »Und, Clint … wenn ich nicht da bin, solltest du vielleicht etwas Zeit mit Reggie verbringen. Ihr beiden habt mehr gemeinsam, als dir wahrscheinlich klar ist.«

Er musterte mich einen Augenblick lang. »Das mache ich. Danke, Schätzchen. Viel Spaß am Set heute.«

»Meinst du das ernst? Ich würde viel lieber nach Hause gehen und dreißig Stunden am Stück schlafen.«

»Du könntest kündigen«, schlug Clint vor.

»Nein, das geht nicht.« Fragend zog er eine Augenbraue hoch, aber ich winkte ab. »Das ist kompliziert. Bis später, Cowboy.«

»Tschüs, Schätzchen.«

Ich stieß die Tür auf und sah Clint nach, als er über den Rasen davonmarschierte. Das Licht schimmerte auf seinem Hut, und er sah aus wie einer dieser traditionellen alten Filmhelden, der der untergehenden Sonne entgegengeht.

***

Zwei glänzende Schwerter fuhren gen Himmel. Im Geiste hörte ich das Klirren am Horizont widerhallen, als sie zu einem einzigen verschmolzen. Gavin trat nach Tanner Dryden, dem Schauspieler, der Elof spielte, und der Mann fiel in den Sand. Im Fall schleuderte Tanner Gavin Sand ins Gesicht und in den offenen Mund, und Gavin musste husten.

Alles hielt inne, als der Regisseur »cut« rief, und Gavin lief davon, wahrscheinlich um sich den Sand aus dem Gesicht zu waschen.

Veronica tippte mich an die Schulter. »Sei ein Schatz und hol mir einen Kaffee von den Caterern, ja?«

Sie hob einen imaginären Becher hoch und tat so, als würde sie daraus trinken.

»Das ist nicht das Zeichen für Kaffee.« Ich legte meine Fäuste übereinander und drehte die obere gegen den Uhrzeigersinn. »So geht das.«

Mein Versuch, ihr die Zeichensprache näherzubringen, war jedoch vergeblich, denn Veronica hatte bereits ihr Handy gezückt und sah nicht länger in meine Richtung. Sie scheuchte mich fort wie eine lästige Fliege, und ich ballte wütend die Hände und drehte mich auf dem Absatz um.

Ich schlängelte mich durch Kameras und Filmcrew, und nickte dabei den Leuten zu, die mir zuwinkten. Als ich an Dags Häuschen vorbeikam, sah ich mich um. Keiner beobachtete mich. Seit meinem ersten Tag hier hatte man eine vierte Wand hinzugefügt, die man für Außenaufnahmen wieder abnehmen konnte. Wenn ich schon so etwas Dämliches machen musste wie Veronica Kaffee zu bringen, konnte ich mir auch ein paar Augenblicke in dem Heim der Figur gönnen, die ich geschaffen hatte.

Ich ließ die Fingerspitzen über die aus grobem Holz geschnitzte Tür gleiten und musste lächeln, als ich die Erhebungen fühlte. Ich öffnete sie und schlüpfte ins Dämmerlicht des Häuschens. Ich brauchte ein paar Sekunden, bis sich meine Augen an das spärliche Licht gewöhnt hatten, aber schon bald konnte ich den langen Tisch und die zusammengerollten Karten in der Ecke erkennen.

Zu meiner Linken bewegte sich etwas. Ich machte einen Schritt nach vorn, blinzelte hinunter auf die zahlreichen Felle. Dann schlug ich mir die Hand vor den Mund.

Ein Bär.

Irgendwie war ein Bär in das Haus gelangt. Und ich war mit ihm allein. Ich schrie auf, und in diesem Augenblick fielen die Pelze zu Boden und enthüllten einen perfekt gebräunten und trainierten Körper. Das Wesen wandte sich um, und ich keuchte.

Also … kein Bär.

Es war Gavin Hartley.

Und er war nackt.

Kapitel 17

»Elise?«

Ich hätte mich eigentlich auf Gavins Lippen konzentrieren sollen, aber meine Augen wanderten unwillkürlich – und ohne dass ich dagegen etwas hätte tun können – nach unten. An seinen muskulösen Schultern entlang, dann über die definierten, harten Bauchmuskeln und …

Na ja.

Kein Wunder, dass diesem Mann alle Frauen in Hollywood zu Füßen lagen. Michelangelo hätte höchstpersönlich bei Gavins Anblick geweint und seinen David geradewegs in den Tiber geworfen, um sich dann auf dem italienischen Land ein für alle Mal zur Ruhe zu setzen.

Ich befeuchtete meine Lippen. »Äh, tut mir echt leid. Ich wollte nur ein paar Minuten allein sein.«

Ich befahl meinen Augen, wieder zu seinen Lippen hochzuwandern, obwohl sie viel lieber … auf anderen Regionen verweilt hätten.

»Kein Problem«, sagte Gavin. »Ich hab mir nur den Sand abgebürstet. Der setzt sich ja wirklich überall fest.«

»Stimmt. Das … ja … das sehe ich.«

Er nahm die Felle vom Boden hoch und gewährte mir einen hervorragenden Ausblick auf sein Hinterteil. Der Anblick war fast genauso gut wie die Vorderseite.

Ich trat einen Schritt zurück und stieß mir die Wade

an einer Bank, von der ich sicher war, dass sie eben noch nicht da gestanden hatte. »Au. Verdammt.«

Gavin zog sein Kostüm wieder an, und vor lauter Erleichterung und Enttäuschung ließ ich mich gegen die Wand sinken.

Er kam um den Tisch herum und berührte meine Schulter. »Alles klar?«

Ich hatte gerade den »sexiest man alive« des letzten Jahres nackt und schweißglänzend vor mir stehen sehen. Ob es mir gut ging? O ja, damit ging es mir ziemlich gut.

»Alles in Ordnung«, stieß ich hervor. »Aber es scheint so, als hätte ich das in der letzten Zeit häufiger gesagt. Anscheinend tue ich mir immer weh, wenn du in der Nähe bist.«

»Willst du damit sagen, dass es an mir liegt?«

»Ist zumindest eine arbeitshypothetische Basis.«

Seine Hand ruhte jetzt auf meiner Schulter. Er ließ die Finger meinen Hals hinaufwandern und berührte mein Kinn. Trotz der Wärme in diesem Häuschen erschauerte ich.

»Ich würde dir nie wehtun wollen, Elise.«

Gavin stand jetzt so dicht bei mir, dass ich die Hitze spüren konnte, die von seinem Körper ausging. Mein Atem ging stoßweise, während er mich anschaute. Er roch wie immer nach Zimt – ein sehr passender Duft: die perfekte Kombination aus aromatisch und süß.

Mein Herz hüpfte in so viele Richtungen, dass ich das Gefühl hatte, ich hätte ein Trampolin in der Brust. Er ließ seine Finger an meinem Kinn entlangwandern, und er hob mein Gesicht. Er beugte sich vor. Er war mir so nah, dass sein Atem wie ein Flüstern über meine Wange strich, und ich konnte die Pfefferminzspuren seiner Zahnpasta riechen. Ganz plötzlich ließ er die Hand sinken, trat einen Schritt zurück und setzte sich auf die Bank hinter ihm.

Findest du, dass ich meine Rolle im Film gut spiele?, signalisierte er mir.

Ich holte mühsam Luft und ließ sie langsam wieder entweichen. *Was meinst du damit?*

Ich glaube, Aubrey ist mit mir als Dag nicht sonderlich glücklich. Sie will nie darüber reden. Sie ist nett, und ich weiß, dass sie mich mag. Aber ich kann nicht sagen, ob sie findet, dass ich der Figur gerecht werde.

»Oh.« Ich setzte mich neben ihn. »Na ja, vielleicht weiß sie nur nicht, *wie* sie darüber mit dir sprechen soll. Ich bin aber ganz sicher, dass Aubrey dich für die Idealbesetzung hält. Du bist einfach perfekt.«

Ein schwaches Lächeln umspielte seine Lippen. »Wirklich? Hat sie dir das gesagt?«

Ich biss mir von innen auf die Wange. Es war verrückt – dieses Wahnsinns-Exemplar von einem Mann war doch tatsächlich verunsichert. Der Zweifel auf seinem Gesicht hackte mein Herz in kleine Stücke und zermatschte mein restliches Selbst zu Brei. Hätte ich nicht gerade auf der Bank gesessen, hätte ich mich in eine Pfütze auf dem Boden verwandelt.

»Glaub mir.« Ich tätschelte ihm das Knie. »Du bist genau das, was sie sich für diese Rolle vorgestellt hat. Sogar noch besser. Sie kann … sie kann es dir einfach nur nicht sagen. Sie hat Angst.«

»Eigentlich kommt Aubrey mir nicht wie ein Mädchen vor, dass vor irgendetwas Angst hat.«

Ich blickte zur Wand hinüber. Meine Kehle fühlte sich ganz trocken und eng an, und das Häuschen kam mir viel zu klein vor. »Sie hat mehr Angst, als du glaubst.«

Gavin berührte wieder mein Kinn und drehte mein Gesicht so, dass ich ihn ansehen musste. »Reden wir hier wirklich noch von Aubrey?«

»Ja«, versicherte ich ihm. Ich musste es ihm sagen. Das hier war einfach nicht fair. Ihm gegenüber. Er musste wissen, dass die tatsächliche Autorin von *Viking Moon* ihn bewunderte und dass er mehr als vollkommen war. Ich konnte nur darauf hoffen, dass er mich verstehen würde. Außerdem hatte er mir ja schon gestanden, dass er die Autorin mochte. Ich musste ihm einfach nur erklären, dass ich es war. Keine große Sache. Ich holte tief Luft. »Wir reden immer noch von ihr. Denn Gavin, ich bin …«

Ein Lichtstrahl fiel plötzlich hinein, und er löste sich von mir. Ich blinzelte zur Tür. Im Eingang stand ein Crewmitglied. Die Frau stand im Schatten, und ich konnte nicht erkennen, was sie sagte, aber ich konnte es mir denken.

Gavin berührte meine Schulter, damit ich ihn ansah. *Ich muss los. Sie brauchen mich.*

Ich schloss einen Augenblick lang die Augen. Schon wieder war ich so kurz davor gewesen. *Natürlich. Dann los.*

Die Mittagssonne fiel in den dunklen Raum, richtete sich wie ein Scheinwerfer auf seinen Körper, als er zur Tür ging. *Du kommst doch zur Halloween-Party am Freitag, oder?*

Ich bin nicht so der Partytyp.

Du musst aber kommen, bedeutete er mir. *Es sind hauptsächlich die Schauspieler und die Filmcrew da. Du kennst jeden. Nichts Bedrohliches, ich versprech's. Bitte sag, dass du kommst.*

Wie kann ich nein sagen, wenn ich von Gavin Hartley persönlich eingeladen werde?

Kannst du nicht.

Sein Grinsen war ansteckend, und ich erwiderte es unwillkürlich.

Okay, ich komme. Kann ich Freunde mitbringen?

Du kannst mitbringen, wen du willst. Und vergiss dein Kostüm nicht.

Gavin verschwand durch die Tür, und ich stand allein in der Dunkelheit. Ich zitterte am ganzen Körper und sackte auf der Bank zusammen.

Für den Bruchteil einer Sekunde hatte ich geglaubt, Gavin würde mich küssen. Außerdem hätte ich ihm beinahe all meine Geheimnisse erzählt. Und das zum zweiten Mal am gleichen Tag. Was dachte ich mir eigentlich dabei? Nur weil er meine Bücher mochte? Damit hätte ich alles vermasseln können. Dumme, dumme Elise. Außerdem würde es keinen Unterschied machen, wenn er wüsste, wer ich in Wahrheit war. Ich gehörte nicht zu der Art von Mädchen, in das Filmstars sich verliebten. Ich war die Art von Mädchen, die nur über Dinge wie diese *schrieben*.

Ich vergrub das Gesicht in meinen Händen und schloss die Augen, als mir noch etwas einfiel.

Verdammt. Jetzt brauchte ich also auch noch ein Kostüm.

***

»Ich sehe aus wie Julia Roberts in Pretty Woman. Du weißt schon, vor der Rundumerneuerung durch ihren reichen Typen.«

»Quatsch, Elise. Du siehst nicht aus wie eine Nutte. Außerdem geht es an Halloween schließlich darum, anders auszusehen als man selbst.«

Reggie wirbelte mich vom Spiegel weg, sodass ich mich nicht länger kritisch mustern konnte. Ich zupfte am Saum des engen Rocks herum, damit er wenigstens auf der Höhe der Mitte der Schenkel blieb, wo er eigentlich hingehörte. Ich hatte mich mit Händen und Füßen dagegen gewehrt, aber Reggie hatte beharrlich behauptet, dass er genau richtig war für eine Party mit jeder Menge Promis – und das, obwohl sie ja selbst noch nie auf so einer Party gewesen war.

Zumindest bei der Bluse hatte ich mich durchgesetzt. Statt der offenherzigen, engen mit dem V-Ausschnitt, hatte ich eine schlichte pfirsichfarbene Bluse gewählt, die oben durchsichtig genug war, um die eleganten Träger des blassrosa BHs durchschimmern zu lassen, den ich mir auf Reggies Rat hin unbedingt hatte kaufen müssen. Trotzdem war sie blickdicht genug, um mir keine Sorgen machen zu müssen, meine Narben in einem Raum voller Menschen zu zeigen. Obwohl meine Mitbewohnerin protestierte, schloss ich den oberen Knopf.

Reggie fasste mein Haar zu einem festen Pferdeschwanz zusammen, verteilte mehr als nur eine einzige Schicht Puder über meinen Wangen und drehte mich wieder zum Spiegel herum. Ich musste zugeben, dass sie gute Arbeit geleistet hatte: Meine Vorzüge wurden betont, meine Schönheitsfehler kaschiert. Die weiße Narbe an der einen Seite meines Gesichts war nur noch als zarter Schimmer erkennbar. Wenn man nicht allzu genau hinsah, hätte man es für den Ausrutscher des Highlighter-Pinsels halten können. Um sicherzugehen, zog ich noch ein paar Strähnen aus dem Pferdeschwanz, die mein Gesicht umrahmten.

Meine blauen Augen waren durch braunen Eyeliner betont worden, und auf meinen Lippen glitzerte ein babyrosa Lipgloss, in dem sich das Licht spiegelte.

»Ich erkläre hiermit, dass du jetzt genau richtig aussiehst, um dich ins Promi-Getümmel zu stürzen«, sagte Reggie zu meinem Spiegelbild.

Veronica saß derweil auf meinem Bett, lackierte sich die Fingernägel und bemühte sich, so zu tun, als seien meine Zimmergenossin und ich gar nicht vorhanden. Es kam mir seltsam vor, dass sie darauf bestanden hatte, sich mit uns gemeinsam fertigzumachen. Aber als ich vorgeschlagen hatte, uns erst auf der Party zu treffen, hatte sie einen Schmollmund gezogen, den ich sonst nur zu sehen bekam, wenn sie in Gavins Nähe war. Unwillkürlich fragte ich mich wieder, wie sie wohl lebte. Sie wohnte allein in einem Haus, das kaum bewohnt wirkte. Ich hatte keine Fotos von Freunden oder ihrer Familie gesehen, und trotz der Tatsache, dass sie sich immer so verhielt, als hasse sie mich, suchte sie offenbar meine Nähe.

Ich hatte einmal am Set versucht, sie nach ihrer Familie zu fragen, aber sie hatte sich einfach abgewandt, als hätte sie mich gar nicht gehört. Ihre Schultern allerdings hatten angespannt gewirkt – sie hatte also mit Sicherheit jedes Wort verstanden.

Ich runzelte die Stirn, als ich uns im Spiegel miteinander verglich. Sie trug ihr Haar offen und hatte ihre Augen in Rauchgrau und Schwarz umrahmt, wie es für einen Covergirl-Werbespot sicher perfekt gewesen wäre. Unter einem kurzen, weit ausladenden Rock sahen ihre langen, schlanken Beine hervor und mündeten in ein Paar schwarze Pumps. Schon bei dem Versuch, in den Dingern herumzulaufen, hätte ich mir ganz sicher sofort den Knöchel verstaucht. Als Reggie mir ein ähnliches Paar Schuhe in die Hand drückte, stöhnte ich. Ich entschuldigte mich vorsorglich schon mal bei meinen Füßen, als ich hineinschlüpfte.

»Wer soll ich denn eigentlich sein?«, fragte ich.

»Betty aus dem *Archie*-Comic natürlich!«, rief Reggie. »Du siehst genauso aus wie sie!«

Ich zupfte erneut an meinem Rock herum, und sie schlug mir die Hand weg. »Ich dachte, Veronica ist die nuttigere von beiden. Betty ist doch die Schüchterne.«

»Oh, ich bitte dich. Hast du diese Comics jemals gelesen? Sie sind *beide* nuttig.«

»Ich verstehe immer noch nicht, warum ich mich ausgerechnet *so* anziehen soll, während du mit diesem Outfit davonkommst.«

Reggie sah erheblich ungezwungener aus als ich in ihrem langen Rock und der Bauernbluse. Sie hatte sich mein Glätteisen ausgeliehen, und ihre sonst so wilden Locken fielen ihr nun in schimmernden Wellen auf die Schultern. Eine kleine Sonnenbrille und ein Peace-Zeichen auf ihrer Wange vervollständigten den Look.

»Ja, Regan.« Veronica blickte von ihren Nägeln auf. »Als was gehst du denn?«

»Ich bin natürlich ein Hippie«, antwortete Reggie. »Und ich heiße Reggie.«

»Hippie passt«, sagte Veronica. Wahrscheinlich hatte sie die Worte nur mit den Lippen geformt, denn Reggie schien es nicht gehört zu haben. Meine Mitbewohnerin sah noch nicht mal auf, sondern saß auf dem Bett und versuchte, sich ein Haarband um den Kopf zu schlingen. In ihrem Namen zeigte ich Veronica den Mittelfinger.

Veronica wollte gerade antworten, da öffnete sich Gott sei Dank die Tür hinter ihr. Ich biss mir auf die Lippe, um ein Kichern zu unterdrücken, als Clint ins Zimmer schlenderte. In seiner braunen Lederjacke, seiner Cowboykrawatte, dem unvermeidlichen Hut und den Stiefeln sah er aus, als käme er gerade vom Dallas-Set. Ich hätte mich nicht gewundert, wenn er versucht hätte, mir Öl zu verkaufen, oder verkündet hätte, dass die Pferde vor der Tür warteten.

Clint wollte es sich nicht nehmen lassen, uns zu dieser Party zu chauffieren, und ich fragte mich, ob Reggies Annäherungsversuche endlich Erfolg zeigten. Immerhin ließ er den Blick zunächst auf ihr ruhen, bevor er sich im Zimmer umsah.

»Ladys«, sagte er und tippte sich an den Hut. »Ihr seht heut alle echt hübsch aus, muss ich sagen.«

»Es wird Zeit, Cowboy«, sagte ich. »Und hast du vielleicht vergessen, dass das heute eine Kostümparty ist?«

»Kostüme sind unnötig, wenn man sowieso schon den perfekten Look hat«, antwortete er.

»Ein Punkt für dich.« Ich sah auf den Wecker auf meinem Schreibtisch. »Wir sollten uns auf den Weg machen. Wir sind jetzt schon total spät dran.«

»Zu spät kommen ist schick«, korrigierte mich Veronica. Sie verließ das Zimmer, ohne einen weiteren Blick zurückzuwerfen, und Reggie nahm mich bei der Hand. Meine Beine wackelten in diesen verrückten Pumps wie die eines neugeborenen Kalbs, das seine ersten Schritte macht. Ich hakte Reggie unter und hielt mich an ihr fest.

»Ich kann kaum glauben, dass wir jetzt einen ganzen Abend mit Gavin Hartley und Leila Clarke abhängen werden!«, sagte Reggie. »Und wer weiß, mit wem sonst noch!«

Als Gavins Name fiel, machte mein Magen ein paar Purzelbäume, als würde da drin ein Motor abgewürgt. Das Bild seines nackten Rückens schien für immer in meinem Kopf festgebrannt zu sein. Nicht dass es ein schreckliches

Bild gewesen wäre. Trotzdem war von dem Augenblick an jede Unterhaltung mit ihm irgendwie unangenehm.

Ich schluckte, als wir das Haus verließen und auf den Parkplatz zusteuerten. »Sie sind alle sehr nett. Gar nicht so, wie ich erwartet hätte. Gavin ist unglaublich liebenswürdig.«

Veronica blieb stehen und sah sich nach uns um. »Ja, nicht wahr? Er ist ein toller Fang.«

Reggies Hand packte meine fester. »Stimmt«, sagte sie. »Unglaublich, dass du mit ihm ausgehst! Ist schon fantastisch, dass die Autorin von *Viking Moon* und der Star des Films zusammen sind. Wie eine Fügung des Himmels!«

Mein Herz schien tief zu seufzen und wurde ganz schwer, als wir in Clints Truck stiegen. »Ja, ein perfektes Paar«, murmelte ich. »Wer hätte das gedacht?«

***

Die Stars der *Viking Moon*-Serie waren für die Dauer der Dreharbeiten im schönsten Hotel Fernbrookes untergebracht worden, und dort sollte auch die Halloween-Party stattfinden. Da wir nur zwei Hotels in der Stadt hatten, hatte das allerdings nicht viel zu sagen. Ich wappnete mich, weil ich vermutete, den restlichen Abend kurzatmig und schweißüberströmt mit vielen Menschen zusammengepfercht in einem winzigen Raum verbringen zu müssen. Zu meiner Überraschung hatten sie jedoch fast die ganze Etage für diese Party hergerichtet, sodass wir von Raum zu Raum wandern konnten. Trotzdem war es ungeheuer stickig, denn die Anzahl der Gäste überstieg das Fassungsvermögen der Zimmer bei Weitem.

Die Leute hatten sich, was ihre Kostüme anging, wirklich ganz schön ins Zeug gelegt. Es gab lauter Prinzessinnen und Vampire, Zigeuner und zahlreiche Tiere. Und an jeder Ecke entdeckte man alle nur erdenklichen Versionen von einem sexy Was-auch-immer. Im Vergleich zu den meisten Kostümen wirkten mein Rock und meine Bluse wie Parka und Skihose.

Ich stand an der Bar eines Raumes, in den ich rein zufällig geraten war, und beobachtete Reggie und Clint, die auf einem Sofa saßen und sich unterhielten. Ich musste still und heimlich lächeln, als sie näher aneinanderrückten. Wurde auch verdammt noch mal höchste Zeit. Ich konnte lesen, was sie zueinander sagten, aber es schien ein privates Gespräch zu sein, deshalb wandte ich den Blick ab und konzentrierte mich stattdessen auf das Glas Rotwein, das mir jemand beim Hereinkommen in die Hand gedrückt hatte. Ich nahm einen Schluck und zog eine Grimasse.

Der Wein biss auf meiner Zunge und verbrannte mir beim nächsten Schluck die Kehle. Ich hustete und krauste die Nase.

Jemand tippte mir auf die Schulter, und ich blickte auf die Brust Tanner Drydens – des Schauspielers, der Thoras Bruder Elof verkörperte. Auch er war eine Idealbesetzung für die Rolle. Am Set trug er immer eine rote Perücke, die zu den Haaren seiner Schwester passte, aber in Wirklichkeit war er blond. Er war größer als Gavin, aber genauso muskulös – seine breiten Schultern allein ließen die Frauen reihenweise in Ohnmacht fallen. Er war als sexy Vampir aus einer Fernsehserie verkleidet – mit dunkler Jeans, einem schwarzen Tanktop und Eckzähnen. Ich musste den Kopf in den Nacken legen, um seine Lippen über mir erkennen zu können.

»Kein Freund von Rotwein?« Er deutete auf mein Glas.

Ich schüttelte den Kopf. »Ich habe es eher mit süßeren Getränken. Das hier schmeckt und riecht wie Käsefüße.«

Er lachte und nahm mir das verabscheuungswürdige Getränk aus der Hand. »Ich glaube, ich weiß etwas, das dir eher zusagen könnte. Komm mal mit.«

Er griff nach meiner Hand und führte mich aus dem Zimmer und den Flur entlang. Ich machte Clint und Reggie ein Zeichen, aber sie schienen gar nicht zu bemerken, dass außer ihnen überhaupt noch jemand im Zimmer war.

Wir gingen über den Flur, und ich hielt nach Gavin Ausschau. Ich entdeckte ihn in einer Ecke des Flurs; er lehnte an der Wand.

Veronica drängte sich an seine Hüften, ihre mittlerweile nacktes Bein wand sich wie eine gleichmäßig gebräunte Schlange um seine Waden. Gavins Blick glitt dabei allerdings unruhig über ihre Schulter hinweg, und einen kurzen Augenblick lang fragte ich mich, ob ihm wirklich wohl bei der Sache war. Da entdeckte er mich. Sein Blick erfasste Tanners Hand, die meine hielt. Ein Muskel in Gavins Wange zuckte, und mein Magen schlug Kapriolen bei dem Gedanken, dass er vielleicht tatsächlich eifersüchtig war. Dann umfasste Veronica sein Gesicht und unterbrach jeglichen, wie auch immer gearteten Gedanken, indem sie ihm die Zunge in den Hals schob.

Na klar. Gavin hatte natürlich allen Grund, auf Tanner eifersüchtig zu sein. Anscheinend ging mal wieder die Schriftstellerin mit mir durch. Ätzend, wenn man so eine blühende Fantasie hatte.

Mit einem Gefühl der Beklemmung zwang ich mich, den Blick von ihnen abzuwenden und mich stattdessen auf den goldenen Haarschopf vor mir zu konzentrieren.

Vor einem Zimmer neben dem Eisautomaten hielten

wir an. Tanner holte eine weiße Karte aus der Tasche und ließ sie durch den Schlitz am Türknauf gleiten. Ein rotes Licht sprang auf Grün, und er stieß die Tür auf und ließ mich eintreten.

»Ist das dein Zimmer?«, fragte ich. Er nickte, und ich runzelte die Augenbrauen.

»Wenn du magst, kann ich dir einen Drink holen und rausbringen. Du musst nicht mit reinkommen.«

Ich warf einen Blick zurück. Gavin und Veronica hatten sich nicht von der Stelle bewegt. Ihr Rock rutschte gefährlich hoch, während seine Hände an ihrem Körper auf und ab wanderten. Ich überlegte, was ich tun sollte. Durch die vielen Menschen war es auch im Flur drückend heiß, die Luft stand still. Aber von der offenen Tür wehte eine Brise zu mir hinaus und streichelte mir die Haut. Ich strich mir eine schweißfeuchte Locke aus der Stirn und schüttelte den Kopf. Als ich das Zimmer betrat, erschauerte ich auf der Stelle vor Wonne, als die Klimaanlage meine nackten Beine kühlte.

Das Zimmer war groß, aber gemütlich. Tanner nahm meinen Ellbogen und geleitete mich zu dem Sofa in der Ecke, vorbei an dem Kingsize-Bett, das links an der Wand stand. Ich atmete erleichtert auf, als ich mich auf den weichen Cordstoff sinken ließ.

»Also«, sagte Tanner. »Du magst es gern süß, ja? Warte hier.«

Er ging zu dem Minikühlschrank hinüber und nahm ein paar kleine Flaschen und eine Dose Sprite heraus. Während er mir einen Drink mixte, sah ich aus dem Fenster. Zur einen Seite war der Ausblick nichts Besonderes – in Fernbrooke gab es schließlich nicht wirklich viel zu sehen. Aber zur anderen Seite hatte man zumindest einen guten

Ausblick auf den Honeycomb Lake. Wenn ich genau genug hinsah, konnte ich sogar die Stelle sehen, wo der Unfall passiert war …

Tanner berührte mich an der Schulter, und ich zuckte zusammen, wobei ich ihm fast den Plastikbecher aus der Hand geschlagen hätte.

»Wow«, sagte er. »Alles in Ordnung? Du kommst mir ein bisschen angespannt vor. Wir können jederzeit zurück zur Party gehen, wenn du willst.«

»Alles gut. Da draußen ist es viel zu warm. Ich genieße die Klimaanlage hier.« Ich nahm ihm das Glas aus der Hand und nippte daran. Mein Mund wurde sofort von der Kombination aus brennendem Alkohol, den Bläschen der Limonade und etwas Süßem überflutet, das ich nicht identifizieren konnte. Ich seufzte genüsslich und trank einen größeren Schluck.

»Schmeckt's?« Tanner setzte sich neben mich auf das Sofa, wobei sein heißer Oberschenkel meinen berührte.

Ich kippte den Rest des Getränks herunter und stellte das Glas auf den Tisch neben mir. »Ja. Was war drin?«

»Rum, Sprite und Ananassaft. Ist einer meiner Lieblingsdrinks. Willst du noch einen?«

Die Wärme des Rums breitete sich in mir aus und stieg mir ein bisschen zu Kopf, ein angenehmes, beschwingtes Surren.

»Gibst du minderjährigen Mädchen öfter Alkohol?«, neckte ich ihn.

»Na ja, ich komme aus Schweden. Da sind wir in dieser Hinsicht nicht ganz so streng. Du wirst mich doch nicht verraten, oder?« Er zog eine Augenbraue hoch und grinste, sodass mein Magen eine kleine Achterbahnfahrt machte.

Ich lachte und schüttelte den Kopf. »Nein, ich verrate nichts. Ich bin einfach nur dankbar, dass du mich da rausgeholt hast. Da konnte man ja kaum atmen.«

»Ich habe am Set schon gemerkt, dass du dich meist so weit wie möglich von allen anderen fernhältst.«

»Du hast mich am Set bemerkt?«

»Ja. Dich kann man wohl kaum übersehen.«

Seine Hand lag jetzt auf meinem Knie: Ich schluckte und zog den zweiten Drink ernsthaft in Erwägung.

»Und? Macht dir die Rolle des Elof Spaß?«, fragte ich und zwang mich, ihn anzusehen.

Obwohl er den Schurken spielte, war Gavin der Dunkelhaarige von beiden. Seine blauen Augen blickten unbekümmert drein, während Gavins Blick oft umwölkt war. Abgesehen von der Größe hätten die beiden auch die Rollen tauschen können. Er hatte großen Erfolg als Model gehabt, bevor er Schauspieler wurde, erinnerte ich mich. Seine fein gemeißelten Wangenknochen und sein jungenhaftes Grinsen hatten so manch einer Illustrierten Glanz verliehen.

»Es ist eine tolle Rolle«, antwortete Tanner. »Den Bösewicht zu spielen hat etwas richtig Befreiendes. Niemand muss einen am Ende mögen. Du kannst tun, was immer du willst, und kommst damit durch.«

Seine Hand wanderte langsam mein Bein hinauf und war jetzt meinem Rocksaum gefährlich nahe. Mein Herz hämmerte in meiner Brust, als sein Gesicht sich meinem näherte. Sein Lächeln war jetzt eindeutig diabolisch. Das perfektionierte Elof-Grinsen.

»Na ja.« Ich hatte Mühe, die Worte zu formen, denn meine Zunge schien an meinem Gaumen zu kleben. »Manche Leute stehen auf den Bösewicht. Elof hat jede Menge Fans.«

»Ja. Aubrey hat ihn gut beschrieben.«

»Danke.« Er runzelte die Stirn, und ich verschränkte krampfhaft die Hände ineinander, um mir nicht wegen dieser Entgleisung auch noch gegen die Stirn zu schlagen. »Ich meine, als Aubreys Assistentin bin ich natürlich stolz, wenn jemand ihre Arbeit gut findet.«

»Du bist also auch ein Fan ihrer Bücher?«, fragte er. Eine leichte Alkoholfahne wehte aus seinem Mund und hing in der Luft zwischen uns.

»Natürlich. Ich hätte diesen Job sonst nicht angenommen.«

»Und findest du, dass ich meine Sache als Schurke gut mache?«

Ich sah auf meine ineinander verschränkten Hände in meinem Schoß. »Ja, du bist toll. Ich meine, hmm, total heiß.«

Verdammt. Hatte ich das jetzt echt gesagt? War es jetzt zu spät, um das Zimmer zu verlassen?

Tanners Finger berührten mein Kinn, und er neigte mein Gesicht.

»Du aber auch.«

Ich hatte keine Zeit für eine Antwort, denn schon presste er seine Lippen auf meine. Ich stöhnte leise, dann schloss ich die Augen, als er weiter meinen Mund erforschte. Sein Kuss war beinahe grob, und seine Zunge stieß zwischen meine Zähne. Sein Atem kitzelte an meinen Lippen und an meinem Kinn. Seine Zunge fand meine, und ich stöhnte erneut auf.

Mehr schien nicht nötig zu sein. Seine Hand glitt unter meinen Rock und begann, meinen Schenkel mit sanften, herausfordernden Fingern zu streicheln. Ich versuchte, mir alle Gründe ins Gedächtnis zu rufen, warum das hier eine ganz schlechte Idee war. Ich wusste kaum mehr über ihn als das, was ich in der Presse gelesen hatte. Das heute war die längste Unterhaltung, die ich bislang mit ihm geführt hatte. Und ich war in keiner Weise an einer Beziehung mit ihm interessiert.

Aber als er mich in seine Armbeuge drückte und seine Finger weiter hinaufwanderten und den zarten Stoff meines Höschens zwischen meinen Schenkeln berührte, flog alle Logik zum Fenster hinaus. Mein Mund fand erneut den seinen, hungrig nach seinen Lippen, seinen Zähnen, seiner Zunge. Er schmeckte nach Ananas, Rum und der unglaublich süßen Limonade. Ich vergrub meine Finger in seinem Haar und zog ihn dichter zu mir heran. Er bebte und stöhnte, und das jagte mir süße Schauer durch den ganzen Körper.

Im körperlichen Sinne war ich keine Jungfrau mehr. In meinem letzten Jahr auf der Gehörlosenschule hatte es einen Jungen gegeben, Billy Jordan. Wir waren beide Außenseiter gewesen, hatten beide versucht, von einer Welt akzeptiert zu werden, von der wir uns verlassen fühlten. Ich war nicht in ihn verliebt und er nicht in mich. Eines Tages schlichen wir uns nach der Schule in ein leeres Klassenzimmer, und er zog mir den Rock hoch, schob meinen Slip zur Seite und drang in mich ein. Es hatte kein Geräusche gegeben, keine Gefühle und keine Versprechen. Ich hatte mich noch nicht einmal von ihm verabschiedet, als er auf eine andere Schule gegangen war. Es war der unangenehmste Augenblick meines Lebens gewesen, und ich hatte noch nicht einmal Jin davon erzählt. Wahrscheinlich hielt auch er mich noch immer für eine Jungfrau.

Mit Tanner war es anders. Obwohl ich auch in ihn nicht verliebt war, wusste Tanner im Gegensatz zu Billy Jordan ganz genau, was er mit seinem Mund und seinen Händen tat. Es war, als wäre er im Besitz einer Karte meines Körpers, und als wüsste er genau, welche Stellen etwas in mir auslösten. Sein Gewicht auf mir war erdrückend, aber ich stieß ihn nicht weg. Ich hatte noch niemals erlebt, dass ein Mann mich auf diese Weise begehrte, mit solcher Dringlichkeit. Tanners Lust war sehr offensichtlich, als er sich gegen meine Schenkel presste.

Zu meiner Enttäuschung verließ seine Hand nun meine Schenkel und wanderte zu den Knöpfen meiner Bluse. Ich gab einen kleinen Laut des Protests von mir, als seine Lippen sich von meinen lösten und dann zu meinem Schlüsselbein glitten. Seine Zunge beschrieb einen Pfad meinen Oberkörper hinab, und er küsste mich immer dort, wo er einen Knopf geöffnet hatte. Ich erschauerte und bäumte mich ihm in seinem Arm entgegen. Dann hatte er die Bluse ganz aufgeknöpft, und eine seiner Hände schlüpfte hinein, umfing meine Brust. Er liebkoste mich durch das dünne Gewebe meines neuen BHs hindurch, bevor er meine Bluse weiter öffnete. Mein Körper vibrierte vor Hingabe, und mein Inneres zog sich vor Vorfreude zusammen. Was würde er als Nächstes tun?

Doch dann – viel zu plötzlich – hielt er inne. Ich machte einen Laut, um zu signalisieren, dass er weitermachen sollte, aber es war, als hätte jemand bei einem Film den Pausenknopf gedrückt, gerade als die Hauptfigur sich von einer Klippe gestürzt hatte. Ich öffnete die Augen und hob den Kopf. Er starrte meinen Oberkörper an, mit offenem Mund, und sämtliche Anzeichen der Lust waren mit einem Mal aus seinen Augen verschwunden.

»Was ist los?«, fragte ich.

Dumme Elise. Ich wusste doch, was los war. Das Gleiche,

was jedes andere Mal los gewesen war, wenn ich jemandem gezeigt hatte, was sich unter meiner Kleidung verbarg. Wenigstens hatte Billy genug Verstand besessen, nur meinen Rock hochzuschieben und es hinter sich zu bringen.

»Diese … diese Narben. Wo kommen die her?«

Mit zitternden Fingern begann ich, meine Bluse zuzuknöpfen, und ich spürte, wie sich die Scham in heißen roten Wellen über meinem Gesicht ausbreitete. »Ich hatte vor ein paar Jahren einen Unfall. Der, bei dem ich taub wurde.«

»Oh, das tut mir leid. Ich wusste gar nicht, dass du einen Unfall hattest.« Er rückte etwas von mir ab. »Aber weißt du was? Es ist vielleicht auch besser so.«

Er lehnte sich zurück und setzte sich dann auf die Couch, rieb sich die Augen, als wollte er die Erinnerung an das, was er gerade gesehen hatte, wegwischen.

»Es ist besser, dass ich einen Unfall hatte?«

»Nein«, sagte er. Er hielt sich weiter die Augen zu, aber ich konnte seinen Mund deutlich sehen. »Aber wir arbeiten zusammen. Wir sollten das hier sowieso nicht tun, weißt du. Und wie alt bist du überhaupt? Achtzehn? Ich bin fünfundzwanzig. Es ist nicht richtig.«

»Ich bin neunzehn«, sagte ich. Ich setzte mich ebenfalls auf und zog mir den Rock über den Schenkel. »Und Aubrey und Gavin sind auch zusammen, obwohl sie zusammen arbeiten.«

»Na ja, schon«, stammelte Tanner, »aber wie ich schon sagte, ich bin so viel älter als du. Das ist einfach nicht cool.«

Kapitel 18

Ich prallte mit voller Wucht gegen Gavins Brust, doch er geriet kaum ins Taumeln – sein Oberkörper war wie eine Mauer. So etwas bekam man nur durch jahrelanges Training im Fitnessstudio, und es ging auch nicht durch einen einzigen Monat verloren, in dem man sich nur von Donuts ernährte. Er packte meine Schultern und stützte mich, hielt mich von ihm weg, so dass er meinen Kopf heben und mir ins Gesicht sehen konnte.

Alles klar?, bedeutete er mir.

Sein Hemd stand offen, und mit seiner schwarzen Hose und dem Schal um den Kopf hatte Gavin den sexy Piratenlook geradezu perfektioniert. Er schob sich die Augenklappe auf die Stirn und musterte mich mit seinen Kajalumrahmten Augen.

Ich wischte mir die Tränen mit dem Handrücken weg, und das vorsichtig, um mein Make-up nicht zu verschmieren. Als wäre die Sache nicht schon peinlich genug gewesen – jetzt sah mich Gavin Hartley auch noch weinen!

Alles in Ordnung, antwortete ich. Ich riskierte einen Blick zurück auf Tanners Tür – in der Hoffnung, er käme zerknirscht herausgestürmt, um sich zu entschuldigen, nachdem ihm klar geworden war, dass er sich wie ein Mistkerl verhalten hatte. Die Tür blieb aber verschlossen. *Es ist nichts.*

Gavin ließ mich los und trat einen Schritt zurück.

So sieht es aber nicht aus, nach gar nichts, meinte er. *Ich habe gesehen, wie du mit Tanner in sein Zimmer gegangen bist. Und raus kommst du weinend, und deine Bluse ist falsch zugeknöpft. Hat er dir wehgetan?*

Ich sah an mir herunter. Er hatte recht. Bei meiner hastigen Flucht hatte ich zwei Knöpfe vergessen, und eine Beule im Stoff gewährte ihm und dem Rest der Leute im Flur einen ganz guten Einblick auf meine neue Unterwäsche. Mit zitternden Fingern knöpfte ich die Bluse richtig zu und schüttelte den Kopf.

Mir geht es gut, wirklich. Er hat mir nicht wehgetan. Zumindest nicht körperlich. *Ich brauche jetzt nur ein paar Drinks, und dann vergessen wir die ganze Sache.*

Sicher?, fragte Gavin. *Ich könnte meinen Fahrer bitten, dich nach Hause zu bringen? Du siehst aus, als könntest du eine Mütze voll Schlaf brauchen.*

Nein, antwortete ich. *Was ich jetzt brauche, ist Aubrey. Hast du sie gesehen?*

Ein Mädchen stolperte den Flur entlang und fiel gegen Gavin. Einen kurzen Augenblick lang wurde sein Körper gegen meinen gestoßen, bevor das Mädchen ihn wegzog, sich wortreich entschuldigte und ihm versicherte, wie sehr sie ihn bewunderte.

Ich verdrehte die Augen und ging den Flur hinunter, um mich auf die Suche nach Veronica zu machen. Gavin folgte mir. Er griff nach meinem Arm und hielt mich auf.

»Ich meine es ernst, Elise«, sagte er. »Wenn du was brauchst, musst du mir nur Bescheid sagen.«

»Klar«, antwortete ich.

Als ob ich es riskieren würde, mich vor ihm noch mehr zu blamieren, als ich es ohnehin schon getan hatte.

»Aubrey ist wahrscheinlich im zweiten Raum links«, sagte er. Er sah mich unverwandt an. »Und bitte, pass auf dich auf.«

Zum Dank nickte ich, dann betrat ich den von ihm genannten Raum. Veronica stand an der Bar, umgeben von einer Gruppe von Männern, mit denen sie lachte und flirtete. Ich strich mir die Bluse glatt, drängte mich durch die Menge und nahm ihre Hand.

»Elise!«, rief sie. »Wer hat *dir* denn ans Bein gepinkelt?«

»Spielt keine Rolle«, sagte ich. »Ich muss mich betrinken. Jetzt. Kannst du mir dabei helfen?«

Veronica lachte und zog meine Hand an ihre Brust, bevor sie mir in die Augen sah. »Endlich! Ist auch höchste Zeit, dass du lernst, wie man sich amüsiert.«

Die nächsten Stunden verschwanden in einem Nebel aus Alkohol, Schweiß und hübschen Gesichtern. Wo ich auch hinsah: überall nur gutaussehende Leute. Es machte nichts aus, dass Veronica sie anzog wie Blut die Haifische. Schauspieler, Rockstars, Groupies – sie alle wollten zu unserer Gruppe gehören. So etwas hatte ich noch nie erlebt.

Der Alkohol verbrannte meine Unsicherheit. Ich vergaß die Narbe auf meinem Gesicht, obwohl mein Makeup sich mit dem Schweiß vermischte, den ich mit dem Ärmel abwischte. Ich hatte die hochhakigen Schuhe weggeschleudert und tanzte mit dem Sänger einer Band, deren Musik ich schon vor meinem Unfall geliebt hatte. Ich konnte zwar die Musik mittlerweile nicht mehr hören wie alle anderen, aber das musste er nicht wissen. Ich tanzte im Takt der anderen Körper um mich herum, spürte den Beat unter meinen Fußsohlen und wiegte mich mit ihm.

Er wirbelte mich herum, und ich lachte, als der Raum in einem Strudel aus Weiß und Blau versank. Ich stolperte und konnte das Gleichgewicht nicht halten. Lange Arme hielten mich fest, und ich richtete mich auf, um zu sehen, wer denn wohl mein Retter war.

»Cowboy!«, rief ich und schlang ihm die Arme um den Hals. Ich musste mich auf die Zehenspitzen stellen, um meine Hände hinter seinem Nacken zu verschränken. »Ich hab dich vermisst! Wo warst du?«

Clint löste meine Arme und schob mich von sich weg, sodass ich ihm ins Gesicht sehen konnte. »Wow, Schätzchen. Du siehst aus, als ob du ein bisschen zu viel intus hättest.«

»Nein.« Ich schüttelte den Kopf. »Noch nicht genug. Ich erinnere mich immer noch.«

»An was, Schätzchen?«

Nein. Darüber wollte ich heute Abend mit niemandem reden. Und schon gar nicht mit ihm.

»An gar nichts«, sagte ich also. Ich zog seine Hände auf meine Taille. »Tanz mit mir, Cowboy.«

Clint zog die Hände zurück und verschränkte die Arme vor der Brust. »Nee, Schätzchen. Ist zwar ein nettes Angebot und so, aber ich glaube, wir schaffen dich jetzt besser ins Wohnheim zurück.«

»Wir können noch nicht gehen.« Ich legte ihm die Hände auf die Hüften und drängte mich an ihn. »Ich amüsiere mich wahnsinnig. Du dich nicht auch?«

Er erstarrte unter meinen Händen, aber er löste sich nicht von mir. Ich ließ die Hüften an seinen Lenden kreisen und spürte, wie er die Bauchmuskeln anspannte. Er stöhnte auf. Dann packte er meine Hände, aber ich hakte meine Finger in seine Gürtelschlaufen.

»Warum wehrst du dich gegen mich, Cowboy? Bis jetzt hast du mich noch nie wegstoßen wollen. Schon gar nicht an dem Abend, als du mich zum Wohnheim zurückbegleitet hast. Wenn ich mich recht erinnere, hast *du* da *mich* geküsst.«

Er sah über seine Schulter und stieß mich nun doch von sich. »Hör auf, Elise. Das bist nicht du.«

»Oh, komm schon, Cowboy. Wir beide wissen doch, dass ich dir nur gebe, was du willst.«

»Jetzt nicht mehr, Elise.«

»Was meinst du …« Ich hielt mitten im Satz inne, und plötzlich traf es mich wie ein Schlag in die Magengrube. Ich drehte mich um und sah, was hinter mir Clints Aufmerksamkeit fesselte.

Reggie stand dort, das Gesicht ganz rot und die Augen voller Tränen.

»Reg…«

Ich streckte den Arm nach ihr aus, aber sie schlug ihn weg.

»Du wusstest, dass ich ihn mag, und trotzdem wirfst du dich ihm an den Hals wie eine verzweifelte Schlampe. Und du hast ihn *geküsst?* Ich glaube es einfach nicht! Ich dachte, du wärst meine Freundin!«

Ich umschlang meinen Körper mit meinen Armen. Clint hatte recht. Das war nicht ich. Ich tanzte nicht mit Fremden oder stürzte mich auf den Schwarm einer Freundin. Zum Teufel, normalerweise sprach ich noch nicht mal mit Fremden oder anderen Typen. Aber ich war es so verdammt leid, ich selbst zu sein. Kein Wunder! Was passierte denn, wenn die Leute mein wahres Ich sahen? Wenn ich ich war, fühlten sie sich von mir abgestoßen.

»Reggie«, flüsterte ich. »Es tut mir so leid.«

Aber anscheinend hatte sie mich nicht gehört. Jedenfalls wischte sie sich über ihr nasses Gesicht und verschmierte dabei das grüne Peace-Zeichen auf ihrer Wange. »Ich hätte nie gedacht, dass du so eine bist. Du verbringst anscheinend zu viel Zeit mit Aubrey. Scheinbar ist die Bitch ansteckend. Ich bin hier raus. Viel Spaß auf der Suche nach deiner inneren Schlampe.«

Mit offenem Mund stand ich da, als sie sich umdrehte und aus dem Raum marschierte. Clint tippte mir auf die Schulter.

»Ich fahre sie heim«, sagte er. »Ich will nicht, dass sie in dem Zustand allein unterwegs ist. Vielleicht solltest du dir ein Taxi leisten oder dir jemanden suchen, der dich fährt. Komm nach Hause, wenn du wieder du selbst bist, ja?«

Er folgte Reggie, und kaum war er weg, wurden meine Beine und mein Oberkörper ganz taub. Innerhalb von fünf Minuten hatte ich gerade zwei tolle Freundschaften kaputt gemacht. Nicht gerade mein bester Abend. Etwas stieß mich gegen die Brust, und ich öffnete die Augen und sah ein Glas mit Cranberry-Wodka vor mir.

»Du siehst aus, als könntest du noch einen Drink brauchen«, sagte Veronica.

»Ich glaube, damit haben die Probleme überhaupt erst angefangen.«

»Noch ein paar Drinks, und du kannst dich an die dicke Prinzessin und ihren Cowboy-Schwarm gar nicht mehr erinnern«, sagte sie. »Glaub mir.«

Eine Bewegung in der Zimmerecke zog meinen Blick auf sich. Ich entdeckte Gavin, der mich beobachtete. Seine Augen leuchteten – sogar in dem dämmrigen Raum. Die Erinnerung an seinen nackten Körper neulich und an sein Gesicht, als ich aus Tanners Zimmer kam, tanzte vor meinen Augen. Gefolgt von dem Gefühl von Tanners Händen, die meine Haut unter dem Rock erkundeten und geschickt und zielstrebig jeden einzelnen Knopf meiner Bluse öffneten – bis er aufgehört hatte.

Ich nahm Veronica den Drink aus der Hand und kippte ihn in einem Zug hinunter.

»So lob ich mir das. Hier, nimm meinen auch noch.«

Ich hatte keine Ahnung, was in ihrem Glas war, aber es war eine goldene, süße Flüssigkeit, und meine Zunge summte förmlich, als sie durch meine Kehle rann. Danach war ich wieder auf herrliche Weise benommen.

»Viel besser«, sagte Veronica. »Komm, wir gehen tanzen.«

Wieder konnte ich die Bässe unter meinen Füßen fühlen, fand meinen heißen Rockstar wieder, und wir pulsierten zusammen zum Beat, bis seine Hände sich unter meine Bluse schlichen. Ich schob sie mit einem, wie ich hoffte, züchtigen Lächeln weg und bewegte mich an den Rand der Tanzfläche. Dort schloss ich die Augen, wiegte die Hüften und drehte mich mit ausgestreckten Armen im Kreis.

Aber auch als ich aufhörte, drehte die Welt sich weiter. »Was zum …?«

Ich taumelte gegen die Wand und stützte mich mit der Hand an der unebenen Tapete ab. Die Menschen in der Mitte des Raumes versanken im Nebel. Ich schloss wieder die Augen, damit sie aufhörten, sich zu bewegen, aber der Boden schwankte gefährlich unter meinen Füßen. Ich fragte mich sogar, ob es ein Erdbeben war.

Jemand stand jetzt dicht neben mir, und ich versuchte, ihn wegzustoßen, aber meine Arme waren kraftlos wie Götterspeise, genau wie meine Beine. Ich öffnete die Augen erneut und blickte in ein vertrautes blaues Augenpaar.

»Wow«, sagte Gavin. »Du musst dich hinlegen.«

»Aber ich will feiern«, sagte ich. Die Worte lagen wie Klumpen in meinem Mund, und ich konnte sie kaum aussprechen. Es war, als spräche ich in Zeitlupe, wie so viele andere Leute mit mir, wenn sie erfuhren, dass ich taub war. Bei dem Gedanken musste ich lachen.

»Du hast schon eindeutig zu viel gefeiert«, sagte Gavin. »Komm schon. Wir schaffen dich in ein hübsches, gemütliches Bett.«

Halb ging ich, halb schleifte er mich aus dem Raum und den Flur hinunter. Ich hob den Kopf, um nach Veronica Ausschau zu halten, aber die Bewegung löste wieder eine Welle des Schwindels aus, und ich stöhnte auf. Wir betraten den Aufzug, und Gavin drückte den Knopf mit dem »P« darauf. Er stützte mich, holte eine weiße Karte aus der Tasche und ließ sie durch einen Schlitz an der Aufzug-Armatur gleiten. Ich lehnte den Kopf an seine Brust, als wir hochfuhren, aber auch das hinderte die Wände nicht daran, sich um mich zu drehen.

Ich keuchte, als die Türen sich öffneten und mein Blick sich genug klärte, um zu erkennen, wo ich war. »Heilige Scheiße! Dieser Raum ist größer als mein ganzes Haus!«

Wir standen in einem kleinen Vorraum, der in ein gigantisches Wohnzimmer überging, wo zwei Sofas, ein Sessel und ein Fernseher standen. Der Fernseher hätte glatt auch als Fenster durchgehen können, so viel Raum nahm er an der Wand ein.

Gavin grinste und zog mich an einem Tisch vorbei, auf dem Blumen und ein Obstkorb standen. Wir gingen zu einem Zimmer am Ende des Flurs. Mir wurden die Lider so schwer, dass ich die Tür kaum erkennen konnte. Ich lehnte mich an Gavin und legte den Kopf an seine Schulter. Er umfasste mich fester.

»Du riechst nach Zim … Zimm … Zimmi … Du riechst nach Bonbons«, sagte ich.

Seine Brust vibrierte an meiner Wange, als er lachte. Ich schloss die Augen und atmete tief seinen Duft ein. Plötzlich war er weg, und sein muskulöser Oberkörper wurde von einer weichen Wolke an meiner Wange ersetzt. Etwas Weißes und Flauschiges umgab mich, und ich seufzte entzückt. Ich legte mich auf den Rücken und hob und senkte meine Arme wie Kinder, die einen Schneeengel formen.

»Hmmm«, sagte ich. »Diese Wolke ist so gemütlich. Und riesig! Die nimmt ja gar kein Ende!«

Gavin berührte meine Wange, und sein wunderschönes Gesicht schwebte über mir.

Ich grinste. »Hey, Engel! Ist das deine Wolke?«

Er schüttelte den Kopf. »Du musst jetzt schlafen, Elise. Morgen fühlst du dich besser.«

»Nein, ganz sicher fühle ich mich schlechter. Ich hab richtig *viel* getrunken.«

»Ich meine damit, dass du dich morgen wieder mehr wie du selbst fühlst.« Sein Gesicht verschwamm vor meinen Augen, und ich blinzelte, um seine Lippen lesen zu können. Es wäre so viel leichter gewesen, wenn er aufgehört hätte, sich zu drehen. Ich berührte seine Lippen, um ihnen zu sagen, dass sie doch mal bleiben sollten, wo sie waren. Sie waren fast genauso weich wie die Wolke, auf der ich lag.

»Warum sollte ich dieses Mädchen sein wollen?«, fragte ich. »Niemand mag sie besonders. Ich selbst eingeschlossen.«

Meine Finger ruhten weiterhin auf seiner Unterlippe, während er sprach. »Ich mag sie sehr. Sie ist unglaublich süß.«

»Ja, süß und dumm. Und sie ist ein Riesenfeigling. Hat Angst, dass die Leute ihr wahres Ich kennenlernen.«

Er imitierte meine Geste und legte mir die Finger auf die Lippen. Seine Augen folgten ihnen, als könnte er ebenfalls meine Lippen lesen.

»Was ist falsch an ihrem wahren Ich? Ich finde sie wunderschön.«

Ich kicherte. »Sagt der Mann, der die schönste Frau datet, die ich je gesehen hab. Du sagst, dass du mich magst, weil ich süß bin. Aber sag mir eins, Filmstar, magst du das auch an ihr? Oder gehst du mit ihr aus, weil sie toll aussieht und reich ist und deiner Karriere hilft? Sag mir nicht, dass du sie nicht durchschaust. Sie ist kein netter Mensch, und sie benutzt dich nur, weil du berühmt bist. Wenn du kein superheißer, erfolgreicher Schauspieler wärst, würde sie nichts mit dir zu tun haben wollen, und das weißt du. Aber du bleibst trotzdem mit ihr zusammen. Was sagt das über dich aus, hm? Hm, Filmstar?«

Sofort zog er seine Finger von meinem Mund, und meine Lippen prickelten. Ein Muskel in seiner Wange zuckte, und sein Kiefer arbeitete. Ich verfluchte mich und den Alkohol, weil diese Worte nun zwischen uns standen.

Er zog mir die Decke bis zum Kinn hinauf, die Lippen zu einer dünnen Linie zusammengepresst. »Schlaf jetzt. Gute Nacht.«

Er tippte auf die Lampe neben mir und entschwand meinem flackernden Blick. Ich versuchte, mich für das zu tadeln, was ich gesagt hatte. Ich versuchte, ihm hinterherzurufen, dass es mir leidtat, dass mir leidtat, was ich mit

Reggie gemacht hatte, mit Clint, mit Annie. Aber mein Körper und meine Lider waren schwer wie Blei, zogen mich hinab in eine Dunkelheit, die tiefer war als die in dem Hotelschlafzimmer.

***

Als ich irgendwann aufwachte, wurde ich von der Wolke fast erstickt. Mein Körper traf auf etwas Hartes, und ich stöhnte auf, weil ein brennender Schmerz meinen Arm durchzuckte. Irgendjemand musste jetzt echt mal die Welt anhalten, die sich um mich drehte. Ich hatte das Gefühl, auf einem Karussell zu sitzen, das sich in vierfacher Geschwindigkeit bewegte. Mein Magen stieß gegen meine Speiseröhre, drückte gegen meinen Brustkorb.

»Nein«, murmelte ich gegen die harte Fläche, auf die ich gefallen war. Ich musste vom Boden aufstehen und die Wolke hinter mir lassen, um mich zu übergeben. Ich musste mich bewegen und …

Ich hatte noch nicht mal Zeit, den Gedanken zu Ende zu denken, als mein Magen beschloss, sich genau in diesem Augenblick und an dieser Stelle seines Inhalts zu entledigen. Meine Kehle brannte, und meine Brust zog sich krampfartig zusammen. Tränen brannten mir in den Augen. Selbst als Kind mit Magen-Darm-Grippe konnte ich mich nicht erinnern, mich mal derart heftig übergeben zu haben.

Jemand packte meine Schultern und hievte mich von dem hoch, was ich nun als Teppich erkannte. Den ich ruiniert hatte. Meine Zehen berührten den Boden nicht, als ich durch das Zimmer flog und auf kalten weißen Fliesen wieder abgesetzt wurde. Mein Kopf wurde noch rechtzeitig über eine Toilettenschüssel geschoben, als mein Magen erneut beschloss, meine Kehle noch eine weitere Runde zu quälen.

Als es endlich Gott sei Dank vorbei war, griff jemand über meinen Kopf und betätigte die Spülung. Dann fummelten die Hände an den Knöpfen meiner Bluse herum.

Ich versuchte, die Hände wegzuschieben, aber weil ich alles, was ich je gegessen hatte auf den Boden und in die Toilette geschleudert hatte, war ich kraftlos und erschöpft, und meine Arme waren schwer wie Blei.

Das Stechen in meiner Kehle war kaum zu ertragen, und ich stieß einen gurgelnden Laut aus, der so etwas war wie ein Protest.

Die Hände lösten sich von meiner Bluse und umfassten meine Wangen. Verschwommen tauchte Gavins Gesicht vor mir auf. Gott, er sah so gut aus. Selbst mit zusammengebissenen Zähnen und frustriert verengten Augen war er so verdammt schön. Ich dachte darüber nach, ihm das zu sagen, aber ich befürchtete, dass ich ihm dann ins Gesicht kotzen würde. Stattdessen wich ich unsicher Richtung Wand zurück.

»Elise«, sagte er, hielt meine Schultern fest, um mich daran zu hindern, mich weiter loszuwinden. »Hör auf. Du hast dich vollgekotzt. Ich muss dich saubermachen. So kannst du nicht wieder einschlafen.«

Ich versuchte meinen Mund dazu zu zwingen zu sagen, dass es schon gut sei. Dass er mich so lassen solle. Dass ich den Gedanken nicht ertragen konnte, dass jemand, der so schön war wie er, sah, wie abstoßend ich tatsächlich war. Aber mein Mund war pelzig und taub, wie nach einer größeren Behandlung beim Zahnarzt. Und die Dunkelheit versprach zumindest temporäre Erlösung. Zumindest darauf war Verlass. Sie würde mich davontragen von all dieser Scham, von der Erinnerung an Tanners angewiderten Blick, die keine noch so große Menge an Alkohol verwässern konnte. Als Gavins Hände sich also wieder von meinen Schultern lösten und sich wieder an meiner Bluse zu schaffen machten, überließ ich mich bereitwillig der Dunkelheit.

Kapitel 19

Als ich noch klein war, Jahre vor meinem Unfall, hatte meine Mutter mich zu einem Drum-Corps-Wettbewerb mitgenommen. Ich war sechs Jahre alt gewesen, und wir hatten in der ersten Reihe gesessen, damit niemand vor mir saß, der mir die Sicht versperrte. Ich erinnere mich daran, wie ich auf meinem Stuhl auf und ab hüpfte, als ich die einzelnen Bandmitglieder in ihren identischen Uniformen sah, die Instrumente bereit. Dann kam der Lärm. Wunderschön und perfekt und laut. So laut, dass ich die Trommeln in meinem Herzen spüren konnte. Sie dröhnten durch meinen Körper und pumpten das Blut in meinen Kopf.

Dieses Konzert war nichts im Vergleich zu dem Krach in meinem Kopf, als ich am Morgen nach der Party schließlich aufwachte. Es war, als würden all diese Bands durch meinen Schädel marschieren und mir ihre Schlägel ins Hirn treiben.

Ich stöhnte und fuhr mir mit der Hand an den Kopf. Ich hätte niemals geglaubt, dass ich mich durch so eine kleine Bewegung noch schlechter fühlen konnte, aber die Schmerzwellen, die mir jetzt förmlich das Gesicht zu zerfetzen drohten, schienen mir das Gegenteil beweisen zu wollen.

Ich vergrub meinen Kopf im Kissen in der Hoffnung,

dass der weiche Untergrund etwas von dem pulsierenden Schmerz lindern würde. In diesem Augenblick erkannte ich, wie viel weicher dieses Kissen sich anfühlte als das im Wohnheim. Ich rollte mich zur Seite und ignorierte meinen Körper, der mir signalisierte, dass das eine ganz blöde Idee war. Ich tastete nach der Bettkante. Ich runzelte die Stirn, als sie nicht am Ende meines Armes war wie sonst. Ich rutschte also über die Matratze und streckte die Hand aus, bis ich herausgefunden hatte, wo das Bett endete.

Es war riesig, und es war eindeutig nicht mein eigenes. Das Dröhnen in meinem Kopf machte es mir schwer, die konfusen Erinnerungen an den letzten Abend zu ordnen und herauszufinden, wo zum Teufel ich war.

Mühsam setzte ich mich auf und sah mich um. Diesen Raum hatte ich noch nie gesehen. Weiße Wände mit blassrosa, vertikal verlaufenden Streifen gingen in einen Teppich mit passenden rosa Farbtönen über. Ein riesiger Fernseher hing an der Wand mir gegenüber, und ein runder Kirschholztisch stand in der linken Ecke.

Die fade Eintönigkeit ließ darauf schließen, dass es sich um ein Hotelzimmer handelte. Ich runzelte die Stirn und versuchte, mir die Ereignisse der gestrigen Party ins Gedächtnis zu rufen. Ich war mit Tanner auf sein Zimmer gegangen und – o Gott, ich hatte doch nicht mit ihm geschlafen, oder? Nein, hatte ich nicht. Und sein Zimmer war kleiner gewesen als dieses. Und er hatte mich gleich rausgeschmissen, nachdem er meine Bluse geöffnet und gesehen hatte, was darunter war.

Bei der Erinnerung daran wurden meine Wangen ganz heiß, und ich blinzelte die Tränen fort, die mir sofort in die Augen stiegen. Das Letzte, was meine Dröhnbirne jetzt brauchen konnte, war ein Heulkrampf.

Okay. Also nicht Tanner. Ich war geflohen, und Veronica hatte mir Drinks gegeben. Viele Drinks. Tanzen. Ein Cowboy. O verdammt. Der Cowboy. Und Reggie. Reggie, die mich als Bitch beschimpft hatte und heulend davongelaufen war.

Ich zog die Decke über den Kopf und fluchte hinein. Ich war ein schrecklicher, abscheulicher Mensch. Ich hatte einer der wenigen Freundinnen, die ich hatte, total wehgetan. Das hatte sie nicht verdient. Was war nur los mit mir?

Bei den Drinks mit Veronica nach Reggies Abgang endeten meine Erinnerungen. Wie bei meinen Lieblingszeichentrickserien, die ich mir als Kind angeschaut hatte – der Bildschirm schien sich an den Ecken einzurollen, und es erschien das verschnörkelte Wort »Ende«. Das war's.

Also, ich war nicht im Wohnheim. Nicht in Tanners Zimmer. Es musste einem anderen Mitglied des Filmteams gehören. Ich richtete meinen Blick auf den Nachttisch. Eine rote Glasflasche stand neben dem Wecker. Die Leuchtziffern sagten mir, dass es fast Mittag war. Ich hob die Flasche hoch, zog den Stopfen heraus und schnüffelte daran. Zimtbonbons.

Entsetzt stieß ich den Atem aus.

Schlagartig wurde mir klar, wem dieses Zimmer gehörte.

Ich konnte die Nacht unmöglich mit Gavin verbracht haben. Er war mit Veronica zusammen. Und ich war, na ja, ich war nicht sie.

Ich schleuderte die Decke von mir und quietschte vor Überraschung, als die Klimaanlage meine nackte Haut kühlte. Plötzlich stieg leichte Panik in mir auf, als ich merkte, dass ich nichts als meinen neuen BH und mein Höschen trug. Mein Magen rebellierte nun eindeutig, und ich schlug die Hand vor den Mund und rannte zur Tür, von der ich vermutete, dass sie ins Bad führte.

Ich lag falsch. Es war der Schrank. Aber ich hatte ohnehin nichts mehr im Magen, und so kam nur etwas Magensäure und schmerzhaftes Krämpfe. Immerhin kamen so weder die teuer aussehenden Hemden und Jacken noch das Paar schwarzer Schuhe zu Schaden.

Nachdem mein Magen sich wieder etwas beruhigt hatte, machte ich mich auf die Suche nach meinen Klamotten.

Da der Raum zwar groß, aber nur spärlich möbliert war, hätte es kein Problem sein sollen, sie zu finden. Dachte ich. Aber sie lagen weder auf einem der Stühle noch auf dem Tisch. Sie waren auch nicht im Schrank. Auch nicht im Bad, das ich schließlich doch noch entdeckte.

Ich benutzte die Toilette, klatschte mir kaltes Wasser ins Gesicht und zuckte zusammen, als ich in den Spiegel sah. Meine Augen waren schwarz verschmiert. Mein Gesicht war bleich vor lauter Übelkeit, und mein Haar klebte an Stirn und Nacken.

Ich spähte zur Badezimmertür hinaus und entdeckte zu meinem Entsetzen, dass ein Zimmermädchen gerade die Kissen aufschüttelte.

O mein Gott. Ich musste hier dringend raus.

Zwei weiße Morgenmäntel hingen an der Badezimmertür, und ich zog einen davon an, dankbar, wenigstens etwas gefunden zu haben, in das ich meinen gänsehautgebeutelten Körper hüllen konnte. Ich band den Bademantel zu und schlüpfte zur Tür hinaus, nickte dem Zimmermädchen zu und ging durch eine andere Tür, von der ich hoffte, dass sie zum Ausgang und nicht in einen weiteren Schrank führte.

Dahinter lag ein Flur, von dem ich wiederum in ein

riesiges Wohnzimmer gelangte. Gavin lag auf der Couch, ohne Hemd, ein Arm über den Augen, den Mund geöffnet. Seine Brust hob und senkte sich gleichmäßig. Er schien tief zu schlafen. Ich fragte mich, ob er wohl schnarchte.

Als hätte er meine Gedanken gelesen, fiel seine Hand vom Gesicht, und er krauste die Nase, als schnarchte er tatsächlich. Ich flüchtete weiter zum Eingang der Suite und schnappte mir meine Tasche vom Tisch neben der Tür.

Ich flog in meinem Bademantel den Flur hinunter, verzichtete auf den Aufzug und nahm stattdessen die Treppe – in der Hoffnung, dort niemandem zu begegnen. Erst als meine Füße den kalten Marmor berührten, merkte ich, dass ich keine Schuhe trug.

Gott sei Dank war man durch die Filmcrew von *Viking Moon* anscheinend daran gewöhnt, dass irgendwelche Übernachtungsgäste sich diskret aus dem Staub machten. Der Empfangschef warf einen Blick auf mein zerzaustes Haar und den Bademantel, als ich die Lobby durchquerte, und rief sofort einen Wagen. Der Fahrer chauffierte mich wortlos zum Campus, und ich wanderte barfuß über den Rasen. Tatsächlich bemerkte kaum einer meinen ungewöhnlichen Aufzug, da die meisten anderen Studenten ebenfalls verkatert und klammheimlich von nächtlichen Abenteuern zurückkehrten.

***

Ich war auf Reggies Wutausbruch gefasst, als ich den Türknauf zu unserem Zimmer ergriff. Es war ihr gutes Recht, mich anzuschreien oder sogar zu schlagen. Ich war eine Eins-a-Bitch gewesen, und ich war bereit, das zuzugeben und sie um Verzeihung zu bitten. Der Knauf drehte sich in meiner Hand, und ich stieß die Tür auf. Meine Augen wanderten durch das Zimmer, und ich blieb wie erstarrt im Türrahmen stehen.

Reggie schlief noch zusammengerollt auf ihrem Bett, und ihr Haar bedeckte fast vollständig ihr Gesicht. Und dicht an sie geschmiegt lag ein gleichmäßig atmender Clint. Ihre Klamotten lagen vor dem Bett auf dem Boden verstreut, und ich musste grinsen, als ich sah, dass Clint noch immer seinen Hut trug.

Auf Zehenspitzen ging ich hinüber zu meinem Schrank und schnappte mir ein paar saubere Klamotten sowie meinen Kulturbeutel. Dann schloss ich leise die Tür hinter mir, in der Hoffnung, dabei keine Geräusche gemacht zu haben, und begab mich ins Gemeinschaftsbad.

Am frühen Samstagnachmittag war die Dusche voller verkaterter Mädchen, die sich das Make-up und die Ausschweifungen der vergangenen Nacht abschrubbten. Schließlich ergatterte ich eine leere Kabine und hing den Hotelbademantel an die Tür. Das Wasser war eiskalt. Es tat weh, aber das war genau das Richtige, um meinen Körper aus seinem Alkoholnebel zu wecken. Ich ließ das eisige Wasser meinen Rücken hinabrieseln, während ich mir das Haar wusch und die Spülung einwirken ließ.

Die Seife lief an meinem Körper hinunter, und ich folgte ihrem schaumigen Pfad mit den Fingern. An meinen Narben hielt ich inne. Ein langes Mal, ähnlich der Narbe in meinem Gesicht, schlängelte sich über meine linke Brust, genau über meinem Herzen. Meine Hand glitt tiefer. Im Spiegel hatte ich sie schon viel zu häufig gesehen, daher wusste ich, dass die Narben auf meinem Bauch einem Spinnennetz glichen; eine tiefe weiße Spur in der Mitte explodierte in pinkfarbene und weiße Fäden unter meinen Brüsten und unter meinem Bauchnabel.

Die Ärzte hatten mir damals versichert, was für ein Glück ich gehabt hatte. Die Explosion hätte mich umbringen können. Hätten die Splitter mich nur ein paar Zentimeter weiter oben getroffen, hätten sie mir das Herz durchbohrt. Ich konnte als froh sein, dass ich nur mit ein paar Narben und dem Unvermögen, jemals wieder etwas hören zu können, davongekommen war.

Ich hasste diese Worte.

Glück. Froh.

Sag das der herrlichen Musik, die ich niemals würde hören können. Sag das den Jungs, die zu angewidert waren, um mich zu berühren. Sag das dem Kind, das ich eines Tages zu haben hoffte, wenn ich nicht sofort kam, wenn es schrie. Sag mir doch noch einmal, wie viel Glück ich gehabt hatte. Ich legte die Hände aufs Gesicht und schluchzte.

Mein gesamter Körper zitterte, und ich hatte überall Gänsehaut, als ich den Wasserhahn abdrehte. Ich schlang ein Handtuch um den Kopf und ein weiteres um meinen Körper, bevor ich den Hauptraum betrat. Dort fand ich einen freien Spiegel und putzte mir die Zähne.

Als eine Kabine sich öffnete, ging ich hinein und zog mich dort um. Ich fühlte mich schon etwas besser, als ich meine Lieblingsjeans und ein grünes Sweatshirt anhatte. Dann bürstete ich mir noch die Haare und kehrte in mein Zimmer zurück.

Als ich die Tür öffnete, saß Clint auf Reggies Bettkante. Gott sei Dank hatte er bereits seine Hose und sein Shirt übergestreift. Er sah auf, als ich hereinkam, und lächelte mich verhalten an.

»Hey«, flüsterte ich. »Tut mir so leid wegen gestern Abend. Ich habe mich wie ein Arschloch verhalten. Ich …«

Er hielt eine Hand hoch, um mich zum Schweigen zu

bringen. »Alles gut, Schätzchen, solange du wieder fit bist. Bist du das?«

Ich nickte. »Ja. Mein Kopf wünscht mir den Tod, und mein Magen schreit nach etwas Fettigem, aber ich bin wieder fit.«

»Das hab ich nicht gemeint.« Er kam zu mir hinüber und legte mir die Hand auf die Schulter. »Du warst wild entschlossen, dir irgendetwas von der Seele zu saufen. Willst du drüber reden?«

»Nee«, sagte ich, seine Sprechweise imitierend. »Schon gut. Ist vorbei. Hauptsache, du und Reg, ihr hasst mich nicht.«

»Na ja, ich kann ja nicht für sie sprechen, aber ich hasse dich ganz sicher nicht. Obwohl du dir sicher schon gedacht hast, dass ich schlechte Nachrichten habe.«

»Schlechte Nachrichten?«

Er deutete auf meine immer noch schlafende Mitbewohnerin. »Na ja, ich und Reggie, wir haben jetzt was miteinander. Tut mir leid, aber jetzt kann ich dich nicht mehr daten, wenn du mit der Filmerei fertig bist. Ich gehör zu den Typen, die immer nur eine Frau gleichzeitig haben.«

Trotz meines schmerzenden Kopfes musste ich grinsen. »Machst du Witze? Ich bin so froh für euch zwei. Wirklich. Ich finde, ihr passt total gut zusammen.«

In Reggies Bett regte sich etwas, und ich sah zu ihr hinüber, als sie sich auf die Ellbogen stütze. »Was ist los?«, fragte sie, rieb sich die Augen und funkelte mich dann wütend an. Dass sie sich Clint nun endlich und wirklich geangelt hatte, milderte also nicht ihre Wut auf mich wegen gestern Abend. Ich konnte ihr keinen Vorwurf daraus machen – schließlich war ich eine absolut bescheuerte Idiotin gewesen.

»Ich habe nur Clint gerade zu seinem Frauengeschmack gratuliert«, sagte ich. »Ich freue mich total für euch beide.«

In diesem Augenblick ging Reggie wohl auf, dass sie unter ihrer pinken Decke nackt war. Sie zog sie bis zum Kinn hoch und lehnte sich mit dem Rücken gegen die Wand.

»Bist du das? Wirklich?«

»Ja.« Ich setzte mich an ihr Fußende, wobei ich ihr Bein im Auge behielt, falls sie mir einen Tritt versetzen wollte. »Und es tut mir so leid, dass ich gestern so eine dämliche Kuh war. Ich weiß nicht, was in mich gefahren war.«

»Außer richtig viel Wodka?«

»Ja, außer dem Wodka. Ihr gehört zu meinen wenigen engen Freunden, und es war verdammt töricht, das aufs Spiel zu setzen. Bitte sagt, dass ihr mir verzeiht.«

Sie spielte mit einem losen Faden an der Decke, zurrte ihn fest und ließ ihn wieder los. Sie brauchte ein paar Minuten, um zu antworten. »Du machst so was nie wieder?«

»Ich schwöre«, sagte ich. »Zuerst kommt die Freundschaft. Außerdem ist Clint nicht mal mein Typ. Nichts für ungut, Cowboy.«

»Nur ein klein bisschen beleidigt, Schätzchen.« Er grinste.

Reggie ließ den Faden fallen, und auf ihrem Gesicht leuchtete nun ihr übliches, fröhliches Lächeln. »Okay, ich verzeihe dir.«

Sie warf mir die Arme um den Hals, und ich war dankbar für die Decke zwischen uns, denn ohne wäre es echt schräg gewesen. Ach, scheiß drauf! Es war trotzdem schräg.

Sanft schob ich sie von mir und lächelte auch. »Danke, aber vielleicht solltest du dich erst mal wieder anziehen.«

Ihr Nachthemd lag am Fußende des Bettes, und ich warf es ihr zu. Clint tippte meine Schulter an.

»Du hast gesagt, du hast Appetit auf was Fettiges?«, fragte er. Ich nickte. »Überlass das mir. Ihr zwei Süßen könnt jetzt erst mal quasseln, und ich bin gleich wieder da.«

Als er die Tür hinter sich geschlossen hatte, hatte Reggie auch schon ihr Nachthemd übergestreift und dazu ihre Shorts. Sie zog die Beine an die Brust und musterte mich so eindringlich, dass ich am liebsten abwehrend die Arme vor der Brust verschränkt hätte.

»Was?«, fragte ich.

»Jetzt wo er weg ist, kannst du mir erzählen, was passiert ist.«

»Was meinst du?«

»Gestern Abend. Dir ging es ganz gut. Als ich dich zum letzten Mal sah, hattest du ein Glas Wein in der Hand, das du anscheinend abscheulich fandest. Dann bist du eine Weile verschwunden. Als du zurückkamst, warst du entschlossen, dir den Titel ›größte, versoffenste Schlampe auf einer Promi-Halloween-Party‹ zu verdienen.«

»Das ist ja eine ganz neue Leistungsklasse.«

Sie erwiderte mein Grinsen nicht. »Na ja, du hast ja gewonnen. Ich besorg dir sogar 'nen Pokal, wenn du willst. Und jetzt: Spuck's aus.«

Ich seufzte und verlagerte mich so auf dem Bett, dass mein Rücken ebenfalls an der Wand lehnte. So musste ich ihr Gesicht nicht sehen und also auch nicht mitbekommen, was sie sagte, während ich ihr erzählte, was mit Tanner passiert war. Die Scham bahnte sich ihren Weg von meinem Nacken zu meinen Wangen, als ich seine Reaktion auf meine Narben schilderte und die Art, wie er mich einfach wie Müll aus seinem Zimmer entfernt hatte.

Als ich schließlich den Mut aufbrachte, Reggie anzusehen, war ihr Gesicht genauso rot wie mutmaßlich mein eigenes. Ihre Augen blitzten vor Zorn.

»Was für ein Mistkerl!«, rief sie. »Ich meine, sogar Mistkerl reicht nicht. Der mistigste Mistkerl von allen? Außerdem ist er bestimmt zehn Jahre älter als du.«

»Sechs.«

»Okay, egal. Er ist ein Arschloch. Du solltest einfach kündigen. Hat keinen Zweck, am Set zu bleiben.«

Ich schloss einen Augenblick lang die Augen und lehnte den Kopf gegen die Wand. »Ich will deswegen nicht gehen. Man braucht mich dort, und ich mag meinen Job. Ich kann ihn wiedersehen und Haltung bewahren. Darum geht es eigentlich gar nicht. Es war nur … Er war nicht der erste Typ, der so reagiert hat, als er meinen Oberkörper sah.«

Sie berührte mein Handgelenk, damit ich sie ansah. »Er ist trotzdem ein Arschloch, Elise. Ich meine, wen kümmert es schon, dass du Narben hast? Letzte Nacht, glaubst du nicht, dass ich Angst hatte, als Clint mich ausgezogen hat? Ich habe ihn gebeten, das Licht auszumachen. Aber er hat einfach nur jeden Zentimeter meines Körpers geküsst und mir erzählt, wie schön ich sei, El, und das sind ziemlich viele Zentimeter.«

»Aber du *bist* schön«, sagte ich.

»Und du auch. Und jeder Kerl, der das nicht erkennt, ist ein Idiot. Wenn du deinen Job nicht an den Nagel hängst, darf ich ihm zumindest in den Arsch treten?«

Ich lachte und schüttelte den Kopf. »Nein. Schon gut. Obwohl es schon ziemlich peinlich wird, wenn ich ihn am Montag wiedersehe.«

Ihre Finger umfingen mein Handgelenk fester. »Aubrey wird bei dir sein. Vielleicht kann sie ihm ja den Arschtritt verpassen.«

»Das bezweifle ich. Sie würde mir wahrscheinlich erzählen, dass es mein Fehler war.«

»Na ja, sie ist eine Bitch, El.«

»Hast du nicht mal gesagt, dass sie einfach nur unsicher ist?«

»Anscheinend wollte ich es nicht erkennen. Aber ich erkenne eine Bitch, wenn ich eine sehe.« Reggie seufzte. »Es bricht mir natürlich das Herz. Ich finde ihre Bücher so toll, und ich wollte auch sie toll finden. Aber ich habe gesehen, wie sie mit dir umspringt, und das hast du nicht verdient. Freunde stehen an erster Stelle. Außerdem muss ich sie nicht mögen, um ihre Bücher zu mögen. Ich kann einfach so tun, als hätte jemand anders sie geschrieben.«

Ich biss mir auf die Lippe. Da war sie. Die ideale Gelegenheit, Reggie die Wahrheit zu erzählen. Aber dann blitzte die Erinnerung an Tanners Gesicht wieder auf, und der Blick, den er mir zugeworfen hatte, als er gesehen hatte, was wirklich dahintersteckte. Es folgte die Erinnerung an den Schmerz in Gavins Augen, als ich vom Alkohol benebelt in seinem Hotelzimmer damit herausgeplatzt war, was ich tatsächlich von ihm und Veronica hielt. Nein, die Wahrheit machte alles nur noch schlimmer.

»Ich wünschte nur, du wärest danach einfach nur zu mir gekommen und hättest es mir erzählt«, fuhr Reggie fort. »Wir hätten nach Hause gehen können. Du hättest nicht versuchen müssen, ihn dir mit Wodka aus dem Körper zu spülen.«

»Ich weiß«, sagte ich. »So was mache ich normalerweise sonst nie. Und angesichts meiner Dröhnbirne werde ich es so bald auch nicht wieder versuchen.«

»Gut.«

Reggie legte mir den Kopf auf die Schulter, und ihr Haar

kitzelte mich an der Wange. »Danke, dass du mir verziehen hast. Es tut mir wirklich leid.«

Sie sah zu mir auf. »Ich weiß. Und jetzt möchte ich endlich darüber reden, dass Gavin Hartley gestern doch wirklich zum Anbeißen aussah. Ich meine, komm schon. Sein Rocker-Piraten-Look hätte Johnny Depp vor Neid erblassen lassen.«

Die Anspannung des vergangenen Abends ließ nach, und meine Schultern lockerten sich. »Na ja, keine Ahnung, aber er sah in diesem offenen Hemd wirklich toll aus. Diese Bauchmuskeln sollten zum Nationalheiligtum erklärt werden.«

»Und dann seine Augen! Dieser Guyliner!« Reggie schlang die Arme um ihren Körper. »Wie schaffen es manche Männer nur, mit Augenmake-up besser auszusehen als ich? Das ist einfach nicht fair!«

Wir kicherten los, steckten die Köpfe zusammen und diskutierten darüber, welche Schauspieler in ihren Kostümen am besten ausgesehen hatten. Wir lachten immer noch, als der Duft nach fettigem Fastfood aus dem Flur zu uns hereinwehte: Unser Abendessen war da.

Kapitel 20

Der November erschütterte die Natur mit dem Ingrimm tausender angepisster Götter. Die Unwetter machten jede Hoffnung auf Dreharbeiten zunichte, also verbrachte ich das restliche Wochenende damit, mich mit dem Laptop auf den Knien in meinem Zimmer zu verkriechen und mein nach wie vor unfertiges Manuskript für das neue Buch anzustarren. Aus irgendeinem Grund fiel es mir jetzt schwerer denn je, in Dags und Thoras Haut zu schlüpfen. Bei den ersten drei Büchern war es so leicht gewesen, aber jetzt kamen sie mir wie Fremde vor. Ich fragte mich, ob es daran lag, dass nun immer dann, wenn ich mir Dag vorstellte, Gavins Gesicht vor mir auftauchte – oder ob es sich nur um die gute alte Schreibblockade handelte.

Ich schob meinen Computer zur Seite und nahm das Drehbuch zur Hand. Stan hatte Veronica gebeten, die zweite Hälfte zu überarbeiten und Bemerkungen an den Rand zu schreiben, wenn irgendwas abwegig erschien. Ich arbeitete mich durch die Seiten, strich alles, das nicht zu den Figuren passte, und fügte Worte oder Sätze hinzu, um die Personen so zu formen, wie ich sie sah.

Reggie hatte das ganze Wochenende mit Clint verbracht und mir jede Menge Nachrichten geschickt, um mir mitzuteilen, dass er der »verdammte Wahnsinn« war, oder um mich zu ermahnen, nur ja etwas zu essen.

Als ich am Montagmorgen aufwachte, fiel die Sonne durch die Jalousien und traf mich direkt in die Augen. Ich probierte mehrere »Wie sehe ich nicht aus wie die Nutte, die fast mit einem Schauspieler geschlafen hätte, den sie kaum kannte, und dann im Raum eines anderen Schauspielers aufwachte«-Outfits an. Schließlich entschied ich mich für einen pinkfarbenen Pullover, den meine Oma vor zwei Jahren zu Weihnachten für mich gestrickt hatte, und schwarze Leggins mit Stiefeln.

Zwei Tage Dauerregen hatten den Campus in eine Schlammwüste verwandelt, und meine Füße sanken auf dem Weg zu meinem Literaturseminar förmlich ein. Als ich ankam, schmerzten meine Schenkel von der bloßen Anstrengung, meine Füße ständig aus dem Dreck zu ziehen. Ich rieb mir die Beine, setzte mich hin und gähnte.

Clint ließ sich auf den Stuhl neben mir plumpsen. Er hatte Ringe unter den Augen und ein breites Grinsen auf dem Gesicht. Ich schnalzte mit der Zunge und zog eine Augenbraue hoch. Er grinste so lange weiter, bis ich lachen musste und den Kopf schüttelte.

Ich hatte seit der Party nicht allzu gut geschlafen – meine Gedanken drehten sich um Tanners stürmischen Vorstoß wie seinen ebenso hastigen Rückzug, und natürlich um Gavins Schlafzimmer. Die Tatsache, dass ich in ein paar Stunden beiden gegenübertreten musste, lag mir schwer auf der Seele, und als die Vorlesung anfing, war ich dankbarer denn je, dass ich meine Diktier-App hatte. Ich überließ es der Elektronik, dem Vortrag zu folgen, und öffnete Facebook auf meinem Laptop.

Als das Seminar schon zur Hälfte herum war, blinkte eine Message auf meinem Bildschirm auf.

JIN: Ellie-Bellie! Nur noch ein paar Wochen bis Thanks-

giving! Ich fliege am Mittwochabend zurück! Holst du mich am Flughafen ab? Ich habe eine Überraschung für dich!

Ein Blick zum Pult sagte mir, dass Duncan sich nach wie vor auf seinen Stoff konzentrierte. Ich antwortete Jin, er sollte mir die Uhrzeit nennen und dass ich da sein würde. Ich fragte mich, um was es sich bei dieser Überraschung wohl handeln mochte. Eine Million Sachen kamen mir in den Sinn, darunter auch die Theorie, dass er vielleicht hierher zurückzog. Bei diesem Gedanken kribbelte es in meinem Bauch vor lauter übereilter Vorfreude.

Als das Seminar vorbei war, schlängelte ich mich aus der Reihe und eilte zur Tür, doch als ich fast schon draußen war, packte mich jemand am Ellbogen und zog mich zurück. »Elise, ich möchte mit dir über deinen Essay reden.«

Duncan sah über seine Brille hinweg, und ich wand mich nervös, als ich an die Arbeit dachte, die er mir während des Seminars zurückgegeben hatte. Ich hatte sie einfach in meine Tasche gepfeffert, ohne mir die Note anzusehen. Die viele rote Tinte auf der ersten Seite reichte; mehr wollte ich gar nicht wissen. »Tut mir leid, Mr Creed.«

»Duncan.«

»Stimmt. Tut mir leid, Duncan. Ich war total beschäftigt und hab nicht gut geschlafen, aber ich verspreche, dass ich mich jetzt wieder anstrenge.«

»Dieser Essay entsprach wirklich nicht deinem Leistungsstandard«, sagte er. »Du hast Talent. Lass nicht zu, dass andere Aktivitäten dich am Schreiben hindern. Wegen deiner Noten in den vorherigen Essays kannst du immer noch eine vernünftige Abschlussbewertung bekommen, wenn du dich wirklich anstrengst und bei der letzten Arbeit eine hervorragende Leistung zeigst.«

»Das werde ich. Ich versprech's.«

»Gut. Dann bis nächste Woche.«

»Klar. Danke Mr – äh – Duncan.«

Ich stürzte zur Treppe und entdeckte Clint, der an der Wand lehnte und die Nase in ein Buch steckte.

Ich lachte, als ich das Cover sah. »Ist das *Viking Moon?*«

»Jep. Regina hat mir das Exemplar gegeben, das sie dir geliehen hatte. Sagte, du würdest einfach zu lange brauchen.«

»Hast du nicht mal gesagt, dass das Buch dämlich ist?«

Seine Wangen nahmen eine an ihm attraktive rosa Farbe an. »Na ja, was soll ich sagen? Ich mag Regina schon sehr, und das ist ihr absolutes Mega-Lieblingsbuch. Außerdem: So schlecht ist es gar nicht. Könnte immer noch ein oder zwei Duelle vertragen, aber es ist schon okay.«

»Vielleicht gibt es ja doch noch Hoffnung für dich, Cowboy.«

***

Veronica schlug die Autotür so heftig zu, dass der ganze Wagen um mich herum erzitterte.

»Was ist los mit dir?«, fragte ich. »Ich meine, außer dem Üblichen.«

Sie zog die Knie an ihre Brust und legte die Füße aufs Armaturenbrett. Ich musste zweimal hinschauen, als ich entdeckte, dass sie eine abgetragene Jeans trug. Ich hatte nicht vermutet, dass sie so etwas überhaupt besaß. Vielleicht kam das ja daher, dass sie dauernd vorgab, ich zu sein.

»Fucking Gavin Hartley.«

»Ja, wir wissen alle, dass du ihn fickst.« Ich zog eine Grimasse. »Schön, dass das geklärt ist.«

»Nein.« Sie drehte sich zum Fenster, und das Glas beschlug, als sie weitersprach.

Ich berührte ihre Schulter. »Das hab ich nicht verstanden.«

Sie wirbelte zu mir herum und schlug meine Hand weg. »Er hat mich verdammt nochmal fallengelassen.«

Ohne dass ich sie hörte, konnte ich sehen, wie sie die Worte nur so hervorspie. Sie war ganz offensichtlich stocksauer. »Wa… warum sollte er das tun?«

»Woher soll ich das wissen? Ich meine, er sagte so etwas wie, unsere Beziehung sei nur oberflächlich, und er wolle nicht mit mir zusammen sein, weil er ja nichts für mich empfinde.«

So hatte ich sie noch nie erlebt. Ihre Hände umklammerten die Riemen ihrer Designertasche so fest, dass ich mich fragte, ob ihre Handflächen wohl gleich anfangen würden zu bluten.

Ihre Worte rasten förmlich durch mein Hirn. Etwas an ihnen kam mir vertraut vor. Wie ein Duft, der plötzlich eine Kindheitserinnerung wachruft. Leila hatte mal erwähnt, dass Gavin Mädchen nur wegen der Publicity datete, aber das war es nicht. Ich startete den Motor, während meine Gedanken sich weiter überschlugen und ich überlegte, was mein Unterbewusstsein mir da wohl sagen wollte.

»Es tut mir so leid, Veronica«, log ich. »Ich fand, dass ihr beiden gut zueinander gepasst habt.«

»Ach, was auch immer. Halt jetzt einfach die Klappe und fahr.«

Die Rushhour in Fernbrooke war nicht so wie die Rushhour im Fernsehen. Drei Autos standen vor mir, und eines oder zwei kamen uns auf unserem Weg zum See entgegen.

Ich kaute auf meiner Lippe, während ich über Veronicas Worte nachdachte. Gavin hatte sie fallenlassen. Durch irgendetwas war ihm klar geworden, dass ihn diese Art von Beziehung nicht glücklich machte.

Oder durch irgendjemanden?

Scheiße.

Ich trat auf die Bremse, als die Ampel von Gelb auf Rot umsprang, und keuchte, als mir der Gurt in die Rippen schnitt.

Veronica schlug mir auf den Arm. »Elise! Was zum Teufel soll das?«

»Sorry«, sagte ich. »Hab gar nicht gesehen, wie sie umsprang.«

Während ich auf Grün wartete, ging ich nochmal meine nebulösen Erinnerungen an den Abend der Party durch. Ich war es gewesen! Ich hatte Gavin gesagt, dass diese Beziehung falsch war. Kurz bevor ich in seinem Bett das Bewusstsein verloren hatte.

Und dabei hatte ich geglaubt, dass es schlimmer gar nicht mehr kommen konnte.

Ich hätte anhalten sollen, hätte Veronica aussteigen lassen und dann geradewegs in den See fahren sollen. Es wäre einfacher gewesen, als Gavin wieder gegenüberzutreten. Oder zu warten, bis Veronica herausfand, dass ich der Grund für ihr Unglück war.

Ich widerstand dem Drang, mein Auto in die endgültige Vergessenheit zu steuern, und bog stattdessen auf den Parkplatz ein. Veronica stapfte hinüber zum Set, und ich folgte ihr in einigem Abstand, den Kopf gesenkt, die Augen auf den Boden gerichtet.

Sie nahmen heute wieder eine Nachtszene auf, und das Ufer war von zahlreichen hellen Lampen erleuchtet, die das Licht des Mondes simulieren sollten. Als wir die Stelle erreicht hatten, wo sie heute filmen wollten, wagte ich es, mich vorsichtig umzusehen. Leila stand heute im Zentrum der Szene. Sie stand vor der Kamera, das Haar im Nacken geflochten, und studierte eine Karte.

Erleichtert atmete ich aus, als mir klar wurde, dass sowohl Tanner als auch Gavin erst später hinzugerufen werden würden. Veronica fand einen leeren Stuhl und ließ sich hineinfallen. Sie sah sich ausnahmsweise mal das Drehbuch an und gab vor, das zu tun, wofür ich sie engagiert hatte.

Eine warme Hand schob sich in die meine und zog mich vom Ufer weg. Ich folgte der Hand mit den Augen, einen muskulösen Arm hinauf zu einer noch muskulöseren Schulter, über einen ebensolchen Nacken und dann geradewegs ins Gesicht von Gavin Hartley. Er legte die Finger auf die Lippen.

»Was hast du vor?«, flüsterte ich.

Er antwortete nicht. Wir liefen durch die Bäume und standen dann allein neben seinem Trailer. Er öffnete die schmale Tür, auf der das Wort DAG prangte.

Ich schüttelte den Kopf. »Ich gehe nicht hinein, bevor du mir nicht gesagt hast, was du vorhast.«

Er seufzte und sank förmlich in sich zusammen. »Ich will einfach nur mit dir reden. Aubrey ist im Augenblick nicht allzu glücklich über mich, und ich habe mir gedacht, dass vielleicht alles leichter wäre, wenn ich allein mit dir bin. Außerdem habe ich was für dich.«

»Was denn?«

Er verschwand in seinem Trailer. Ich tippte mit dem Fuß auf den Boden, während ich wartete. Mir kam der Verdacht, dass er mich nur in seinen Trailer locken wollte, aber da tauchte er auch schon mit einer Tasche auf, auf der das Logo des Partyhotels zu sehen war.

»Hier sind deine Klamotten«, sagte er.

»Du hast sie?« Ich riss ihm die Tasche aus der Hand und sah hinein. Mein Nuttenrock und die Bluse lagen zusammengefaltet und gebügelt darin. Die quälenden Schuhe lagen oben auf. Fragend zog ich die Augenbrauen hoch.

»Ich habe sie im Hotel für dich waschen lassen«, sagte Gavin. »Du hast dich, na ja, total vollgekotzt. Die Concierge hatte sie am Morgen schon zurückgebracht, aber wahrscheinlich hast du sie nicht an der Tür hängen sehen, als du weggelaufen bist, ohne dich zu verabschieden.«

Nein, das hatte ich nicht. Ich war zu sehr damit beschäftigt gewesen, nur mit einem Bademantel bekleidet und auf nackten Füßen die Treppe hinunterzuhasten.

»Dann warst du es, der mich ausgezogen hat?« Ich hatte es natürlich längst geahnt, aber umklammerte meine Tasche fester und presste sie gegen meinen Magen, als könnte ich dadurch seine Erinnerung an die Narben, die er gesehen hatte, auslöschen.

»Das musste ich«, sagte er. »Ich konnte dich so nicht schlafen lassen. Der Zimmerservice musste auch den Teppich neben dem Bett säubern, den du ruiniert hast. Ich schätze, das geht dann auf meine Rechnung.«

Ich musterte die Tasche und fragte mich, ob sie groß genug für meinen Kopf war. Das war jetzt doch genau das Richtige. Eine Tasche, die ich mir für immer über den Kopf ziehen konnte. Ich könnte mir ein paar Löcher für die Augen und die Nase ausschneiden, und alles wäre gut. Ach Scheiß drauf: Tatsächlich musste ich nie mehr im Leben sehen oder atmen.

Wie furchtbar unangenehm! Nervös trat ich von einem Fuß auf den anderen. »Tut mir so leid. Ich kann die Rechnung bezahlen, wenn du willst.«

»Du hast auch in den Schrank gekotzt. Auf meine Louis-Vuitton-Schuhe.«

»Die bezahle ich auch.«

Er gluckste. »Die kosten zehtausend Dollar.«

Ich keuchte vor Überraschung. Ich dachte an mein dahinschwindendes Konto, das demnächst durch die letzte Rate an Veronica noch mehr geschröpft werden würde.

»Es gibt tatsächlich Schuhe, die so viel kosten?«

»Entspann dich«, sagte er. »Erstens mache ich nur Spaß. Du hast nicht in den Schrank gekotzt und die Schuhe sind unversehrt. Und zweitens hat man mir die letztes Jahr geschenkt, damit ich sie zur Oscarverleihung trage. Ich habe keinen Cent dafür bezahlt.«

»Okay.« Ich kaute auf dem Wort herum, versuchte, es in die Länge zu ziehen, aber vor meinem inneren Auge sah ich immer wieder, wie ich mich in Anwesenheit eines der beliebtesten Filmstars der Welt übergab.

Ich hätte doch in diesen See fahren sollen.

»Na ja, danke«, stieß ich schließlich mühsam hervor. »Und nochmal, sorry. Das scheint seit der Party mein Mantra zu sein. Diese Sauferei ist offenbar nichts für mich, hm?«

»Trinken in bescheidenem Maße ist okay, aber von bescheiden warst du meilenweit entfernt.« Er begann zu gestikulieren. *Geht es … geht es dir gut?*

Er berührte mein Haar und wickelte sich eine strohgelbe Locke um den Finger. Und benutzte sie dann wie eine Angel, um mich zu sich heranzuziehen, mit jeder kleinen Drehung etwas mehr.

Du hast dich von Aubrey getrennt.

Er hielt inne. *Ja.*

Meinetwegen? Wegen dem, was ich gesagt habe? Ich war betrunken. Ich hatte kein Recht, so was zu dir zu sagen.

Es war nur teilweise wegen dem, was du gesagt hast. Hauptsächlich war es deinetwegen.

Tut mir leid, signalisierte ich. *Ich hatte wirklich nicht das Recht, so was zu dir zu sagen.*

Nein, ich bin froh, dass du es gesagt hast. Es ist die Wahrheit. Sie war nicht das, wonach ich gesucht habe.

Er stand jetzt so nah vor mir, dass ich seine Pfefferminzzahnpasta riechen konnte.

»Oh.« Ich schluckte. »Und wonach hast du gesucht?«

Nach dir.

Mir blieb keine Zeit zum Nachdenken. Keine Zeit, um ihm zu sagen, dass er einen großen Fehler machte und dass ich nicht die Frau war, für die er mich hielt. Es blieb keine Zeit für mich, Nein zu sagen.

Denn dort, in der Nähe des Honeycomb Lake, nur von den Lampen in seinem Trailer angestrahlt, wurde ich von Gavin Hartley geküsst.

Kapitel 21

Ich hatte Gavin im Laufe der Jahre schon Dutzende von Schauspielerinnen im Film küssen sehen. Ich hatte mich auf dem Kinositz gewunden, wenn seine Filmpartnerin mal wieder eine dieser atemberaubenden Schönheiten war. Wenn ich nach Hause zurückkehrte, träumte ich davon, wie es sich anfühlen würde, diese vollen Lippen auf meinen zu spüren. Ich errötete unter der Decke, wenn ich mir vorstellte, wie ich meine Finger durch sein Haar gleiten ließ und unter seinem Kuss aufstöhnte. Ich malte mir aus, wie er seine Hüften an meinen rieb und meinen Körper in den Wahnsinn trieb. Bei der Vorstellung, wie seine Zunge zwischen meine Zähne glitt, musste ich mir die Hand vor den Mund halten, damit meine Eltern nicht hörten, wie ich im Dunkeln aufschrie.

Aber die Leinwandküsse konnten sich in nichts mit dem echten Kuss messen. Es war viel besser. Es schmeckte wie Pfefferminz mit Zucker.

Er küsste nicht so wie im Film, mit offenem Mund und suchender Zunge. Das hier war zärtlich, süßer, fast zaghaft: Seine Lippen blieben geschlossen und sein Mund sanft.

Seine Hände glitten um meine Taille herum, legten sich mir ins Kreuz, und er zog mich an sich. Ich hielt mir immer noch die Tasche vor den Bauch – eine ärgerliche Barriere zwischen uns. Ich rückte ein wenig von ihm weg und ließ sie fallen. Beinahe sofort presste er die Hüften an meine, und ich stöhnte, als ich plötzlich die Hitze an meinen Schenkeln spürte.

Ich öffnete meinen Mund etwas, und er nahm meine Einladung an. Er spürte meinen Lippen nach, ließ seine Zunge an meinen Zähnen entlangtanzen, bevor sie schließlich auf die meine traf. Gavins Kuss war vollkommen anders als der von Tanner – sanft und neckend. Er nahm sich Zeit, um meinen Mund zu erforschen. Der Kuss war selbstbewusst, aber nicht drängend.

Mein Herz trommelte wie die Drum Corps von damals gegen meinen Brustkorb, und ich ließ meine Finger seine Arme hinunter- und dann seiner Wirbelsäule entgegenwandern.

Der Kuss dauerte eine gefühlte Ewigkeit, aber in Wirklichkeit waren es nur ein paar Sekunden. Viel zu schnell löste er sich wieder von mir. Wir atmeten beide schwer, und meine Lippen waren schlagartig kalt, wo eben noch seine gewesen waren.

Tut mir leid, gestikulierte er. *Eigentlich wollte ich es ganz anders machen.*

Aber es war doch ziemlich gut.

Nein. Ich meinte, ich wollte erst mit dir drüber reden. Ich hatte nicht vor, dich gleich so zu überfallen.

Verstehe. Ich musterte die Tasche auf dem Boden, die nun auf der Seite lag. Die Spitze eines Pumps sah hervor und erinnerte mich daran, dass Veronica am Set auf mich wartete. Ich hatte nagende Schuldgefühle, die mit jeder Menge anderer Emotionen um die Vorherrschaft kämpften, und die zu verworren waren, als dass ich sie auf die Reihe bekommen hätte. *Warum hast du das gemacht?*

Liegt das nicht auf der Hand? Ich mag dich. Ich mag dich

sehr. Ich mochte dich seit dem Augenblick, als du das Boot ins Gesicht bekommen hast und es wie ein ganzer Mann getragen hast.

O gut. Er erinnerte sich noch daran. Mann, die Liste der Peinlichkeiten, die ich mir vor diesem Typen geleistet hatte, war echt rekordverdächtig.

Aber warum?, fragte ich. *Ich meine, du bist dieser Megafilmstar, und ich bin nur die Assistentin der Autorin.*

Du bist so viel mehr als das. Er schob mir eine Haarlocke hinters Ohr und fuhr an meiner Narbe entlang. Ich versuchte, mich von ihm zu lösen, aber er hielt mich fest. Er wollte nicht, dass ich mich schämte. »Du bist klug und witzig und süß. Ganz zu schweigen von schön.«

Ich hustete und prustete. »Aubrey ist schön. Ich bin nur ich.«

»Klar, äußerlich ist Aubrey schön. Aber sie ist oberflächlich und langweilig und irgendwie auch eine Bitch. Als ich ihr mitteilte, dass ich mich von ihr trennen wollte, hat sie ihr wahres Gesicht gezeigt. Ich glaube, mich hat noch nie jemand mit so vielen Kraftausdrücken auf einmal bedacht.«

Ich lachte. »Ja, mit Zurückweisung hat sie so ihre Probleme. Aber Leila hat mich vor dir gewarnt. Sie sagte, dass du nur mit Mädchen ausgehst, die deiner Karriere förderlich sind. Das kann ich nicht. Das tu ich nicht. Wenn du mit mir zusammen sein willst, damit alle Welt sagt: ›Seht her, Gavin Hartley hat ein behindertes Mädchen zur Freundin! Er hat ja so viel Herz!‹, dann mach ich da nicht mit.«

Er ließ die Hände sinken und trat aufgebracht gegen einen Stein. Er schlitterte über den Straßenrand, bis er unter dem Trailer landete.

Ich finde es total furchtbar, das du das denkst, meinte er. *Das würde ich dir nie antun. Niemandem.*

Du hast es Leila angetan.

Das war was anderes. Wir haben es beide getan. Wir hatten eine Vereinbarung miteinander und mit unseren PR-Managern getroffen, damit wir Publicity bekamen.

Stimmt ja. Publicity. Darauf lief es hinaus, wenn ich ihn nochmal küsste. Die Erinnerung an das Blitzlichtgewitter der Handykameras an jenem Abend im Restaurant drängte sich mir auf. Wie sollte ich mit einem Promi ausgehen, wenn ich es noch nicht mal hinbekam, meine eigenen Bücher zu signieren?

Die ganze Geschichte war eine ganz und gar bescheuerte Idee. Vielleicht sogar noch schlimmer, als Tanner aufs Hotelzimmer zu folgen.

Ich hob die Tasche vom Boden auf. »Gavin. Ich bin geschmeichelt und total schockiert, aber ich glaube, ich bin nicht das, wonach du suchst. Ich habe kein Interesse an Ruhm, und ich habe verdammt noch mal null Lust, mich Aubreys Zorn auszusetzen.«

Ich wollte schon ans Set zurückkehren, bevor ich es mir anders überlegte, aber Gavin hielt mich an der Schulter fest und wirbelte mich herum, sodass ich keine Wahl hatte, als ihn anzusehen, und damit seinen unwiderstehlichen Körper.

Die Leute müssen es ja nicht wissen, meinte er. *Wir können es geheim halten.*

Ich schob die Tasche über meinen Unterarm, um ihm ebenfalls in Gebärdensprache antworten zu können. *Warum? Weil die Leute uns nicht verstehen können, wenn wir uns in Zeichensprache verständigen?*

Weil ich dich kennenlernen will. Weil du nicht so bist wie andere Mädchen, mit denen ich ausgegangen bin, und das gefällt mir. Weil ich nicht aufhören kann, an dich zu denken.

Ich erstarrte. Der Taschenriemen schnitt mir in die Armbeuge, was mich daran erinnerte, dass er von mir schon mehr gesehen hatte als Tanner und dass er trotzdem mit mir zusammen sein wollte. Ich konnte nicht abstreiten, dass mein Magen sich meist aufführte wie ein Hochleistungsturner, sobald ich ihn ansah, oder dass die Fünfzehnjährige in mir einen hysterischen Anfall bekam, wenn ich ihr mitteilte, dass ich aus Vernunftsgründen mit unserem Kindheitsschwarm nichts zu tun haben wollte. Ich seufzte schwer.

Na gut, signalisierte ich. *Ich werde es versuchen. Aber im Geheimen. Keine öffentlichen Outings, und niemand am Set darf es wissen.*

Das krieg ich hin, antwortete er. *Aber zuerst will ich noch was anderes machen.*

Was denn?

Ich brauchte keine Gebärdensprache, denn seine Körpersprache war aussagekräftig genug. Er zog mich zwischen zwei Trailer und drückte mich gegen die Wand des einen. Als ich den Stahl hinter mir spürte, lief mir ein Schauer über den Rücken, aber das war nichts gegen die unzähligen Schauer, die durch meinen ganzen Körper gingen, als seine Lippen erneut meine berührten.

***

Es erwies sich als gar nicht so einfach, heimlich einen Mega-Filmstar zu daten. Als ich das Set mit einer angepisst wirkenden Veronica verließ, hatten Gavin und ich noch immer keinen Ort für unser erstes offizielles Date gefunden.

Am nächsten Tag, in Kinderliteratur, blinkte mein Handy auf dem Tisch.

GAVIN: *Dein Zimmer im Wohnheim?*

ICH: *Mitbewohnerin.*

Und so ging es weiter im Shakespeareseminar am Mittwoch.

GAVIN: *Mein Hotelzimmer?*

ICH: Paparazzi.

Am Donnerstag in Experimentelle Physik, meiner geistig tiefergelegten Pflicht-Naturwissenschaft, war es nicht anders.

GAVIN: *Ein Kino?*

ICH: *Kartenverkäufer.*

Donnerstagabend am Set hatte ich dann beschlossen, dass es doch mehr Probleme machte, als es wert war. Ich gab Veronica meine getippten Notizen zu der Szene, die wir nächste Woche drehen sollten, damit sie sie an Stan weiterreichen konnte, und lehnte mich dann an einen Baum, während die Crew sich auf den nächsten Dreh vorbereitete.

Mal wieder stahl sich eine Hand in meine und zog mich hinter den Baum.

»Was soll das?«, zischte ich.

Gavin gab mir einen Kuss auf den Hals, und sofort bekam ich eine Gänsehaut. *Es guckt schon keiner,* meinte er. *Sie sind viel zu sehr damit beschäftigt, sich mit dem herumzuplagen, was noch alles erledigt werden muss.*

Ich lugte hinter dem Baumstamm hervor, um zu sehen, ob er recht hatte. Stan und Veronica standen am Ufer, hatten uns den Rücken zugewandt, die Köpfe über meine Notizen gebeugt. Alle anderen rannten wie immer wild hin und her. Ich hatte das jetzt schon Dutzende von Malen beobachtet, und bei der Hälfte von ihnen hatte ich immer noch keine Ahnung, was sie hier eigentlich machten.

»Hm.« Ich schlang meine Arme um Gavins Nacken und zog sein Gesicht zu mir herunter. »Ist doch gut, dass ihr Hollywood-Leute so ichbezogen seid.«

Er zog eine Augenbraue hoch. »Du findest mich ichbezogen?«

Ich fuhr mit der Hand seine Brust entlang und dann über die festen Muskeln seines Bauches. Der wurde unter meiner Berührung hart, und Gavin sog scharf den Atem ein. »Niemand kann so aussehen, ohne jede Menge Zeit mit seinem Körper zu verbringen. Das finde ich in der Tat ichbezogen.«

»Ich nenne das In-Form-Bleiben.« Er nahm meine Hand und zog sie um seine Taille. Ich presste meine Handfläche in sein Kreuz. »Aber ich kann aufhören, wenn dir das lieber ist.«

Ich unterdrückte ein Stöhnen, als seine Muskeln sich unter meinen Fingern regten und er noch näher rückte. Die Baumrinde drückte sich in meinen Rücken, aber ich konnte mich nicht bewegen.

»Hm, nein«, sagte ich. »Du hast die Erlaubnis, so ichbezogen zu sein, wie du willst, solange das das Endergebnis ist.«

»Und wer ist jetzt ichbezogen?«

Ich hatte zwei schweißdurchträumte Nächte und drei Tage lang immer wieder in Gedanken seine Lippen gespürt, aber dennoch war es eine Überraschung, sie jetzt wieder in Wirklichkeit auf meinen zu fühlen. Als er sich wieder von mir löste, nahm er meinen Atem mit sich. Ich schloss die Augen, bis die Welt wieder stillstand.

Er lächelte und gestikulierte: *Ich habe einen Platz für unser erstes Date gefunden. Hast du nach den Dreharbeiten heute Abend Zeit?*

Es war vorgesehen, dass wir bis fast nach Mitternacht drehen würden. Natürlich würde es wahrscheinlich später werden, aber der Freitag war mein freier Tag ohne Seminare oder sonst irgendetwas, für das ich früh aufstehen musste.

Ich nickte. *Wohin gehen wir?*

Das ist eine Überraschung. Treffen wir uns am Ufer, nachdem ich mich umgezogen habe?

Klar. Aber ich muss erst Aubrey nach Hause fahren, dann komme ich zurück.

Perfekt. Dann habe ich genug Zeit, um mich frisch zu machen. Bis dann. Irgendetwas fesselte seine Aufmerksamkeit. Seine Augen weiteten sich, und er spähte am Baum vorbei. Dann küsste er mich auf die Stirn. *Sieht aus, als müsste ich los, aber wir sehen uns ja in ein paar Stunden. Ich kann's kaum abwarten.*

Ich betastete meine Stirn und meinen Mund, als ich allein zum Set zurückwanderte. Ich genoss das Kribbeln, das Gavins Lippen dort hinterlassen hatten. Veronica hatte ihre Unterhaltung mit Stan beendet und lehnte nun an Thoras Hütte im Schatten einer großen blonden Gestalt. Ich erkannte ihn, ohne dass er sich umdrehen musste. Es war Tanner. Veronica fuhr mit dem Fingernagel über seine Brust, und er strich ihr über die Wange.

Na ja, die beiden kamen zumindest schnell zur Sache. Gewissermaßen war das Schicksal. Sie hatten einander verdient. Perfektion zu Perfektion.

Ausnahmsweise hielten sich die Dreharbeiten an den Zeitplan, und wir wurden ein paar Minuten vor Mitternacht fertig. Ich bot an, Veronica nach Hause zu fahren, aber sie gab mir zu verstehen, dass sie schon eine andere Mitfahrgelegenheit gefunden hatte, und warf dabei Tanner einen verschwörerischen Blick zu. Er würdigte mich kaum eines Blickes, als die beiden Hand in Hand davongingen.

Ich schlenderte zum Ufer und wartete auf Gavin. Das Wasser war ruhig und schwarz, und auf der Oberfläche glitzerten die Sterne wie Glühwürmchen. Wie gern hätte ich mir die Schuhe ausgezogen und die Füße ins Wasser getaucht, aber dafür war es zu dieser Jahreszeit einfach zu kalt.

Jemand berührte meine Schulter, und ich wandte mich um und sah, wie Gavin mir die Hand entgegenstreckte. Er brachte mich zu einem Boot, das die Crew für Aufnahmen vom Wasser aus benutzte. Es war am Ufer festgemacht, und zwei Ruder lagen über den Holzbänken.

Ich sah mich um. »Kriegen wir da nicht Ärger? Merkt denn keiner, wenn wir zusammen in dem Boot verschwinden?«

»Nee«, sagte Gavin. »Die wollen alle nur möglichst schnell nach Hause. Komm, diese Fahrt gehört jetzt uns.«

Er hüpfte ins Boot und streckte wieder die Hand aus.

»Wir rudern zu dem Ort, den du dir überlegt hast?«

»Ja, ich rudere. Keine Sorge. So weit ist es nicht. Oder hast du Angst vor dem Wasser?«

»Ganz im Gegenteil.« Ich schwang ein Bein über den Bootsrand und packte Gavins Hand, um Halt zu finden. Als ich an einem Ende des Bootes saß, hielt er mir einen schwarzen Stofffetzen entgegen. »Hm, was ist das?«

»Würdest du dir das umbinden? Es ist schließlich eine Überraschung!«

Plötzlich fiel mir alles wieder ein, was ich in meinen Selbstverteidigungskursen gelernt hatte. Allein in einem Boot mit einem Typ, der mir die Augen verbinden wollte.

»Bringst du mich irgendwohin, um mich umzubringen?«, fragte ich.

»Damit warte ich immer erst bis zum zweiten oder dritten Date.«

»Hm. Du denkst also, dass das hier nach dem ersten Date weitergeht?«

»Nur wenn du dir die Augen verbinden lässt.«

»Also nichts Gefährliches oder Perverses?«, fragte ich.

»Nicht wenn du das nicht willst.«

»Ich warte damit immer erst bis zum zweiten oder dritten Date«, scherzte ich.

»Super. Dann haben wir das ja schon mal geregelt.«

Der Mond spiegelte sich im Wasser und in seinem belustigten Blick. Obwohl ich wusste, dass meine Mutter einen Anfall bekommen und mich als Idiotin beschimpft hätte, legte ich die Augenbinde an und verknotete sie fest an meinem Hinterkopf.

Die Welt wurde dunkel. Mir blieben nur noch der Tast- und Geruchssinn, als wir uns von der Anlegestelle wegbewegten. Das Boot schwankte unter mir, und der Wind streichelte meine Wangen. Ich hielt mich an der Bank fest und erschauerte in der kühlen Nachtluft. Wir schaukelten einen Augenblick, dann wurde mir etwas über die Beine gelegt. Ich löste eine Hand von der Bank und tastete nach dem weichen Material. Es war anscheinend eine Decke. Ich zog sie mir bis zum Kinn hoch und kuschelte mich hinein, sodass die Kälte rasch vergessen war.

»Du hast ja scheinbar an alles gedacht, hm?« Ich sandte ein Lächeln in die gegenüberliegende Richtung.

Ein paar Momente später kam das Boot ruckartig zum Stillstand. Wir waren am Ufer. Die Decke wurde mir von dem Schoß gezogen und um meine Schultern gelegt. Ich hielt sie vorn zu, und Gavin nahm meine freie Hand, um mir aus dem Boot zu helfen. Meine Füße sanken in den Boden ein, der unter meinen Füßen knirschte. Sand.

Ich schnüffelte, und mein Magen knurrte. Der Duft nach köstlichem, fettigem Fastfood stieg mir in die Nase. Gavin führte mich noch etwas weiter, und fast wäre ich über irgendwas gestolpert. Dann nahm er mir die Augenbinde ab.

Auf dem Strand vor mir hatte er ein Picknick vorbereitet. Sogar mit elektrischen Kerzen und Weingläsern, auf einer Picknickdecke – sie war es, über die ich fast gestolpert war –, die auf dem Sand lag, und Tüten von der Fastfoodkette im Ort standen in der Mitte. Mein Magen knurrte bei dem Anblick schon wieder.

Ich hatte in den letzten paar Monaten von dem Essen aus der Cafeteria und vom Caterer gelebt. Die Gerichte am Set schmeckten nicht schlecht – normalerweise war es eine Kombination aus gesunden Nahrungsmitteln und Donuts. Anscheinend galt es in Hollywood als total normal, sechs Donuts am Tag zu essen, solange die restlichen Mahlzeiten komplett aus Salat bestanden.

Ich starrte Gavin mit offenem Mund an. *Wann hast du das alles gemacht?*, gestikulierte ich.

Ich habe meiner Assistentin aufgetragen, sich darum zu kümmern, während wir drehten.

Du hast was?

Keine Sorge. Ich hab ihr gesagt, es sei für irgendeinen Fan.

Und sie hat keine Fragen gestellt, dass du einen Fan mitten in der Nacht zu einem romantischen Picknick mitnimmst? Machst du so was öfter?

Es ist das das erste Mal. So was hab ich noch nie gemacht. Außerdem ist sie neu. Sie hat Angst, ihren Job zu verlieren, deshalb stellt sie keine Fragen. Komm, setz dich.

Ich näherte mich den Tüten mit den himmlisch fettigen Sachen, doch mit einem Mal erstarrte ich. Die plötzliche Erkenntnis, wo wir uns befanden, klebte wie Blei an meinen Füßen. Diesen Ort kannte ich nur allzu gut. Die Bäume und die Schatten hatten mich in den letzten sechs Jahren in meinen Alpträumen verfolgt. Das Boot. Die Augenbinde. Der Strand. Wieso war ich nicht früher darauf gekommen?

»Du hast mich nach Sheridan Island gebracht!«, stieß ich mühsam hervor.

»Heißt das hier so? Ich habe mich neulich hier ein bisschen umgesehen und bin dabei darauf gestoßen. Scheint keiner hier zu wohnen. Ich fand es hübsch und vor allem abgeschieden.«

»Hier kann ich nicht bleiben.« Ich warf die Decke von meinen Schultern und wich zum Boot zurück. »Du musst mich zurückbringen.«

»Elise, du zitterst ja. Was ist los?«

Ich schlang die Arme um meinen Körper und versuchte, irgendwohin zu sehen, nur nicht zu den Bäumen. »Bitte, Gavin, kannst du mich einfach zurückbringen?«

»Nicht bevor du mir sagst, was los ist. Du machst mir Angst. Du bist weiß wie ein Laken.«

Ich schloss die Augen, erinnerte mich an das letzte Mal, als ich an diesem Strand gestanden hatte. Vor sechs Jahren. An dem Tag, an dem alles geschah.

»Hier ist es passiert«, flüsterte ich. »Hier habe ich die Schwester meines besten Freundes umgebracht.«

Kapitel 22

»Was?« Gavin wich überrascht zurück. »Was redest du denn da?«

»Gavin, bitte, ich kann nicht hierbleiben.« Ich krümmte mich. »Es tut weh. Es tut furchtbar weh.«

»Was ist denn nur los? Du musst mit mir reden. Wenn ich dich zurückbringe, erklärst du mir dann alles?« Ich nickte, hielt mir den Bauch. »Okay, rühr dich nicht von der Stelle.«

Er warf alles auf die Picknickdecke und knüllte sie zusammen. Der Mond blinzelte zwischen den Bäumen hinter ihm hervor, und in den Schatten sah man den Umriss eines verfallenen Gebäudes.

Sechs Jahre. Sechs Jahre lang hatte ich mich davor gefürchtet, hierher zurückzukehren. Doch als ich das Gebäude im Mondschein anblickte, machte es plötzlich klick. Mir wurde mit einem Mal klar, dass ich genau dorthin zurückkehren musste. Ich war es Annie schuldig, sie ein letztes Mal zu besuchen.

Ohne ein Wort ging ich an Gavin vorbei und auf die Bäume zu. Je näher das Gebäude kam, umso mehr zitterte ich. Mir wurde wieder die Decke über die Schultern geworfen, und ich drehte mich um: Gavin stand hinter mir.

»Was hast du vor, Elise? Ich dachte, wir würden gehen?«

»Ich habe nie jemandem erzählt, was wirklich passiert

ist«, sagte ich. »Nicht der Polizei, nicht meinen Eltern, ich hatte Angst, dass sie mich hassen würden. Zum Teufel, *ich* hasse mich.«

Ich ließ die Bäume hinter mir und blieb vor der Ruine stehen. Die Überreste waren nie eingeebnet worden. Zerbrochene Flaschen und Zigarettenstummel zeugten davon, dass es hin und wieder doch noch jemanden hierherzog. Eine Träne rann über meine Wange, als ich die verkohlten Mauerüberreste betrachtete.

Gavin trat näher, aber ich brachte es nicht über mich, ihn anzusehen. Ich zitterte weiter am ganzen Körper, und ich zog die Decke dichter um mich. Dann schloss ich die Augen und hörte im Geiste die letzten Geräusche, an die ich mich in meinem Leben erinnern konnte. Annies Lachen, das Ratschen eines Streichholzes, den lauten Knall.

»Genau hier ist sie gestorben«, sagte ich. »Meine Freundin Annie.«

Ich sah ihn nicht an, aber seine Hände fanden meine und umfassten sie auf eine Weise, die mir sagte, dass es okay war, egal ob ich jetzt weitersprach oder nicht.

Ich ließ Gavins Hand los und trat durch die Öffnung zwischen den Wänden, wo einst die Tür gewesen war. Gequält erinnerte ich mich daran, wie ich sie vor Jahren geöffnet hatte, um ins Haus zu kommen. Das Quietschen der Türangeln hallte noch heute in meinen Ohren wider.

»Das hier war Mr Drakes Sommerhaus. Er wohnte normalerweise in New York, aber die Sommermonate verbrachte er hier. Er hatte mich gebeten, mich im Winter darum zu kümmern, deshalb hatte ich einen Schlüssel. Es war ein Tag nach Weihnachten, und Annie besuchte mich zu Hause. Sie brachte eine Flasche mit, die sie aus dem Schrank ihrer Eltern geklaut hatte. Eigentlich waren wir sonst gar nicht so dicke. Tatsächlich war ich mit ihrem kleinen Bruder Jin viel enger befreundet. Sie war zwei Jahre älter als ich und bildschön. Ihre Freunde waren in die Ferien gefahren, und deshalb wollte sie ausnahmsweise mit mir abhängen. Ich war begeistert und wollte sie beeindrucken, ihr beweisen, dass ich was vertragen konnte, egal, was in dieser Flasche war.

Wir kamen her, um allein zu sein. Doch kaum hatten wir am Ufer angelegt, kam ein Unwetter auf, und wir rannten durch den Schnee zum Haus. Der Wind biss in unsere Wangen und ließ die Tränen auf unserer Haut festfrieren.«

Ich stand an der Stelle, an der Annie meiner Erinnerung nach zuletzt gestanden hatte. Sie hatte einen lila Parka und einen pinkfarbenen Schal getragen, ihr onyxfarbenes Haar war von der Kapuze verdeckt gewesen. Sie hatte in ihre Hände gepustet, als sie die Handschuhe auszog.

»Im Haus war es bitterkalt, und der Schnee wollte einfach nicht aufhören. Weil er das Haus im Winter nicht benutzte, hatte Mr Drake keinen Kamin einbauen lassen und den Strom abgeschaltet. Ich ließ Annie im Wohnzimmer zurück und ging in die Küche.«

Ich schlängelte mich durch die Trümmer und blieb dort stehen, wo früher die Küche gewesen war.

»In der Ecke stand ein Gasofen, und eine Packung Streichhölzer lag daneben. Ich öffnete den Ofen und machte die Sparflamme an in der Hoffnung, dass sie uns ein bisschen Wärme spenden würde. Nach einer Weile war uns zwar nicht gerade warm, aber zumindest auch nicht mehr ganz so eiskalt. Wir setzten uns auf die Couch im Wohnzimmer, unterhielten uns und tranken von dem Wein, den Annie mitgebracht hatte. Er schmeckte abscheulich, aber für eine Weile hielt auch er uns warm.«

Ich wanderte zurück zum früheren Wohnzimmer. Ich sah Gavin nicht an, aber ich spürte seinen Blick auf mir und wusste, dass er mir aufmerksam lauschte.

»Der Schneesturm war einer der schlimmsten seit langem. Eis und Schnee prasselten auf das Dach und die Bäume herab, sodass wir nicht mehr wegkonnten. Als die Sonne unterging, tranken wir also den Wein aus und saßen in benebeltem Trance nebeneinander, sahen zu, wie es dunkel im Haus wurde, und fragten uns, wie zum Teufel wir wieder nach Hause kommen sollten.

Irgendwann bin ich wohl eingeschlafen. Als ich aufwachte, hatte ich irre Kopfschmerzen. Im Haus war es stockdunkel. Annie rührte sich neben mir und fragte, wo das Bad sei. Sie stolperte im Zimmer umher und fluchte, als sie gegen ein Tischchen stieß.«

Meine Atmung beschleunigte sich, als ich nach links ging, wo früher der Tisch gestanden hatte.

»In einer Schublade entdeckte sie eine Kerze und nahm die Streichhölzer zur Hand, die ich auf dem Tisch liegengelassen hatte. Erst als sie das Streichholz anriss, fiel es mir wieder ein. Wir hatten den Gasofen angelassen.«

Gavins Kinn verkantete sich, und er schloss die Augen. Er erschauerte.

»Ich sprang von der Couch hoch und schrie ›Stopp!‹, aber es war zu spät. Es folgten ein Blitz und ein lauter Knall, und dann wachte ich irgendwann im Krankenhaus auf und konnte nichts mehr hören. Annie war tot.«

Ich stieg über die Mauer, meine Beine zitterten. Zwischen zwei Bäumen sank ich zu Boden. Die kalte Erde fraß sich durch meine Jeans, aber ich blieb reglos.

»Sie fanden mich genau hier. Der Arzt sagte mir, ich hätte Glück gehabt. Ich stand am Fenster, als das Haus in die Luft ging. Die Druckwelle schleuderte mich durch das Glas und in einen Baum. Annie jedoch hatte keine Chance. Ich werde nie wissen, ob sie bei Bewusstsein war, als das Haus abbrannte. Ich bete jeden Tag darum, dass sie es nicht war.«

Bei diesen Worten schnürte sich mir die Kehle zu, und schluchzend verbarg ich das Gesicht in den Händen. Gavin ging vor mir in die Knie und zog mich an seine Brust, wiegte mich hin und her. Ich schlang die Arme um seine Taille und ließ den Tränen freien Lauf, die ich sechs Jahre lang zurückgehalten hatte.

Die Schuldgefühle, weil ich die Streichhölzer liegengelassen hatte, und die Narben, die mich an diese Schuld an jedem einzelnen Tag meines Lebens erinnerten, schmerzten schrecklich. Bei Annies Beerdigung war ich noch im Krankenhaus, und insgeheim war ich froh darüber gewesen. Ich hätte den Anblick der kleinen Kiste mit dem, was von der Schwester meines besten Freundes übrig geblieben war, nicht ertragen. Oder den Ausdruck in den Augen der Tams.

Der Brandinspektor kam zu dem Schluss, dass es ein Unfall gewesen war. Eine Fehlzündung im Ofen. Ein Kind war tot, das andere taub und gezeichnet, sodass niemand die Ermittlungen weiter vorantrieb. Ich hatte Jin nie erzählt, dass der Tod seiner Schwester meine Schuld gewesen war. Wäre ich nicht so unachtsam gewesen, hätte ich nicht zugelassen, dass sie das Streichholz entzündete. Und dann wäre sie jetzt noch am Leben.

Gavin fuhr mir durchs Haar und wiegte mich weiter. So wie jetzt hatte ich über diesen Unfall noch nie geweint. Ich hatte es nicht zugelassen. Mein ganzer Körper zitterte und bebte, war meinem Schluchzen vollkommen ausgeliefert. Ich weinte, bis meine Augen brannten und meine Kehle schmerzte und Gavins Shirt nass von Tränen war.

Als ich mich schließlich aufraffte, zu ihm aufzusehen, strich er mir über die feuchten Wangen. »Du weißt doch, dass es nicht deine Schuld war, oder?«

»Doch, natürlich war es meine Schuld«, sagte ich. »Ich habe den Ofen angemacht. Ich habe die Streichhölzer auf den Tisch gelegt. Ich habe sie nicht rechtzeitig aufgehalten.«

»Du warst doch noch ein Kind. Und du hast es nicht mit Absicht getan.«

»Sie ist meinetwegen tot. Und ich habe jeden in dem Glauben gelassen, dass es an einem defekten Gasofen gelegen hat. Mr Drake glaubte, er sei für das Unglück verantwortlich.«

»Hast du ihm nie die Wahrheit gesagt?«

»Er würde mich dafür hassen. Alle werden mich hassen. *Ich* hasse mich. Früher habe ich mir gewünscht, dass ich an ihrer Stelle gestorben wäre und sie durch dieses Fenster geflogen wäre. Das wäre zumindest gerecht gewesen.«

»Nein, Elise, nein.« Gavin beschrieb einen Pfad aus Küssen auf meiner Stirn. »Keiner von euch beiden hat verdient, was geschehen ist. Kinder machen manchmal dumme Sachen. Oft sind Erwachsene sogar genauso dumm. Wie viele Leute lassen Zigaretten oder Kerzen brennen und lösen damit ein Feuer aus? Du kannst dich nicht dein Leben lang dafür bestrafen.«

»Ich weiß nicht, wie ich damit aufhören soll. Ich höre immer noch ihr Lachen, als wir auf der Couch saßen und über Jungs sprachen. Annie war so witzig und klug. Sie war freundlich und gut in Chemie. Sie hätte eines Tages richtig etwas aus sich gemacht.«

»Und das wirst du auch«, sagte er. »Das hast du schon. Du bist eine schöne, intelligente junge Frau.«

Ich wischte mir das Gesicht mit der Decke ab und löste mich von ihm. »Wie kannst du das sagen, nachdem ich dir das alles erzählt habe?«

»Elise, das ändert doch nichts an meinen Gefühlen für dich.« Er strich über die Narbe an meinem Gesicht. »Genauso wenig wie das hier. Das beweist nur, dass du etwas Schreckliches überlebt hast. Es zeigt mir, wie stark du bist.«

Ein bitteres Lachen stieg in meiner Kehle auf. »Ich bin nicht stark. Ich bin der schwächste Mensch, den ich kenne. Ich kann die Wahrheit über diesen Ort niemandem erzählen, ich ertrage keine Menschenmengen. Ich kann nicht wie ein ganz normaler Mensch mit Männern reden.«

»Im Augenblick machst du das alles aber ganz großartig.«

Ich erstarrte. Er hatte recht. Ich hatte die Geschichte erzählt, und es hatte mich nicht umgebracht. Er war nicht schreiend weggerannt und hatte mir auch nicht gesagt, dass er mich nie wiedersehen wollte. Ich riskierte einen letzten Blick auf das Haus.

»Ich weiß, dass Jin sie jeden Tag vermisst«, sagte ich. »Aber ich vermeide jeden Gedanken an sie. Es tut einfach zu weh.«

»Es ist gut, um sie zu trauern, weißt du. Ich habe auch jemanden verloren, der mir ebenfalls sehr nahestand, als ich jünger war. Es tut immer noch weh, wenn ich an sie denke, aber mit jedem Tag lässt der Schmerz etwas mehr nach. Besonders, wenn ich mit dir zusammen bin.«

In meinem Kopf machte etwas klick. »Warte. Sprichst du von deiner Schwester? Du hast mal erwähnt, dass sie taub war. Du hast nie gesagt, dass sie …«

»Gestorben ist? Ja.« Er setzte sich auf die Fersen. »Ich rede nicht viel über sie. Vor allem der Presse gegenüber habe ich sie nie erwähnt. Sie hat Besseres verdient als dummen Klatsch.«

»Darf ich dich fragen, was passiert ist?«

Er sah zum Himmel hinauf, als könnte der Mond ihm die Antwort geben. Wir saßen immer noch auf dem Boden, und die Knie meiner Jeans waren völlig durchweicht, aber ich blieb sitzen.

»Jess gehörte zu den Menschen, durch die es in einem Raum heller wurde, sobald sie ihn betrat«, sagte er. »Als ob jemand das Licht angeknipst hätte. Sie war meine Zwillingsschwester.«

Ich hielt den Atem an, und er sah mir forschend in die Augen. Nicht nur eine Schwester. Sogar eine Zwillingsschwester.

»Ich kam als Erster zur Welt. Scheinbar so leicht, dass meine Mutter sich keine Sorgen um Jess machte. Aber dann ging etwas schief. Der Blutdruck meiner Mutter ging in den Keller, und sie entdeckten, dass sich Jess' Nabelschnur um ihren Hals gewickelt hatte und die Sauerstoffzufuhr hemmte. Mit einem Notkaiserschnitt holte man sie auf die Welt, aber wegen des Sauerstoffmangels war sie taub.«

Er verkrampfte die Hände im Schoß. »Aber es spielte keine Rolle. Wir waren trotzdem unzertrennlich. Sie erlernte die Gebärdensprache. Ich lernte mit ihr. Sie lernte Lippenlesen, und ich ebenfalls. Ich lernte mit ihr zusammen, wie es ist, taub zu sein. Ich wollte nicht, dass sie sich allein fühlte.«

Ich dachte an jenen Tag zurück, als ich aus dem Krankenhaus kam und meine Eltern mir sagten, dass sie mich auf die Gehörlosenschule schicken wollten. Bis dahin hatten wir ein Whiteboard und wasserlösliche Stifte benutzt, um uns zu verständigen. Ein Teil von mir hatte Angst vor der neuen Schule, aber ein anderer Teil war aufgeregt, weil die Kinder dort die gleiche Behinderung haben würden wie ich. Und im Gegensatz zu den Kindern auf meiner alten Highschool erinnerte sich niemand an Annie.

»Das war so wunderbar von dir«, sagte ich. »Sie hat sich sicher darüber gefreut.«

»Die meiste Zeit über hielt sie mich für eine Landplage. Sie wollte allein klarkommen. Und oft schimpfte sie mit mir, weil ich mich wie ein überbehütender, großer Bruder verhielt. In solchen Fällen erinnerte ich sie gern daran, dass ich dazu auch jedes Recht hatte, weil ich genau genommen ja tatsächlich älter war.

Als wir sechzehn waren, beschloss ich, Schauspieler zu werden. Meine Eltern waren nicht allzu begeistert, weil sie mich vor ihrem geistigen Auge schon als Kellner enden sahen, aber Jess war mein größter Fan. Sie schnitt sämtliche Auschreibungen für Vorsprechen aus den Zeitungen aus und begleitete mich zu jedem einzelnen. Ich sammelte Absagen wie Briefmarken, aber sie versicherte mir, dass die Verantwortlichen sich damit ins eigene Fleisch schnitten – und dann übte sie meine Rollen fürs nächste Vorsprechen mit mir. Sie hat immer an mich geglaubt.«

»Sie war ein toller Mensch«, sagte ich.

Er lächelte, doch seine Augen waren voller Trauer. »Das stimmt. Eines Abends ging ich spätabends noch zu einem Casting in West Hollywood. Es war für eine Rolle in einem großen Film, und ich konnte kaum glauben, dass ich es ohne Agent bis zum Vorsprechen geschafft hatte. Ich wollte Jess überraschen, falls ich die Rolle bekam, also erzählte ich keinem davon. Das Vorsprechen lief gut. Sie boten mir die Rolle praktisch sofort an. Ich konnte es kaum abwarten, nach Hause zu kommen und Jess davon zu erzählen. Aber als ich vom Bus die Straße entlangging, sah ich die Polizeiautos vor unserem Haus stehen.«

Ich schluckte, und das Atmen fiel mir schwer. Gavin schloss die Augen, aber nicht rechtzeitig genug, um den Schmerz darin vor mir zu verbergen. Ich nahm seine Hand und hielt sie in meinem Schoß fest.

»Sie war in den Laden gelaufen, um Milch zu holen. Das Geschäft war vielleicht fünf Minuten von unserem Haus entfernt. Ein Lkw mit defekten Bremsen hatte gehupt, als er auf die rote Ampel zusteuerte, um sie zu warnen. Nur konnte Jess ihn natürlich nicht hören. Ich weiß nicht, warum sie nicht besser aufgepasst hat. Normalerweise war sie immer viel aufmerksamer als ich. Wahrscheinlich wurde sie von irgendwas abgelenkt. Sie war auf der Stelle tot.«

Eine Träne lief ihm aus dem Augenwinkel, und er wischte sie ab, bevor sie die Wange herunterlaufen konnte.

Ich umfasste seine Hände fester. »Es tut mir so leid, Gavin. Das ist so unglaublich traurig.«

Als er die Augen wieder öffnete, waren sie voller Tränen. »Deshalb habe ich so hart dafür gearbeitet, ein erfolgreicher Schauspieler zu werden. Es war ihr so wichtig.«

Meine Beine waren mittlerweile taub, sowohl von der kalten Erde als auch deshalb, weil mein ganzes Gewicht auf ihnen ruhte. »Du bist ein Wahnsinns-Schauspieler. Ich bin sicher, sie wäre total stolz auf dich.«

Ein Lächeln umspielte seine Lippen, und er blinzelte die Tränen fort. *Ich habe noch nie jemandem von ihr erzählt,* signalisierte er mir.

Nicht mal Leila?

Nein. Sie hätte es nicht verstanden.

Danke, dass du es mir gesagt hast, bedeutete ich ihm. *Ich wünschte, ich hätte sie kennengelernt.*

Das wünschte ich auch, antwortete er. *Jess hätte dich gemocht.*

Und Annie wäre total beeindruckt gewesen, wenn sie gewusst hätte, dass ich eines Tages ein Date mit einem heißen Schauspieler haben würde.

Heiß?

Ich verdrehte die Augen. *Tu doch nicht so. Du weißt, dass du heiß bist.*

Als Antwort drückte er sanft seine Lippen auf meine. Dann stand er auf und streckte mir die Hand entgegen. »Wir sollten jetzt machen, dass wir wegkommen. Du siehst aus, als ob du frierst.«

»Ich spüre meinen Körper schon nicht mehr, aber ich hab keine Ahnung, ob das vom Wetter oder von unserer Unterhaltung kommt.«

»Ja, das war echt intensiv fürs erste Date. Normalerweise rede ich dann nur über meine Lieblingsfarbe oder mein Lieblingsessen.«

Ich nahm seine Hand, und er zog mich hoch. Meine Beine zitterten, deshalb lehnte ich mich an ihn, um nicht zu fallen. *Und die wären?*, fragte ich.

Blau und Pizza.

Hm. Ziemlich langweilig, wenn du mich fragst.

Ach ja? Und deine?

Ich dachte wieder an Annie und ihr kohlrabenschwarzes Haar. *Schwarz und Avocados.*

Avocados? Das ist … anders.

Ich bin halt anders.

Das hab ich schon mitgekriegt.

Er küsste mich sanft, bevor wir wieder zu unserem Picknickplatz zurückkehrten. Wir sammelten alles von der Decke ein und schleppten die Sachen ins Boot. Diesmal trug ich keine Augenbinde, als wir das Wasser durchpflügten.

Die Bäume wurden hinter uns kleiner und kleiner, als wir uns von der Insel entfernten. Ich fühlte mich leichter als bei unserer Ankunft, als hätten die Worte, die ich laut ausgesprochen hatte, mich all die Jahre wie ein Anker in die Tiefe gerissen. Im Gegensatz zu Gavin fand ich immer noch, dass ich schuld war – aber zu hören, dass er mich deshalb nicht verabscheute, machte die Last etwas leichter. Ich beschloss, Jin in den Ferien die Wahrheit zu erzählen, egal wie schwer es war oder wie sehr er mich dafür letztendlich hassen würde. Nun, da ich es einmal laut ausgesprochen hatte, schien es mir nicht mehr so unmöglich zu sein, das noch einmal zu tun.

Als wir am Set anlangten, war der, abgesehen von ein paar Sicherheitsleuten, die uns keinerlei Beachtung schenkten, vollkommen verlassen. Gavin nahm meine Hand, und wir wanderten zu meinem Auto. Keiner von uns hatte etwas gesagt, seit wir die Insel verlassen hatten. Wir beide waren tief in Gedanken versunken wegen alldem, was wir dem anderen enthüllt und was wir erfahren hatten.

Unsere Autos waren die einzigen auf dem Parkplatz, und ich lachte, als ich seinen schwarzen Porsche in der Reihe hinter meinem Toyota Camry stehen sah. *Hübsches Auto,* signalisierte ich. *Noch ein Geschenk?*

Ja, antwortete er. *Hab ich mir selbst gemacht, als ich meine erste große Gage bekommen hatte. Und der ist deiner?*

»Ja. Mein guter alter Camry. Hab ich mir selbst geschenkt, sobald ich den Führerschein hatte.«

»Ist … hübsch. Aber ich wette, meiner ist schneller.«

Er streichelte meinen Arm, und ich erschauerte. »Ich gehöre zu den Langsamen und Beständigen.«

Als hätte er verstanden, legte er die Hand auf meine Schulter.

»Können wir das nochmal machen?«, fragte er. »Na ja, nicht genauso, denn der Abend war schon verdammt deprimierend, aber ich würde dich gern auf ein richtiges Date ausführen.«

»Klar«, antwortete ich. »Das wäre schön. Aber wo? Nicht noch eine Insel, bitte.«

»Überlass das mir.« Er drückte mir einen Kuss auf die Lippen und signalisierte: *Gute Nacht.*

Gute Nacht, Gavin Hartley.

Wieso gibst du plötzlich meinen ganzen Namen in Gebärdensprache wieder?

Ich grinste, als ich ins Auto stieg und die Tür schloss. *Ich denke, wenn ich ihn oft genug übe, überzeugen meine Finger mein Hirn vielleicht, dass das hier real ist.*

»Oh.« Er lehnte die Ellbogen auf das Fenster und küsste mich noch einmal. Diesmal dauerte der Kuss länger, und sein Mund öffnete sich leicht. Er knabberte an meiner Unterlippe, und ich erbebte. »Vielleicht hilft das hier ja auch?«

»Um mich zu überzeugen, ist mehr davon nötig«, sagte ich.

»Hmm … na gut. Dann sollten wir besser gleich anfangen.«

Als er fertig war, hätte er mir erzählen können, dass der Mond pink mit gelben Punkten war, und ich hätte ihm geglaubt.

Er war ein ziemlicher Überredungskünstler.

Kapitel 23

Die nächsten paar Wochen versanken in einem wundervollen Nebel aus Seminaren, Essays, Dreharbeiten und geheimen Rendezvous mit Gavin. Er hatte unter einem anderen Namen ein weiteres Hotelzimmer gemietet. Dort trafen wir uns nach der Arbeit oder wenn wir weder in der Uni noch am Set sein mussten.

Reggie bemerkte einmal, wie wenig Zeit ich seit neuestem auf unserem Zimmer verbrachte, aber ich erklärte ihr, dass wir jetzt die entscheidenden Filmepisoden drehten, weshalb Aubreys und meine Anwesenheit wichtiger denn je waren. Ich hätte ihr liebend gern von meiner neuen Beziehung erzählt, aber teilweise genoss ich die Geheimnistuerei auch. Es war wie die geheime Romanze von Dag und Thora, die ich geschaffen hatte – nur dass diese hier real war und dass ich daran teilhatte, und nicht nur die erfundenen Figuren, die ich mir zusammengeträumt hatte.

Zwei Tage vor Thanksgiving war ich mal wieder im Hotel. Ich umschiffte die Reporterhorde, die draußen Stellung bezogen hatte, nahm den Aufzug in den achten Stock und klopfte an die Tür.

Gavin machte auf – mit einem Handtuch um die Hüften und feuchtem Haar.

Sorry, bedeutete er mir. *Ich hätte nicht gedacht, dass du so früh kommst. Du hast doch gesagt, dass du noch einen Essay schreiben musst oder so was.*

Ich zwang mein Gehirn, sich auf die Gebärden zu konzentrieren, während ich beobachtete, wie sich ein Wassertropfen von seinem Haar seine Brust hinunterschlängelte.

Ich war schneller damit fertig als erwartet, konnte ich nach einer langen Pause, während der ich mit offenem Mund dagestanden hatte, mühsam mit den Fingern formen.

Wir hatten zuletzt ziemlich viel Zeit miteinander verbracht, und ich war sogar einmal in seinem Arm eingeschlafen. Aber mehr als himmlisch miteinander herumgemacht hatten wir bisher nicht. Gavin nahm meinen Wunsch ernst, es langsam angehen lassen zu wollen. Wir hatten unsere Zeit mit Küssen und Reden verbracht, hatten darüber gesprochen, wie es war, in Fernbrooke und Los Angeles aufzuwachsen. Wir ließen uns vom Zimmerservice etwas hochbringen und aßen bis spät in die Nacht, während wir Filme oder Late-Night-Talk-Shows guckten. Er erklärte, dass seine Eltern nach dem Verlust seiner Schwester kein Glück über seinen Erfolg empfinden konnten, und ich erzählte ihm, dass ich Jins Eltern immer noch nicht in die Augen sehen konnte. Das Thema, wer ich wirklich war, hatte ich nie wieder angeschnitten. Wir vermieden es, überhaupt über Aubrey zu sprechen, und ich wusste, dass uns die Wahrheit wahrscheinlich alles nur versauen würde. Natürlich würde ich es ihm irgendwann erzählen müssen, aber ich fand, dass das bis nach den Dreharbeiten warten konnte, wenn die ganzen Hollywoodstars wieder aus meiner Stadt verschwanden.

Die vergangenen Wochen waren absolut perfekt gewesen, genau wie ich es brauchte. Aber jetzt konnte ich nur dastehen und ihn anstarren. Mir war klar, dass er nichts außer dem weißen Tuch trug, und plötzlich brauchte ich mehr.

Er öffnete die Tür weiter, um mich hereinzulassen, und ich atmete den Duft seines Shampoos ein. Grüner Apfel. Die Kombination aus fruchtig duftender Seife und seinem üblichen Zimtgeruch war berauschend. Er duftete wie ein verdammter Apfelkuchen. Ich leckte mir über die Lippen. Nie hatte ich mir mehr gewünscht, seine Haut zu schmecken.

Ich zieh mich eben an, dann können wir uns was zu essen bestellen, gestikulierte er. *Weißt du schon, worauf du Lust hast?*

»Ja.« Ich streichelte mit den Fingern quer über seine Brust, und seine Muskeln reagierten sofort. Scharf sog er die Luft ein.

»Elise …«

»Gavin, halt einfach den Mund und küss mich, bitte.«

Eine weitere Einladung war nicht nötig. Mit den Hüften presste er mich gegen die Tür, und sein Mund nahm mich in Besitz. Meine Lippen teilten sich, und ich stöhnte, als unsere Zungen sich ineinander verwoben.

Ich schlang meine Arme um ihn, und es kümmerte mich nicht, dass meine Klamotten feucht wurden. Als ich durch sein feuchtes Haar fuhr, sandten selbst die Wassertropfen Stromstöße durch meinen ganzen Körper, als sie auf meinen Fingern und Armen tanzten.

Gavin hob mich hoch, und ich schlang meine Beine um seine Taille. Das Handtuch konnte nichts verbergen. Seine gewaltige Männlichkeit presste sich jetzt fordernd gegen meine Jeans. Ich seufzte, als er an meiner Unterlippe saugte und sie sanft zwischen die Zähne nahm.

Wir bewegten uns durch den Flur, meine Beine immer

noch um seine Taille gewickelt, und er stieß die Schlafzimmertür auf. Behutsam legte er mich aufs Bett und kniete sich zwischen meine Beine. Kurz zögerte er, als er nach dem Saum meines Sweatshirts griff. Ich hatte mich bisher noch nicht wieder von ihm ausziehen lassen. Er sah fragend auf mich hinunter, und obwohl das vertraute flaue Gefühl sich einstellte, hob ich die Arme über den Kopf.

Als mein Shirt auf dem Teppich landete, musterte er mich mit großen Augen. Ich wand mich unter seinem Blick, und mein ganzer Körper war plötzlich angespannt und fluchtbereit.

Er grinste und gestikulierte über meinem Kopf: *Gott, du bist so schön.*

Tränen traten mir in die Augen, und ich blinzelte. Das Salzwasser rann meine Wangen hinunter aufs Kissen.

»Hey.« Gavin tupfte mir das Gesicht ab. »Alles klar? Soll ich aufhören?«

»Nein«, murmelte ich. »Kannst du das nochmal sagen?«

Was?, fragte er. *Dass du schön bist? Wie wär's, wenn ich nie aufhören würde, das zu sagen?*

Das geht auch.

Er senkte den Kopf, und seine Zunge beschrieb einen Pfad meinen Hals hinab und an der Narbe entlang, die bis unter den Stoff meines BHs verlief. Er übersäte meinen Bauch mit Küssen, bedeckte jeden einzelnen Teil der Narbe damit. Ich schloss die Augen und überließ mich dem Gefühl seiner Lippen auf meinem Körper. Jeder Millimeter meiner Haut prickelte unter seiner Berührung. Ich bäumte mich auf, damit er an den Verschluss meines BHs kam. Er ließ ihn von meinen Schultern gleiten, und ich stöhnte, als er meine Brustwarze in den Mund nahm und daran saugte.

Seine Hände öffneten nun den Reißverschluss meiner

Jeans, und er lehnte sich einen Augenblick lang zurück, um sie nach unten zu schieben und dann auf den Boden zu werfen. Dann war er wieder zwischen meinen Beinen und presste sich an mich. Ich schrie leise auf, als ich ihn durch das Handtuch und mein dünnes Höschen hindurch spürte. Aber immer noch war zu viel Stoff zwischen uns.

Das Handtuch musste weg.

Ich ließ meine Hände seinen Rücken hinab zu seinen Hüften gleiten, zog das lästige Teil zur Seite und warf es auf den Boden neben dem Bett. Gavin hob den Kopf.

Auf seine stumme Frage nickte ich nur. Rasch griff er nach einem Päckchen in der Nachttischschublade und glitt kurz vom Bett. Als er wieder da war, küsste er mich zwischen den Brüsten und ließ die Lippen meinen Bauch hinabwandern. Seine Zunge tauchte unter den Bund meines Höschens ein. Ich stöhnte seinen Namen, und er zog das Höschen hinunter und warf es ebenfalls fort.

Dann widmete er sich meinen Schenkeln, liebkoste sie innen und außen, nahm sich Zeit, um jeden Zentimeter meiner Haut mit Küssen zu bedecken, bis er schließlich genau zwischen meinen Beinen angelangt war.

Seine Zunge neckte mich, wirbelte um mein Innerstes, sodass ich mich auf dem Bett wand und stöhnte. Ich streckte die Hand aus und zog ihn an seinem Haar wieder nach oben. Er gehorchte, küsste meinen Bauch und dann wieder meine Brüste. Nun lag seine Hand dort, wo vorher noch seine Zunge gewesen war.

Der Raum drehte sich um mich, und ich keuchte und reckte mich genüsslich seinen Fingern entgegen. Er spannte sich an, die Augen geschlossen. Er leckte sich die Lippen und küsste meinen Hals.

»Gavin, bitte«, raunte ich. »Ich brauche dich, jetzt.«

Er knabberte an meinem Schlüsselbein und saugte an meinem Ohrläppchen, während er sich auf mich legte. Dann warf er mir einen letzten fragenden Blick zu, und ich bettelte förmlich um mehr.

Gavins Zunge tauchte zur gleichen Zeit in meinen Mund ein, als er in mich eindrang, und nur das hielt mich davon ab, laut aufzuschreien.

Mit Gavin zusammen zu sein war so anders, so viel mehr, als ich je mit einem anderen Mann empfunden hatte. Sterne explodierten vor meinen Augen, und ich schloss sie fest, überließ mich dem Gefühl, wie Gavin in mich hinein und wieder hinaus wogte.

Als der Höhepunkt schließlich kam, schrie ich seinen Namen, so laut ich konnte; ausnahmsweise einmal war es mir völlig gleichgültig, wer mich hören konnte.

***

Ich kann nicht glauben, dass ich mit Gavin Hartley geschlafen habe«, sagte ich am nächsten Morgen, als ich mich tiefer in die weiche weiße Decke kuschelte und träge einen Finger über Gavins Brust kreisen ließ.

»O-oh. Heißt das, dass ich jetzt meine Schuldigkeit getan hab und du gehst?«

»Das klingt eher nach typisch dir als nach mir.«

»Autsch.«

Gavin lag ausgestreckt auf dem Bett, und ich setzte mich auf ihn und stützte mein Kinn in die Hände, um ihn auch gut sehen zu können. Die Morgensonne strömte durch einen Spalt zwischen den Lamellen der grauen Jalousien und malte eine gelbe Linie auf seinen muskulösen Bauch. Ich fuhr der Lichtspur mit dem Finger nach, lächelte, als er eine Gänsehaut bekam.

Wir hatten einen Großteil der Nacht damit verbracht, entweder zu schlafen oder den Körper des anderen zu erkunden. Ich war ziemlich sicher, dass er bei mir jede Stelle gefunden hatte, die mich erschauern ließ, oder bei der ich vor Lust zuckte, wenn er sie sanft mit den Fingern oder der Zunge berührte.

Ich ließ mich selig dahintreiben, und immer wenn unsere Körper sich berührten, vibrierte meine Haut vor lauter Begierde.

»Darf ich fragen, wieso?«, fragte ich jetzt.

»Wieso was?«

Er hatte einen Arm über seine Augen gelegt, genau wie am Morgen nach der Party, als ich ihn auf der Couch hatte liegen sehen.

»Warum warst du … mit Mädchen nur der Publicity wegen zusammen? Weil sie deine Karriere voranbrachten?«

Er nahm den Arm vom Gesicht und legte ihn unter den Kopf. Er musterte mich einen Augenblick lang, dann wickelte er die Decke dichter um mich.

»Ich glaube, ich hatte einfach Angst«, sagte er.

»Angst wovor?«

»Angst, dass ich nicht so berühmt werden würde, wie Jess es sich gewünscht hat. Ich hatte das Gefühl, sie sonst zu verraten. Ich war bereit, alles dafür zu tun. Aber auf das meiste bin ich nicht allzu stolz.«

»Und heute?«

»Heute was?«

»Na ja, jetzt bist du mit mir zusammen. Ich kann dich nicht weiterbringen. Warum also bist du mit mir zusammen?«

Seine Hand stahl sich unter seinem Kopf hervor, und er strich mir über die Wange. »Weil nichts von alldem eine

Rolle spielt, wenn ich mit dir zusammen bin. Du erinnerst mich an das Einzige, was Jess wirklich von mir wollte. Mehr als dass sie sich wünschte, dass ich Schauspieler würde.«

»Und was war das?«

»Sie wollte, dass ich ein guter Mensch werde. Ein glücklicher Mensch. Nach Jess' Tod fiel es mir schwer, mich überhaupt noch für irgendetwas zu begeistern. Du hast mir das zurückgegeben, Elise. Die Fähigkeit, das Gute in den Menschen zu sehen, und die Hoffnung, irgendwann wieder glücklich zu werden. Ich mag den Mann, der ich bin, wenn ich mit dir zusammen bin.«

»Ich mag den Mann, der du bist, wenn du mit mir zusammen bist, auch.« Ich legte meine Wange auf seine Brust und schloss die Augen. Sie hob und senkte sie unter mir, und der gleichmäßige Rhythmus beruhigte mich. »Hast du ein Bild von ihr? Von deiner Schwester?«

Gavin bewegte sich unter mir und griff nach seinem Handy auf dem Nachttisch. Er rückte im Bett höher, genau wie ich, und dabei stützte ich mich auf seiner Taille ab. Er legte den Arm um mich und wischte übers Display seines Handys, und ich drehte mich um und lehnte den Rücken gegen seine Brust, sodass ich es sehen konnte.

Seine Finger lagen auf dem Fotoalbum-Button, und der Bildschirm war voller Bilder, hauptsächlich Schnappschüsse vom Set oder Gavin auf dem roten Teppich. Er blätterte die Bilder mit anderen Promis durch, und ich erkannte eine Reihe von ihnen.

»Ich fand immer schon, dass du im Smoking heiß aussiehst«, bemerkte ich anerkennend, als ein Bild von ihm bei irgendeiner Verleihung vorbeizog. Sein Körper hinter mir vibrierte vor Lachen.

Dann hörte er auf, sich durch die Bilder zu scrollen,

und vergrößerte das Bild eines Teenagers. Ich holte tief Luft. Sie sah Gavin unheimlich ähnlich: die gleichen tiefblauen Augen und das dunkle Haar. Aber statt seines kantigen Kinns und der markanten Wangenknochen war ihr Gesicht feminin gerundet, ihre Wangen voller Leben. Sie lachte in die Kamera, und ihre Augen funkelten.

Ich schluckte den Kloß in meiner Kehle herunter. »Sie ist schön.«

Er nickte an meinem Hinterkopf und fuhr erneut mit dem Finger übers Display, um mir noch ein weiteres Bild zu zeigen. Darauf war das gleiche Mädchen zu sehen. Sie hatte einen Arm um die Schulter des jungen Gavin gelegt. Sie flüsterte ihm etwas ins Ohr, und er grinste sie an. Sein Lächeln war sorglos und entspannt und ähnelte in keiner Weise dem, das er sonst für Fotografen oder den Regisseur reserviert hatte. Auf dem Foto war er etwa sechzehn, aber das Lächeln ließ ihn jünger wirken. Frei.

Keiner von beiden sah in die Kamera. Es war ein Schnappschuss aus dem Alltag.

Ich blickte mich um. Gavin betrachtete das Bild und lächelte verhalten. »Sie war sicher eine tolle Schwester.«

»Ja, das war sie.«

Er schaltete sein Handy aus und legte es wieder auf den Nachttisch zurück. Er drehte mich um, sodass ich rittlings auf ihm saß und wir uns ins Gesicht sehen konnten. Ich hielt mir die Decke vor die Brust, und seine Augen folgten meiner Hand. »Und du? Hast du Geschwister?«

»Nein. Es gibt niemanden außer der stillen, unscheinbaren Elise.« Er fing an zu lachen, und ich zog einen Schmollmund. »Worüber lachst du?«

Du hast dich gerade als still bezeichnet, gestikulierte er.

Das bin ich doch auch, antwortete ich und versuchte dabei die Decke mit dem Ellbogen festzuklemmen. *Wir reden noch nicht mal laut.*

Er grinste. *Eben warst du allerdings ziemlich laut.*

Wirklich?

Ja. Offenbar bringe ich dein lauteres Ich zum Vorschein.

Er umfasste meine Hüften und presste sich an mich. Ich keuchte auf und lieferte damit den Beweis, dass er recht hatte. Er ließ die Zunge dicht über der Decke über meine Brust gleiten.

Ich erschauerte, wogte ihm entgegen und schenkte ihm ein verschmitztes Lächeln. »Na ja, dann wollen wir doch mal sehen, ob ich den Gefallen erwidern kann.«

Ich ließ die Decke fallen.

***

Bist du sicher, dass du dazu bereit bist?

Ja, ich will, dass sie es weiß. Bleib einfach bei mir.

Ha, kannst ja mal versuchen, mich wegzujagen.

Gavin und ich standen vor meinem Zimmer. Er trug ein Fernbrooke-U-Hoodie, das ich ihm mitgebracht hatte, und eine riesige Sonnenbrille. In meinen Augen reichte diese Verkleidung nicht aus, um die Leute zu täuschen, aber kein einziger Student hielt uns auf, als wir vom Parkplatz auf mein Wohnheim zugingen. Ich holte tief Luft und öffnete die Tür.

»Hey, Reg, okay, flipp jetzt bloß nicht aus, ich muss dir nämlich was sagen. Ich …«

Ich stockte. Reggie saß auf dem Bett, die Augen gerötet, das Gesicht ebenfalls.

»Reggie, was ist los? Ist irgendwas mit Clint?«

Sie sah zu mir auf, ihre Augen blitzten vor Zorn. »Du bist eine Lügnerin. Du bist eine verdammte Lügnerin.«

Ich wich einen Schritt zurück und streckte die Hände aus. »Reggie, tut mir leid, dass ich dir nicht früher von Gavin erzählt habe. Wir wollten einfach nur erst mal sehen, wohin die Reise geht. Ich hätte nicht gedacht, dass du dich so darüber aufregst …«

»Mit ihm hat das gar nichts zu tun. Ist mir völlig egal, was du mit ihm machst. Aber wie konntest du mich über das hier belügen?«

Und da sah ich es. Meinen Laptop neben ihr. Offen. Das Manuskript für das letzte *Viking Moon*-Buch auf dem Bildschirm.

»Reggie, was machst du an meinem Computer?«

»Meiner ist abgestürzt«, sagte sie. »Ich musste heute eine Arbeit fertigmachen, also hab ich mir deinen geliehen. Weißt du, du hättest wirklich ein anderes Passwort als GAVIN benutzen sollen.«

Ich sah Gavin an, und meine Wangen wurden heiß, als ich meine Zimmergenossin wieder ansah. »Reggie. Ich kann das erklären.«

»Was? Willst du mir etwa erzählen, dass es nur Fanfiction ist oder so was?«

»Na ja …«

»Nein.« Sie schlug den Laptop zu und stand auf. »Denn ich hab sie alle gefunden, Elise. Oder sollte ich besser Aubrey sagen? Jeden Entwurf zu jedem Buch, alle ordentlich in Ordner abgelegt. Ich meine, du liebe Güte, Elise, du hast mir erzählt, dass du sie nicht mal gelesen hast, und du hast sie verdammt nochmal *geschrieben?* Was ist nur los mit dir?«

»Beruhige dich doch, Reggie. Bitte, lass es mich dir erklären«

Sie schien noch nicht mal bemerkt zu haben, dass ich

etwas gesagt hatte. Ihr Gesicht war meinem so nahe, dass ich den Kaffee in ihrem Atem riechen konnte. Reggie nahm eines meiner Bücher von ihrem Schreibtisch und drehte es um. Sie stieß mit dem Finger auf Veronicas Bild.

»Und wer zum Teufel ist das? Sie ist auch in die Sache verwickelt, was? Kommt hier rein und behauptet, die Bücher geschrieben zu haben. Gott, du hast sogar ihn zum Narren gehalten.«

Sie deutete auf Gavin, und mir sank das Herz in die Hose. Ich hatte seine Anwesenheit ganz vergessen. Er hatte alles mitbekommen. Ich konnte ihn nicht ansehen.

Ich machte einen Schritt auf meine Mitbewohnerin zu. »Wenn du mich das erklären lassen würdest …«

»Warum? Damit du mich wieder anlügst? Mir noch mehr Märchen erzählst? Nein danke.«

Reggie zog eine Sporttasche unter ihrem Bett hervor und begann, Klamotten hineinzuwerfen.

»Was machst du?«, fragte ich.

Sie schleuderte zwei unterschiedliche Socken in die Tasche und funkelte mich wütend an. »Ich bleibe heute Nacht bei Clint. Und nach Thanksgiving hole ich meine restlichen Klamotten und ziehe aus.«

Mir zog sich die Kehle zusammen und griff nach ihrem Arm. »Reggie, bitte geh nicht. Du verstehst nicht. Ich hätte nicht gedacht, dass das hier eine Rolle spielen würde. Als ich das erste Buch geschrieben hatte, habe ich mich so geschämt, dass ich ihnen das Bild einer anderen Frau geschickt habe, um es auf dem Cover abzudrucken. Es war Zufall – vor ein paar Monaten kannte ich Veronica nicht mal! Dann begannen die Dreharbeiten, und ich … ich bin in Panik geraten. Ich glaubte, dieses Spielchen aufrechterhalten zu müssen, um nicht alles aufs Spiel zu setzen.«

Reggie schloss den Reißverschluss ihrer Tasche und sah mich angriffslustig an. »Du hättest mir vertrauen können. Ich hätte dein Geheimnis für mich behalten. Ich bin – war – dein größter Fan. Und jetzt kann ich dich oder deine blöden Bücher nicht mal mehr angucken.«

Sie nahm den zweiten *Viking Moon*-Band von ihrem Nachttisch und warf ihn in den Metallmülleimer unter dem Schreibtisch.

Heiße Tränen rannen mir über die Wangen, aber ich machte mir nicht mal die Mühe, sie abzuwischen.

»Bitte nicht«, flüsterte ich.

Sie drängte sich an Gavin vorbei und blieb im Türrahmen nochmal stehen. »Weißt du was, Elise? Ich hab immer gedacht, dass du besser bist, als du selber glaubst. Ich hab dir gesagt, du sollst aufhören, dir selber leidzutun. Aber jetzt tust du *mir* leid. Du musstest die ganze Zeit so tun, als wärst du jemand anders? Das ist einfach nur traurig. Viel Glück mit dem Rest deiner Bücher.«

Sie knallte die Tür so heftig hinter sich zu, dass der Luftzug mein Gesicht traf. Ich ließ mich aufs Bett sinken, meine Schultern bebten, als ich das Schluchzen zu unterdrücken versuchte. Ich riskierte einen Blick auf Gavin. Er stand da, die Hände in der Tasche seines Kapuzenshirts vergraben. Er hatte die Sonnenbrille abgenommen, und seine Augen wanderten unruhig zwischen dem Buch im Müll, dem Laptop und mir hin und her.

»Du verstehst mich doch, oder?«, krächzte ich mühsam. »Dass ich jemand anders sein wollte? Und bereit war zu tun, was ich tun musste, um Erfolg zu haben? Ich konnte mein Gesicht einfach nicht auf die Bücher setzen lassen. Ich konnte den Gedanken nicht ertragen, dass die Leute mich sahen, wie ich …«

Er hielt eine Hand hoch, um mich zum Schweigen zu bringen. »Ich mag dich wirklich sehr, Elise. Wahrscheinlich mehr, als ich bis jetzt überhaupt mal jemanden gemocht habe.«

»Ich mag dich auch. Sehr.« Meine Stimme fühlte sich wie ein Flüstern an, das meine Zunge liebkoste. Ich war nicht mal sicher, ob er mich gehört hatte.

»Aber ich habe dir eine Menge Dinge erzählt. Dinge, die ich noch nie jemandem erzählt habe. Ich habe dir vertraut.«

»Ich weiß, und ich wollte es dir ja auch sagen, ich hab's versucht, aber …«

»Nein. Ich habe dir all das gegeben – und du konntest mir nicht mal sagen, wer du wirklich bist?«

»So ist es nicht, Gavin. Viele Autoren haben schließlich Künstlernamen. Das ist doch keine große Sache.«

Er wich einen Schritt zurück. »Keine große Sache? Du und Aubrey – warte, wie heißt sie richtig?«

Ich schniefte. »Veronica.«

»Veronica.« Er sprach ihren Namen langsam und bedächtig aus, als müssten seine Lippen erst noch lernen, das Wort zu formen. »Du und Veronica, ihr habt mit mir gespielt. Ihr habt mit uns allen gespielt. Sie wollte nur was? Einen Promi spielen?«

Ich ließ die Schultern hängen. »Teilweise.«

»Teilweise?«

»Na ja, das und Geld. Ich musste ihr die Hälfte meiner Tantiemen geben.«

»Elise! Du hast sie *bezahlt*, damit sie tut, als sei sie du?« Ich fand keine Worte, also nickte ich nur. »Das ist so verdammt beschissen. Weißt du was, ich glaube, deine Mitbewohnerin hat es richtig gemacht. Ich muss hier weg.«

»Gavin, bitte geh nicht. Es tut mir leid.«

Ich sprang vom Bett auf und griff nach ihm, bekam aber lediglich den Ärmel seines Sweatshirts zu fassen. Er drehte sich an der Tür um und zeichnete ein e auf die rechte Wange – eine Erinnerung daran, dass er einer der wenigen Menschen war, denen ich meine Namensgebärde verraten hatte. Meine Brust schmerzte, als seine Hände einen letzten Satz formten:

Mir tut es auch leid.

Kapitel 24

In meinem Zimmer war es mittlerweile total stickig, nachdem ich den ganzen Tag dort gelegen und in mein Kissen geschluchzt hatte. Ich verließ die engen Mauern und wanderte ziellos auf dem Campus herum, bis meine Finger taub waren und ich in dem dünnen Sweatshirt zitterte. Die Lichter der Bibliothek schienen mich aus der kalten Dunkelheit ins Innere locken zu wollen. Ich schlüpfte hinein und seufzte, als wohlige Wärme mich umfing.

Der leicht modrige Geruch nach Büchern und die Neonröhren trösteten mich auf eine Weise, wie mein Kissen und die Abendluft es nicht vermocht hatten. Inmitten der Bibliothek zu stehen war, als hätte ich mir eine kuschlige Decke um die Schultern geschlungen. Ich ging bis nach hinten durch und stieg die klapprigen Treppen hinauf, die zu den Regalen führten. Hier war immer am wenigsten los, und ich wusste, dass ich mich hier irgendwo hinsetzen konnte, um allein über alles nachzudenken.

Ich nahm mir wahllos ein Buch aus dem Regal, bevor ich mich auf einen Holzstuhl plumpsen ließ. In diesem Augenblick entdeckte ich den Band, der auf dem Tisch vor mir lag. Ich stöhnte, als mich ein vertrautes Wikingerpaar ansah. Echt jetzt? Ich hatte den einzigen Tisch erwischt, auf dem ein Exemplar von *Viking Moon* lag? Ich schob das Buch beiseite, verschränkte die Arme auf dem Tisch und vergrub mein Gesicht darin. Erneut stieg mir ein Schluchzen in die Kehle, und meine Schultern zuckten.

Da tippte mir jemand auf die Schulter. Ich schreckte zusammen und wäre fast mit meinem Stuhl nach hinten gefallen. Ein paar Hände packten die Lehne und stützten mich.

»Hey Elise. Tut mir leid. Ich wollte dich nicht erschrecken. Alles klar mit dir?«

Duncan Creeds Augen blickten hinter seiner Brille mitfühlend auf mich herunter. Ich wischte mir mit dem Ärmel übers Gesicht.

»Ja, Mr Creed. Mir geht's gut. Was machen Sie denn hier?«

»Duncan bitte. Und ich komme immer her, um zu schreiben. Hier bin ich ungestört. Ist ein nettes, ruhiges Plätzchen.«

»Ja«, schniefte ich. »Deshalb bin ich auch immer gern hier. Na ja, das mit der Ruhe ist bei mir ja nicht so wichtig, aber ich finde es schön, dass meistens keiner da ist. Sorry, wenn ich Sie beim Schreiben gestört habe.«

»Kein Problem, Elise«, sagte er. »Du bist aber ziemlich durch den Wind. Kann ich was für dich tun?«

»Ich glaube nicht, dass irgendjemand was für mich tun könnte.«

»Willst du nicht drüber reden? Ich bin ein guter Zuhörer. Und ich habe einen Tee da. Warte mal.«

Er ging um ein Regal herum und kam mit einer silbernen Thermoskanne zurück. Er zog seinen Stuhl neben mich, setzte sich hin und schraubte dann den Deckel ab. Umgedreht diente er als Becher, und er goss das dampfende Getränk hinein und schob ihn mir hin. Der blumige Duft von Earl Grey stieg mir in die Nase. Ich pustete hinein, nahm einen vorsichtigen Schluck und zuckte kurz zusammen, als der Tee meine Zunge berührte. Dann aber wärmte er mich von der Kehle bis in den Magen hinein.

»Danke«, sagte ich. »Das brauchte ich jetzt.«

»Keine Ursache. So, warum willst du jetzt nicht mit mir reden? Vergiss doch mal, dass ich dein Professor bin. Rede mit mir wie mit einem Freund.«

»O klar … Freunde.« Befreundet mit dem Autor, den ich anbetete? Na ja gut, warum nicht.

»Ich bin nur ein ganz normaler Mann, Elise. Ich habe ein paar Bücher geschrieben, die den Lesern gefallen haben. Das war's. Ich bin nichts Besonderes.«

Ich legte die Hände um den kleinen Becher, wärmte meine Finger daran. »Haben die Leute Sie danach anders behandelt? Sie wissen schon, nachdem Sie das erste Buch veröffentlicht hatten und es sich so gut verkauft hat?«

»Ich verstehe nicht, was das mit deinem Problem zu tun hat.«

»Glauben Sie mir. Es hat alles damit zu tun.« Ich nahm noch einen Schluck Tee und behielt ihn einen Augenblick lang im Mund, genoss die Kombination aus Zitrone und Blumen, bevor ich ihn herunterschluckte.

»Na gut.« Er lehnte sich in seinem Stuhl zurück. »Etwas, glaube ich. Die Leute, die mich kannten, wollten alle ein Exemplar haben, manche sogar mit Autogramm. Fans haben mir geschrieben, und ich musste zu Autorenlesungen, um Bücher zu signieren. Aber die Menschen, die mir am Herzen lagen, meine Familie, meine Frau, meine Freunde – die waren einfach nur stolz auf mich.«

»Sie sind verheiratet?«

»Ich war es. Sie ist gestorben in dem Jahr, in dem *Raub-*

tiergebiss veröffentlich wurde. Krebs. Es ging ziemlich schnell.« Sein Gesicht verdüsterte sich, und ich sah in meinen Tee, um ihm einen Augenblick Privatsphäre zu geben.

»Tut mir so leid«, sagte ich. »Ich hatte ja keine Ahnung.«

»Ist schon gut. Wir hatten viele wunderbare gemeinsame Jahre. Sie war meine Jugendfreundin. Und ich habe eine wunderschöne Tochter mit ihr. Carolyn müsste genau in deinem Alter sein. Sie studiert jetzt am College in Boston.«

»Haben Sie deshalb nie wieder etwas veröffentlicht? Weil Sie Ihre Frau verloren haben? Ich hab mich immer gefragt, was passiert ist. Ich war die ganze Zeit so enttäuscht, dass Sie nichts mehr geschrieben haben.«

Er nahm seine Brille ab und rieb sich die Augen. »Nachdem Joanne mich verlassen hatte, fehlte mir die Inspiration. Meine Frau war meine Muse, und es war, als ob sie mein Herz und meine Seele mit sich genommen hätte, als sie ging.«

Tränen schmerzten hinter meinen Augen, und das Herz wurde mir schwer. Es hatte wehgetan, als Gavin mein Zimmer verlassen hatte, aber ich konnte mir kaum vorstellen, wie es war, einen Partner zu verlieren, den man fast sein ganzes Leben lang gekannt hatte. Ich räusperte mich. »Aber Sie haben doch gesagt, dass Sie jetzt hier schreiben? Hat sich denn etwas verändert?«

Er setzte die Brille wieder auf, und seine Augen waren jetzt warm wie dampfender Espresso. »Ja. Mit all den Jugendlichen Zeit zu verbringen und ihre Liebe zu meinem Werk zu spüren hat das Feuer in mir wieder entfacht. In den letzten paar Wochen konnte ich mit dem Schreiben kaum aufhören. Es ist einfach herrlich. Ein Gefühl, das ich seit Jahren schon nicht mehr hatte. Und auf jedem Schritt meines Weges spüre ich Joannes Anwesenheit. Ich weiß, sie leitet mich durch jedes meiner Worte.«

»Das ist so süß«, flüsterte ich trotz des Kloßes, der sich in meinem Hals gebildet hatte. »Ich kann es kaum abwarten, Ihr neues Buch zu lesen.«

»Und ich kann kaum abwarten, es fertigzustellen. Mein Agent wird total aus dem Häuschen sein. Der arme Mann war todunglücklich, als ich die Schreiberei aufgab, um zu unterrichten.« Er lehnte sich vor und sah mich über den Brillenrand hinweg an. »Aber wir sitzen nicht hier, um über mich zu reden. Bitte, Elise, sag mir doch, was los ist.«

Ich warf einen Blick auf das *Viking Moon*-Buch, das an der Ecke des Tisches lag. Ich ließ meinen Tee los und schob ihm das Buch hinüber. »Das hier habe ich geschrieben. Und die darauffolgenden Bände auch.«

Duncan nahm das Taschenbuch in die Hand, studierte das Cover, drehte das Buch um. »Ich kenne viele Autoren, die Künstlernamen benutzen, aber das hier, meine Liebe, bist nicht du.« Er hielt das Buch in die Höhe, und Veronica lächelte mich von der Rückseite an.

»Ja, und das ist das Problem.«

Ich holte tief Luft, und dann sprudelte es alles aus mir heraus. Der Unfall, die Scham wegen meiner Narben, das Foto, die Verfilmung und Veronicas Anteil an all dem. Ich schloss meinen Bericht damit, dass Reggie und Gavin vor nur wenigen Stunden aus meinem Zimmer und meinem Leben verschwunden waren.

Duncan brachte die Fingerspitzen zusammen und musterte mich eine Zeitlang. Ich nippte wieder an meinem Tee und zog eine Grimasse, als ich merkte, dass er kalt geworden war.

»Also«, sagte ich, als er nach einer Weile immer noch nichts gesagt hatte. »Das war's. Ich konnte mich zwischendurch auch nicht auf Ihr Seminar konzentrieren, weil ich die ganze Zeit über mein Dilemma nachgedacht habe.«

»Und du kamst zu dem Schluss, dass die beste Lösung wäre, eine andere Frau zu bezahlen, damit sie vorgibt, du zu sein?«

Ich ließ den Kopf hängen. »Ich weiß. Das klingt lächerlich. Ich hätte nicht gedacht, dass es am Ende so kompliziert werden würde. Wer hätte schon gedacht, dass ausgerechnet meine Mitbewohnerin mein größter Fan sein würde und dass der Schauspieler, für den ich schon seit Ewigkeiten schwärme, meine Gefühle erwidern könnte?«

»Aber darum geht es eigentlich gar nicht, Elise.« Er nahm einen Schluck aus der Thermoskanne.

»Was meinen Sie damit?«

»Ich glaube nicht, dass deine Freunde sich aufregen, weil du sie belogen haben.«

»Doch natürlich ist das der Grund. Meine Mitbewohnerin hat mich eine Lügnerin genannt.«

»Na ja, vielleicht spielt das ja zum Teil eine Rolle.« Er lehnte sich in seinem Stuhl zurück. »Aber ich glaube, deine Freunde befürchten, dass du nicht der Mensch bist, den sie kennen und lieben. Du hast Aubrey Lynch geschaffen, um dich hinter ihr zu verstecken. Woher sollen sie also wissen, wer du wirklich bist?«

»Aber ich war immer ich selbst. Ich meine, klar, ich habe ihnen erzählt, dass Veronica meine Bücher geschrieben hat, aber ich habe nie etwas getan und mich nie auf eine Weise verhalten, bei der ich nicht ich selbst war.«

»Du musst ihnen etwas Zeit geben, um das zu erkennen. Hab Geduld. Zeige ihnen, dass sich nichts verändert hat.

Wenn deinen Freunden wirklich so viel an dir liegt, werden sie irgendwann zu dir zurückkehren.«

Ich kippte den Rest meines jetzt vollkommen kalten Tees hinunter. »Glauben Sie wirklich?«

»Es ist durchaus möglich. Und in der Zwischenzeit gehe nach Hause und verbringe am kommenden Wochenende Zeit mit deiner Familie. Wir haben Thanksgiving. Denk daran, wer du bist und wer du immer sein wolltest.«

»Glauben Sie, meine Schriftstellerkarriere ist vorbei, wenn das alles rauskommt?«

Er nahm mir den leeren Becher ab und schraubte ihn wieder auf die Thermoskanne. »Solange dir das Schreiben im Blut liegt, wirst du Schriftstellerin sein, egal, welches Bild die Rückseite deiner Bücher schmückt. Sieh mich an: Nach all den Jahren fange ich wieder an zu schreiben. Schreib ein gutes Buch. Auf etwas anderes kommt es nicht an. Die Welt wird dir verzeihen.«

»Danke, Mr Creed.«

»Duncan.«

»Stimmt.« Ich erhob mich und reckte die Arme über den Kopf. »Ich glaube, ich geh jetzt besser ins Wohnheim zurück. Ich muss vor den Ferien noch einen Essay zu Ende schreiben.«

»Hoffentlich habe ich dir helfen können.« Duncans braune Augen leuchteten sanft im gelben Schein der Lampe auf dem Tisch.

»Das haben Sie. Danke.« Ich ging auf die Treppe zu, dann wandte ich mich um. »Äh, Mr Cr… Duncan. Haben Sie an Thanksgiving irgendetwas vor? Wir haben immer Unmengen von Essen und …«

Er hielt die Hand hoch. »Vielen Dank für das Angebot, Elise, aber ich besuche meine Tochter in Boston. Wir haben uns nach dem Tod meiner Frau etwas voneinander entfernt, aber ich will sie nicht aufgeben. Eines Tages bekomme ich heraus, wie ich ihr wieder näherkommen kann.«

»Okay.« Ich stieß den Atem aus. »Das ist gut. Ich drücke Ihnen die Daumen. Fröhliches Thanksgiving, und viel Glück mit Ihrem Buch.«

»Danke, Elise. Dir auch fröhliches Thanksgiving.«

Langsam stieg ich die ersten Stufen hinunter – mit etwas leichterem Herzen, als ich sie hinaufgegangen war. Aber bevor ich verschwand, warf ich noch einen letzten Blick auf meinen Professor. Duncan saß am Tisch, die Beine gekreuzt und die Brille auf der Nasenspitze. Und vor ihm aufgeschlagen lag *Viking Moon*.

***

Ich schwänzte meinen letzten Vorlesungstag vor den Thanksgiving-Ferien, blieb in meinem leeren Zimmer sitzen, stopfte Fastfood in mich hinein und schaute mir Unmengen von Fernsehserien auf meinem Laptop an. Immer wieder sah ich zu Reggies leerem Bett hinüber, und mir krampfte sich das Herz zusammen. Ich hatte sowohl ihr als auch Gavin geschrieben, aber beide hatten nicht geantwortet. Daher beschloss ich, Duncans Rat zu folgen und sie bis nach dem Wochenende in Ruhe zu lassen.

Wegen Thanksgiving und des langen Wochenendes gab es auch eine Filmpause, daher war Gavin wahrscheinlich wieder in Los Angeles. Er hatte davon gesprochen, dass er über Thanksgiving zu seinen Eltern fahren und ein paar Interviews zu *Viking Moon* geben wollte.

Ich schrieb Clint, um nachzufragen, ob es Reggie gut ging, und das »Jep«, das ich als Antwort erhielt, zeigte mir, dass der Cowboy mich zumindest nicht genug hasste, um mich vollkommen zu ignorieren.

Jins Flug landete spät am Abend, aber ich hatte mich schließlich einverstanden erklärt, ihn vom Flughafen abzuholen, der etwa eine Stunde von der Stadt entfernt lag – und ich würde mein Versprechen halten. Eigentlich hätte ich am liebsten abgesagt, aber ich konnte Jin nicht im Stich lassen. Außerdem würde mir die Fahrt wahrscheinlich guttun.

Obwohl die Novemberluft ziemlich kühl war, fuhr ich mit offenem Fenster, um wach zu bleiben. Der Wind brannte auf meinen Wangen, aber das war eine willkommene Abwechslung von den schmerzhaften Tränen.

Kurz darauf stand ich im Ankunftsbereich und sah über die Köpfe der anderen Leute hinweg, die ebenfalls auf Angehörige warteten. Als ich Jins dunklen Schopf entdeckte – jetzt mit grünen Spitzen –, musste ich grinsen.

Er hatte mich noch nicht in der Menge gefunden, sondern unterhielt sich angeregt mit dem Typen neben ihm. Ich kicherte. Kein Wunder, dass Jin den einzigen süßen, alleinstehenden Kerl im ganzen Flugzeug aufgerissen hatte. Doch das Lachen erstarb auf meinen Lippen, als ich sah, dass sie Händchen hielten.

Bei allem, was passiert war, hatte ich die Überraschung vergessen, die Jin erwähnt hatte. Das schien sie zu sein.

Endlich hatte auch Jin mich gesehen und ließ die Hand seines Begleiters fallen, um in Zeitlupe auf mich zuzulaufen wie in einem dieser kitschigen, romantischen Filme. Ich drängte mich an dem vor mir stehenden Mann vorbei und lief meinem Freund entgegen. Jin packte mich, hob mich vom Boden auf und wirbelte mich herum. Ich kreischte, dass er mich absetzen sollte, aber als er das tat, schlang ich ihm die Arme um den Hals und vergrub mein Gesicht in seiner Jacke.

Und so waren wir mir nichts, dir nichts wieder dort, wo wir immer gewesen waren; die Tatsache, dass unsere jahrelange Freundschaft sich in den vergangenen Monaten auf ein paar Nachrichten und Facebook-Likes beschränkt hatte, war ohne Bedeutung. Wir hielten uns ein paar Augenblicke umarmt, und ich atmete seinen Geruch ein. Ich stutzte. Er duftete jetzt nicht mehr nach frischer Wäsche wie früher, sondern wie ein Garten im Frühling. Ich löste mich etwas von ihm und schaute zu ihm auf.

»Elise, das ist Zach.« Jin ließ mich los und zog seinen Begleiter zu uns heran. »Mein Freund.«

Zach strahlte mich an. Er hatte hübsche Zähne. Mit dem blonden Igelschnitt sah er aus, als würde er eher am Meer leben als in New York.

»Unglaublich!« Ich klatschte in die Hände. »Du hast tatsächlich einen Freund? Nicht nur ein Date für eine Nacht?«

Zach warf Jin einen Blick zu, und mein Freund lachte. Er nahm Zachs Hand. »Nein, wir sind seit Semesterbeginn zusammen. Es ist was Ernstes.«

Ich fühlte, wie ich von einem Ohr zum anderen grinste wie ein Idiot, aber ich konnte nichts daran ändern. Das hatte Jin verdient – er hatte so lang darauf gewartet. »Ich freue mich so für euch beide! Wirklich! Total toll!«

»Ja.« Jin stieß ein Lachen aus. »Ich kann es gar nicht abwarten, dass er meine Mom kennenlernt. Sie wird ihn lieben. Er kann nämlich kochen.«

»Wow«, sagte ich zu Zach, als sie ihre Koffer holten. »Das gibt ein paar zusätzliche Pluspunkte.«

Wir durchquerten den Flughafen, und ich wich der

Menschenmenge aus, die immer noch auf die Ankunft anderer Maschinen wartete. Mein Auto stand ganz hinten auf einem gigantischen Parkplatz, also machten wir uns auf den Weg.

»Also, Zach, du studierst auch im Hauptfach Theater?«

»Äh, nein, ich studiere Naturwissenschaften.«

Ich sah an ihm vorbei und zu Jin hinüber. »Warte? Er kocht und ist auch noch klug? Wie zum Teufel hast du denn den aufgerissen?«

»Ja, oder?« Mein Freund zog eine Augenbraue hoch. »Ganz zu schweigen davon, dass er superheiß ist.«

Er küsste Zach auf die Wange, und ich sah schnell zu Boden. Der Asphalt schimmerte im Licht der Parkplatzlaternen, und ein plötzliches Ziehen in der Brust erinnerte mich daran, dass Gavin mich auch so geküsst hatte. Anschließend fiel mir ein, wie er in unserer letzten Nacht einen Pfad aus Küssen über meinen Bauch beschrieben hatte, und musste blinzeln, um wieder einen klaren Kopf zu bekommen.

Jin berührte mich am Ellbogen. »Und wo wir gerade von heiß reden, wie ist es, mit Gavin Hartley zusammenzuarbeiten?«

»Du arbeitest mit Gavin Hartley?«, fragte Zach. »Verdammt, das muss ja ein supergeiler Job sein.«

Ich umklammerte den Riemen meiner Tasche so fest, dass meine Knöchel sich weiß vom Kunstleder abhoben. »Ist super. Er ist … Er ist toll.«

»Ja, darauf möchte ich wetten«, sagte Jin. Zach versetzte ihm einen spielerischen Knuff.

Ich setzte sie an Jins Haus ab in dem Wissen, dass wir am nächsten Abend gemeinsam essen würden. Unsere Familien waren immer schon eng befreundet gewesen, aber seit dem Unfall war es Tradition, Thanksgiving zusammen zu feiern. Meine Mutter machte dann den Truthahn und den Kartoffelbrei und andere Beilagen, und Jins Mom verbrachte Stunden in der Küche, um Nachtische zu zaubern, bei denen einem das Wasser im Mund zusammenlief – wie Kürbis- oder Käsekuchen. Es gab immer viel zu viel zu essen, aber es war köstlich – zumindest solange ich Tam nicht ansah, denn dann verging mir meist gleich wieder der Appetit.

Meine Mutter wollte, dass ich zu Hause übernachtete, damit ich am Morgen dabei helfen konnte, das Haus zu schmücken, aber als ich bei meinen Eltern ankam, schliefen die beiden schon. Ich schloss die Tür auf und schlüpfte hinein, um nach oben in mein Schlafzimmer zu gehen.

Seit ich auf dem College war, hatte sich dort nichts verändert. Das ging auf Moms Konto. Sie hoffte immer noch, dass ich wieder einzog, damit sie ein Auge auf mich haben konnte. Meine weinrote Überdecke sah einladend aus, und ich schleuderte die Schuhe von mir und zog Jeans und T-Shirt aus. Dann streifte ich einen mit Büchern bedruckten Flanellpyjama über – ein Weihnachtsgeschenk aus dem vorigen Jahr – und kuschelte mich in mein Bett.

Ich nahm meinen Laptop aus der Tasche und ließ ihn hochfahren. Der Bildschirm verbreitete seinen weißen Schein in dem dunklen Zimmer. Ich ignorierte das Manuskript, das auf dem Desktop um meine Aufmerksamkeit buhlte, und öffnete eine Suchmaschine, um Gavins Namen einzugeben.

Das Erste, was dort erschien, waren Neuigkeiten über eine Pressekonferenz zu *Viking Moon*. Dann stand da etwas über den Film und die Bücher, aber die Worte verschwammen vor meinen Augen, als ich das Bild neben dem Artikel sah.

Mein Atem ging schneller, und mir brach der Schweiß aus.

Das konnte nicht wahr sein. Sie hatte doch behauptet, dass es längst und ein für alle Mal vorbei war. Und er hatte es bestätigt. Doch den Beweis vor meinen Augen konnte ich nicht leugnen.

Das Bild zeigte Gavin auf der Pressekonferenz. Er hielt den Kopf gesenkt und küsste eine Frau. Die ich kannte. Eine wahnsinnig gutaussehende, rothaarige Frau.

Leila Clarke.

***

Nach einer schlaflosen Nacht, in der ich mich nur im Bett herumgewälzt hatte, war ich ausnahmsweise einmal froh darüber, meiner Mutter zur Hand gehen zu müssen. Egal, worum sie mich bat, ich erledigte es, ohne zu murren. Ich schrubbte die Toilette im Gästebad und füllte die Seife nach. Ich saugte das Wohnzimmer, bellte meinen Vater an, die Füße zu heben, denn er saß auf der Couch und sah sich ein Footballspiel an. Ich schob meine Hand ins Hinterteil eines Truthahns und ersetzte seine Eingeweide durch Unmengen von Kräuterbrotwürfeln. Solange ich etwas zu tun hatte, musste ich nicht an dieses Foto denken, auf das ich am Abend zuvor gestoßen war.

Als wir uns am späten Nachmittag zum Essen zusammensetzten, schaufelte ich mir jede Menge Kartoffelbrei und Füllung in den Mund, um nicht reden zu müssen. Meine Mutter goss mir ein Glas Rotwein ein, aber ich schob es weg – alleine der Geruch erinnerte mich an den Abend mit Tanner.

Nach dem Abendessen räumten wir die Teller ab und brachten sie in die Küche. Ich ließ Wasser darüberlaufen und beobachtete, wie die leuchtend rote Cranberrysauce im Abfluss verschwand.

Jin griff über meine Schulter und drehte den Wasserhahn ab, bevor er meine Hand nahm. »Komm schon, Ellie-Bellie. Wir müssen reden.«

»Aber ich muss meiner Mom beim Abwasch helfen«, sagte ich.

»Der ist auch noch da, wenn wir zurückkommen. Komm mit.«

Er holte unsere Jacken von der Garderobe neben der Tür und zerrte mich aus dem Haus. Ich nahm ihm die Jeansjacke ab, zog sie an und folgte ihm schweigend. Wir erreichten den Park am Ende der Straße, in dem wir als Kinder gespielt hatten. Bei dem kalten Wetter und dazu noch am Feiertag lag er wie ausgestorben da, und wir kletterten die Holztreppe hinauf und quetschten uns in das Spielhaus, in dem die Kids normalerweise darauf warteten, die Rutsche benutzen zu können.

Okay, signalisierte Jin. *Irgendetwas ist los mit dir. Spuck's aus.*

Ich zitterte vor Kälte und zog meine Jacke fester um mich. *Ich weiß nicht, wo ich anfangen soll.*

Du bist Schriftstellerin, meinte er. *Erzähl von Anfang an.*

Dass ich Schriftstellerin bin, hat ja die Probleme erst ausgelöst.

Ich höre.

Er stützte sich mit den Händen auf der Bank ab, lehnte sich zurück und wartete darauf, dass ich etwas sagte. Ich seufzte und erzählte ihm alles. Dass ich Veronica bezahlt hatte, damit sie mich spielte, von Reggie und dem Cowboy, von meiner Nacht mit Gavin und von dem Bild, auf das ich am Abend zuvor gestoßen war.

Schließlich wischte ich mir über das tränennasse Gesicht und wartete auf seine Reaktion. Es dauerte ein paar Sekunden, bevor er antwortete.

»Okay, also mal der Reihe nach. Du hast mit Gavin Hartley geschlafen? Heilige Scheiße, El. Wahnsinn. Gut gemacht. Das hätte ich nie erwartet. Du musst mir jedes kleinste, schmutzige Detail erzählen.«

»Hm, darauf lautet die Antwort eindeutig Nein.«

»Na ja, war einen Versuch wert.« Er beugte sich vor und stütze die Ellbogen auf seine übereinandergeschlagenen Beine. »Zum Zweiten: Ich kann kaum glauben, dass du die Tussi bezahlt hast. Liebes, du hättest mir davon erzählen sollen. Wir hätten eine andere Möglichkeit gefunden. Dein Haar gefärbt, denen erzählt, dass du eine seltene, ansteckende Krankheit hast, die Schauspieler umbringt, behauptet, dass du allergisch auf Kunstfell bist. Irgendwas.«

»Ja, das klingt alles *um Längen* besser als meine Idee«, murmelte ich.

»Du weißt doch, was ich dir damit sagen will«, meinte er. »Tut mir leid wegen deiner Mitbewohnerin. Vielleicht braucht sie einfach nur ein bisschen Zeit? Ich denke, das war nur der Schock.«

»Vielleicht. Aber du hättest ihr Gesicht sehen sollen. Sie war echt verletzt.« Ich zupfte an meinen Haaren herum.

»So wie du sie schilderst, scheint sie ein netter Mensch zu sein. Sie wird dir verzeihen.«

»Schon möglich.«

»Und was diesen Gavin-Arsch angeht: Ich freu mich zwar, dass du ein Mitglied der Hollywood-Elite flachgelegt hast, aber ich würde ihm am liebsten eins aufs Maul geben für diesen Leila-Kuss.«

Ich schüttelte den Kopf. »Ich hab's verdient.«

Jin wischte mir eine Haarsträhne aus dem Gesicht. »Nein, Liebes. Hast du nicht. Ja, du hast ihn wegen des Jobs und wegen der Bücher angelogen, aber du warst trotzdem immer du selbst. Wenn er das nicht erkennt, ist er ein totaler Mistkerl.«

»Aber das ist noch mehr, Jin. Jetzt hab ich dir schon so viel erzählt, da sollte ich mit der restlichen Wahrheit auch noch rausrücken.«

»Die Wahrheit über was?«

Ich schlang die Arme um meinen Körper und starrte durch die Ritzen der Holzplanken auf den Boden unter uns. Jetzt gab es kein Zurück mehr. Ich musste darauf vertrauen, dass Jin, mein ältester und liebster Freund, mir das, was ich ihm jetzt erzählen würde, verzieh. Die ganze Sache hatte zumindest eins klar vor Augen geführt: Ich durfte mich nicht mehr verstecken.

»Der Unfall. Du weißt, dass ich immer allen erzählt habe, dass ich mich nicht daran erinnern kann, was passiert ist, und dass man eine defekte Gasleitung dafür verantwortlich machte?« Ich schluckte. »Na ja. So war es nicht. Ich hab zugelassen, dass Annie ein Streichholz angezündet hat. Nachdem ich den Gasofen stundenlang angelassen hatte.«

Jins Hand umfasste meine Wade. »Elise, wovon sprichst du?«

Mein Körper zitterte so sehr, dass ich fast zusammengeklappt wäre. »Jin, es war alles meine Schuld. Annie ist meinetwegen gestorben.«

Jin sagte ganz lange nichts. Ich griff nach seiner Hand, aber er riss sich los und stand auf. Mit einer Grazie, die nur von seinem jahrelangen Tanztraining kommen konnte, tauchte er aus dem Spielhaus ins Freie und landete mit einem Satz auf dem Boden.

»Jin, ich …«

Er schüttelte den Kopf. »Ich brauche eine Minute, okay, Elise. Gib mir ein bisschen Zeit, um das zu verarbeiten.«

Ich biss die Zähne aufeinander und verschränkte die Hände ineinander, als er sich vom Spielplatz entfernte und auf eine Baumgruppe zuging. In der Dunkelheit war er in seiner schwarzen Lederjacke fast nicht mehr zu erkennen. Meine Beine waren eingeschlafen, und ich stand unsicher auf und stieg von der Holzleiter herunter. Unter keinen Umständen hätte ich einen Sprung gewagt, auch wenn es bei Jin so einfach ausgesehen hatte.

Ich hielt mir die Hände vors Gesicht und schluchzte. Jetzt hatte ich offiziell jeden verloren, der mir was bedeutete. Du hast ja grade einen tollen Lauf, Elise!

Ich schrak zusammen, als mir plötzlich jemand auf die Schulter tippte. Jin stand direkt neben mir. Ich schwieg. Was sollte ich auch sagen? Nichts hätte das, was ich getan hatte, auch nur ein Jota abschwächen können.

Jin fuhr sich mit den Händen übers Gesicht und durch sein Haar mit den grünen Spitzen, als sei er gerade aufgewacht.

»El, ich habe immer geglaubt, dass ich der einzige Mensch sei, dem du alles erzählst. Der Mensch, den du niemals belügst.«

»Ich weiß, und ich …«

Er hielt eine Hand hoch. »Bitte, lass mich zu Ende reden. Ich kenne dich seit unserem sechsten Lebensjahr. Ich kannte dich an jenem Tag, an dem du auf diese Insel gefahren bist. Du hättest Annie niemals absichtlich Leid zugefügt. Es war ein schrecklicher Unfall zweier Kinder, die

Angst hattet und allein waren. Ich wünschte nur, ich wäre dort gewesen, um euch zu helfen.«

Ich sackte in den Sand und wischte mir mit dem Ärmel das Gesicht ab. »Heißt das, du verzeihst mir?«

»Den Unfall? Ja. Dass du mich all die Jahre belogen hast? Na ja, daran müssen wir wohl noch arbeiten. Aber ich hab dich sehr lieb, El. Trotz allem. Und ich wünschte, dir wäre klar gewesen, dass ich für dich da gewesen wäre.«

Ich lehnte mich gegen den Pfosten des Spielhauses. »Ich weiß. Aber du hast so gelitten, als sie starb. Und plötzlich war ich dieser Freak, mit dem keiner etwas zu tun haben wollte. Ich wollte nicht riskieren, dass du mich auch noch hasst.«

Ich könnte dich nie hassen, signalisierte er. *Manchmal möchte ich dir am liebsten eine scheuern, weil du wieder mal nicht richtig nachdenkst und irgendeinen Blödsinn machst, aber nur um deiner selbst willen.*

Vielleicht hätte ich es verdient.

Ja, wahrscheinlich sogar. Und jetzt komm her.

Willst du mir eine scheuern?

Du musst schon herkommen und es selbst herausfinden.

Jin kniete sich hin und ich auch. Er zog mich an seine Brust, und ich schlang die Arme um ihn, ließ mich von ihm wärmen. Dann ließ er mich los und presste die Lippen aufeinander.

Da ist noch was, meinte er.

Was denn?

Ich glaube nicht, dass wir das meinen Eltern erzählen sollten.

Ich zog überrascht die Augenbrauen hoch. Warum nicht?

»Es war schwer genug für sie, Annie zu verlieren«, sagte

er. »Lassen wir es dabei, dass es nichts weiter war als eine defekte Gasleitung. Es ist nicht nötig, dass alte, schmerzhafte Wunden wieder aufbrechen.«

»Okay.« Ich nickte. »Wenn du meinst.«

»Ja.«

Er stand auf und nahm meine Hand, zog mich aus dem Sand. Wortlos und nachdenklich verließen wir den Park. Da kam mir ein Gedanke.

»Hey«, sagte ich. »Du hast mir noch nicht genug von Zach erzählt. Wie um alles in der Welt hast du einen Naturwissenschaftler kennengelernt?«

»Oh, Elise.« Er legte einen Arm um meine Schulter. »Für diese Geschichte braucht man jede Menge Kürbiskuchen und Eiscreme.«

Kapitel 25

Wir brauchten das ganze restliche Wochenende, um eine nennenswerte Schneise in die Unmengen von Essen zu schlagen. Und sogar danach noch nahmen Jin und Zach Tupperdosen mit übriggebliebenem Truthahn und Kuchen mit, als ich sie am Sonntagabend am Flughafen absetzte.

Auch jetzt fuhr ich wieder mit offenem Fenster in die Stadt zurück, damit die kühle Brise etwas von der Angst vertrieb, die in meinem Bauch rumorte bei dem Gedanken, jetzt wieder in meinen Alltag zurückkehren zu müssen. Ich holte meinen Kulturbeutel und etwas in Folie gewickeltes Essen aus dem Kofferraum – Tupperdosen waren, wie meine Mutter sagte, für diejenigen reserviert, die im Flieger unterwegs waren – und überquerte den Campus zu meinem Wohnheim.

Die Bäume hatten schon vor einer Woche ihre Blätter abgeworfen, und ich schauderte, als ich zügig durch das Laub ging. Mein Atem bildete weiße Wölkchen, ein deutliches Zeichen dafür, dass es Zeit für eine wärmere Jacke wurde.

Als ich ins Zimmer kam, ließ ich vor Schreck die Tasche fallen.

»Reggie! Du bist zurück.«

Sie zuckte zusammen und wirbelte zu mir herum. »Freu

dich nicht zu früh. Ich hole nur meine Sachen. Clint holt mich später ab. Ich werde in seiner Bude wohnen.«

»Oh.« Ich hob die Tasche wieder auf und wuchtete sie aufs Bett. »Na ja, hattest du zumindest ein schönes Thanksgiving?«

Sie hörte auf, Klamotten in ihren Koffer zu schmeißen, und stemmte die Hand in die Hüfte. »Pass mal auf, Elise oder Aubrey oder wie auch immer du auch heißen magst, ich habe kein Interesse an Smalltalk. Ich will einfach nur packen und verschwinden.«

»Reggie, das ist doch Blödsinn. Was soll's denn, wenn ich Aubrey bin? Das ist nur ein Künstlername. Ich bin immer noch Elise. Ich bin das gleiche Mädchen, das deine Mitbewohnerin und Freundin war. Daran hat sich nichts geändert.«

»O tatsächlich?« Sie schlug den Koffer zu. »Eine Freundin lügt einem nicht ins Gesicht. Eine Freundin verbringt nicht Abend für Abend damit, sich anzuhören, wie man über seine Lieblingsbücher spricht, ohne auch nur einmal zu erwähnen, dass sie sie geschrieben hat.«

»Ich weiß«, sagte ich. »Und es tut mir leid. Ich war dumm und unsicher. Bitte sag mir doch, wie ich es wiedergutmachen kann.«

»Kannst du nicht.«

Sie wuchtete ihre Koffer vom Bett, und der Boden erzitterte förmlich. Da blinkte etwas hinter ihr, und sie wandte sich von mir ab, um an ihr Handy zu gehen.

Sie erstarrte, und ihre Schultern wurden ganz steif. Dann ließ sie das Handy fallen. Es krachte auf den Boden und verschwand irgendwo unter dem Bett. Sie bewegte sich nicht.

»Reggie?« Ich legte ihr eine Hand auf die Schulter. »Ist alles in Ordnung?«

Sie wandte sich zu mir um, die Augen voller Tränen. »Das war Clints Mom.«

Mir wurde plötzlich eiskalt. »O mein Gott. Was ist passiert?«

»Sie … sie hat gesagt, er hatte einen Unfall.«

Mir kam die Galle hoch, und ich hatte einen bitteren Geschmack im Mund. »Geht es ihm gut?«

»Sie weiß es nicht. Sie sind schon am Flughafen und warten auf einen Flug. Ich … ich muss sofort ins Krankenhaus.«

»Klar.« Ich legte ihr einen Arm um die Schultern. Sie zitterte. Ihr Gesicht war beängstigend bleich. »Ich fahr dich hin.«

Reggie protestierte nicht, als ich sie aus dem Wohnheim und zu meinem Auto brachte. Sie sprach erst wieder, als ich sie fragte, in welches Krankenhaus er eingeliefert worden war. Ich sah während der Fahrt immer mal wieder zu ihr hinüber. Ihre Hände lagen ineinander verschlungen in ihrem Schoß, und sie machte sich nicht einmal die Mühe, die Tränen abzuwischen, die ihr über die Wangen strömten.

Als wir am Krankenhaus ankamen, führte ich sie zu einer Stuhlreihe und ging zur Rezeption. Die strenge Frau dort sagte mir, dass es nur der Familie erlaubt war, Informationen über Clints Zustand zu erhalten. Ich stritt mit ihr, erzählte ihr, dass seine Eltern uns angerufen hätten, aber sie blieb unnachgiebig. Frustriert biss ich die Zähne aufeinander und ließ mich neben Reggie auf einen der Plastikstühle fallen. Google sagte mir, dass ein Flug von Chicago nach Ohio in etwa einer Stunde ging, aber wer wusste schon, wie lange die Eltern warten mussten, bis sie durch die Security waren, tatsächlich im Flieger saßen und dann auch noch ein Taxi ins Krankenhaus ergatterten. Es war nicht fair, dass unser Freund bis dahin allein sein musste. Verdammtes Krankenhaus.

Meine Mitbewohnerin saß während der nächsten Stunden neben mir wie ein Zombie. Sie schien die grünen Wände und die viel zu helle Neonbeleuchtung nicht wahrzunehmen. Der beißende Geruch nach Desinfektionsmittel war widerlich, und ich rümpfte immer wieder die Nase. Ich rutschte auf dem Stuhl hin und her, um wieder Gefühl in den Hintern zu bekommen.

Da vibrierte das Handy an meinem Bein, und ich versicherte Reggie, gleich wieder da zu sein. Sie antwortete nicht. Ich bog um eine Ecke und zog das Telefon aus meiner Tasche. Ich hoffte so sehr, dass es vielleicht eine Nachricht von Clint war, in der stand, dass es sich um einen blöden Scherz handelte. Dass er schon wieder im Wohnheim war und uns wie sonst in die Arme schließen wollte. Doch der Name, der auf dem Display aufleuchtete, raubte mir fast den Atem. Gavin.

Ich öffnete die Nachricht.

GAVIN: *Kann ich dich sehen? Wir müssen reden.*

Ich runzelte die Stirn, und sofort hatte ich das Bild wieder vor Augen, wie er Leila küsste.

ICH: Kann nicht. Bin im Krankenhaus. Clint hatte einen Unfall.

GAVIN: O mein Gott. Tut mir leid. Geht es ihm gut?

Ein Paar eilte an mir vorbei, hätte mich fast umgerannt, und ich biss mir auf die Lippen, um sie nicht zu beschimpfen. Aber an diesem Ort durfte man niemanden anschreien. Meine Finger bearbeiteten die Tastatur des Handys.

ICH: Weiß nicht. Sie sagen uns nichts, weil wir keine An-

gehörigen sind. Wir warten hier schon Ewigkeiten. Reggie ist total apathisch.

GAVIN: In welchem Krankenhaus seid ihr?

Ich schrieb es ihm, erklärte aber noch einmal, dass jetzt nicht der richtige Zeitpunkt zum Reden war. Ich versicherte ihm, dass ich ihm Bescheid geben würde, sobald ich etwas wusste. Dann steckte ich das Handy wieder ein und versuchte es noch einmal bei Schwester Sturkopf. Aber sie schickte mich erneut weg, also nahm ich meinen Platz auf den Plastikstühlen wieder ein. Reggie hielt den Kopf gesenkt, den Blick unverwandt auf den cremeweißen Boden gerichtet.

Ich ergriff ihre Hand. Ihre Finger waren eiskalt, und ich legte meine andere Hand auf ihre, um sie zu wärmen.

»Du weißt doch, dass er sich nicht unterkriegen lässt, oder?«, sagte ich. »Er ist immerhin Clint. Er ist durch und durch Cowboy. Natürlich wird er wieder gesund.«

Sie wandte sich zu mir um, die Augen weit aufgerissen und rot gerändert. »Woher willst du das wissen?«

»Ich weiß es einfach. Clint gehört nicht zu den Typen, die ein Mädchen wie dich einfach im Stich lassen. Dazu ist er auch noch viel zu sehr Gentleman.«

Sie schluchzte und vergrub ihr Gesicht an meiner Schulter. Ich zog sie an mich, ließ ihren Kopf auf meiner Brust ruhen. Ihr Körper bebte, und ich hielt sie so lange fest, bis mir der Arm einschlief.

Mehr als eine Stunde später tippte mich jemand an, und ich sah auf, in der Hoffnung, dass die Krankenschwester endlich zur Besinnung gekommen war. Meine Augen weiteten sich, als ich Gavins gerunzelte Stirn vor mir sah.

»Hey«, sagte er. »Alles klar?«

Ich schüttelte den Kopf. »Sie wollen uns nichts sagen. Dabei wollen wir doch einfach nur wissen, was los ist.«

»Warte mal.«

Er drückte meine Schulter und ging zur Rezeption. Ich runzelte die Stirn, als er sich über die Theke beugte und die Krankenschwester anlächelte. Er sagte etwas, aber sie scheuchte ihn mit einer Handbewegung fort und konzentrierte sich ausschließlich auf ihren Computer. Gavin beugte sich noch tiefer zu ihr hinunter und sagte noch etwas. Ich reckte den Hals, um seine Lippen besser sehen zu können, aber er stand in einem ungünstigen Winkel.

Schließlich sah die Krankenschwester von ihrer Arbeit auf, und ihre Augen wurden so groß, dass ich befürchtete, sie würden ihr gleich aus dem Kopf fallen. Ihr Gesicht wurde tiefrot, und anscheinend konnte sie nur noch stammeln. Gavin fuhr sich durchs Haar, und sie fächelte sich mit der Hand Luft zu, als drohte sie auf der Stelle in Ohnmacht zu fallen. Dann nickte sie und stieß so etwas wie »den Flur entlang« hervor.

Sie reichte Gavin Stift und Papier. Er unterzeichnete das Blatt und schob es über die Theke, während sie ein Handy aus ihrem üppigen Dekolleté zog. Dann beugte er sich vor, und sie machte ein Selfie – Wange an Wange mit Gavin Hartley. Hätte ich mir nicht solche Sorgen um Clint gemacht und mit der zitternden Reggie alle Hände voll zu tun gehabt, hätte ich wahrscheinlich entnervt die Augen verdreht.

Gavin kehrte wieder zu uns zurück.

»Kommt«, sagte er und nahm Reggies anderen Arm, so dass wir sie aus dem Stuhl ziehen konnten. »Hier entlang.«

Wir folgten ihm einen weißen Korridor entlang, und während die Patienten in den angrenzenden Zimmern die Köpfe nach ihm umwandten, konzentrierte ich mich ausschließlich auf seinen Hinterkopf. Dieser Ort rief allzu viele Erinnerungen an die Monate wach, die ich vor vielen Jahren selbst hier verbracht hatte.

»Passiert dir sowas öfter?«, fragte ich.

Gavin sah sich nach mir um. »Was denn?«

»Du setzt ein Lächeln auf und bekommst, was du willst?«

Er presste die Lippen zusammen und warf mir einen langen Blick zu, der mich ganz unruhig machte. »Ich bekomme nicht immer, was ich will, Elise.«

»Stimmt.«

Gavin folgte einem Schild nach rechts und ging voran in ein Zimmer, das in einem dunkleren Grün gehalten war als die Notfallaufnahme, in der wir die letzten Stunden verbracht hatten. Ein Paar mittleren Alters stand mitten im Raum, klammerte sich aneinander, stützte sich gegenseitig. Sofort erkannte ich in den beiden das Paar von vorhin, das mich fast umgerannt hatte, als ich Gavin geschrieben hatte. Jetzt wusste ich, warum sie es so eilig gehabt hatten. Ich atmete erleichtert aus, dass ich keine böse Bemerkung gemacht hatte.

Der Mann war eindeutig Clints Dad. Er war genauso groß und hatte die gleichen kristallblauen Augen. Sein Gesicht wirkte jungenhaft trotz der Fältchen um seine Augen und seinen Mund. Die Frau – mutmaßlich Clints Mutter – war erheblich kleiner als ihr Mann. Ihr Haar hatte die gleiche Sandfarbe wie Clints brauner Schopf, aber das war auch die einzige Ähnlichkeit.

Das Paar wandte die Köpfe – überrascht und erschrocken. Ich musterte Reggie, um abzuschätzen, ob sie ihnen schon einmal persönlich begegnet war, aber sie hielt sich so fest an mir, dass ich ziemlich sicher war, am nächsten Tag lauter blaue Flecken zu haben.

»Mr und Mrs Harrison, wir sind Freunde von Clint.« Ich überließ Reggie Gavins Obhut und streckte ihnen die Hand entgegen. Der Händedruck der Mutter war so schwach, dass ich Angst hatte, ihre Finger zu zerquetschen, wenn ich normal zupackte. »Ich bin Elise. Ich bin mit Ihrem Sohn in Amerikanischer Literatur. Und das ist Reggie. Sie ist … äh …«

»Die Freundin!«, beendete Clints Vater den Satz für mich. Er zog Reggie in seine Arme. Das schien sie aus ihrer Trance zu reißen, und sie erwiderte die Umarmung.

»Clint hat uns an Thanksgiving so viel von dir erzählt«, sagte Mrs Harrison zu Reggie. »Er ist wirklich sehr in dich verliebt, Liebes. Und wenn unser Sohn dich liebt, lieben wir dich auch.«

Ich sah Gavin mit hochgezogenen Augenbrauen an.

Liebe?

Gavin zuckte die Achseln.

Clints Vater ließ meine Mitbewohnerin los und streckte Gavin die Hand entgegen. »Und wer sind Sie? Gehen Sie auch mit unserem Jungen aufs College?«

Ich biss mir auf die Lippe, um in dem bedrückenden Raum nicht laut loszuprusten. Wie war es möglich, dass es immer noch Menschen gab, die nicht wussten, wer Gavin Hartley war? Lebte Clints Familie in einem Paralleluniversum, wo jeder ein Cowboy sein konnte, und berühmte Schauspieler normale Mitglieder der Gesellschaft waren? Gavin ergriff Mr Harrisons Hand und schüttelte den Kopf.

»Ich bin nur ein Freund, Sir.«

»John«, sagte der ältere Mann. »Bitte nennt mich alle John. Und das ist meine Frau, Tina. Kommt, wir wollen uns setzen. Es nützt niemandem etwas, wenn wir hier alle herumstehen.«

Die Stühle in diesem Zimmer waren mit fadenscheinigem braunem Kord bezogen, waren aber immer noch etwas gemütlicher als die Plastikstühle der Hölle in der Notfallaufnahme.

Ich setzte mich Reggie, Tina und John gegenüber, so dass ich leicht sehen konnte, was sie zu sagen hatten. Gavin plumpste neben mich und versuchte, meine Hand zu nehmen. Ich zog die Finger zurück und setzte mich drauf. Er sah mich an, sagte aber nichts.

»Also«, begann ich. »Wissen Sie, was passiert ist?«

Tina tupfte sich die Augen mit einem zerfetzten Papiertaschentuch. »Sie haben uns gesagt, dass er auf dem Rückweg vom Flughafen zum College angehalten hat, um einer Frau am Straßenrand beim Wechseln eines platten Reifens zu helfen.«

»Das klingt ganz nach Clint«, murmelte ich. Gavin legte eine Hand auf mein Knie, und ich schlug die Beine übereinander. Da zog er sie wieder fort.

»Als er am Straßenrand arbeitete, tauchte anscheinend ein Auto aus dem Nichts auf und …«

Clints Mutter vergrub ihr Gesicht in den Händen, und Reggie legte den Arm um sie. Beide Frauen hielten sich eng umschlungen und schluchzten.

Ich hielt mir den Bauch und zitterte am ganzen Körper vor lauter Anstrengung, meine Gefühle unter Kontrolle zu halten. Ein starker Arm legte sich um meine Schultern. Diesmal schüttelte ich Gavin nicht ab.

Es kam mir vor wie Tage, aber es waren nur ein paar Stunden, bis ein Arzt erschien und uns über Clints Zustand ins Bild setzte.

»Er ist stabil«, sagte der Arzt. »Er wird überleben. Aber er wird an Rehabilitationsmaßnahmen teilnehmen müssen, und sein Leben wird sich sehr verändern …«

Ich schloss die Augen und schloss den Mann in Weiß aus, um mich auf meinen Atem zu konzentrieren und mein rasendes Herz zu beruhigen.

Nachdem ich wieder einigermaßen fit war, konzentrierte ich mich erneut auf den Arzt. Er informierte uns, dass Clint ein paar Tage bewusstlos bleiben würde. Aber wir würden ihn bald sehen können. Seine Eltern gingen zuerst hinein.

Als sie zurückkehrten, waren ihre Gesichter rot und fleckig.

Ich sah Reggie an. »Willst du alleine reingehen? Ich kann hier draußen warten.«

Sie verzog das Gesicht und sah mich an, dann schüttelte sie den Kopf. »Nein. Ich will, dass du mitkommst. Ich kann jetzt eine Freundin gebrauchen.«

Nach dem stundenlangen Sitzen waren meine Beine eingeschlafen, und ich krümmte die Zehen, um wieder Gefühl darin zu bekommen, bevor ich Reggies Hand nahm und mit ihr den Flur hinunterging. Als wir vor Clints Tür angelangt waren, blieben wir beide stehen.

Reggies Haare hatten sich fast ganz aus ihrem Pferdeschwanz gelöst und standen zu allen Seiten ab. Ihre Wangen waren rot und ihre Augen weit aufgerissen.

»Ich habe Angst«, sagte sie.

»Schon gut. Ich bin ja da. Du schaffst das.«

Der Raum roch nach Desinfektionsmittel und Zitronenpolitur, so heftig, dass mir Tränen in die Augen traten.

Bei Clints Anblick packte ich Reggies Hand fester. Doch sie löste sich aus meinem Griff und schlang den Arm um meine Taille, vergrub ihr Gesicht an meiner Brust. Ihr Schluchzen ließ uns beide erzittern.

Ich starrte Clint an, versuchte zu begreifen, was dieser Unfall meinem Freund angetan hatte. Schläuche steckten in seinem Mund und seiner Nase. Ein Infusionsschlauch schlängelte sich an seinem Arm hinauf. Und am anderen Arm …

Am anderen Arm fehlte eine Hand. Die Verbände um den Stumpf waren bereits rot verfärbt. Ähnliche Verbände waren um sein Gesicht geschlungen. Purpurne Spuren umrahmten seine Augen und liefen über die unverbundene Wange. Sein Gesicht war auf die doppelte Größe angeschwollen.

»Nein«, flüsterte ich. »Sie haben doch gesagt, es gehe ihm gut.«

Der Doktor trat neben uns hinter den Vorhang, und ich schrak zusammen. »Es geht ihm gut. Er wird wieder vollständig gesund.«

»Er hat eine Hand verloren.«

»Ja.«

»Und sein Gesicht ist schwer verletzt.«

»Ja. Aber er ist am Leben. Und abgesehen von diesen beiden Dingen spricht nichts dagegen, dass er wieder ein normales Leben führen wird.«

Reggie löste sich von mir und trat vorsichtig ans Bett. Sie sah uns an.

»Kann ich seine Hand halten?« Sie schluckte. »Seine … seine gute Hand.«

»Natürlich«, antwortete der Arzt. »Aber ich gebe Ihnen nur fünf Minuten. Dann müssen Sie gehen. Sie können morgen wiederkommen.«

Ich berührte Reggies Schulter. »Ich lass dich jetzt

mit ihm allein, okay? Du holst mich, wenn du fahren willst.«

Sie nickte und ließ sich auf den Stuhl neben dem Bett sinken, umfasste Clints gesundes Handgelenk.

Ich schlüpfte mit dem Arzt zusammen aus dem Raum und ließ Reggie etwas Zeit mit ihrem Freund. Gavin lehnte an der Wand, seine Hände in den Taschen seiner mutmaßlichen Designerjeans vergraben.

»Wie geht es ihm?«

Ich schüttelte den Kopf. »Er hat eine Hand verloren, und er ist insgesamt ziemlich ramponiert.«

»O Gott.« Gavin legte eine Hand um meine Taille. Ich versuchte, nicht darauf zu achten, dass er ein violettes Button-down-Hemd trug, das jeden Muskel seines Oberkörpers zur Geltung brachte. »Kann ich irgendetwas tun?«

Ich schüttelte den Kopf und wand mich aus seiner Umarmung. »Danke, dass du hergekommen bist und uns ermöglicht hast, ihn zu sehen, aber ich glaube, jetzt solltest du gehen.«

»Elise, ich weiß, das ist jetzt nicht der richtige Zeitpunkt, aber ich wollte dir sagen, dass ich nicht mehr sauer bin. Ich habe darüber nachgedacht, und mir ist jetzt klar, dass du Angst hattest und deshalb einen Fehler gemacht hast. Ich verzeihe dir.«

»Das ist toll, Gavin. Wirklich. Aber ich verzeihe dir nicht.«

Er wich einen Schritt zurück. »Mir was verzeihen?«

In diesem Augenblick zupfte Reggie an meinem Ärmel und lehnte sich an mich, die Augen rot und fast geschlossen.

»Können wir jetzt bitte gehen?«, fragte sie.

»Ja, Reg. Ich bring dich nach Hause. Komm.«

Auf meine Schulter gestützt ging sie mit mir den Flur hinunter. Nachdem ich sie angeschnallt und um die Motorhaube herumgegangen war, bemerkte ich Gavin, der an der Fahrertür auf mich wartete. Er verschränkte die Arme über der Brust.

»Sieh mal, ich weiß, du willst jetzt nicht reden, aber ich muss wenigstens wissen, warum du auf mich wütend bist. Was kann ich zwischen Dienstag und heute getan haben? Ich war nicht einmal in der Stadt.«

Ich drängte ihn beiseite und riss die Tür auf. Dann rammte ich den Schlüssel ins Zündschloss und sah zu ihm auf. Erschöpfung und Wut kochten in mir hoch. »Warum fragst du nicht einfach deine neue Freundin, Leila? Du hattest kein Problem damit, dich letzte Woche von ihr trösten zu lassen.«

Seine Augen weiteten sich, und er taumelte rückwärts. »Elise, was willst du …«

Ich schob ihn mit der Hand an der Brust noch weiter fort. »Nein, Gavin. Das ist erledigt. Ich weiß nicht, warum ich überhaupt so dumm war zu denken, das mit uns könnte klappen. Unsere Welten passen nicht zueinander. Du brauchst das Rampenlicht wie die Luft zum Atmen, und ich … ich bringe es noch nicht mal fertig, mein eigenes verdammtes Bild auf ein Buch setzen zu lassen, das ich selbst geschrieben habe.«

Die Worte sprudelten aus mir heraus, und Tränen rannen mir über die Wangen. Ich wischte mir mit dem Ärmel übers Gesicht und schniefte.

»Das mit uns hat keinen Sinn, Gavin. Wird es nie haben. Leila, das ist deine Welt. Zum Teufel, sogar jemand wie Veronica passt besser zu dir als ich. Also bitte, werde mit einer von denen glücklich. Ich kann dir offensichtlich nie geben, was du wirklich willst.«

»Elise …«

Er packte meinen Arm, aber ich schüttelte ihn ab und schloss endlich die Fahrertür. Ich startete den Motor und fuhr rückwärts aus der Parklücke, und dabei wischte ich mir mit dem Handrücken über die Augen. Ich holte tief Luft.

Danach sah ich nur noch ein einziges Mal in den Rückspiegel.

Kapitel 26

Clint schlief zwei Tage und siebzehn Stunden lang. Reggie packte ihre Sachen wieder aus und zog wieder in unser Zimmer. Keiner von uns sprach unseren *Viking Moon*-Streit nochmal an. Das war in Ordnung für mich, aber hauptsächlich war ich war einfach nur froh, sie wiederzuhaben. Aber trotz der gegenseitigen Unterstützung schliefen wir beide schlecht, während wir darauf warteten, dass Clint wieder aufwachte. Ich stolperte wie in Trance zwischen Seminaren, dem Set und dem Krankenhaus hin und her, bekam kaum mit, wie ich es überhaupt von einem Ort zum anderen schaffte.

In den nächsten paar Szenen, die jetzt gedreht wurden, ging es hauptsächlich um Elof und die restlichen Brüder Thoras, deshalb würden Gavin und Leila eine Weile gar nicht anwesend sein. Stan teilte mir mit, dass sie nach L.A. zurückgekehrt waren, um dort ein paar Interviews zu geben.

Perfekt. Hoffentlich amüsierten sie sich miteinander.

Reggie und ich saßen in jeder freien Minute abwechselnd an Clints Bett. Sie las ihm die Gedichte vor, die die Café-Autoren für ihn geschrieben hatten, und ich aus den Romanen, die wir in unserem Literaturseminar gerade durchnahmen.

Ich war gerade am Höhepunkt von *Von Mäusen und*

Menschen angelangt, als sich die Decke bewegte. Ich schlug das Buch zu, beugte mich vor und nahm Clints verbliebene Hand.

Er öffnete ein Auge und blinzelte ein paarmal. Seine Lippen waren immer noch geschwollen, aber ich hätte schwören können, dort die Andeutung eines Lächelns zu sehen.

»Hey Cowboy. Du wartest hier, okay? Ich hole schnell Reggie.«

Ich drückte die Knöpfe an seinem Bett, um eine Krankenschwester zu rufen. Dann joggte ich den Flur hinunter, um Reggie am Kaffeeautomat abzufangen.

Als wir ins Zimmer zurückkehrten, saß Clint aufrecht da und trank mit dem Strohhalm aus einer Tasse, die ihm die Krankenschwester hinhielt. Er entdeckte Reggie und ließ den Strohhalm los. Ein Grinsen breitete sich auf seinem Gesicht aus. Ich bemerkte, wie viel Schmerzen er dabei hatte, aber das hielt ihn nicht davon ab, ihr einen Kuss auf die Stirn zu geben, als sie sich an seine Brust schmiegte.

»Ich bin ein glücklicher Mann, wenn ich beim Aufwachen zwei hübsche Ladys am Bett vorfinde.« Clint zog eine Grimasse, als würde jedes Wort ihn ungeheure Anstrengung kosten.

»Deine Eltern wohnen im Hotel am Ende der Straße«, sagte ich. »Ich habe ihnen versprochen, Bescheid zu sagen, wenn du aufwachst. Ich schicke ihnen schnell eine Nachricht, okay?«

Clint nickte und schloss wieder die Augen. Er legte das Kinn auf Reggies Scheitel, während ich mein Handy zückte.

»Oh, eins noch«, sagte er, während ich nach ihrer Nummer suchte. »Kannst du sie bitten, mir meinen Hut mitzubringen?«

***

Duncan hatte mich gebeten, Clint auszurichten, dass er den letzten Essay nicht schreiben musste, weil seine Leistungen gut genug gewesen waren, um auch so zu bestehen – aber der Cowboy war wild entschlossen, das Semester ordentlich abzuschließen.

Ein paar Tage nachdem er aufgewacht war, saß ich in seinem Raum, den Laptop auf den Knien, während er mir seine Gedanken zu *Von Mäusen und Menschen* in meine App diktierte, die ich wiederum in einem Dokument erfasste. Als ich seine letzte Anmerkung auf dem Bildschirm las, zog ich die Augenbraue hoch.

»Also«, sagte er. »Ich weiß, du bist eine große, berühmte Schriftstellerin und so, aber ich will nicht, dass du jede Kleinigkeit bei mir korrigierst. Ich will die Note, die ich verdient habe.«

»Dieser letzte Satz macht aber gar keinen Sinn.«

Er zuckte die Achseln. »Aber ich will ihn da stehen haben. Du bist nur zum Tippen da, Missy.«

Ich machte mich also wieder an die Arbeit und versuchte, mit Hilfe der App, die weder Interpunktion noch einen gefaketen Südstaatenakzent kannte, sinnvolle Sätze zu bilden. Ich sah über den Bildschirm hinweg. »Also hat dir Reggie wohl alles über mich erzählt?«

»Was, dass du die Autorin der berühmten Bücher bist, auf die sie so steht? Jep, hat sie.«

»Und du hasst mich jetzt nicht?«

»Aaach, Schätzchen, ich könnte dich nie hassen. Aber ich kapier's nicht.« Er kratzte an seinem Gesichtsverband.

»Du kapierst nicht, warum ich jemand anders sein will?«

»So gar nicht. Ich meine, die, die du bist, ist verdammt atemberaubend, wenn du mich fragst.«

»Ja. So kann man es auch formulieren.«

Ich schob den Laptop von meinen Beinen und zog die Zeitung am Fußende meines Bettes zu mir heran. Auf der Titelseite prangte Clint im Krankenhaus, mit all seinen Verbänden, eine Frau neben ihm, die Tränen in den Augen hatte. In dem Artikel berichtete sie, dass ihr Auto eine Panne gehabt hatte. Clint hatte angehalten, um ihr beim Reifenwechsel zu helfen. Plötzlich war ein anderes Auto aus dem Nichts auf sie zu gefahren. Clint hatte das auf Abwege geratene Auto bemerkt und die Frau noch gerade rechtzeitig weggestoßen. Er hatte ihr das Leben gerettet. Unglücklicherweise für ihn war er dann aber selbst drunter geraten: Ein Vorderreifen hatte seine Hand zerquetscht, sein Gesicht war über den Kies geschleift worden.

Es war eine Schwarz-Weiß-Aufnahme, und Clints Gesicht war immer noch etwas geschwollen, aber er grinste trotzdem in die Kamera.

»Wie machst du das nur?« Ich warf die Zeitung zurück aufs Bett.

»Wie mach ich was?«

»Du glaubst an dich. Du hast nie Zweifel an dir selbst.«

Er drückte auf einen Knopf neben ihm, sodass der Kopfteil des Bettes hochfuhr und er mit mir auf Augenhöhe saß. »Warum sollte ich denn Zweifel an mir haben? Ich hab doch gar keine andere Wahl, als ich selbst zu sein.«

»Natürlich hast du die. Du musst immerhin weder Hüte tragen noch mit Südstaatenakzent reden.«

»Nein, aber dann würde das alles doch gar keinen Spaß machen, oder?«

Mein Blick glitt über seinen Armstumpf. »Und was ist damit? Macht dir das keine Angst? Wie werden die Leute darauf reagieren?«

»Na ja, wie sie reagieren, das ist doch ihr Problem, oder? Und das ist gar nichts. Es verändert doch mich als Mensch nicht. Ich meine, ich muss jetzt lernen, einarmig zu reiten, aber wenn man bedenkt, dass ich noch nicht mal mit *beiden* Händen reiten konnte, wird das schon nicht allzu schwer werden.«

Ich kniff ungläubig die Augen zusammen. »Warte. Du hast noch nie auf einem Pferd *gesessen?«*

»Nein Ma'am. Da, wo ich herkomme, gibt's nicht allzu viele Pferde. Aber eines Tages lern ich's.« Er sah erst auf seinen Armstumpf und dann wieder zu mir. »So wie ich das sehe, hab ich zwei Möglichkeiten, auf das hier zu reagieren. Ich kann mich davon unterkriegen lassen und mich davon abhalten lassen, mein Leben so weiterzuführen, wie ich es vorhatte. Oder ich kann genauso weiterkämpfen, wie ich immer gekämpft habe. Ich muss einfach nur lernen, es etwas anders zu handhaben, im wahrsten Sinne des Wortes.«

Da machte plötzlich etwas klick in meinem Kopf, und ich sprang von meinem Stuhl auf.

»Wow, Schätzchen, wo brennt's?«

»Ich hatte … Ich hatte gerade eine Idee für das letzte Buch.«

Ich schnappte mir meinen Laptop und gab Clint einen Kuss auf den freien Teil seiner Stirn. »Danke dafür. Ich komme morgen wieder.«

Er sah mich an, als wären mir gerade Hörner gewachsen. »Klar, schön, dass ich helfen konnte. Aber Schätzchen, was immer du tust, kannst du mir was versprechen?«

»Und was?«

»Versuch von jetzt an ehrlich zu sein. Zu dir selbst, zu deinen Fans, zu Reggie. Ich weiß, dass du Angst hast, aber ich bin grad dem Tod von der Schippe gesprungen, und eins sag ich dir, das macht ganz schön Angst. Wir bekommen nicht allzu viele Chancen, unser Leben zu leben. Sorg dafür, dass das Leben, das du führst, dein eigenes ist.«

Mir schnürte sich die Kehle zu, und ich nickte. »Mach ich. Danke, Cowboy.«

»Jederzeit, Schätzchen.«

Ich presste meinen Laptop an die Brust und sprintete aus dem Krankenhaus zu meinem Auto. Ich machte mir gar nicht die Mühe, den Motor anzuwerfen, sondern öffnete den Computer und löschte das unfertige Manuskript für das letzte *Viking Moon*-Buch. Er war mir immer falsch vorgekommen, und jetzt war mir plötzlich klar geworden, warum.

Ich öffnete ein neues Dokument und begann zu tippen:

Dag überblickte das Feld hinter seinem Haus, und seine Brust hob und senkte sich vor Anstrengung. Schweiß rann über seine Schultern und vermischte sich mit dem Blut und dem Schmutz auf seinem Oberkörper, schuf ein dunkles Muster auf seiner gebräunten Haut.

Die Krieger hatten sich mitten in der Nacht auf ihn gestürzt, hatten ihn aus dem Schlaf gerissen und ihn gezwungen, sich in der Dunkelheit nur mit dem Schwert zu verteidigen, das neben seinem Bett lag. Diese Männer waren zweifellos von Thoras Bruder geschickt worden. Sie dürsteten nach Dags Blut, seit er Elof von der Klippe gestoßen hatte.

Obwohl er die Krieger letztlich besiegt hatte und sie nun tot zu seinen Füßen lagen, wusste Dag, dass Thoras Brüder nicht aufgeben würden. Aber so bald hatte er den nächsten

Angriff nicht erwartet. Er hatte kaum einen Augenblick, um sich über seinen Sieg zu freuen, als ein weiteres Schwert in der Dunkelheit aufblitzte …

***

Während der nächsten Wochen verkroch ich mich in Coffeeshops und meinem Zimmer und verließ meinen Computer nur, um mir etwas zu essen zu holen oder ins Bad zu gehen. Die Worte flossen schneller aus meinen Fingern, als ich tippen konnte, und wenn ich zu schlafen versuchte, zerrten Dag und Thora mich wieder aus den Federn, damit ich ihre Geschichte beendete. Meine Handgelenke schmerzten, ich kühlte sie während der seltenen Pausen, arbeitete aber unbeirrt weiter.

Das Schreiben diente zudem auch dem Zweck, meine Gedanken – meistens zumindest – von der Tatsache abzulenken, dass Gavin bald wieder nach Fernbrooke kommen würde. Und eh ich mich's versah, war er tatsächlich wieder am Set.

An diesem Montagabend marschierte Veronica auf mein Auto zu, stieg ein und knallte die Tür zu. Anscheinend waren sie und Tanner doch nicht das ideale Paar.

Ich runzelte die Stirn. »Probleme?«

»Verfickte Schauspieler«, sagte sie.

»Da hast du recht.«

»Gavin hatte ja zumindest eine romantische Ader. Aber Tanner hat nicht einen einzigen romantischen Fitzel in seinem Körper, außer – du weißt schon – den einen wichtigen.«

»Oh-oh … Und du suchst echt nach was Romantischem?«

»Natürlich«, spie sie hervor. »Wer denn nicht? Verdammt. Ich rede mit Gavin. Ich weiß, wie ich kriege, was ich will.«

»Und du willst ihn? Du schwankst da aber oft hin und her.«

»Süße, wer will ihn denn nicht?«

»Na ja.« Ich setzte meine neue Sonnenbrille auf und legte den Gang ein. »Dann viel Glück. Ich glaube, er ist wieder mit Leila zusammen.«

Sie winkte ab. »Als ob dieser gefakete Rotschopf eine Konkurrenz für mich wäre. Los, fahren wir.«

Ich schluckte. Bei dem Gedanken, dass Veronica wieder mit Gavin zusammenkam, wurde mir ganz schlecht. Immerhin hatte er mir erzählt, dass diese Art der Beziehung nicht mehr für ihn in Frage kam.

Allerdings war er danach hingegangen und hatte mit Leila herumgeknutscht – er war also zu allem fähig.

Als ob Stan Mutter Natur um einen persönlichen Gefallen gebeten hätte, war in Fernbrooke genau zum passenden Zeitpunkt Schnee gefallen. Sie drehten jetzt die Weihnachtsfolge von *Viking Moon,* und die Kostümbildner hatten die Schauspieler bis zum Hals in Felle gesteckt. Ich stapfte mit meinen Stiefeln durch den weißen Puder, während Veronica, die ein Paar unvernünftige Pumps trug, unsicher über meine Fußspuren stöckelte.

Am Set angelangt blieb ich stehen, und Veronica streckte die Hand aus, um meine Notizen zur heutigen Szene entgegenzunehmen.

Da war sie. Meine Chance, so ehrlich zu sein, wie Clint verlangt hatte.

Leila fegte an mir vorbei, ihr Haar verströmte einen süßlichen Mangoduft. In ihrem grünen Samtkleid mit Cape schritt sie durch die Kälte wie eine Art Schneekönigin. Wie üblich raubte mir ihr Anblick den Atem. Plötzlich hatte ich einen Kloß im Magen und presste die Zähne zusammen.

Was hatte es für einen Zweck, jetzt mit der Wahrheit herauszurücken? Gavin hatte sie herausgefunden, und das hatte alles nur noch schlimmer gemacht. In zwei Wochen würden die Dreharbeiten beendet sein, alle würden nach Hollywood zurückkehren und die narbenübersäte Assistentin vergessen. Ich biss mir auf die Lippe und gab Veronica die Seiten.

Während sie zu Stan hinüberstakste, wanderte ich zum Büfett und nahm mir einen mit Zuckerstreuseln dekorierten Donut vom Tablett. Ich hatte gerade ein riesiges Stück davon abgebissen, als Leila neben mir auftauchte.

»Oh, hey Elise.«

Der Donut fühlte sich plötzlich wie Watte in meinem Mund an. Ich kaute und versuchte, ihn herunterzuschlucken.

»Hey«, stieß ich mühsam hervor. Ein paar Krümel flogen mir aus dem Mund und landeten auf ihrem Kleid.

Sie bürstete sie mit der Hand ab und nahm sich einen Selleriestreifen vom Gemüsetablett. Ich legte meinen angebissenen Donut auf die Tischkante.

»Kaum zu glauben, dass wir bald fertig sind«, sagte sie. Sie biss ein winziges Stück von ihrem Sellerie ab und kaute darauf herum, als müsse sie sich erst noch entscheiden, ob sie es herunterschlucken sollte oder nicht.

»Ja«, sagte ich. »Wahrscheinlich seid du und Gavin doch froh, wieder nach L.A. zurückzukommen, oder?«

»Keine Ahnung, wie er das so sieht, aber ich habe von dieser Kälte eindeutig die Nase voll. Ich gehöre eher in die Sonne und an den Strand, weißt du.« Sie schauderte und zog ihr Cape dichter um die Schultern. »Außerdem kriege ich immmer die Krise, wenn ich so weit von Rodney entfernt bin.«

»Rodney?«

»Mein Freund. Hab ich dir nicht von ihm erzählt? Er arbeitet als Steuerberater in L.A. Er hat mich zwar hier ein paarmal besucht, aber ich vermisse ihn tierisch. Kann es gar nicht erwarten, dass wir wieder in der gleichen Zeitzone sind.«

Der halbe Donut lag mir schwer im Magen. Ich rieb mir den Bauch. »Ihr seid immer noch zusammen?«

»Natürlich. Eigentlich …« Sie sah sich um und beugte sich zu mir vor. »Kannst du was für dich behalten?«

Ich biss mir auf die Zunge, um nicht laut loszuprusten, und nickte.

Sie zog eine Goldkette aus ihrem Mieder. Ein bescheidener Diamantring hing daran. »Als ich letzte Woche zu Hause war, hat er mich gefragt, ob ich ihn heiraten will, und ich hab ja gesagt! Wir wollen keine Riesenfete oder so was. Wenn ich mit den Dreharbeiten durch bin, fahren wir nach Vegas und feiern da eine kleine Kitsch-Hochzeit. Du weißt schon, als Elvis verkleidet und das alles.«

Wie betäubt umklammerte die Tischkante. »Aber … ich dachte, du und Gavin wärt wieder zusammen.«

Sie verstaute den Ring wieder in ihrem Dekolleté und lachte. »Was? O Gott, nein. Wie kommst du denn auf die Idee?«

Mit zitternden Fingern holte ich mein Handy aus der Tasche und suchte nach dem Foto, das ich gebookmarkt hatte. »Ihr habt euch doch neulich geküsst.«

Leila sah stirnrunzelnd auf das Display runter. »Ach Süße. Du denkst, weil wir uns geküsst haben, sind wir wieder zusammen? Das war nur ein Küsschen für die Presse, weil wir doch im Film ein Paar spielen. Sie haben uns gebeten, so zu posieren. Und es dauerte buchstäblich nur eine halbe Sekunde.«

»Wirklich?«

»Ja. Ehrlich, nach allem, was wir zusammen erlebt haben, ist Gavin eher wie ein Bruder für mich. Was wir für die Kamera tun – im Film oder auch für die Presse –, ist nur Schauspielerei. Außerdem – ich bin mir ziemlich sicher, dass er in dich verliebt ist.«

Ich verschluckte mich an einem Zuckerstreusel, der sich in meine Kehle verirrt hatte. »Warum … warum sagst du das?«

»Ich kenne ihn seit Ewigkeiten, und ich habe ihn mit einigen Frauen erlebt. Und die hat er immer nur in Interviews erwähnt, aber nie privat. Aber als wir letztens auf dem Weg nach L.A. im Flieger saßen, konnte er über nichts anderes reden als über dich.«

»Du nimmst mich auf den Arm.«

»Absolut nicht.« Sie trat unruhig von einem Fuß auf den anderen. »›Elise hier‹ und ›Elise da‹ – so ging es die ganze Zeit. Am Anfang war er wegen irgendwas tierisch wütend auf dich. Aber das wollte er mir nicht erzählen. Und er hat nie behauptet, dass ihr beide zusammen seid, aber ich wusste es. Er sah aus wie ein begossener Pudel. Also habe ich ihn schließlich gefragt, ob er echt dermaßen sauer auf dich war oder sich nur deshalb nicht versöhnen wollte, weil ihm mal wieder sein Ego im Weg steht.«

Ich nahm mir eine Flasche Wasser vom Tisch und trank einen Schluck, um den blöden Zuckerstreusel hinunterzuspülen. »Und?«

»Und er gab zu, dass es sein Ego war. Das ist es immer.«

Ich hielt die kühle Flasche an meine brennenden Wangen. »Ich bin so ein Idiot. Er hat sich neulich bei mir entschuldigt, aber ich habe ihm gar keine Chance gegeben. Ich dachte, er wäre wieder mit dir zusammen. Und ich konnte es nicht fassen, dass er so schnell über mich hinweggekommen war.«

»Na, dann könnt ihr das ja jetzt klären. Ich bin sicher, er lungert in seinem Trailer herum. Er wird in der nächsten Stunde auch nicht gebraucht. So, und ich bin jetzt bereit für die Nahaufnahme.«

Sie ließ mich stehen, und ihr Haar umwogte sie wie ein Flächenbrand.

Ihre Worte hallten wieder und wieder in meinem Kopf nach: *Ich bin mir ziemlich sicher, dass er in dich verliebt ist.*

Ich sah mich um, ob niemand mich beobachtete, und schob mir den restlichen Donut in den Mund, bevor ich noch ordentlich Wasser hinterherkippte. Ich wischte mir die Lippen mit einer Serviette ab und fuhr mir mit den Fingern durchs Haar.

Mein Magen machte Purzelbäume vor Aufregung und Vorfreude, als ich durch den Schnee auf Gavins Trailer zustapfte. Ein Mann von der Filmcrew, der anscheinend die Arschkarte gezogen hatte, schimpfte vor sich hin, während er Pfade zwischen dem Set und den Trailern freischaufelte. Sein Atem waberte in weißen Wolken um seinen Kopf, sodass die überall aufgestellten Scheinwerfer ihn in einen gespenstischen Schein tauchten. Ich nickte ihm zu und murmelte eine Entschuldigung, als ich über die Stelle trat, die er gerade freigeschaufelt hatte, und versehentlich einen der ordentlichen Schneehaufen zum Einsturz brachte. Ich wandte mich nicht um, um zu sehen, ob er mir hinterherschimpfte.

Der Schnee war schneller als er, fiel auf die Wege, die er schon freigemacht hatte, und meine Stiefel versanken immer wieder. Ich achtete darauf, nicht auszurutschen, und streckte die Arme aus wie eine Seiltänzerin auf einem eiskalten Seil.

Als ich mich Gavins Trailer näherte, stockte mir der Atem, als ich die Spuren von Pumps im Schnee vor seiner Tür entdeckte.

Veronica.

Sie war mir zuvorgekommen.

Kapitel 27

Ich blieb stehen. Mein Atem ging stoßweise und sandte kleine weiße Wölkchen in die Luft, während ich durch die Jalousien blinzelte. Ich zog den Schal dichter um den Hals und fragte mich, ob ich die Tür aufreißen – oder einfach den Rückzug antreten sollte.

Zwei schemenhafte Gestalten erschienen am Fenster, und ich sog scharf die Luft ein. Als eine Silhouette die Hand nach der anderen ausstreckte und sie einander näher kamen, wandte ich mich um und rannte davon.

Ich schlitterte über den provisorischen Pfad und zuckte vor Schmerz zusammen, als ich aufs Knie fiel und meine Jeans im Nu völlig durchweicht war. Ich rappelte mich wieder auf und rannte weiter zu meinem Auto, wobei ich den armen Schneeschaufler schon wieder Nerven kostete. Aber diesmal machte ich mir nicht die Mühe, mich bei ihm zu entschuldigen.

Ich hielt mir den Schal vor den Mund, damit man mein Schluchzen nicht hörte. Leilas Worte wollten mir nicht aus dem Kopf gehen, und ich schlug mich selbst mit der Faust, weil ich mich über meine Blödheit im Krankenhaus ärgerte.

Ich hatte ihm nicht mal eine Chance gegeben, sich zu erklären.

***

Ich wusste kaum, wie ich es zu meinem Wohnheim geschafft hatte, als ich in Stiefeln und Jacke auf meinem Bett zusammenbrach.

Reggie erhob sich vom Schreibtisch und setzte sich auf meine Bettkante. Sie legte eine Hand an meine Wange. »Hey, was ist passiert? Willst du drüber reden?«

»Ich bin ein Idiot«, stöhnte ich.

»Geht es um Gavin?«

Ich nickte, und Reggie nahm meinen Arm und zog mich hoch, damit ich mich hinsetzte.

»Okay, na gut, erst mal ziehen wir dir jetzt die Stiefel aus. Du machst dein Bett ganz nass, und du zitterst. So wirst du noch krank.« Ich schleuderte die Schuhe von mir und schlüpfte aus der Jacke, warf sie auf den Boden.

»Okay. Jetzt erzähl mir, was passiert ist.«

Reggie und ich hatten uns seit Clints Unfall nicht allzu ausführlich unterhalten – und wenn, dann hauptsächlich über seine medizinischen Fortschritte. Ich hatte nie über Gavin und unsere Beziehung geredet. Jetzt erzählte ich ihr alles, während sie mir eine Tasse heiße Schokolade in der Mikrowelle warm machte, die ihre Eltern ihr nach Thanksgiving mitgegeben hatten. Während mir der Duft des zu süßen Getränks in die Nase stieg, berichtete ich ihr von unserem Date auf der Insel, von meinem Geständnis über den Unfall, von der Nacht, die wir miteinander verbracht hatten, und von meinem idiotischen Verhalten, als ich das Bild von ihm und Leila gesehen hatte.

Meine Zimmernachbarin saß auf ihrem Bett, den Rücken gegen die nackte Wand gelehnt, und tippte sich mit dem Zeigefinger gegen das Kinn.

»Hmmm … Kann ich dich was fragen, ohne dass du sauer auf mich bist?«

Mein Körper war feucht und kalt, und ich zog mir die Decke über die Beine und schlang die Finger um die heiße Tasse. »Schieß los.«

»Hast du dich über den Kuss, den er Leila gegeben hat wirklich aufgeregt, oder hast du ihn nur als Vorwand benutzt, um dich nicht auf ihn einlassen zu müssen?«

»Warum sollte ich mich nicht auf ihn einlassen wollen? Ich mag ihn wirklich. Ich bin furchtbar gern mit ihm zusammen. Ich fühle mich unglaublich wohl in seiner Gesellschaft. Bei ihm kann ich ich selbst sein, ohne mich unter Druck gesetzt zu fühlen.«

»Stimmt.« Reggie zupfte an ihrem Kissen herum. »Wenn ihr beiden allein seid. Aber ein Teil von dir muss doch wissen, dass du als seine Freundin unweigerlich im Rampenlicht landen würdest. Du hast doch die Bilder online gesehen, als er Veronica gedatet hat. Und das mit Leila hat dich nur nochmal daran erinnert. Elise, du hast dich die meiste Zeit deines Lebens vor allen versteckt, sogar vor mir. Warum solltest du dich plötzlich den Blicken der ganzen Welt aussetzen wollen?«

Ich trank einen zu großen Schluck von der heißen Schokolade, sodass ich mir die Zunge verbrannte. Ich stellte die Tasse auf den Tisch neben mir und schaute meine Mitbewohnerin an.

»Wahrscheinlich hast du recht.«

»Natürlich hab ich recht.«

»Ich habe aus Angst so vieles in meinem Leben sabotiert.«

»Sag ich ja.«

Ich zog die Decke bis zum Hals, vergrub das Gesicht in den Daunen und roch den Lavendelduft des Waschmittels. »Aber das spielt jetzt keine Rolle mehr. Ich habe ihm

Veronica praktisch in die Arme getrieben. Ich hab ihr gesagt, sie soll sich draufstürzen, und das hat sie getan. Und wenn er bereit ist, wie ein Tischtennisball zwischen uns hin und her zu hüpfen, ist er sowieso nicht der Richtige für mich. So viel zum Thema, dass er in mich verliebt ist.«

Reggie rutschte neben mich und legte die Arme um mich. »Oh, Süße. Das ist doch dann sein Verlust. Du hast was Besseres verdient als jemanden, der so eine Scheiße baut.«

»Was, wenn ich nie jemand Besseren abkriege?«

Sie schob sich das Haar aus dem Gesicht. »Dann besteht für keinen von uns allzu viel Hoffnung.«

***

In dieser Nacht fand ich keinen Schlaf, also setzte ich mich vor meinen Laptop, während Reggie erschöpft auf ihrem Bett schlummerte. Thora und Dag hielten mich in Atem, bis die ersten Sonnenstrahlen durch die Jalousien fielen und gelbe Streifen auf meinen Bildschirm malten. Ich hatte das Manuskript noch ein letztes Mal überarbeitet und war nun offiziell bereit, es meiner Agentin zu schicken.

Ich hatte gerade auf Senden geklickt und war so darin vertieft zu beobachten, wie meine Arbeit in den Cyberspace flog, dass ich gar nicht merkte, was los war, bis Reggie mir praktisch in den Schoß sprang.

Sie trug ihr Lieblingsnachthemd – das mit der verschlafenen Katze drauf, die eine Tasse Kaffee in der Pfote trägt. Darüber steht: »Ich hasse den Morgen.« Reggies Haar stand ihr in allen Himmelsrichtungen vom Kopf ab, sodass sie dem Felltiger auf ihrem Pyjama ziemlich ähnlich sah. »Was zum Teufel ist das?«

»Was ist was?«

»Jemand schlägt uns gleich fast die Tür ein. Siehst du nicht, wie sie klappert? Die wecken noch den ganzen Campus auf.«

Ich schaute zum Eingang hinüber. Sie hatte recht. Die Tür vibrierte in den Angeln und der Rahmen erzitterte. Ich warf meinen Laptop aufs Bett und ging auf Zehenspitzen durchs Zimmer. Reggie stellte sich hinter mich, packte meine Schultern, sodass ihre Nägel sich schmerzhaft in meine Haut bohrten. Ich griff nach dem nächstbesten Gegenstand, den ich als Waffe benutzen konnte – mein Stiefel, der vom Abend zuvor immer noch feucht war.

Schmutziges Wasser tropfte auf meinen Kopf, als ich ihn hochhielt, und ich erschauerte, als es meinen Arm hinablief. Ich schob den Riegel zurück. Dann holte ich tief Luft und riss die Tür auf.

Vor uns stand Veronica, mit hochrotem Gesicht, nackten Füßen, Löchern in der Strumpfhose, und Mordlust in den Augen.

»Wo zum Teufel warst du gestern Abend? Du bist früh abgehauen und hast mich ganz allein zurückgelassen. Nicht nur musste ich Stans Fragen ohne dich beantworten, ich musste auch noch zu Fuß nach Hause gehen! Durch den Schnee! Gibt es in dieser Stadt etwa kein einziges Taxi?«

»Doch, ein paar schon …«

»Ach, vergiss die Scheißtaxis. Wo warst du? Du bist die mieseste Assistentin, die es gibt!«

Ich ließ den Stiefel fallen und rieb mir die Schultern, nachdem Reggie mich losgelassen hatte. »Ich dachte, du fährst mit Gavin.«

»Wie kommst du denn darauf?«

»Als ich zu seinem Trailer ging, kamt ihr beiden mir …

vertraut vor … deshalb hab ich angenommen, dass du bei ihm bleibst.«

»Hah!« Sie rempelte mich im Vorbeigehen an und ließ sich auf mein Bett fallen. Dann fing sie an, sich die Strumpfhose auszuziehen. »Er wollte nichts mit mir zu tun haben. Ich habe versucht, ihn zu küssen, und das Arschloch hat mich tatsächlich weggestoßen. Kaum zu glauben, oder?«

Mein Mund wurde ganz trocken. »Tatsächlich?«

»Ja. Dieser Idiot. Erkennt wahre Klasse nicht, wenn sie vor ihm steht.« Sie warf ihre Strumpfhose auf meinen Boden und fasste ihr sich kräuselndes Haar mit einem von Reggies Haargummis zusammen, das sie vom Schreibtisch geklaubt hatte. »Er hat sogar gesagt, es gäbe jemand anderen. Ich meine, wer zum Teufel könnte denn besser sein als ich?«

»Ich.« Das Wort war raus, bevor ich es verhindern konnte. Ich hielt den Atem an, als Veronicas Kopf von ihrem Rock, den sie sich gerade abbürstete, in die Höhe schoss.

»Du? Na klar. Träum weiter, Narbengesicht.«

»Wow.« Reggie stapfte auf Veronica zu. »Ich weiß, dir ist kalt und du bist stinksauer, aber das nimmst du trotzdem zurück.«

Ich legte meiner Freundin die Hand auf die Schulter. »Nein, Reggie, ist schon okay. Denn sie hat unrecht. Und sie kann mich nennen, wie sie will. Gavin hat mich ihr vorgezogen. Wir sind einen Monat zusammen gewesen, ohne dass du es wusstest. Ich bin diejenige, die ihn ursprünglich davon überzeugt hat, sich von dir zu trennen. Ich bin der Grund, warum er dich in die Wüste geschickt hat. Beide Male.«

Veronica stand vom Bett auf. Sogar ohne Absätze war

sie immer noch größer als ich. »Du lügst. Das ist unmöglich.«

»Es stimmt«, bekräftigte ich. »Gavin findet mich schön, und wenn ich uns miteinander vergleiche, weiß ich, dass er recht hat. Ich mag zwar Narben an meinem Körper haben, aber du bist innerlich abstoßend.«

Veronica öffnete den Mund und schloss ihn wieder. Sie schien regelrecht verwirrt – wahrscheinlich hatte sie noch nie jemand als abstoßend bezeichnet. Ich schluckte meine Wut runter, um es nicht noch einmal zu sagen, denn ich wusste nur allzu gut, wie weh dieses Wort tun konnte.

»Ehrlich gesagt«, fuhr ich mit ruhigerer Stimme fort, »tust du mir leid. Als ich damals in deinem Haus war, habe ich gesehen, wie leer es ist. Es gibt keinen einzigen persönlichen Gegenstand. Und du hast nie über Eltern, Geschwister oder Freunde geredet. Du hüpfst von einem Mann zum nächsten, als ob du dich nur dadurch über Wasser halten könntest. Und wenn eine Fremde dein Bild auf die Rückseite eines Buchcovers setzt, von dem du noch nie gehört hast, denkst du nicht im Traum daran, Fragen zu stellen. Du hast dich einfach auf die Gelegenheit gestürzt, so zu tun, als seist du die Autorin.«

Ich legte ihr die Hand auf die Schulter. »Warum hast du dir so sehr gewünscht, jemand anders zu sein, Veronica? Was hast du an dir auszusetzen?«

Sie wich einen Schritt zurück und stieß meine Finger weg. »Du hast mich gerade Veronica genannt. Vor deiner Mitbewohnerin.«

»Reggie kennt die Wahrheit«, sagte ich. »Und Gavin auch. Und bald werden es auch meine Agentin und mein Verleger wissen. Ich werde mich nicht mehr verstecken. Aber du hast meine Frage nicht beantwortet.«

»Ich weiß nicht, wovon du sprichst.« Veronica straffte die Schultern. »Ich hab das alles natürlich fürs Geld getan. Ich laufe nicht vor irgendwas davon.«

»Du hast dich als Aubrey ausgegeben, lange bevor ich auftauchte und dir Geld dafür angeboten habe.«

Sie wich rückwärts Richtung Tür zurück. »Ich muss dir gar nichts erzählen. Wir sind nicht befreundet, weißt du. Es ging nur ums Geschäft.«

»So muss es aber nicht sein«, antwortete ich. »Die Karten liegen jetzt offen auf dem Tisch, und wir können wieder wir selbst sein. Und so mies du mich auch behandelt hast, ich bin bereit, das zu vergessen und zu versuchen, deine Freundin zu sein. Ich glaube, hinter dir steckt mehr als nur elegante Klamotten und die perfekte Frisur. Genau wie mehr hinter mir steckt als nur meine Narben. Wenn du genau drüber nachdenkst, sind wir einander sogar ähnlich – wir haben unser wahres Ich jahrelang vor allen anderen versteckt, wenn auch mit verschiedenen Methoden. Ich meine, ich hab mich zurückgezogen, und du verhältst dich mies, aber trotzdem: Wenn einer dich versteht, dann ich.«

Veronicas Blick wanderte zwischen mir und Reggie hin und her. Sie umklammerte den Türknauf so fest, dass ihre Knöchel weiß hervortraten.

Ohne ein weiteres Wort riss sie die Tür auf, stolperte hinaus und ließ die Tür heftig hinter sich zuschlagen.

Ich starrte auf Reggies lila Bademantel, der von einem Haken an der Tür hin und her schwang, und versuchte, das gerade Geschehene zu verarbeiten.

»Wow«, sagte ich nach einer vollen Minute und sah meine Mitbewohnerin an. »Ich glaube, sie war wirklich nicht auf der Suche nach Freunden.«

»Sollen wir ihr nachlaufen?«

»Glaub ich nicht. Ihre Reaktion hatte wohl weniger mit uns zu tun als mit ihr selbst. Sie ist einfach noch nicht bereit, sich der Wirklichkeit zu stellen, die sie daran hindert, zu anderen Menschen eine Verbindung aufzubauen, was immer auch dahintersteckt. Ich verstehe das vollkommen. Immerhin habe ich mich ja jahrelang vor der Realität verkrochen.«

»Glaubst du, sie wird dein Geheimnis verraten?«

»So ein großes Geheimnis ist es doch gar nicht mehr«, sagte ich. »Ich habe eine E-Mail an meine Agentin und meinen Verleger geschickt und habe ihnen die Situation geschildert. Dieses Schreiben habe ich ihnen heute Morgen zusammen mit dem Manuskript des neuesten *Viking Moon*-Bandes geschickt. Nach diesem Abgang eben glaube ich nicht mal, dass sie mich wegen des restlichen Geldes noch kontaktieren wird. Ich mag sie nicht besonders, aber ich hoffe, sie kommt drüber weg.«

»Ich auch.« Reggie plumpste auf ihr Bett und setzte sich auf ihre Beine. »Und was ist mit Gavin? Habt ihr zwei überhaupt mal miteinander geredet?«

»Noch nicht. In ein paar Stunden hab ich mein Examen in Amerikanischer Literatur, darauf muss ich mich also als Erstes konzentrieren. Aber sobald ich fertig bin, kümmere ich mich um Gavin. Ich hab noch keine Ahnung, wie ich es anstellen soll, aber wahrscheinlich muss ich wahnsinnig viele SMS schicken und ordentlich zu Kreuze kriechen.«

»Klingt amüsant.«

»Hoffentlich ist es das wert.« Ich ging zum Schrank hinüber und zog ein paar Pullover von den Bügeln. »Und jetzt musst du mir helfen: Ich weiß nicht, was ich anziehen soll.«

Kapitel 28

Das Examen in Amerikanischer Literatur fand in einem der größeren Säle statt, und ich sicherte mir einen Platz am Gang, sodass ich gleich wieder die Flucht ergreifen konnte, wenn ich fertig war. Ich sah auf die Uhr. Ich hatte Gavin geschrieben und ihn gebeten, mich in zwei Stunden auf dem Parkplatz zu treffen. Er hatte noch nicht geantwortet. Ich hoffte inständig, dass er einfach nur zu beschäftigt gewesen war, um meine Nachricht zu lesen. Ich sandte ein kleines Gebet zum Gott der heißen Schauspieler und bat ihn, Gavin zum Treffpunkt zu bringen, wenn die Prüfung vorbei war.

Nervös klopfte ich mir mit dem Stift ans Bein, während wir auf die Aufsichtsperson warteten, die uns die Arbeiten austeilen sollte. Sehr zu Duncans Freude hatte ich meinen letzten Essay super hinbekommen, und mein Abschneiden beim Examen würde nicht darüber entscheiden, ob ich bestand oder nicht – aber trotzdem nagte die Nervosität an meinem Magen wie tausend Ameisen an einem faulen Apfel. Da kam Bewegung in die Gruppe der Studenten, und sie schienen miteinander zu tuscheln. Ich folgte den Blicken zum hinteren Teil des Hörsaals.

Ein einhändiger Cowboy füllte fast den ganzen Türrahmen aus.

Duncan hatte Clint ja mitgeteilt, dass seine Noten gut

genug waren, um auch so zu bestehen, und dass er die Abschlussprüfung nicht mitmachen musste – und trotzdem war ich nicht überrascht, ihn hier zu sehen. Clint ging nie den leichten Weg.

Ich rückte einen Sitz weiter und winkte ihm zu, damit er sich neben mich setzte. Sein Stumpf war immer noch verbunden, aber sein Gesicht war jetzt komplett zu sehen. Wütende pinkfarbene und weiße Narben umgaben sein rechtes Auge und liefen die Wange hinab. Er bewegte sich langsam, als kostete ihn jeder Schritt gigantische Kraft. Mit seiner unverletzten Hand stützte er sich auf einen Stock.

Dann setzte er sich auf den Stuhl neben mir und grinste. »Na, Schätzchen, wie's aussieht, haben wir es echt bis zum Schluss geschafft.«

»Sieht so aus«, sagte ich. »Kaum zu glauben, dass du gekommen bist. Soll ich dich hinterher irgendwohin mitnehmen?«

Er schüttelte den Kopf. Sein Hut saß schief, verbarg einen Teil seiner Narben. »Nee, Reggie ist mittlerweile richtig gut darin, meinen Truck zu fahren. Sie kommt mich abholen, und wir fahren ins Restaurant. Ich bin total happy, endlich aus dem Krankenhaus raus zu sein. Noch einen Tag mit matschigen Erbsen und einer als Steak getarnten Hamburgerfrikadelle und ich wäre aus dem Fenster gesprungen. Ich freu mich tierisch auf gutes, altes, fettiges Fastfood.«

Ich lachte, doch in diesem Moment landete ein Stapel Papiere auf meinem Tisch. Der Aufsicht führende Professor warf mir einen strengen Blick zu, und ich senkte den Kopf.

Clint wedelte mit der Hand über meine Examensaufgaben.

»Was?«, zischte ich. »Wir müssen anfangen.«

»Oh, weiß ich doch«, sagte er. »Aber hast du zufällig einen Stift dabei?«

Ich zog die Augenbraue hoch. »Diese furchtbar schlechte Anmache hab ich doch schon mal irgendwo gehört.«

»Hast du. Ich hab das mal bei diesem Mädchen versucht, hat aber nicht geklappt. Gott sei Dank. Ich glaube, wir sind beide für andere Leute bestimmt.«

»Ja, glaub ich auch«, sagte ich. Ich stützte das Kinn in die Handfläche. Ja, Clint gehörte eindeutig zu jemand anderem. Was meine Zukunft brachte, musste man abwarten.

»Der Stift?«

»Stimmt.«

Ich warf ihm einen meiner Ersatzstifte zu, und er drehte seine Examensbögen um und legte den Stumpf auf den Tisch.

Ich riskierte einen kurzen Blick durch den Seminarraum. Kein einziger Student starrte Clint an oder sah ständig zu ihm hinüber. Vielleicht hatte er Recht.

Es war tatsächlich kein Problem.

***

Ich beendete meine Arbeit in Rekordzeit und winkte Clint zum Abschied zu, der sich immer noch über seine Papiere beugte. Als ich den Raum verlassen hatte, fischte ich rasch mein Handy aus der Tasche, und mir sank das Herz in die Hose, als ich immer noch keine Nachrichten vorfand.

Jemand packte mich am Arm, als ich gerade das Gebäude verlassen wollte. Ich grinste, als ich sah, wer es war. »Duncan!«

»Endlich hast du das mit dem Namen begriffen. Aber dafür hast du auch das ganze Semester gebraucht!«

Ich lachte. »Ja. Ist schon komisch, aber ich schätze, ich

gewöhne mich langsam dran. Übrigens habe ich mich für Ihr Seminar im nächsten Semester angemeldet. Amerikanische Literatur, *Das Zweite Kommen*. Der Titel gefällt mir übrigens.Ich mag Walker Percy.«

»Toll. Ich kann es gar nicht erwarten, noch mehr von deinen Arbeiten zu lesen. Übrigens bin ich vielleicht nicht gerade dein Zielpublikum, aber trotzdem hat mir die *Viking Moon*-Serie sehr gefallen.«

Mir wurde ganz heiß, und ich trat einen Schritt zurück. »Sie haben sie gelesen?«

»Jeden einzelnen Band. Wann können wir mit dem nächsten rechnen?«

Ich dachte an die E-Mail zurück, die ich am Morgen zuvor abgeschickt hatte. »Es ist fertig, aber ob man es immer noch veröffentlichen wird, ist die Entscheidung des Verlegers. Ich habe meiner Agentin heute Morgen alles gebeichtet.« Tatsächlich war ich ziemlich beunruhigt, weil ich noch nichts von ihr gehört hatte. Normalerweise schrieb sie immer sofort langatmige Nachrichten oder E-Mails. Ich wusste nicht so genau, ob das ein gutes oder schlechtes Zeichen war.

»Gut gemacht. Und wie ich schon sagte, ein gutes Buch ist und bleibt ein gutes Buch. Wer weiß: Vielleicht stehen unsere Neuerscheinungen ja demnächst nebeneinander im Regal.« Er zwinkerte.

»Heißt das, Sie haben Ihr neues Buch auch beendet?«

»Habe es vor ein paar Tagen losgeschickt«, antwortete er. »Und eigentlich wollte ich dir danken, Elise. Du warst wirklich ein Quell der Inspiration für mich.«

Ich wich einen Schritt zurück. *»Ich?* Ich habe Sie inspiriert?«

»Ja.« Er griff in seine Aktentasche. »Und ich wollte dich

noch um einen Gefallen bitten. Ich habe dich an Thanksgiving bei meiner Tochter erwähnt. Anscheinend ist sie ein großer Fan deiner Bücher. Sie hat mich gebeten, das hier von dir signieren zu lassen. Was sagst du dazu?«

Duncan gab mir eine zerlesene Ausgabe des ersten *Viking Moon*-Bandes. Das Cover war etwas angerissen, und einige Seiten waren mit Eselsohren markiert worden. Ich öffnete es auf der Titelseite und grinste, als ich in der oberen Ecke die kindliche Schrift eines Teenagers entdeckte. *Dieses Buch gehört Carolyn Creed.* Duncan hielt mir einen Stift hin.

Ich beugte mich über das Buch und wollte etwas schreiben. Doch ich hielt inne. Duncan tippte mir aufs Handgelenk, und ich sah auf. »Stimmt was nicht?«

»Nein«, sagte ich. »Mir ist nur grade klargeworden, dass dies das erste Mal ist, dass ich eines meiner Bücher signiere. Ich hab so lange so getan, als wäre jemand anders die Autorin. Ich weiß gar nicht, wie meine Unterschrift am besten aussehen sollte.«

Er strahlte. »Meine Tochter wird ausflippen, wenn sie erfährt, dass ihres dein erstes signiertes Exemplar überhaupt ist. Lass dir Zeit. Das hier ist ein bedeutsamer Augenblick.«

Ich atmete tief ein, dann fing ich an zu schreiben:

Liebe Carolyn,

danke, dass du ein Fan meiner Bücher bist und an mich glaubst. Dein Vater ist auch ein sehr inspirierender Mensch. Ohne ihn und seine Arbeit gäbe es dieses Buch nicht. Er hat mir beigebracht, meinen Träumen zu folgen. Lass dir dasselbe von ihm beibringen.

Alles Liebe,

Aubrey Lynch

Ich gab Duncan das Buch zurück, und er überflog meine Worte. Seine Augen wurden feucht, und er wischte sich mit dem Ärmel über die Augen.

»Zu viel?«, fragte ich. »Ich hab sowas noch nie gemacht.«

»Perfekt«, sagte er. »Danke.«

»Nein, ich muss Ihnen danken. Für alles. Ihre Tochter hat Glück, so einen Vater zu haben.« Ich blickte auf mein Handy. »Aber ich muss jetzt los. Es gibt da jemanden, den ich hoffentlich in ein paar Minuten treffen werde.«

»Natürlich.« Er nahm mich sanft in die Arme, bevor er sich von mir löste und mir in die Augen sah. »Ich wünsche dir schöne Weihnachtsferien. Ich hoffe, du bekommst alles, was du dir wünschst. Du hast es verdient.«

Ich nickte und verließ das Gebäude. Ein letzter Blick aufs Handy sagte mir, dass es immer noch keine Nachrichten von Gavin gab. Verdammt. Er würde nicht kommen. Ich stapfte durch den Schnee, schlang die Arme um meinen Körper und ging vorsorglich trotzdem zum Parkplatz.

Ich wäre fast auf einem Stück Eis ausgerutscht, als ich einen vertrauten Porsche neben der Ausfahrt parken sah. Gavin lehnte am Auto, die Hände in einer dunklen Jacke vergraben und einen grauen Schal um den Hals. Einige Studenten blieben ruckartig stehen, als sie ihn entdeckten. Ein paar Mädchen zeigten auf ihn. Eine sah ganz grün aus, als müsse sie sich gleich übergeben oder in Ohnmacht fallen oder beides. Ich konnte es nachfühlen.

Gavin hatte mich noch nicht entdeckt. Er sah unverwandt auf sein Handy, die Augenbrauen zusammengezogen auf eine Weise, die mein Herz in meiner Brust stolpern ließ.

»Du bist gekommen«, sagte ich.

Er blickte von seinem Handy auf, und um seine Mundwinkel zuckte es, aber er lächelte nicht. Ein paar mit Büchern und Rucksäcken bewaffnete Studenten blieben stehen und starrten uns an.

»Ich wollte wissen, was passiert ist«, sagte er. »Zumindest das habe ich verdient.«

Ein paar Mädchen gesellten sich zu den Gaffern hinzu, und ich trat unruhig von einem Fuß auf den anderen.

Ich bin ein Idiot, das ist passiert, signalisierte ich, statt zu reden, um uns zumindest eine gewisse Privatsphäre auf dem belebten Parkplatz zu gewähren.

Was meinst du damit?, fragte er.

Ich habe ein Foto gesehen, auf dem du Leila geküsst hast. Ich bin in Panik geraten.

Das hatte nichts zu bedeuten.

Ich weiß. Sie hat es mir erklärt. Aber ich hatte Angst.

Angst wovor?

Vor dir.

Vor mir?

Ja. Aber vor allem vor der vielen Aufmerksamkeit, die du bekommst. Und der Aufmerksamkeit, die man mir geben würde, wenn ich mit dir zusammen wäre.

Ich verstehe. Er atmete aus, und eine weiße Wolke stieg über seinem Kopf auf.

Jetzt waren wir von einer ganzen Horde Studenten umgeben. Mit angestrengten Mienen verfolgten sie unser stummes Gespräch. Aus den Augenwinkeln entdeckte ich ein Mädchen, das Fotos mit ihrem Handy machte. Anscheinend hatten wir jetzt die ungeteilte Aufmerksamkeit der ganzen Welt. Na toll.

Und jetzt?, fragte Gavin. *Hast du immer noch Angst?*

Ja, bekannte ich. *Aber manchmal muss man etwas tun,*

wovor man Angst hat, um zu lernen, dass es so angsteinflößend gar nicht ist.

Was hast du also vor?

Ich machte einen Schritt auf ihn zu, sodass wir ganz dicht beieinanderstanden, und zog seine Arme um meine Taille. »Das hier«, sagte ich laut.

Ich stellte mich auf die Zehenspitzen, legte den Kopf in den Nacken und berührte ganz leicht seine Lippen mit meinen. Er zuckte zusammen und warf unseren Zuschauern einen Blick zu, von denen einige bereits aufgeregt ihre Handys bearbeiteten. »Alle sehen uns zu.«

»Ja und?«, fragte ich und zog ihn noch dichter an mich heran. »Lass sie doch.«

***

Wir verließen Gavins Hotelzimmer drei Tage lang nicht und zogen uns nur an, wenn der Zimmerservice uns etwas hochbrachte. Das riesige Bett wurde unser Zufluchtsort, und wir kuschelten uns unter die Decke, lachten, schliefen, erkundeten einander.

Ich lag auf Gavins schlafender Brust, und meine Finger erforschten seinen Oberkörper. So versuchte ich mich davon zu überzeugen, dass er real und tatsächlich mit mir zusammen war.

Ich hatte den Beweis im Netz gesehen. Als wir unsere Aktivitäten einmal unterbrachen, um unsere E-Mails zu checken, hätte ich fast mein Handy fallen lassen, denn ich hatte Hunderte von Facebook-Benachrichtigungen. Alle wollten mehr über unseren Kuss auf dem Parkplatz erfahren. Leute, die mich auf der Highschool kaum eines Blickes gewürdigt hatten, schickten mir Nachrichten und fragten, ob ich mich mit ihnen »auf einen Kaffee treffen und Neuigkeiten austauschen« wollte. Ich löschte die Nachrichten, ohne zu antworten, und kehrte in Gavins Arme und zu seinem Mund zurück.

Wieder blinkte mein Handy auf dem Nachttisch, und ich seufzte. Ich beugte mich über seinen schlafenden Körper und griff danach, um es ein für alle Mal abzuschalten. Aber vorher warf ich noch einen Blick aufs Display. Eine E-Mail. Neben dem Namen des Absenders prangte ein blauer Stern. Meine Agentin. Sie hatte endlich wegen meines neuen Buches und meines Geständnisses geschrieben. Mit zitternden Fingern öffnete ich die Nachricht:

Hi Elise!

Ich freue mich, endlich von Ihnen zu hören! Ich hatte mir schon Sorgen gemacht. Danke für das neue Viking Moon-Manuskript. Ich habe es schon gelesen, und ich konnte es gar nicht aus der Hand legen! Das Ende dieser Serie ist wirklich wunderbar gelungen. Ich muss zugeben, ich war überrascht, dass Sie Dag die Hand verlieren ließen, aber dann verstand ich es. Nur wenn er selbst etwas Kostbares verlor, konnte Thora ihm den Tod ihrer Brüder verzeihen. Die Szene, in der sie ihm beibringt, mit der anderen Hand zu kämpfen, ist fantastisch. Witzig und rührend zugleich. Ich war nicht sicher, ob Sie diesen Büchern ein Happy End gönnen würden. Irgendwann sagten Sie mal, dass Sie nicht glaubten, dass es überhaupt wirkliche Liebe gibt. Ich frage mich natürlich, was wohl geschehen sein mag, dass Sie Ihre Meinung geändert haben, denn bei diesem Ende wurde mir ganz anders!

Ich grinste und rückte dichter an Gavin heran, ließ mich von seinem Körper wärmen, während ich weiterlas.

Was den zweiten Teil Ihrer E-Mail angeht … Ich muss sagen, dass ich ziemlich perplex bin, dass Sie glaubten, mich all die Jahre anlügen zu müssen. Wenn Ihnen Ihre Privatsphäre so wichtig war, hätten wir sie durchaus schützen können. Ich bin aber froh, dass Sie für dieses letzte Buch die Wahrheit enthüllen wollen. Ich habe mit Ihrem Verleger gesprochen, und er sieht es genauso. Wir werden uns ein- oder zweimal mit Ihrem Presseagenten treffen müssen, um eine Lösung zu finden. Können Sie es in den Weihnachtsferien schaffen, nach New York zu kommen?
Was auch passiert, Sie haben eine großartige Serie mit einem fantastischen Ende geschrieben. Letztlich glaube ich, dass Ihre Fans Ihnen diese Imagekrise verzeihen werden. Sagen Sie Bescheid, wann wir uns unterhalten können.
Beste Grüße,
Steph.

Ich atmete aus und legte mich auf Gavin. Er bewegte sich unter mir und öffnete die Augen. Seine Finger waren sanft und warm, als er meine Wange berührte.

Er musterte mich einen Augenblick, dann gestikulierte er, *Alles in Ordnung, E-l…*

Ich legte meine Hand auf seine, damit er meinen Namen nicht mit den Händen buchstabierte. Ich bildete ein e mit der rechten Hand und fuhr damit meine Narbe entlang. Ich schämte mich meiner Namensgebärde nicht mehr, die man mir vor so vielen Jahren gegeben hatte. Ich wusste jetzt, dass sie ein Symbol für meine Stärke war, nicht für meine Schwäche. Sie bewies, dass ich das Unmögliche überlebt hatte und dass ich das wieder konnte.

Es wird langsam, antwortete ich. *Ich hoffe, bald. Was hältst du von einer Reise nach New York nach deinen Dreharbeiten?*

New York? Seine Augen leuchteten. *Bist du sicher, dass du jetzt bereit bist für die große Stadt?*

Ich legte mein Kinn auf seine Brust und liebkoste ihn auf eine Weise, die ihn immer zum Wahnsinn trieb. Er erschauerte, und ich schenkte ihm mein unschuldigstes Lächeln und stützte mich auf die Ellbogen: *Wenn ich jetzt noch nicht bereit bin, wann dann? Außerdem kann ich dich dann endlich meinem besten Freund vorstellen: Jin. Aber ich warne dich: Er könnte sich auf dich stürzen.*

Nicht dass ich so was nicht schon erlebt hätte.

Ich schnalzte mit der Zunge und beschrieb einen Pfad aus Küssen auf seiner Brust. »O wirklich? Na ja, wenn du nichts dagegen hast, wäre ich ab sofort gern die Einzige, die dich malträtiert, okay?«

Ich ließ meine Zunge über die Wölbungen seiner phänomenalen Brustmuskeln tanzen, und mir wurde ganz heiß, als er sie anspannte und scharf einatmete. Er packte meine Schultern und zog mich höher hinauf, sodass meine Brüste auf seinem Oberkörper lagen.

»Dieses Versprechen gilt auch umgekehrt, das weißt du.«

»Na gut«, sagte ich, vergrub meine Finger in seinem Haar und zog sein Gesicht dichter zu mir heran. »Aber dann will ich jetzt erst mal eine Kostprobe, die mir zeigt, dass du es wert bist, der Einzige in meinem Leben zu sein.«

Mit der Zunge fuhr er mir langsam über die Unterlippe. Mein ganzer Körper vibrierte, und ich bebte förmlich über ihm. »Willst du mich herausfordern, Elise Jameson?«

»Nur wenn du dem gewachsen bist, Gavin Hartley.«

Er antwortete nicht. Sein Mund war mit einem Mal viel zu beschäftigt zum Reden. Er rollte mich auf den Rücken und küsste mein Schlüsselbein. Dann rutschte er tiefer herunter, und ich stöhnte und vergrub meine Fingernägel in seinem Rücken.

Er lächelte mich über meinen Bauch hinweg an; ein hinterlistiges Grinsen, bei dem mein Magen Purzelbäume schlug. *Herausforderung angenommen,* gestikulierte er.

Epilog

»Verdammt, Reggie, bin ich nervös! Was, wenn ich irgendwen vollkotze?«

»Na ja, das wär zumindest ein Statement, aber dann käme sicher nie mehr jemand zu deinen Signierstunden.«

»Stimmt. Also besser nicht kotzen.«

»Nicht kotzen.«

Ich spähte zur Tür des Belegschaftsraumes im Bookworm hinaus und schluckte. Leute jeden Alters drängten sich auf den Metallstühlen, die in mehreren Reihen zwischen den Regalen voller Jugendbücher aufgestellt worden waren. Andere saßen im Schneidersitz auf dem Teppich vorn oder lehnten an den Bücherregalen, oder wo immer sie sonst noch ein Plätzchen finden konnten. Einige vertraute Gesichter mischten sich zwischen die Fremden. Jin und Zach saßen mit meinen Eltern in der zweiten Reihe. Duncan Creed stand neben einem Regal angesagter Vampirromane und überblickte die Menge, während er sich die Brille die Nase hochschob. Clints unverkennbarer Hut hätte auch genauso gut ein blinkender Pfeil inmitten der hinteren Reihe sein können. Mir lief der Schweiß den Nacken hinunter, und ich holte mühsam Luft.

Es war kaum zu glauben, dass es erst weniger als ein Jahr her war, als ich zum letzten Mal in diesem Laden gewesen war, mich mit Jin für ein Buch hier angestellt hatte, das ich selbst geschrieben hatte, für das ich aber die Anerkennung nicht hatte einheimsen wollen. So viel war seitdem passiert. Ich hatte reinen Tisch gemacht, was meine Identität betraf. Reggie und ich waren vom Campus weg in eine Erdgeschosswohnung gezogen. Gavin hatte die Dreharbeiten beendet, und wir bekamen unsere Fernbeziehung tatsächlich auf die Reihe. Er konnte heute nicht hier sein, weil er in China war – auf einer Pressereise für die *Viking Moon*-Serie. Diese würde im September – also genau in einem Monat – ausgestrahlt werden. Aber heute Morgen (bei ihm nachts) hatten wir einander noch geschrieben, und er hatte mir versichert, wie stolz er auf mich war.

Tatsächlich hatte mein Leben sich also um hundertachtzig Grad gedreht.

Und jetzt sollte ich also meinen ersten öffentlichen Auftritt hinter mich bringen, seit ich meine wahre Identität offiziell preisgegeben hatte. In ein paar Minuten würde ich vor all diesen Menschen stehen und einen Auszug aus dem letzten *Viking Moon*-Roman lesen, um dann Bücher zu signieren. Na ja, zumindest, wenn ich vorher nicht draufkotzte.

Reggie berührte mich am Arm, und mein Kopf wirbelte zu ihr herum. »Elise, du schaffst das schon. Denk dran, die sind alle deinetwegen hier.«

»Das ist es ja, wovor ich Angst habe«, sagte ich, schloss die Tür und lehnte mich gegen das kühle Metall. »Was, wenn sie sauer sind? Wenn sie mich hassen, weil ich sie all die Jahre an der Nase herumgeführt habe?«

»Wenn sie wütend wären, wüsstest du es schon.« Reggie brachte mich zu einem Plastikstuhl, und ich setzte mich mit zitternden Beinen hin. Sie saß auf dem gepolsterten Schreibtischstuhl vor mir. »Deine Leser haben gar nicht das Recht, sauer auf dich zu sein. Außerdem schenkst du ihnen ein weiteres fantastisches Buch.«

Sie legte mir einen Hardcover-Band in den Schoß, und ich ließ die Finger über den Einband gleiten. Er war ganz ähnlich gestaltet wie der Rest der Serie. Dag und Thora, die beinahe lebendig aussahen. Mit gezücktem Schwert stand sie vor ihm. Er stand breitbeinig da, eine Hand auf ihrer Schulter. Er hielt keine Waffe in der Hand und sah den Betrachter nicht an. Er hatte nur Augen für sie.

Meine Hände zitterten, als ich das Buch umdrehte.

Reggie berührte mein Handgelenk, damit ich sie ansah. »Du siehst wunderschön aus.«

Das Foto von der Autorin hatte Gavin aufgenommen, als wir eines Tages am See spazieren gegangen waren. Mein Blick ruhte auf ihm, meine Augen strahlten, mein Mund war zu einem winzigen Lächeln verzogen. Eine leichte Brise verwehte mein Haar hinter den Kopf, wie bei diesen Models in den Reality Shows.

Das Bild war eins meiner Lieblingsfotos, und ich hatte Gavin gefragt, ob ich es benutzen konnte. Ich hatte bewusst eines gewählt, auf dem kein Teil meines Gesichts verdeckt war, und obwohl meine weiße Narbe deutlich auf meiner Wange zu sehen war, wirkte ich selbstbewusst.

Mein Bauch machte noch heftigere Purzelbäume, weil ich nun an den Tag dachte, an dem ich Gavin das letzte Mal live und in Farbe gesehen hatte. Es war jetzt schon beinahe zwei Monate her, seit er mich das letzte Mal hatte besuchen können. Ich seufzte, mein Körper sehnte sich nach seiner Wärme und nach seinen Händen, die jetzt sicher meine Nerven beruhigt hätten.

»Gavin kommt nächste Woche zurück, stimmt's?«, fragte Reggie, als ich aufsah. Sie las, wie üblich, meine Gedanken.

»Nächste Woche, genau.«

»Du bist sicher völlig aus dem Häuschen, oder?«

Das war ich. Gavin hatte sich während der Dreharbeiten in Fernbrooke verliebt und hatte ein Haus am See gekauft. Obwohl er immer noch viel reisen musste, machte das die Fernbeziehung etwas leichter, denn ich wusste, dass er immer einen Ort in meiner Heimatstadt hatte, an den er zu mir zurückkehren konnte.

Ich pflückte einen Faden von meinem pinkfarbenen Tanktop und widerstand dem Impuls, mir eine Bookworm-Arbeitsuniform vom Haken in der Ecke zu nehmen, um die Teile meiner vernarbten Haut zu bedecken, die man im Ausschnitt sah. Ich hatte Jin und mir selbst das Versprechen gegeben, dass ich meinen Fans mein wahres Ich zeigen würde. Sie sollten mich sehen, wie ich war. »Ich kann's kaum erwarten. Ich vermisse ihn wahnsinnig. Gott sei Dank gibt es Skype und Textnachrichten.«

»Du meinst Sexnachrichten, oder? Ich kann dich in deinem Zimmer hören.«

Ich vergrub mein Gesicht im Buch. »Kann gar nicht sein.«

Reggie lachte. »Nein, stimmt. Aber immerhin hast du's zugegeben.«

Das Neonlicht fiel in den Raum, und ich wandte mich um und entdeckte einen Mitarbeiter der Buchhandlung im Türrahmen. Sein jungenhaftes Grinsen passte perfekt zu seinem zerzausten braunen Haar. »Noch fünf Minuten, Miss Lynch«, erklärte er.

»Danke«, sagte ich. »Sie können mich Aubrey nennen.«

»Klar, Miss Lynch.« Er errötete und verschwand hinter der Tür. Ich kicherte, als ich mich daran erinnerte, dass ich das gleiche Spiel im ersten Semester mit Duncan gespielt hatte. Ich musste mich immer noch konzentrieren, ihn mit dem Vornamen anzusprechen. Besonders jetzt, da er das Unterrichten aufgegeben hatte, um wieder mehr zu schreiben. Die Welt und ich warteten mit angehaltenem Atem auf seinen nächsten Roman, der in drei Monaten herauskommen sollte.

»Hey«, sagte Reggie. »Ich wollte dich noch was fragen. Hast du nochmal von Veronica gehört?«

Ich schüttelte den Kopf. »Nein, seit sie damals aus unserem Zimmer geflohen ist, nicht mehr. Ich sah online ein Bild von ihr mit irgendeinem Rockstar bei der Grammy-Verleihung, also scheint sie einfach weiterzumachen wie bisher. Um ihretwillen hoffe ich, dass diese Beziehung hält.«

»Irgendwie traurig, dass sie weggelaufen ist und jetzt wieder gezwungen ist, sie selbst zu sein.«

Ich drehte das Buch in meinen Händen. »Ich hoffe nur, sie findet, wonach sie sucht.«

Reggie nahm mir den Roman aus der Hand und blätterte die ersten Seiten durch. Sie hielt inne, als sie zu den Widmungen kam. »Ich kann immer noch nicht glauben, dass du das getan hast.«

»Natürlich. Du hast es verdient.«

Ich stand auf und trat hinter ihren Stuhl, las über ihre Schulter hinweg, was dort stand:

Dieses Buch ist Gavin, Jin, Regina und Clint gewidmet, den Menschen, die mir beigebracht haben, vor allem ehrlich zu mir selbst zu sein, und die mir gezeigt haben, dass man sich eines Makels nicht schämen muss. Schlussendlich sind es doch unsere Fehler, die uns menschlich machen.

Danke, dass ihr mich auf den Boden der Tatsachen zurückgeholt habt und mich nicht mit meiner Angst habt da-

vonkommen lassen. Danke, dass ihr mir beigebracht habt, mutig zu sein. Ich habe euch alle furchtbar lieb. Oder, um es mit den Worten des einzig wahren Cowboys auf der Welt zu sagen: Wir bekommen nicht allzu viele Chancen, unser Leben zu leben. Sorg dafür, dass das Leben, das du führst, dein eigenes ist.

Reggie sah mich mit glänzenden Augen an. »Ich bin so gerührt – jedes verdammte Mal, wenn ich es lese. Danke.«

Ich nahm sie in den Arm. »Nein, ich danke dir. Dieses Buch hätte ich ohne dich nicht geschrieben, und ohne dich hätte ich auch das letzte Jahr nicht überstanden. Ich bin so froh, dass Menschen wie du zu meinem Leben gehören.«

Ich hielt sie immer noch im Arm, als die Tür wieder aufging und der gleiche Mitarbeiter aufgeregt ins Zimmer kam. »Es ist so weit, Miss Lynch.«

»Großartig. Ich komme sofort.«

Ich sah noch einmal nach, ob die Seite, die ich lesen wollte, immer noch markiert war, und holte tief Luft.

»Du schaffst das, Elise.« Reggie klopfte mir auf die Schulter. »Du wirst das Ganze rocken.«

Sie schob mich auf die offene Tür zu, und ich schloss die Augen, zwang meinen Körper, sich zu entspannen, und die Welt, sich zu drehen. Sie hatte recht. Das hier war meine Stunde.

Ich trat zur Tür hinaus und vor die wartende Menge.

Die Leute standen auf, die Hände winkend und klatschend, aufgeregt lächelnd, so dass all meine Ängste sich in Luft auflösten. Ihr Stampfen ließ den Boden vibrieren und mein Herz erzittern.

Reggie gesellte sich zu den vorn stehenden Leuten und hielt die Daumen hoch. Meine Mom wischte sich eine Träne aus dem Augenwinkel. Duncan lächelte und schüttelte ungläubig den Kopf. Jin signalisierte: *Ich hab dich lieb.*

Plötzlich war ich voller Stolz. Ich schob mir eine Haarlocke hinters Ohr, war mir der Kamerablitze der Reporter zu meiner Rechten nur allzu bewusst, die meine Narbe jetzt deutlich ablichten konnten. Aber es scherte mich nicht im Geringsten.

»Hallo, alle zusammen«, sprach ich ins Mikro vor mir. »Ich heiße Aubrey Lynch. Ich lese heute für euch eine Passage aus dem neuesten *Viking Moon*-Buch. Und ich hoffe sehr, dass es euch gefällt.«

Der Applaus hielt an, und ich trat einen Schritt zurück, um ihn zu genießen. All diese Menschen waren meinetwegen hier, und ich trat ausnahmsweise heute ihretwegen öffentlich auf. Sie klatschten geschlagene fünf Minuten lang, und ich konnte mein Lächeln nicht unterdrücken.

Denn obwohl ich es nicht hören konnte, war es bei weitem der lauteste Augenblick meines Lebens.